高等学校
计算机教材

面向应用与实践系列

蔡庆华 主编

胡芬玲 程一飞 刘桂江 王一宾 编著

Visual FoxPro
程序设计教程

清华大学出版社
北京

内 容 简 介

本书简要地介绍了数据库的基本概念和理论以及 Visual FoxPro 提供的开发工具,按照使用数据库的逻辑顺序,从数据库的交互式操作、数据库程序设计和数据库应用系统开发 3 个方面组织教材内容,引导读者循序渐进地掌握数据库的基本理论和数据库应用系统开发的方法。全书主要内容包括数据库系统概述、Visual FoxPro 基础知识、数据库和表的建立与使用、关系数据库标准语言、查询和视图、结构化程序设计、面向对象程序设计、表单和控件,以及报表技术、菜单技术和系统集成技术等。全书共 12 章,每章都配有丰富的例题、习题和上机练习。全书力求做到概念清晰,取材合理,深入浅出,突出应用。

本书可以作为高等院校程序设计基础课程或者数据库应用课程的教材,也可以作为数据库系统开发人员和参加全国计算机等级考试的参考用书。

图书在版编目(CIP)数据

Visual FoxPro 程序设计教程/蔡庆华主编. —北京:清华大学出版社,2010.2
(高等学校计算机教材——面向应用与实践系列)
ISBN 978-7-302-21594-3

Ⅰ. ①V… Ⅱ. ①蔡… Ⅲ. ①关系数据库—数据库管理系统,Visual FoxPro—程序设计—高等学校—教材　Ⅳ. ①TP311.138

中国版本图书馆 CIP 数据核字(2009)第 225360 号

责任编辑:袁勤勇　林都嘉
责任校对:梁　毅
责任印制:杨　艳

出版发行:清华大学出版社　　　　　　　　　地　　　址:北京清华大学学研大厦 A 座
　　　　　http://www.tup.com.cn　　　　　邮　　　编:100084
　　　　　社　总　机:010-62770175　　　　邮　　　购:010-62786544
　　　　　投稿与读者服务:010-62776969,c-service@tup.tsinghua.edu.cn
　　　　　质　量　反　馈:010-62772015,zhiliang@tup.tsinghua.edu.cn

印　刷　者:北京富博印刷有限公司
装　订　者:北京市密云县京文制本制订厂
经　　　销:全国新华书店
开　　　本:185×260　　　印　　张:24　　　字　　数:564 千字
版　　　次:2010 年 2 月第 1 版　　　印　　次:2010 年 2 月第 1 次印刷
印　　　数:1~4000
定　　　价:33.00 元

编　委　会

主　　任：王　浩

副主任：陈　蕴　姚合生　陈桂林　郑尚志

委　　员（以姓名拼音排序）：

陈桂林　陈　蕴　郭有强　黄晓梅

李　武　刘玉培　钱　峰　宋万干

孙家启　王　浩　吴长勤　姚合生

尹荣章　张　霖　赵生慧　郑尚志

策划编辑：袁勤勇

前　言

数据库应用技术作为大学生计算机技术的重要组成部分,已经被列为非计算机专业计算机公共必修课程之一。Visual FoxPro 是由 Microsoft 公司推出的优秀小型数据库管理系统,它具有功能较强、操作方便、简单实用和用户界面友好等特性,在我国有广泛的应用基础和用户群。因此,本书以 Visual FoxPro 为背景,介绍了小型关系数据库的基本原理与基本操作、关系数据库标准语言,以及结构化程序设计和面向对象程序设计的基本原理与方法。在编写过程中着重突出了以下特点:

1. 注重应用性

本书强调培养学生应用 Visual FoxPro 进行系统开发的能力。在内容的编排上按照后台数据库设计→SQL 语言和程序设计→前台设计→系统集成的结构,层次清晰,所举实例紧密围绕一个实际的数据库应用系统形成体系,注重功能性和实用性。

2. 选择必要的理论

Visual FoxPro 是优秀的小型数据库管理系统软件,主要用来开发小型数据库管理系统。数据库开发涉及多方面的知识,如软件工程、关系数据库的设计、面向对象程序设计和 SQL 查询等,对于这些知识本书区别对待,必要之处不惜笔墨,其中的有些知识则穿插在相关章节中,使抽象的理论变得具体,体现理论指导实践的思想。

3. 深入浅出,充分考虑非计算机专业学生的特点

本教材的编写者均为长期在教学第一线从事本课程和相关专业课教学的教师,有丰富的教学经验和 MIS 系统开发经验,并有主编和参编多部教材的经历,因此在教材的写法上既能注意概念的严谨和清晰,又能注重通俗易懂,使学生看得懂、学得进。

4. 兼顾全国计算机等级考试,内容涵盖了考纲所要求的基本知识点

与本书配套的还有完整的电子教案、课件和参考资料,可在"计算机基础"精品课程网站 www. aqtc. edu. cn 下载或通过电子邮箱 caiqh74@aqtc. edu. cn、caiqh74@163. com 索取。

本书结构清晰,按照后台数据库设计→SQL 语言和程序设计→前台界面设计→系统集成的结构,深入浅出地阐述数据库基本理论以及 Visual FoxPro 的使用。

内容安排上涵盖《全国计算机等级考试二级考试大纲》中的主要知识点,同时充分考虑非计算机专业学生的特点,精选实例,突出重点。全书图文并茂,通俗易懂,便于自学。

本书参编人员少而精,都是长期从事数据库语言课程教学的老师。他们在长期的教学工作中积累了丰富的经验,并且主编、参编过多本计算机基础方面的教材。在全书的策划和出版过程中,得到了许多高校从事数据库语言教学工作的同仁的关心和帮助,清华大学出版社对本书的出版提供了大力支持,许多老师和同学提出了宝贵的修改意见,在此一并表示感谢。

本书由蔡庆华主编,全书各章的编写分工如下:蔡庆华负责整体结构的设计和统稿工

作,并编写第 7、8、9、12 章,第 1、2、3 章由刘桂江编写,第 4、11 章由吴海峰编写,第 5、6 章由程一飞编写,第 10 章由胡芬玲编写。

尽管在编写此书的过程中作者做了许多努力,但由于编者水平有限,加之时间仓促,书中不妥之处在所难免,敬请广大读者批评指正。

编　者

2010 年 1 月

目　录

第1章 数据库系统基础知识

数据库技术产生于20世纪60年代末,在科学计算、数据处理、过程控制等计算机应用领域中,数据处理约占70%,因此,数据库技术是计算机科学的重要分支。同时,数据库技术作为数据管理技术的最新成果,正广泛应用于社会生活的各个领域,在国民经济中发挥着日益重要的作用。

本章首先介绍数据库的一些基础知识,由于现在普遍使用的数据库管理系统都是关系数据库管理系统,因此接下来介绍有关关系数据库的基本概念和相关理论,最后介绍数据库设计的步骤和过程。

1.1 数据库基础知识

1.1.1 数据管理技术的发展

数据管理是指如何对数据进行分类、组织、编码、储存、检索和维护,它是数据处理的中心问题。计算机的数据管理技术经历了人工管理、文件系统和数据库系统三个阶段。

1. 人工管理阶段

20世纪40年代末至20世纪50年代末,计算机主要用于科学计算。当时的硬件状况是外存只有纸带、卡片、磁带,没有磁盘等直接存取的存储设备;软件状况是没有操作系统,没有管理数据的软件。

在此阶段,数据管理要由人工去做。程序员除了编写程序以外,还要花费大量精力去考虑如何组织和处理数据。例如,怎样把程序需要的数据转换成二进制的内部形式并输入计算机,数据将要存放在计算机内的什么地方,以什么形式存放(包括用多少个字节来表示一个数,整数和小数、正数和负数怎么表示等),程序运行时如何存取数据,输出结果时又如何把数据转换成人们看得懂的外部形式,等等。也就是说,程序员在编制程序时,既要设计算法,又要考虑数据的逻辑结构、物理结构以及输入输出方法等问题。在这种情况下,数据与程序不具有独立性。数据在存储上稍有改变,如增加一些数据,减少一些数据,或者改变一下数据存储的位置,都必须对原有的程序进行修改。程序与程序之间数据不能共享,有可能会造成大量重复数据。

在人工管理阶段,程序员对应用程序的设计与维护都非常困难。

2. 文件系统阶段

20世纪50年代末至20世纪60年代中期,计算机的硬件系统和软件系统都有了长足的进步。硬件方面有了磁盘、磁鼓等直接存取存储设备,软件方面出现了高级语言和操作系统,操作系统中的文件系统是专门管理外存储器的数据管理软件。

文件是操作系统管理数据的一个基本单位,每个文件都有一个合法的文件名。程序员编制程序时,是通过文件名来访问文件中的数据,不再需要关心数据的存储位置以及数据的存放方式。数据的物理结构细节完全由文件系统处理。当数据存储在一定范围内变动时,维护工作通常由文件系统负责,程序员不一定要修改程序,从而节省了维护程序的工作量,如图 1-1 所示。

图 1-1　文件系统维护数据的变动示意图

在这个阶段,程序与数据有一定的独立性,但这种独立性只是初级的,不彻底。当对数据物理结构的修改超出一定的范围时,仍然需要修改应用程序。数据也不再属于某个特定的应用程序,在一定程度上可以共享,但共享的程度仍然很低,其根本的原因在于文件间的数据缺乏联系,一个文件的建立仍然是面向特定用途设计的。应用程序和文件之间的关系可用图 1-2 来表示。

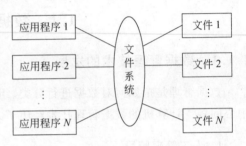

图 1-2　应用程序与文件之间的关系

文件系统使计算机在数据管理方面有了长足的进步。时至今日,文件系统仍是一般高级语言普遍采用的数据管理方式。然而,在文件系统的管理方式下,数据的独立性和共享程度仍然很低,当程序需要的数据量增加时,或者当使用数据的用户越来越多时,文件系统便不能适应更有效地使用数据的需要了。为了解决这些问题,人们又开发了数据库技术。

3. 数据库系统阶段

从 20 世纪 60 年代中期至 20 世纪 70 年代初,计算机硬件技术不断成熟,为数据库技术的产生和发展提供了良好的物质条件。在软件方面,人们感到只对文件系统加以简单的扩充,并不能适应规模一再扩大、数据量急剧增加的应用要求。1968 年,美国 IBM 公司推出层次模型的 IMS 系统;1969 年,美国数据系统语言协会的数据库任务组(DBTG)发表了网状模型的 DBTG 报告;1970 年,E. F. Codd 连续发表论文,奠定了关系数据库的理论基础。从那个时候起,数据库技术迅速发展,人们广泛地运用这一新技术对数据实施更高效和方便的管理。

与人工管理和文件系统相比,数据库系统阶段的数据特点主要体现在以下几个方面。

(1) 数据结构化

数据结构化是数据库与文件系统的根本区别。在文件系统中,文件彼此之间没有联系,从总体来看,其数据是没有结构的;在数据库系统中,文件与文件之间是相互联系的,从全局来看,它遵循一定的结构形式(即数据模型)。不仅数据是结构化的,而且存取数据的方式也很灵活,可以存取数据库中的某一个数据项、一组数据项、一个记录或一组记录。

（2）数据共享

数据库系统从整体角度看待和描述数据,数据不再面向某个应用而是面向整个系统,因此数据可以被多个用户、多个应用共享使用。数据共享可以大大减少数据冗余,节约存储空间。数据共享还能够避免数据之间的不相容性与不一致性。

所谓数据的不一致性,是指同一数据不同备份的值不一样。采用人工管理或文件系统管理时,由于数据被重复存储,当不同的应用使用和修改不同的备份时就很容易造成数据的不一致。在数据库中数据共享,减少了由于数据冗余造成的不一致现象。

（3）数据独立性高

数据独立性包括数据的物理独立性和数据的逻辑独立性。物理独立性是指用户的应用程序与存储在磁盘上的数据库中的数据是相互独立的。也就是说,数据在磁盘上的数据库中怎样存储是由数据库管理系统(DataBase Management System,DBMS)管理的,用户程序不需要了解,这样当数据的物理存储改变了,应用程序也不用改变。逻辑独立性是指用户的应用程序与数据库的逻辑结构是相互独立的,也就是说,数据的逻辑结构改变了,用户程序也可以不变。

在数据库系统阶段,应用程序与数据之间的对应关系如图 1-3 所示。

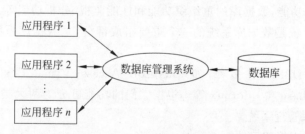

图 1-3　数据库系统阶段应用程序与数据之间的对应关系

1.1.2　数据库系统

数据库系统其实就是以数据库应用为基础的计算机系统,和一般的应用系统相比,数据库系统有其自身的特点。

1. 数据库系统的组成

数据库系统是一个实际可运行的,按照数据库方式存储、维护和向应用系统提供数据或信息支持的系统。它是计算机系统中引进数据库技术后的系统构成。数据库系统的硬软件层次如图 1-4 所示。

一个数据库系统至少由以下 4 部分组成。

图 1-4　数据库系统的系统结构

1）计算机基本系统

计算机基本系统包括中央处理器、主存储器、外部存储设备、数据通道等各种存储、处理和传输数据的硬件设备，还包括操作系统、语言软件以及各种实用程序等必要的软件，它们构成数据库系统必不可少的软硬件环境。另外，对于数据库系统来讲，它对硬件还有些特殊要求，比如需要足够大的内存来运行操作系统。由于数据库数据庞大，因此需要足够大的磁盘等直接存取设备存储数据，需要足够的磁带作数据库的备份。此外，还要求系统具有较高的通道能力，以提高数据传送率。

2）数据库管理系统

数据库管理系统是用于帮助用户在计算机上建立、使用和管理数据库的软件系统，它使得数据独立于具体的应用程序而被单独组织起来，成为各种应用程序的共享资源。数据库管理系统应该具有以下功能：

- 支持"数据定义语言（DDL）"，供用户描述数据库文件的结构，建立所需要的数据库。
- 支持"数据操纵语言（DML）"，供用户操作（查询、检索、排序和索引等）数据库与存储（修改、删除等）数据。
- 为数据库系统提供一级管理和控制程序，保障数据库的安全、通信与其他管理任务。
- 提供数据库的建立和维护功能，包括数据库初始数据的输入、转换功能，数据库的存储、恢复功能，数据库的重组织功能和性能监视、分析功能等。

数据库管理系统是数据库系统的一个重要组成部分，是数据库系统中对数据库进行管理的核心软件。

目前常见的 DBMS 有多种，如 Microsoft Access、Visual FoxPro、MySQL、SQL Server、Oracle、Sybase 和 Informix 等。根据它们的功能可分为两大类：小型数据库管理系统和大型数据库管理系统。

（1）小型数据库管理系统

① Access

Access 是 Office 办公套件中一个极为重要的组成部分，是一个既适用于 PC，又可用于小型计算机网络，同时支持数据库开发、维护和运行的集成工作环境，是 Microsoft 公司的关系型数据库管理系统产品。

使用 Access 可方便地完成建表、查询、报表、窗体和宏等功能。借助于功能强大的操作向导，使复杂的工作简单化，编写程序代码少，Access 采用面向对象的方式将数据库系统的各项功能对象化，简化了开发工作。

Access 也可以处理使用其他数据库管理系统创建的数据库，还能与工作站或主机上的各种数据库互连。

② Visual FoxPro

Visual FoxPro 是一个可运行于 Windows 平台的 32 位数据库开发系统，并能充分发挥 32 位微处理器的强大功能，具有直观易用的编程工具。Visual FoxPro 是为数据库结构和应用程序开发而设计的功能强大的面向对象的软件，是组织信息、运行查询、创建集成关系型数据所需的工具,可以在应用程序或数据库开发的任何一个领域中提供帮助。Visual FoxPro 所具有的速度、能力和灵活性是普通数据库管理系统无法比拟的,它把我们带入一个 XBASE 新时代。

在数据库方面:Visual FoxPro 完善了关系型数据库的概念,严格区分了数据库与数据表的概念;复合索引技术的广泛使用,改变了传统的单一入口的索引文件结构,使得一个索引文件中可以包含多个索引;SQL 命令的引入使得能以更少的代码和更快的速度从一张或多张表中检索数据。

在数据操作方面:Visual FoxPro 具有简单、灵活、多样的数据交换手段,支持众多的与其他应用程序进行数据交换的文件格式。

在程序设计方面:Visual FoxPro 不用编写或仅需编写少量的程序代码,就能够快速地创建出功能强大的可视化应用程序。

在操作使用方面:Visual FoxPro 提供了一个功能相对完善的集成环境,用户可以通过菜单、工具栏或快捷键完成指定的操作。

相对于其他数据库管理系统而言,Visual FoxPro 的最大特点是自带编程工具,由于其程序设计语言和 DBMS 的结合,因此它非常适合于初学者学习和便于教学,这是 Visual FoxPro 成为常见的数据库教学软件的原因之一。本书就是以 Visual FoxPro 6.0 为背景,介绍数据库的基本操作和数据库应用系统开发的方法。

③ MySQL

MySQL 是 MySQL AB 公司的关系数据库管理系统软件,是最流行的开源(Open Source,开放源代码)的关系型数据库管理系统。

MySQL 一词中的 SQL(Structured Query Language,结构化查询语言)是用于操作数据库的最常用标准语言,由美国国家标准局(ANSI)和国际标准化组织(ISO)定义。在进行数据库应用系统设计时,对数据库的操作均是使用 SQL 语言进行的。几乎所有的数据库管理系统均支持使用 SQL 语言进行数据库操作,它们的 SQL 语言是兼容的,所以如果用户曾经使用过其他数据库管理系统,那么学习使用 MySQL 将非常容易。如果从未使用过数据库管理系统,学习 SQL 语言也是非常容易的,因为 SQL 语言不像程序设计语言(PHP、C 和 Java 等)那样需要精确描述如何对数据进行访问和处理,只需要描述需要做什么即可,而如何做则交给数据库管理系统来完成。

MySQL 是开源软件。开源意味着任何人都可以免费获得软件的源代码,都能够使用和修改软件。MySQL 采用了 GPL(GNU 通用公共许可)许可,该许可确保了任何人都可以自由获得并使用该软件,任何人都可以从网上免费下载、使用、复制、修改和分发 MySQL。

MySQL 源于一个公司的内部项目,最初由瑞典 TcXDataKonsult 公司的员工发起,在 1996 年年底开始公开发行。在公开发行后,MySQL 迅速流行起来,在 2001 年成立了一家完全致力于 MySQL 开发与服务的公司 MySQL AB。

MySQL 的设计目标是提供一个高速、可靠、可扩展、易于使用的数据库管理系统。从首次发行开始,MySQL 的开发重点便放在快速、扩展性等方面,甚至为保持高性能而不惜减少功能特性。但是,MySQL 仍然吸引了大量的用户,因为对于这些用户而言,更注重的是速度、可靠性、扩展性,而并不关心那些不常使用的高级功能。在 MySQL 的不断发展中,不断加入新的企业级特性,吸引了更多用户。在 MySQL 3 中引入了复制、全文搜索;在 MySQL 4 中开始使用 InnoDB 存储引擎,提供对事务、外键完整性和行级锁定的支持;在 MySQL 5 中引入了视图、存储过程和触发器等高级特性。

(2) 大型数据库管理系统

① SQL Server

SQL Server 最初由 Microsoft、Sybase 和 Ashton-Tate 这 3 家公司共同开发,并于 1988 年推出了第一个 OS/2 版本;1990 年,Ashton-Tate 公司中途退出了 SQL Server 的开发;1992 年,SQL Server 移植到 Windows NT 上之后,Microsoft 成了这个项目的主导者;从 1994 年开始,Microsoft 专注于开发、推广 SQL Server 的 Windows NT 版本,Sybase 则较专注于 SQL Server 在 UNIX 操作系统上的应用;1996 年,Microsoft 推出了 SQL Server 6.5 版本;1998 年,SQL Server 7.0 版本和用户见面;SQL Server 2000 是 Microsoft 于 2000 年推出的。

SQL Server 2000 是一种基于客户/服务器(Client/Server)模式的关系数据库管理系统,它采用 Transact-SQL 在客户机和服务器之间传递信息,扮演着后端数据库的角色,是数据的汇总与管理中心。SQL Server 在电子商务、数据仓库和数据库解决方案等应用中起着重要的作用,为企业的数据管理提供强大的支持。

② Oracle

Oracle 是以高级结构化查询语言为基础的大型关系数据库管理系统,是目前最流行的客户/服务器体系结构的数据库之一。

Oracle 公司自从 20 世纪 70 年代推出 Oracle 数据库后,一直领导着数据库发展的新潮流,它融合了先进的技术并预见性地领导了全球数据库技术的发展。Oracle 公司于 1979 年首先推出基于 SQL 标准的关系数据库产品,可以在 100 多种硬件平台上运行(包括微型机、工作站、小型机、中型机和大型机),支持多种操作系统平台。用户的 Oracle 应用系统可方便地从一种计算机配置移至另一种计算机配置上。在 Oracle 公司数据库产品的发展中形成了支持分布式的数据库、客户/服务器结构的第五版,具有革命性的行锁定模式、革新性的 PL/SQL 语言并支持簇和对等多处理计算机的第六版,产业化、高可靠、对网络工作组及企业应用提供技术支持的第七版。1997 年,推出了基于 WWW、关系-对象数据库的第八版。1999 年,正式提供了世界上第一个 Internet 数据库 Oracle 8i。2001 年,推出了在集群技术、商业智能等方面具有新突破的 Oracle 9i。2003 年,推出了面向网格计算的 Oracle 10g。目前,Oracle 产品覆盖了大、中、小型机等几十种机型,Oracle 数据库成为世界上使用最广泛的关系数据库系统之一,其产品包括数据库、服务器、企业商务应用软件、应用软件开发和决策支持工具。

Oracle 提供了多种开发工具(包括预编译程序、子程序调用接口等),能极大地方便用户进行进一步开发。提供了与第三代高级语言的接口软件 PRO * 系列,能在 C、C++ 等主语言中嵌入 SQL 语句及过程化(PL/SQL)语句,对数据库中的数据进行操纵。利用它的前台开发工具,如 Power Builder、SQL * FORMS 和 Visual Basic 等,可以快速开发生成基于客户端 PC 平台的应用程序。

Oracle 是应用广泛的大型数据库系统,一直是关系型数据库管理系统的领跑者。特别是在 Oracle 9i 版本报出后,它更加受到用户的青睐。用它不仅可以方便地开发应用系统,它还可通过对高端硬件平台、网络和存储技术的支持,为 Web 站点和企业的应用提供可扩展性和高可靠性,能在 Internet 商业领域快速建立应用。现代数据库不再是单一的、用于存储和管理数据的产品,而是集成了数据仓库和商业智能分析工具的集成化多功能平台,同时数据库与应用服务器软件进行无缝集成,从而提高了多层体系结构的电子商务应用访问数据库的性能。

目前,Oracle 数据库系统广泛应用于电信、邮政、金融、电力、医院及工业生产等领域,大大地促进了这些领域中企事业单位的信息管理和生产管理。但是,由于 Oracle 数据库管理系统功能强大,内容繁多,对系统要求较高,不适合普通的个人桌面用户使用。

③ Sybase

Sybase 是美国 Sybase 公司研制的一种关系数据库管理系统,是一种典型的 UNIX 或 Windows NT 平台上客户/服务器环境下的大型数据库系统。虽然没有 Oracle 和 DB2 的名气大,但是国内外许多大企业都使用它。由于进入中国市场较早,中国许多金融企业都使用 Sybase。实际上,Sybase 公司也是全球领先的企业集成解决方案供应商之一,提供业界完整的企业数据管理系统、企业门户产品以及移动与无线解决方案,还致力于整合各种应用平台、数据库和应用软件。

Sybase 主要有 3 种版本：UNIX 版本、Novell Netware 版本和 Windows 版本。Sybase 公司是 Mark B. Huffman 和 Robert Epstern 在 1984 年创建的,Sybase 是取 System Database 之意。1986 年正式推出 Sybase 数据库系统,1987 年推出了第一个 Sybase 数据库商业产品,1991 年年底进入中国,1993 年成立 Sybase 中国有限公司,1995 年推出 Sybase System 11,1999 年 8 月,Sybase 正式发布了针对企业门户 EP 市场的公司策略,进一步加强了公司在企业数据管理和应用开发、移动和嵌入式计算、Internet 计算环境及数据仓库等领域的领先地位。

Sybase 提供了一套应用程序编程接口和库,可以与非 Sybase 数据源及服务器集成,允许在多个数据库之间复制数据,适于创建多层应用。系统具有完备的触发器、存储过程、规则以及完整性定义,支持优化查询,具有较好的数据安全性。Sybase 通常与 Sybase SQL Anywhere 用于客户/服务器环境,前者作为服务器数据库,后者为客户机数据库,采用该公司研制的 Power Builder 为开发工具,广泛应用于我国大中型管理系统中。

由于 Sybase 是新公司,采用了许多先进的技术,使该产品的开发和研制的起点高、结构新、性能好。例如,Sybase 是第一个在核心真正实现 C/S 体系结构的分布式关系数据库管理系统产品,也是第一个把单进程多线索技术用于关系数据库管理系统的产品。Sybase 在新兴的企业门户发展策略中充分利用了已有的核心产品和战略优势,提供了满足电子商务需求的解决方案。

④ Informix

Informix 公司最初在关系数据库管理系统刚刚建立时推出的商业化数据库产品 RDSQL 就是领先于市场的,特别是在 UNIX 平台上。RDSQL 和后来的所有 Informix 产品都紧紧围绕 UNIX 和开放系统,而且它能够在不同 UNIX 系统中运行,这在当时是独一无二的。事实上,Informix 公司的名称就是从 INFORMation＋UNIX 派生出来的。

　　Informix 公司开发产品的宗旨是为用户提供高生产率的、贯穿应用系统整个生命周期的数据库技术。Informix 软件使用户能够方便地开发、维护和扩展应用系统,并使应用系统软件具有高效性、高安全可靠性和有效的恢复特性。

　　Informix 数据库产品采用客户/服务器体系结构。应用开发工具提供开发和运行应用系统的用户界面,数据库核心进行数据管理,包括数据存储、数据跟踪、数据检索、事务管理和数据库保护等。Informix 提供两个主要的数据库服务器: Informix-Online 和 Informix-SE。

　　Informix-Online 是适用于大型应用的、功能强、效率高的 OLTP(联机事务处理)数据库服务器,支持存储过程、触发器、参照完整性、多媒体数据存储等。Informix-SE 是一个易安装、易使用、易维护的数据库服务器,它提供 SQL 的数据处理能力,而所需要的数据库管理工作很少,因此非常适合于中小型企业使用。Informix-SE 可在 UNIX、DOS、Windows、NETWARE、OS2 和 XENIX 环境下运行。

　　Informix 系统是一个应用广泛的数据库系统,在国际开放式系统 DBMS 市场上占有重要位置。Informix 用户分布在企业、商业、金融、通信和政府机关等各个领域。如 Informix 在金融、银行领域得到很大发展。在向开放式系统过渡时,欧洲的一些有影响的银行和美国的一些重要金融机构选择了 Informix。德国的 DRESDNER BANK 用 Informix 为它的全国范围内数百家银行实现几个项目,包括将其 UNIX 的平台上 Informix 应用系统连接到 IBM 主机和 DB2 数据库。

　　Informix 系统在我国国内也有不少成功应用的例子。如许多商业银行把 Informix 作为银行业务系统和办公自动化系统的选型数据库。许多商业企业利用 Informix 数据库,采用客户端/服务器结构,使用 ESQL、C 设计了基于 Windows 界面的商业自动化系统。

　　3) 数据库

　　所谓数据库(DataBase,DB),是指长期存储在计算机内的、有组织的、可共享的数据集合。数据库中的数据按一定的数据模型组织、描述和存储,具有较小的冗余度、较高的数据独立性和易扩展性,并可被各种用户共享。

　　数据库是表和关系的结合。它不仅包括描述事物的数据本身,而且还包括相关事物之间的联系,它是数据组织层次中目前已达到的最高级别。数据库中的数据面向多种应用,可以被多个用户、多个应用程序所共享,可被 Excel、Access 和 Visual Basic 等应用软件调用。例如一个图书馆中的图书数据库,涉及到图书信息表、读者信息表和借阅信息表等全部数据的汇集,各个图书馆的数据还可以汇集为一个更大的数据库。

　　4) 数据库系统的相关人员

　　数据库系统的相关人员有多种类型,他们分别扮演不同的角色,承担不同的任务。

　　① 最终用户。具体操作应用系统,通过应用系统的用户界面使用数据库来完成其业务活动。数据库的模式结构对最终用户是透明的。

　　② 应用程序员。以外模式为基础编制具体的应用程序和操作数据库,数据库的映像功能保证了他们不必考虑具体的存储细节。

③ 系统分析员。因为要负责应用系统的需求分析和规范说明,需要从总体上了解、设计整个系统,因此他们必须与最终用户及数据库管理员加强联系和沟通,确定系统的软硬件配置并参与数据库各级模式的概要设计。

④ 数据库管理员(DBA)。负责全面管理和控制数据库系统,数据库管理员的素质在一定程度上决定了数据库应用的水平,所以他们是数据库系统中最重要的人员。数据库管理员一般由几个人组成一个小组,其主要职责如下:

- 根据用户的数据需求决定数据库的内容。
- 通过对全部数据的语义分析和对各个用户不同需求的调查研究,建立数据库的概念模型,并在此基础上选择合适的 DBMS,确定系统的模式、子模式以及子模式到模式的映像。
- 根据外存特征、通道能力和系统要求,选择数据的物理结构和访问策略,定义模式到存储模式的映像。
- 定义数据的安全性要求和用户的保密级别以及完整性约束条件等。
- 监视数据库系统的运行情况。当由于硬件、软件或人为故障使数据库系统遭到破坏时,DBA 必须能够在最短时间内把数据库恢复到某一正确状态,并且尽可能不影响计算机系统其他部分的正常运行。因此,DBA 要定义和实施适当的后援和恢复策略。
- 随时监视并改善系统的时空效率,以提高系统的性能。
- 当系统需要扩充和改造时,负责修改和调整子模式和模式,以及其他方面的变动。

总之,DBA 承担着创建、监控和维护整个数据库结构的责任,当应用程序员要求对数据库结构作其他改变时,必须通知 DBA,只有 DBA 才有权对模式或子模式作出修改。

DBA 虽然控制着整个数据库的结构,但并不是说 DBA 一定掌握和了解数据库中的数据。恰恰相反,为了保证数据的安全性,数据的值对 DBA 应该是封锁的。例如,DBA 知道职工记录型中含有工资数据项,他们可以根据应用的需要将该数据项类型由 5 位数字型扩充为 6 位数字型,但他们不能读取或修改任一职工的工资值。

2. 数据库系统的三级模式结构

数据库系统的三级模式结构由外模式、模式和内模式组成,如图 1-5 所示。这三级模式是对数据的 3 个抽象级别,它把数据的具体组织留给 DBMS 管理,使用户能逻辑地、抽象地处理数据,而不必关心数据在计算机中的表示和存储。

1) 模式

模式也称为逻辑模式,是数据库中全体数据的逻辑结构和特性的描述,是所有用户的公共数据视图。它是数据库系统模式结构的中间层,既不涉及数据的物理存储细节和硬件环境,又与具体的应用程序和开发工具无关。

模式实际上是数据库数据在逻辑级上的视图,一个数据库只有一个模式,数据库模式以某一种数据模型为基础,综合考虑了所有用户的需求,并将这些需求有机地整合成一个逻辑整体。

模式不仅仅要定义数据的逻辑结构,而且要定义与数据有关的安全性、完整性要求;

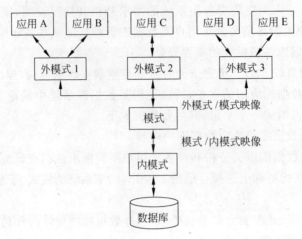

图 1-5   数据库系统的三级模式结构

不仅要定义数据记录内部的结构,而且要定义这些数据项之间的联系,以及不同记录之间的联系。

数据库管理系统提供模式数据描述语言(模式 DDL)来描述模式。

2) 外模式

外模式也称子模式或用户模式,是数据库用户看到的数据视图,它是与某一应用有关数据的逻辑表示。

外模式通常是模式的子集,它是各个用户的数据视图,由于不同的用户其需求不同,看待数据的方式不同,对数据的要求不同,使用的程序设计语言也可以不同,因此不同用户的外模式描述是不同的。即使对模式中同一数据,在外模式中的结构、类型、长度和保密级别等都可以不同。

数据库管理系统提供外模式数据描述语言(外模式 DDL)来描述外模式。

3) 内模式

内模式是全体数据库数据的内部表示或者底层描述,用来定义数据的存储方式和物理结构。

内模式通常用内模式数据描述语言(内模式 DDL)来描述和定义。

3. 数据库系统的二级映像

为了实现这 3 个抽象层次的联系和转换,数据库系统在这三级模式中提供了两层映像:外模式/模式映像和模式/内模式映像。

1) 外模式/模式映像

对应于同一个模式,可以有任意多个外模式。外模式/模式的映像定义某一个外模式和模式之间的对应关系。当模式改变时,外模式/模式的映像要作相应的改变(由 DBA 负责)以保证外模式保持不变。

2) 模式/内模式映像

模式/内模式的映像定义数据的逻辑结构和存储结构之间的对应关系,它说明逻辑记录和字段在内部是如何表示的。这样当数据库的存储结构改变时，可相应地修改模式/内模式的映像，从而使模式保持不变。

正是由于上述这二级映像功能，才使得数据库系统中的数据具有较高的逻辑独立性和物理独立性。

4. 数据库系统的特点

数据库系统能被广泛地应用起来，原因是它有很多特点，或者说是优点。下面列出了数据库系统的主要特点。

- 最低的数据冗余度。最小程度地减少了数据库系统中的重复数据，使存取速度更快，在有限的存储空间内可以存放更多的数据。
- 避免数据的不一致，具有较高的数据独立性。数据和程序彼此独立，数据存储结构的变化尽量不影响用户程序的使用，使应用程序的开发更加自由。
- 数据可以共享。可以使更多的用户更充分地使用已有数据资源，减少资料收集、数据采集等重复劳动和相应费用，降低了系统开发的成本，使用户提高了工作效率。
- 具有数据安全性和完整性保障。数据库系统具有数据的安全性，可以防止数据丢失和被非法使用；具有数据的完整性，可以保护数据的正确、有效和相容。
- 并发控制和数据恢复。数据可以并发控制，避免并发程序之间的相互干扰，多用户操作可以进行并行调度；具有数据的恢复功能，在数据库被破坏或数据不可靠时，系统有能力把数据库恢复到最近某个时刻的正确状态。
- 易于使用、便于扩展。数据库系统的使用简单，开发的应用软件便于用户掌握。

1.1.3　数据模型

数据库是企业或部门相关数据的集合，数据库不仅要反映数据本身的内容，而且要反映数据之间的联系。由于计算机不可能直接处理现实世界中的具体事物，因此，必须要把现实世界中的具体事物转换成计算机能够处理的对象。在数据库中用数据模型这个工具来抽象、表示和处理现实世界中的数据和信息。通俗地讲，数据模型就是对现实世界数据的模拟。

在数据库中引入了数据模型来描述数据以及它们之间的联系。针对不同的对象和应用目的可以采用不同的数据模型。常用的数据模型包括层次模型、网状模型、关系模型和面向对象模型等。

1. 层次模型

用树形结构来表示实体及其联系的数据模型称为层次模型。采用层次模型的数据库系统称为层次型数据库系统。层次型数据库系统的典型代表是 1968 年由 IBM 公司推出的商用数据库管理系统。

在层次模型中，实体是用结点表示的，实体间的联系用结点间的有向连线表示。图 1-6(a)就是学校的一个层次模型。这种模型可以用有向树来表示，如图 1-6(b)所示。

图 1-6　学校的一个层次模型

根据树形结构的特点,建立数据的层次模型需要满足两个条件:

① 有一个结点没有父结点,这个结点也被称为根结点;

② 其他结点有且仅有一个父结点。

2. 网状模型

用网状结构来表示实体及其联系的数据模型称为网状模型。采用网状模型的数据库系统称为网状型数据库系统。网状型数据库系统的典型代表是 DBTG 系统,它是由数据系统语言研究会下属的数据库任务组于 20 世纪 70 年代提出的一个系统方案。该方案中提出的很多基本概念、方法和技术对网状数据库系统的研制和发展起着非常重要的指导作用。

与层次模型一样,网状模型中的实体也是用结点表示。实体间的联系用结点及结点间的连线表示。

与层次模型不同的是,网状模型去除了层次模型的两个限制,它允许:

① 一个以上的结点可以没有父结点;

② 至少有一个结点有多于一个的父结点。

因此,层次模型实际上是网状模型的一个特例,网状模型比层次模型更具普遍性,更容易表示现实世界中事物间的复杂联系。图 1-7(a)所示的教学关系,可用图 1-7(b)表示,这是一个无向图。

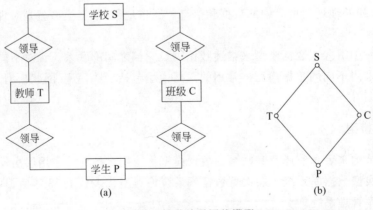

图 1-7　教学关系网状模型

可以看出,网状模型在结构上比较优越,不像层次模型那样要满足严格的条件。在网状模型中,对数据的搜索可以用两种方式:

① 可以从网络中任一结点开始搜索。

② 可沿着网中的路径按任意方向搜索。这种搜索方式也比层次模型较为优越。

这种不加任何限制的网状模型在计算机中实现较为困难,因此在网状模型的具体实现时往往要采取一些办法来解决。

3. 关系模型

关系模型是完全不同于前面两种模型的一种新的模型,它的基础不是图形而是表格。表格方法在日常生活中应用非常广泛,可以说,任何一个信息模型均可用二维表的形式表示出来。用表结构来表示实体及实体间联系的模型称为关系模型。采用关系模型的数据库系统称为关系型数据库系统。

关系模型是 1970 年由 IBM 公司 San Jose 研究实验室的研究员 E. F. Codd 提出的,他连续发表了《大型共享数据库数据的关系模型》等一系列论文,提出了关系数据模型,奠定了关系数据库的理论基础。关系模型表示客观世界的方式如下:

（1）用二维表表示实体及其属性

设一实体集 R 有属性 $A_1, A_2, \cdots, A_n$。此时,这个实体集可用一个二维表的框架表示出来,而这个表中的每一行内容即构成了实体集中的实体。例如,"教师"、"学生"和"课程"三个实体及属性分别为教师(工号,姓名,职称),学生(学号,姓名,性别,年龄)和课程(课程号,课程名,学时数)。图 1-8 列出了 3 个实体的若干取值。

工号	姓名	职称
T001	张三	教授
T002	李四	讲师
T003	王武	助教

学号	姓名	性别	年龄
S001	刘大	男	18
S002	何晓	女	20
S003	刘经	女	17
S004	郭靖	男	21

课程号	课程名	学时数
C001	计算机	180
C002	英语	190
C003	语文	290

图 1-8　教师、学生和课程 3 个实体的若干取值

（2）用二维表表示实体间的联系

用二维表表示实体间的联系,是关系模型的关键,如果不同实体间确实存在着某种自然联系,那么一定可以通过在相应二维表中设置某个或某些属性使不同二维表发生联系。现假定:"课程"与"教师"两实体间是 $1:n$ 联系;"学生"与"课程"两实体间是 $m:n$ 联系;不考虑"学生"与"教师"间的联系。根据这个假定,来看看实现联系的手段。

为使"课程"与"教师"间表现为 $1:n$ 联系,可在"教师"二维表中增加一个属性,这个增加的属性必须是与"教师"发生联系的"课程"二维表中的关键字"课程号",它在"教师"二维表中并不是关键字,但却是与之相联系的另一个二维表"课程"中的关键字,这叫做外部关键字。这样,"课程号"同时出现在"教师"与"课程"两个二维表中,成为公共属性,正是通过公共属性取值相等的条件使"课程"与"教师"建立起 $1:n$ 联系。为便于理解,在图 1-9(a)中给出几个具体取值,图中表明 T002 号和 T003 号两个教师担任 C003 号一门

课程。反之,C003 号课程由 T002 号和 T003 号两个教师承担,反映了"课程"与"教师"之间是 $1:n$ 的联系。

工号	姓名	职称	课程号
T001	张三	教授	C002
T002	李四	讲师	C003
T003	王武	助教	C003

(a)

学号	课程号	成绩
S001	C001	90
S001	C002	85
S001	C003	74
S002	C001	87
S002	C002	76
S002	C003	68

(b)

图 1-9　用二维表表示"教师"与"课程"、"学生"与"课程"两实体间的联系

为使"学生"与"课程"两实体间表现为 $m:n$ 的联系,可以再构造一个专门起着联系作用的二维表,该二维表中应包含被它所联系的两个二维表中的关键字。分析图 1-9(b)所示的"学习"二维表,不难看出它的确表示了"学生"与"课程"间的 $m:n$ 联系。因为 S001 号学生选修了 C001、C002 和 C003 号 3 门课程,而 C001 号课程有 S001 和 S002 两个同学选修过。

由此可见,可用二维表表示实体集及其属性,也可用它表示实体集之间的联系。这样,用 E-R 图所构成的任意信息模型,均可用若干张二维表表示。这种二维表在数学中实际上是一个关系,故这种模型称为关系模型。关系模型的基本结构是二维表,二维表不仅能表示实体也能表示联系,它的表达能力极强,这是前两种方法远不能比拟的。

二维表的数学基础是关系理论,对二维表进行的数据操纵相当于在关系理论中对关系进行运算。因此,在关系模型中,整个模型的定义与操纵均建立在严格的数学理论基础之上,这为研究关系模型提供了极其有力的工具。

4. 面向对象模型

与层次模型和网状模型相比,关系模型有严格的数学基础,概念简单清晰,在传统的数据处理领域使用得非常广泛。但是,随着数据库技术的发展,出现了许多如 CAD、图像处理等新的应用领域,甚至在传统的数据处理领域也出现了新的处理需求。例如,存储和检索保险索赔案件中的照片、手写的证词等。这就要求数据库系统不仅能处理简单的数据类型,还要处理包括图形、图像、声音和动画等多种音频、视频信息,传统的关系数据模型难以满足这些需求,因而产生了面向对象的数据模型。

在面向对象的数据模型中,最重要的概念是对象和类。对象是对现实世界中实体的抽象。针对不同的应用环境,面对的对象也不同。一个教师是一个对象,一本书也可以是一个对象。一个对象由属性集、方法集和消息集组成。其中,属性用于描述对象的状态、组成和特性,而方法用于描述对象的行为特征,消息是用来请求对象执行某一操作或回答某些信息的要求,它是对象与外界联系的界面。共享同一属性集和方法集的所有对象的集合称为类。每个对象称为它所在类的一个实例。类的属性值域可以是基本数据类型,

也可以是类。一个类可以组成一个类层次,一个面向对象的数据库模式是由若干个类层次组成的。例如,书类包括工具书类和教科书类。其中,书类是父类,而工具书类和教科书类是它的子类。子类可以继承其父类的所有属性、方法和消息。

1.2　关系数据库

1.2.1　关系数据库的基本概念

在关系数据库中,经常会提到关系、属性等关系模型中的一些基本概念。为了进一步了解关系数据库,首先给出关系模型中这些基本概念的定义。

1. 关系术语

- 关系:一个关系就是一张二维表,每个关系都有一个关系名。在计算机中,一个关系可以存储为一个文件。在 Visual FoxPro 中,一个关系就是一个表文件。文件扩展名为 dbf,称为表。
- 属性:二维表中垂直方向的列称为属性,有时也叫做一个字段。
- 域:一个属性的取值范围叫做域。
- 元组:二维表中水平方向的行称为元组,有时也叫做一条记录。
- 码:又称为关键字。二维表中的某个属性或属性组合,若它的值唯一地标识了一个元组,则称该属性为候选码。若一个关系有多个候选码,则选定其中一个为主码,这个属性称为主属性。
- 外部关键字:若关系中某个属性或属性组合并不是候选关键字,但却是另一个关系的主关键字,则称此属性或属性组合为本关系的外部关键字。关系之间的联系是通过外部关键字实现的。
- 分量:元组中的一个属性值叫做元组的一个分量。
- 关系模式:它是对关系的描述,包括关系名、组成该关系的属性名和属性到域的映像。通常简记为:

关系名 (属性名 1,属性名 2,…,属性名 M)

属性到域的映像通常直接说明为属性的类型、长度等。

采用关系模式作为数据组织方式的数据库叫做关系数据库。对关系数据库的描述称为关系数据库模型。

图 1-10 所示的关系是一个学生基本情况表。表中的每一行是一条学生记录,是关系的一个元组,学号、姓名、性别、出生日期、是否团员、照片均是属性。其中学号是唯一识别一条记录的属性,因此称为主码。对于学号属性,域是 00001～99 999;对于姓名属性,域是由 2～4 个汉字组成的字符串;对于性别属性,域是男或者女。

学生基本情况表的关系模式可记为

学生 (学号,姓名,性别,出生日期,是否团员,照片)

学号	姓名	性别	出生日期	是否团员	照片
10101	刘雅丽	女	03/01/90	.T.	Gen
10102	李成功	男	04/01/88	.F.	Gen
10201	霍晓琳	女	09/09/89	.T.	Gen
10203	吕玉婷	女	10/10/91	.F.	Gen
20101	吴华清	男	01/20/90	.T.	Gen
20102	程礼	女	06/02/90	.T.	Gen
20202	王大力	男	07/05/91	.T.	Gen
20203	赵玲	女	03/03/88	.T.	Gen
20205	蔡皓轩	男	04/09/87	.F.	Gen

图 1-10　学生基本情况表

一个关系模式在某一时刻的内容(称为相应模式的状态)是元组的集合,称为关系。在不至于引起混淆的情况下,常常将关系模式和关系统称为关系。

2. 关系的基本特点

- 关系模型就是一个二维表,它要求关系必须规范化。一个关系的每个属性必须是不可再分的,即不允许表中含表。图 1-11 显示了一个表格,这是一个复合表,不是二维表,因而不是一个关系。

工号	姓名	应发工资		
		奖金	基本工资	津贴
0001	张三	800	2500	1600

图 1-11　复合表

- 在同一个关系中不允许出现重复的属性。
- 在同一个关系中不允许出现重复的元组。
- 关系中元组的先后顺序无关紧要。也就是说,交换元组的顺序不影响数据的具体意义。
- 关系中属性的前后顺序无关紧要。也就是说,交换属性的顺序不影响数据的具体意义,也不会改变关系模式。

3. 关系模型的优点

① 数据结构单一。关系模型中,不管是实体还是实体之间的联系,都用关系来表示,而关系都对应一张二维数据表,数据结构简单、清晰。

② 关系规范化,并建立在严格的理论基础上。关系中每个属性不可再分割,构成关系的基本规范。同时关系是建立在严格的数学概念基础之上,具有坚实的理论基础。

③ 概念简单,操作方便。关系模型最大的优点就是简单,用户容易理解和掌握,一个关系就是一张二维表格,用户只需用简单的查询语言就能对数据库进行操作。

1.2.2　关系运算

在对关系数据库进行查询时,为了找到用户感兴趣的数据,往往需要对关系进行一定的关系运算。关系的基本运算有两类:一类是传统的集合运算(并、差、交等),另一类是专门的关系运算(选择、投影、联结)。有些查询需要几个基本运算的组合。

1. 传统的集合运算

进行并、差、交集合运算的两个关系必须具有相同的关系模式,即元组有相同的结构。

1) 并(Union)

两个相同结构关系的并是由属于这两个关系的元组组成的集合。

例如,有两个结构相同的学生关系 R、S,分别存放两个班的学生,将第二个班的学生记录追加到第一个班的学生记录后面就是两个关系的并集。

2) 差(Difference)

设有两个结构相同的关系 R 和 S,R 与 S 的差是由属于 R 但不属于 S 的元组组成的集合,即差运算的结果是从 R 中去掉 S 中相同的元组。

例如,设有选修计算机基础的学生关系 R,选修数据库 Visual FoxPro 的学生关系 S,若求选修了计算机基础,但没有选修数据库 Visual FoxPro 的学生,就应当进行差运算。

3) 交(Intersection)

两个具有相同结构的关系 R 和 S,它们的交是由既属于 R 又属于 S 的元组组成的集合。交运算的结果是 R 和 S 的共同元组。

例如,有选修计算机基础的学生关系 R,选修数据库 Visual FoxPro 的学生关系 S,若求既选修了计算机基础又选修了数据库 Visual FoxPro 的学生,就应当进行交运算。

2. 专门的关系运算

关系数据库管理系统能完成选择、投影和联结 3 种关系操作。

(1) 选择(Select)

从关系中找出满足给定条件的元组的操作称为选择。选择的条件以逻辑表达式的形式给出,逻辑表达式的值为真的元组将被选取。例如,要从“教师”表中找出“职称”为教授的教师,所进行的查询操作就属于选择操作。

(2) 投影(Project)

从关系模式中指定若干属性组成新的关系称为投影。

投影是从列的角度进行的运算,相当于对关系进行垂直分解。经过投影运算可以得到一个新的关系,其关系模式所包含的属性个数往往比原关系少,或者属性的排列次序不同。投影运算提供了垂直调整关系的手段,体现出关系中列的次序无关紧要这一特点。

例如,显示“学生”关系中所有学生的“姓名”和“性别”,所进行的查询操作就属于投影运算。

(3) 联结(Join)

联结是关系的横向结合。联结运算将两个关系模式拼接成一个更宽的关系模式,生成的新关系中包含满足连接条件的元组。联结过程是通过联结条件来控制的,联结条件中将出现两个表中的公共属性名,或者具有相同的语义,可比的属性。联结结果是满足条件的所有记录。

联结是将两个二维表格中的若干列按同名等值的条件拼接成一个新二维表格的

操作。

选择和投影运算的操作对象只是一个表,相当于对一个二维表进行切割。联结运算需要两个表作为操作对象。如果需要联结两个以上的表,应当两两进行联结。

总之,在对关系数据库的查询中,利用关系的投影、选择和联结运算可以方便地分解关系,或重新组合成新的关系。

1.2.3　关系的完整性约束

关系完整性是指关系数据库中数据的正确性和可靠性,关系数据库管理系统的一个重要功能就是保证关系的完整性。关系完整性包括实体完整性、值域完整性、参照完整性和用户自定义完整性。

1. 实体完整性

实体完整性是指数据表中记录的唯一性,同一个表中不存在相同的记录。数据表的关键字便用于保证数据的实体完整性。例如,图书信息表中的"条码"字段为关键字,若编辑"条码"字段时出现相同的图书条码,数据库管理系统就会提示用户,并拒绝修改字段。

2. 值域完整性

值域完整性是指数据表中记录的每个字段的值应在允许范围内。例如,图书信息表中的"条码"字段可规定为是由英文字母或数字组成的 6 位字符串。

3. 参照完整性

参照完整性是指相关数据表中的数据必须保持一致。例如,图书信息表中的"条码"字段和借阅记录表中的"条码"字段应保持一致。若修改了图书信息表中的"条码"字段,则应同时修改借阅记录表中的"条码"字段,否则会导致参照完整性错误。

4. 用户自定义完整性

用户自定义完整性是指用户根据实际需要而定义的数据完整性。例如,可在借阅记录表中添加一个"借书期限"字段,并规定读者借阅图书的期限不超过 4 个月。

1.3　数据库设计基础

1.3.1　数据库设计步骤

设计数据库的关键,在于明确数据的存储方式与关联方式。在各种类型的数据库管理系统中,为了能够更有效、更准确地为用户提供信息,往往需要将关于不同主题的数据存放在不同的表中。设计数据库可按以下基本步骤进行。

1. 确定创建数据库的目的

设计数据库的第一步是在对用户需求及现有条件进行认真分析的基础上,确定创建数据库的目的以及数据库的使用方法。

分析需求的目的在于确定用户希望从数据库中得到哪些信息。进一步而言,要在对收集来的数据进行分析整理的基础上,确定需要哪些主题来保存有关的数据项(表),以及每个主题需要哪些数据项来描述(表中的字段)。

为了实现设计目标,需要进行以下准备工作:

① 与数据库的终端用户交流,了解用户希望从数据库中得到什么样的信息。

② 广泛讨论数据库所要解决的问题,并描述数据库需要生成的报表。

③ 收集当前用于记录数据的表格。

总之,在设计数据库之前应进行系统调查和分析,以搜集足够的数据库设计依据。

2. 规划数据库中的表

表是数据库的基本信息结构。确定表可能是数据库设计过程中最难处理的步骤,因为从数据库获得的结果(如要打印的报表、要使用的格式及要解决的问题等)不一定能够提供用于生成它们的表结构的线索。

在设计表时,应注意按以下设计原则对信息进行分类:

① 每个表应该只包含关于一个主题的信息。这样,对每个主题所属信息的维护都是独立于其他主题的信息。例如,如果将客户的基本数据(公司名称、地址等)与客户订单分别存放在不同的表中,则在删除某个订单后仍然保留了客户的基本数据,不影响以后的业务联系。

② 表中不应该包含重复信息,而且信息不应该在表之间复制。如果每条信息只保存在一个表中,则只需要在一处进行更新,这样效率更高,同时也消除了包含重复项的可能性。例如,在一个表中,对每个客户的地址和电话号码只保存一次。

3. 确定表中的字段

每个表中都包含关于同一主题的信息,表中各个字段则包含关于该主题的各个属性。例如,“客户”表可以包含公司的名称、地址、城市、省份和电话号码的字段。在草拟每个表的字段时,要注意以下问题:

① 每个字段都直接与表的主题相关。

② 包含所有必要的信息。

③ 不包含推导或计算的数据,如表达式的计算结果。

④ 以最小的逻辑部分保存信息。例如,对英文姓名应该将姓和名分开保存。

4. 明确有唯一值的字段

为了连接保存在不同表中的信息(如将某个客户与该客户的所有订单相连接),数据库中每个表必须包含表中唯一确定每个记录的字段,以便设置主关键字。

5. 确定表之间的关系

因为已经将信息分配到各个表中,并且已定义了主关键字,所以需要通过某种方式通知 Visual FoxPro,怎样以有意义的方式将相关信息重新结合在一起。为了进行上述操作,必须定义表与表之间的关系。

6. 优化设计

设计好所需要的表、字段和关系后,还应检查该设计,找出可能存在的问题。在设计阶段修改数据库要比修改已经填满数据的表容易得多。

检查的内容包括以下几方面:

① 用 Visual FoxPro 新建表,指定表与表之间的关系,并且在每个表中输入一些记录,然后检查能不能用该数据库获得所需的结果。

② 新建窗体和报表的草稿,然后检查显示的数据是否符合要求。

③ 查找不需要的重复数据并将其删除。

7. 输入数据并创建其他数据库对象

如果认为表的结构已达到了设计目标,就应该继续进行完善,并在表中添加全部数据。然后就可以创建查询、窗体和报表等其他数据库对象了。

1.3.2 数据库设计过程

下面通过一个具体的"教学管理"数据库的设计来介绍数据库设计的一般过程。

1. 明确设计任务

本例的目的是设计一个"教学管理"数据库,实现教师、学生、课程和成绩 4 方面的综合管理。要求该数据库具备以下功能:

① 教师可以查看学生的情况,包括姓名、年龄、班级以及成绩等。

② 学生可以选择课程,选择教师,查看成绩。

2. 确定数据库中的表

将数据按不同主题分开,单独构成表。本实例拟创建 4 个表,即学生表、课程表、教师表和成绩表。

3. 确定表中的字段

确定了数据库中的表之后,就要分别确定每个表中包含哪些字段。每个字段都应该与表的主题相关,且应包含相关主题所需的全部数据。根据任务需求分析,可以初步确定各表中应包含的字段。学生表应包括的字段有学号、姓名、性别、班级、出生年月和简历;课程表应包括的字段有课程号和课程名和学分;教师表应包括的字段有教工号、姓名、性别、职称、课程号和电话;成绩表应包括的字段有学号、课程号和成绩。

4. 确定各表的主关键字

每个表都应该有一个主关键字。如果表中没有可用做主关键字的字段,则可添加一个字段,其值为序号,用于标识不同的记录。

本实例中各表的主关键字分别为学生表中的学号、教师表中的教工号、课程表中的课程号,成绩表用学号和课程号组合字段作为关键字。

5. 优化设计

经检查,本实例中的"教师表"在一人讲授多门课程的情况下会有重复数据,如图 1-12 所示。

教工号	姓名	性别	职称	课程号	电话
1088	张纵向	男	副教授	E0029	0556-5301156
1088	张纵向	男	副教授	E0031	0556-5301156
1088	张纵向	男	副教授	E0066	0556-5301156

图 1-12 教师表

可以看出,当教师兼课的情况较多时,有较大的数据冗余。解决的办法是将原表分为教师表和授课表两个表。它们的关系模式分别为:

教师(教工号,姓名,性别,职称,电话)
授课(教工号,课程号)

两个表中都包含"教工号"字段,以便形成联系。这样,原先教师表中的几个记录所涉及的数据就分别存放到两个新表中,如图 1-13 和图 1-14 所示。

教工号	姓名	性别	职称	电话
1088	张纵向	男	副教授	0556-5301156

图 1-13 教师表

教工号	课程号
1088	E0029
1088	E0031
1088	E0066

图 1-14 授课表

最后得到的数据表共有 5 个,它们的关系模式分别为:

学生(学号,姓名,性别,班级,出生年月,简历)
课程(课程号,课程名,学分)
教师(教工号,姓名,性别,职称,电话)
授课(教工号,课程号)
成绩(学号,课程号,成绩)

6. 确定表之间的关系

本实例最后确定的数据表之间的关系如图 1-15 所示。可以看出,教师表、课程表和学生表是对来自于实际问题的实体的描述,而成绩表和授课表则是对实

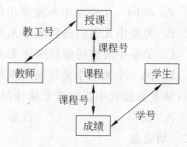

图 1-15 表之间的关系

体之间的联系的描述。

本 章 小 结

　　数据库是企业或部门相关数据的集合,数据库不仅要反映数据本身的内容,而且要反映数据之间的联系。数据库系统是一个应用系统,它是在计算机硬、软件系统的支持下,由用户、数据库管理系统、存储在存储设备上的数据和数据库应用程序构成的数据处理系统。

　　本章从信息、数据与数据处理等基本概念出发,简要介绍了数据库、数据库系统、数据库管理系统和数据模型等基本概念,并着重介绍了关系模型、关系数据库的基本概念和相关知识,为学习和使用 Visual FoxPro 奠定了基础。

习 题 1

一、选择题

1. 数据库管理系统的简称是_____。
   A. DBMR　　　　　B. DBMS　　　　　C. RDMS　　　　　D. DBS

2. 以下_____不属于数据库系统的特点。
   A. 数据共享　　　　　　　　　　　B. 具有数据安全性和完整性保障
   C. 完全没有数据冗余　　　　　　　D. 具有较高的数据独立性

3. 数据库系统的相关人员有多种类型,_____承担着创建、监控和维护整个数据库结构的责任。
   A. 最终用户　　　　B. 应用程序员　　　　C. 系统分析员　　　　D. 数据库管理员

4. 以下_____不是数据库系统中常用的数据模型。
   A. 层次模型　　　　B. 关系模型　　　　C. 实体模型　　　　D. 面向对象模型

5. 关系模型中用_____表示实体间的联系。
   A. 一维表　　　　　B. 二维表　　　　　C. 三维表　　　　　D. 四维表

6. 在 Visual FoxPro 中,一个关系就是一个表文件,文件扩展名为_____。
   A. .txt　　　　　　B. .dbf　　　　　　C. .dbc　　　　　　D. .fpt

7. 以下关于关系的基本特点的描述错误的是_____。
   A. 在同一个关系中不允许出现重复的属性
   B. 关系中元组的先后顺序无关紧要
   C. 关系中属性的前后顺序无关紧要
   D. 同一个关系中允许出现重复的元组

8. 从关系模式中指定若干属性组成新的关系称为_____。
   A. 选择　　　　　　B. 投影　　　　　　C. 联结　　　　　　D. 交运算

二、填空题

1. 计算机的数据管理技术经历了人工管理、文件系统和_____3 个阶段。

2. 模式也称为_____模式,是数据库中全体数据的逻辑结构和特性的描述,是所有用户的公共数据视图。

3. 数据库系统的三级模式结构由_____、模式和_____组成。

4. 若关系中某个属性或属性组合并不是候选关键字,但却是另一个关系的主关键字,则称此属性或属性组合为本关系的_____。

5. _____运算将两个关系模式拼接成一个更宽的关系模式。

6. 实体与实体之间的联系有 3 种,即_____、_____和_____。

三、问答题

1. 计算机的数据管理技术经历了哪 3 个阶段?

2. 数据库系统由哪些部分组成?

3. 目前常见的数据库管理系统有哪些?

4. 简述数据库系统的三级模式结构和二级映像。

5. 数据库系统的特点是什么?

6. 常用的数据模型有哪几种? 它们各自具有什么特点?

7. 主关键字和外部关键字有何不同?

8. 关系的基本特点有哪些?

9. 关系模型的优点是什么?

10. 关系数据库管理系统的 3 种专门的关系运算是什么?

11. 简述关系的完整性约束。

12. 设计数据库包括哪些基本步骤?

第 2 章　Visual FoxPro 系统初步

Visual FoxPro 是微软的小型关系数据库管理系统产品。本章主要从一些基本概念和操作的角度来介绍 Visual FoxPro,包括它的特点、安装与启动、用户界面、基本操作及环境的配置,还有 Visual FoxPro 的命令结构,使读者对 Visual FoxPro 的集成环境和基本操作方式有一个概要的了解。

2.1　Visual FoxPro 简介

2.1.1　历史沿革

自从 Visual FoxPro 推出以来,不仅使得 xBASE 数据库管理系统搭上了"可视化"的快车,而且可以与其他编程语言(如 Visual BASIC、Visual C++ 等)并驾齐驱。事实上,Visual FoxPro 已成为当今微型计算机上最流行的软件之一,它的发展主要经历了以下 3 个阶段。

1. dBASE 阶段

美国 Ashton Tate 公司在 1981 年推出 dBASEⅡ,从此,xBASE 就成为建立在原始 dBASEⅡ 语言语法和文件格式基础之上的关系型数据库产品。1984 年,该公司又推出 dBASEⅢ,随后又推出它的改进型 dBASEⅢ Plus,这些产品的功能一代比一代强。由于它使用方便,性能优越,被广泛用于 PC 进行事务管理和数据处理,赢得了"大众数据库"的美称。

2. FoxBASE 和 FoxPro 阶段

1984 年,美国 Fox Software 公司推出关系型数据库中的第一个产品 FoxBASE,在运行速度上大大超过了 dBASEⅢ,并且第一次引入了编译器,并逐步抢占了 Ashton Tate 公司的市场份额。1987 年,相继推出 FoxBASE 2.0 和它的最高版本 FoxBASE 2.1。

1989 年,Fox Software 公司推出了 FoxBASE 的升级换代产品 FoxPro 1.0,正是今天 Visual FoxPro 6.0 的前身。它不仅首次引入了基于 DOS 操作系统的窗口技术,使用户面对的不再是单一的圆点提示符,而且极大地扩充了 xBASE 语言命令,支持鼠标,操作方便。同时,它还是一个全兼容 dBASE 和 FoxBASE 的伪编译型集成环境的数据库开发系统。继而又在 1991 年 1 月推出 FoxPro 2.0,在性能上有了极大的提高。

1993 年 1 月公布了 FoxPro 的两种版本:FoxPro 2.5 for DOS 和 FoxPro 2.5 for Windows。同年,再次推出了 FoxPro 2.5b 及其中文版,从此 FoxPro 2.5 就在世界各国的计算机用户中广泛流行。

1994 年发表的 FoxPro 2.6 较 FoxPro 2.5 增加了多种"向导"工具,从而简化了最终用户的操作,但在程序开发方面未见有明显的改进。由于 FoxPro 2.5 的优越性已经深入人心,加上它具有与 xBASE 完全兼容和对运行环境要求较低等特点,至今它仍然拥有大量用户,被许多学校定为数据库教学语言。

3. Visual FoxPro 阶段

1995 年,微软公司推出了 Visual FoxPro 3.0,这是一个可运行于 Windows 3.x、Windows 95 和 Windows NT 环境的数据库开发系统。它第一次把 xBASE 产品数据库的概念与关系型数据库理论接轨。

1997 年 5 月,微软公司推出了 Visual FoxPro 5.0 中文版。

1998 年 9 月,微软公司推出了 Visual FoxPro 6.0 中文版。

目前,Visual FoxPro 的英文版本最高为 Visual FoxPro 9.0。

由此可见,Visual FoxPro 是 FoxBASE 之后又一个广泛使用的关系型数据库管理系统。

2.1.2 Visual FoxPro 的特点

Visual FoxPro 是一个关系型数据库管理系统,具有界面友好、工具丰富、速度较快等优点,并在数据库操作与管理、可视化开发环境、面向对象程序设计等方面具有较强的功能,其特点主要体现在以下几方面。

1. 能够简便地开发应用程序

Visual FoxPro 提供了大量可视化界面操作工具,如各类向导、设计器和生成器,共有 40 多种。在 Visual FoxPro 中增强了表单设计功能,提供了易用的程序调试工具。Visual FoxPro 还提供了项目管理器,可对用户开发的数据库应用系统中的数据、文档、程序和类库等资源进行统一管理。

2. 支持面向对象的程序设计

Visual FoxPro 既支持面向过程的程序设计,又是 xBASE 家族中第一个支持面向对象程序设计的数据库管理系统。在 Visual FoxPro 中,可以使用系统已定义的基类快速进行程序设计,也可以在基类基础上定义用户的类和子类。

3. 强大的查询和视图设计功能

Visual FoxPro 有近 500 条命令,200 多种函数,功能强大,采用了 Rushmore 快速查询技术,可以快速从众多的记录中选择出满足条件的记录。

4. 增强了对 SQL 的支持

SQL 是关系数据库的标准语言,可实现数据定义、数据修改、更新查询、用户授权与回收等功能,DBMS 对 SQL 的支持程度反映了 DBMS 的性能。在 Visual FoxPro 中支持

8 种 SQL 语句。

5. 增强了 OLE 与 ActiveX 的集成

对象链接与嵌入(Object Linking and Embedding,OLE)技术是微软公司开发的一项重要技术,ActiveX 技术是 Microsoft 对 OLE 技术的更新和发展,借助这种技术可将用户在一个程序中所创建的信息集成到其他程序所产生的文档中。在 Visual FoxPro 中可以将任何对象嵌入或链接到表中,实现了应用集成。

2.2　Visual FoxPro 的安装与启动

2.2.1　Visual FoxPro 的运行环境

1. 软件环境

Visual FoxPro 6.0 是一个 32 位的数据库管理系统,可运行于 Windows 95/Windows 98/Windows 2000/Windows NT 4.0 或更高版本的操作系统中。

2. 硬件环境

Visual FoxPro 6.0 对计算机的硬件要求不高,只要满足以下基本要求的 PC,即可安装运行 Visual FoxPro 6.0。

① 处理器:486DX/66MHz 或更高处理器。

② 内存:16MB 以上。

③ 硬盘空间:典型安装需要 85MB 的硬盘空间;完全安装(包括所有联机文档)需要 240MB 的硬盘空间。安装后硬盘至少要有 15MB 的自由空间。

④ 显示器:VGA 或更高分辨率的显示器。

⑤ 需要一个鼠标、一个光驱。

2.2.2　安装 Visual FoxPro

在一般情况下,Visual FoxPro 6.0 作为 Visual Studio 6.0 的一个组件发布。也就是说,Visual FoxPro 6.0 是 Visual Studio 6.0 安装光盘上的一个部分。因此,既可以通过全部安装 Visual Studio 6.0 实现安装 Visual FoxPro 6.0 的目的,也可以选择单独安装 Visual FoxPro 6.0。

现以单独安装 Visual FoxPro 6.0 为例,介绍安装 Visual FoxPro 6.0 的过程。

① 将 Visual FoxPro 6.0 系统光盘放入 CD-ROM 驱动器,在"我的电脑"或"资源管理器"中双击 setup.exe 文件,或在 Windows 桌面上单击"开始"按钮,选择"运行"选项,输入 F:\SETUP(假定 CD-ROM 驱动器号是 F),并且按 Enter 键。运行 setup.exe 文件后,进入 Visual FoxPro 安装过程。

② 按照安装向导的提示,单击"下一步"按钮,进入用户许可协议界面。选择"接受协议"单选按钮后,单击"下一步"按钮。

③ 在产品号和用户 ID 界面,输入产品的 ID 号和用户信息,单击"下一步"按钮。只有输入正确的产品 ID 号以后,安装过程才能继续。

④ 接下来为 Visual Studio 6.0 应用程序所公用的文件选择安装位置。默认情况下,Visual FoxPro 会自动将公用文件安装在 C:\Program Files\Microsoft Visual Studio\Common 目录下,如果用户还安装了其他 Visual Studio 6.0 的产品,最好不要更改此目录。

⑤ 单击"下一步"按钮后,进入 Visual FoxPro 6.0 的安装程序,选择安装类型。若要进行典型安装,选择"典型安装"单选按钮,该选项将安装最典型的组件,并将帮助文件留在 CD-ROM 上。若需要安装其他的 Visual FoxPro 文件,包括 ActiveX 控件或企业版文件,选择"自定义安装"单选按钮,该选项允许自定义要安装的组件。系统默认安装所有文件。

⑥ 进入系统安装界面,开始复制文件,直至系统安装完毕。

2.2.3　启动 Visual FoxPro

Visual FoxPro 6.0 的启动与 Windows 环境下其他软件的启动方式类似,主要有以下 3 种常用的方法。

① 在 Windows 桌面上单击"开始"按钮,选择"程序"选项,单击 Microsoft Visual Studio 6.0 组中的 Microsoft Visual FoxPro 6.0 选项。

② 运行 Visual FoxPro 6.0 系统的启动程序。通过"我的电脑"或"资源管理器"去查找这个程序,然后双击它。或单击"开始"按钮,选择"运行"选项,在弹出的"运行对话框"中输入 C:\Program Files\Microsoft Visual Studio\Vfp98\VFP6.EXE,单击"确定"按钮。

③ 在 Windows 桌面上建立 Visual FoxPro 6.0 系统的快捷方式图标,只要双击该图标即可启动 Visual FoxPro。

启动 Visual FoxPro 后,屏幕上即出现 Microsoft Visual FoxPro 窗口,如图 2-1 所示。

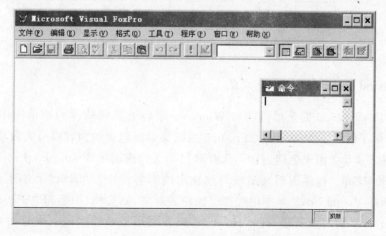

图 2-1　Visual FoxPro 主窗口

2.2.4 退出 Visual FoxPro

Visual FoxPro 的退出有以下 5 种常用的方法。

- 单击 Visual FoxPro 的"文件"→"退出"命令。
- 在 Visual FoxPro 命令窗口输入 QUIT 命令并按 Enter 键。
- 单击 Visual FoxPro 标题栏右端的关闭按钮。
- 双击 Visual FoxPro 标题栏左端的控制菜单图标；或者单击控制菜单图标，然后从弹出的子菜单中选择"关闭"命令。
- 按 Alt+F4 键。

2.3 Visual FoxPro 的用户界面

Visual FoxPro 6.0 的用户界面是一个标准的 Windows 应用程序窗口，其主窗口与其他 Microsoft 产品十分类似。Visual FoxPro 6.0 的用户界面由标题栏、菜单栏、工具栏、窗口工作区、命令窗口和状态栏几部分组成，如图 2-2 所示。

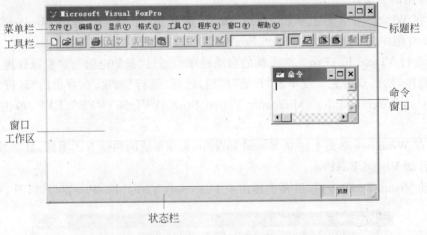

图 2-2 Visual FoxPro 6.0 的用户界面

2.3.1 Visual FoxPro 的系统菜单

Visual FoxPro 6.0 的菜单操作和 Windows 平台上其他软件的菜单操作完全类似，下面只是简单了解一下 Visual FoxPro 6.0 系统菜单所包含的内容以及大致功能。

- "文件"菜单：用于创建、打开、保存和打印文件或退出 Visual FoxPro 等操作。
- "编辑"菜单：提供编辑文本或当前选定内容等操作。"编辑"菜单还允许插入在其他非 Visual FoxPro 应用程序中创建的对象，如文档、图形和电子表格等。使用 Microsoft 的对象链接与嵌入技术，可以在通用型字段中嵌入一个对象或者将该对象与创建它的应用程序链接起来。
- "显示"菜单：用来设置显示选项。可用来显示 Visual FoxPro 的各种控件和设计器,如表单控件、表单设计器、查询设计器、视图设计器、报表控件、报表设计器和数据库设计器等。

- "格式"菜单:用来选择文本格式选项,允许用户在显示正文时选择字体和行间距,确定缩进和不缩进段落等。
- "工具"菜单:提供了向导模块,通过该向导模块可自动生成表、查询、表单、报表和标签等项目。通过"工具"菜单的"选项"菜单项还可实现对 Visual FoxPro 系统环境的配置。
- "程序"菜单:用于程序的运行、调试、编译及挂起等操作。
- "窗口"菜单:用于 Visual FoxPro 窗口的控制,包括对命令窗口的隐藏和显示。
- "帮助"菜单:用于显示 Visual FoxPro 的帮助信息。

2.3.2　Visual FoxPro 的命令窗口

Visual FoxPro 6.0 以命令窗口取代过去 dBASE 及 FoxBASE 所沿用的点提示符模式。启动 Visual FoxPro 6.0 时,一个以"命令"为标题的命令窗口出现在屏幕的右上角,需要时可以对命令窗口进行显示、隐藏、移动位置以及改变大小等操作。

1. 命令窗口的作用

命令窗口有两个作用,即:
① 供用户输入 Visual FoxPro 命令,按 Enter 键后命令立即执行。
例如,在命令窗口输入以下命令:

? 3+5

按 Enter 键后将立即在主窗口显示运行结果,如图 2-3 所示。

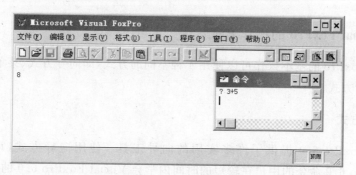

图 2-3　Visual FoxPro 命令工作方式

② 菜单操作时自动显示相应命令。

在以菜单方式使用 Visual FoxPro 时,每进行一项菜单操作,Visual FoxPro 会把与该操作等价的命令自动写入命令窗口。例如,通过菜单执行"文件"→"新建"→"数据库"命令,则命令窗口自动显示与之相应的命令,如图 2-4 所示。对初学者来说,这也是学习 Visual FoxPro 命令功能的一种好方法。

图 2-4　Visual FoxPro命令窗口自动显示菜单操作命令

2. 历史缓冲区

Visual FoxPro 允许在内存设置一个缓冲区,用来储存已执行过的命令(历史命令),称为历史缓冲区。在命令窗口中使用方向键或鼠标能把光标移至某个历史命令上,此时可对该命令进行重新编辑,然后按 Enter 键即可执行。或者直接按 Enter 键也能重新执行该命令,最终都会把重新执行的命令复制于窗口底部。通过有效地使用历史缓冲区,可以减少命令的重复输入,方便用户的操作。

2.3.3　Visual FoxPro 的工具栏和状态栏

Visual FoxPro 向用户提供了十几个工具栏,默认情况下,主窗口中只显示"常用"工具栏。若要显示更多的工具栏,可单击"显示"→"工具栏"命令,在弹出的"工具栏"对话框中选择要显示的工具栏;或者在工具栏上右击,在弹出的快捷菜单中选择要显示的工具栏。

状态栏位于主窗口的底部,用来显示系统的当前状态(如打开的数据表名、记录数等),当用户选择某一菜单项,或将鼠标移动到某个工具按钮上时,在状态栏内都会显示相应的提示信息。

2.4　Visual FoxPro 操作概述

2.4.1　Visual FoxPro 的操作方式

Visual FoxPro 的基本操作可以使用 4 种不同的方式,即向导方式、菜单方式、命令方式和程序执行方式。

1. 向导方式

Visual FoxPro 6.0 提供了许多实用的向导工具。使用向导方式,可以让不熟悉 Visual FoxPro 6.0 命令的用户在较短的时间内学会 Visual FoxPro 6.0 的操作。向导是一种交互式程序,能够快速完成一般性的任务,如创建数据库、表、表单和建立查询等,方便用户进行操作。每种向导都需要若干步骤完成,在每个步骤显示的相应对话框中,只要用户做一些相应的选择,通过有限的几个步骤就可以解决实际问题。

2. 菜单方式

Visual FoxPro 6.0 的菜单操作方式和 Windows 平台上其他软件的菜单操作方式完全相同。可以用鼠标单击菜单项或相应的工具按钮,也可以使用相应的快捷键。菜单操作直观易懂,因此是应用程序开发的常用方式。

3. 命令方式

Visual FoxPro 是一种命令式语言系统。用户每发出一条命令,系统随即执行并完成一项任务。许多命令执行后,会在屏幕上显示必要的反馈信息,包括执行结果或出错信息。命令的操作是在命令窗口完成的,在前面已经介绍过。

命令方式直截了当,但用户必须熟悉 Visual FoxPro 的命令及用法。由于要记忆大量命令,对初学者有点不利,因此这种方式仅适合于对命令比较熟悉的程序员使用。

4. 程序执行方式

由于命令方式需要用户交互式地执行命令,速度较慢。为了弥补命令方式的不足,在实际应用中,常常会将相关命令编成程序文件。用户需要时,只需通过有关命令调用程序文件,系统就可以自动执行程序文件中的相关命令。至于程序文件的编制方法和执行方式,在后面将会详细介绍。

2.4.2　Visual FoxPro 的可视化设计工具

在 Visual FoxPro 6.0 中,提供了许多可视化设计工具,如各种向导、生成器以及设计器。通过这些工具,用户可以很方便、快捷地进行应用程序的开发。

1. Visual FoxPro 向导

前面已经介绍过,Visual FoxPro 的向导是一个交互式程序,可以帮助用户快速完成一般性的任务,如创建表单、编排报表的格式、建立查询等。向导的启动很简单,只要用户单击"工具"→"向导"命令,然后选择相应的向导工具。常用的向导有表向导、表单向导、标签向导和查询向导等,每种向导的操作方式都是类似的,只要用户作相应的选择即可。

2. Visual FoxPro 生成器

Visual FoxPro 6.0 系统提供的生成器,可以简化创建和修改用户界面程序的设计过程,提高软件开发的效率和质量。每个生成器都由一系列选项卡组成,允许用户访问并设置所选对象的属性。用户可以将生成器生成的用户界面直接转换成程序代码,从逐条编写程序、反复调试程序的工作中解放出来。常用的生成器有组合框生成器、命令组生成器、表达式生成器和列表框生成器等。

生成器的启动方法为:首先进入设计用户界面状态(如表单设计器界面),然后单击表单控件上的相应控件按钮(如组合框、命令组和编辑框等),再用鼠标在表单界面上拖放安置相应控件,然后右击此控件,在弹出的快捷菜单上选择"生成器"命令,这个控件相对应的生成器即被启动,如图 2-5 所示。

3. Visual FoxPro 设计器

Visual FoxPro 系统提供的设计器,为用户提供了一个友好的图形操作界面。用户可

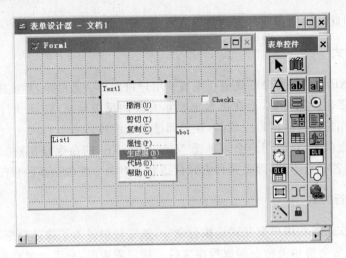

图 2-5　生成器的启动

以通过它方便地创建表、数据库、表单、查询以及报表等对象。

　　设计器的启动方法为：单击"文件"→"新建"命令，在出现的新建对话框中选择待创建文件的类型，然后单击"新建文件"按钮，系统即打开相应的设计器。

2.4.3　Visual FoxPro 的系统配置

　　Visual FoxPro 安装完毕后，系统允许每个用户根据自己的习惯定制开发环境。操作方法为：单击"工具"→"选项"命令，在图 2-6 所示的"选项"对话框中做相应的选择，然后单击"确定"或"设置为默认值"按钮即可。若单击了"确定"按钮，表明是临时设置；若单击了"设置为默认值"按钮，则表明是永久设置。

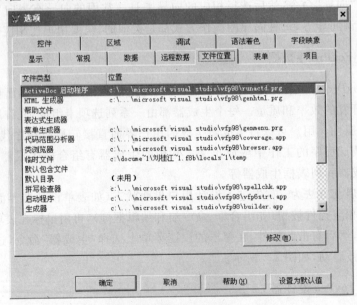

图 2-6　"选项"对话框

临时设置的工作环境信息只保存在内存中,它们只在当前工作期有效,直到退出 Visual FoxPro 系统或再次更改它们为止。永久设置的工作环境信息保存在 Windows 注册表中,即使重新启动 Visual FoxPro 系统,仍然有效,直到再次用同样的方法更改为止。

2.5　Visual FoxPro 命令概述

Visual FoxPro 为用户提供了丰富的命令,大部分都可以在命令窗口直接通过键盘输入并执行,其中有一部分专为程序方式提供,暂且称为语句。Visual FoxPro 的命令非常丰富,功能各异,对用户来说,需要确切了解各命令的意义,正确理解命令结构,才能在使用时准确无误。

2.5.1　Visual FoxPro 命令的结构

Visual FoxPro 的命令通常由两部分组成:第一部分是命令动词,指明该命令的功能;第二部分是几个与命令动词相关的短语,这些短语用来说明对所要执行的命令进行了什么限制,提供执行命令所需要的各种参数。

一般情况下,命令动词表示了命令所能完成的功能,命令短语则提供了执行命令所需要的各种参数。命令短语又分为两类:一类是必选短语,另一类是可选短语。在命令格式中,约定界限符[]中的内容是可选的,界限符<>中的内容是必选的,|表示在其中任选一项。

2.5.2　Visual FoxPro 命令中的常用短语

命令的短语很多,一部分是有些命令专用的,还有一部分是许多命令中都有的。以下对其中常见的短语作一些说明。

1. FIELDS 短语

FIELDS 短语用来规定当前处理的字段或表达式,指明对数据表中哪些字段执行命令,各字段之间用逗号隔开。如果不选该短语,表示对记录中所有字段执行命令。一般格式为:

```
FIELDS <字段名表>
FIELDS <表达式表>
```

2. 范围短语

范围短语指明对表进行操作的记录范围,一般有 4 种选择:

- ALL:对数据库表中的所有记录进行相应操作。
- NEXT <n>:对包括当前记录在内的以下 n 个记录进行相应操作。
- RECORD <n>:对指定的第 n 个记录进行相应操作。
- REST:对从当前记录开始到最后一个记录的所有记录进行相应操作。

其中 n 为整数,若有小数,小数部分自动舍去。

3. FOR/WHILE 短语

这两个短语的格式分别是 FOR ＜条件＞和 WHILE ＜条件＞,表示仅对符合条件的记录执行相应操作。

它们的区别是:FOR 短语在整个数据表范围内对记录按条件筛选,范围默认为 ALL;WHILE 短语则从当前记录开始按顺序比较条件,对符合条件的记录进行操作,并把记录指针指向下一个记录,一旦遇到不满足条件的记录就停止执行该命令,即使后面还有满足条件的记录也不执行,默认范围为 REST。

FOR 短语一般用在未排序或未索引的表中,而 WHILE 短语多用在已排序或已索引的表中。同时使用这两个短语时,WHILE 短语的优先级高于 FOR 短语。

2.5.3 Visual FoxPro 命令的书写规则

Visual FoxPro 命令的书写规则主要有:

① 每个命令必须以命令动词开始,而其后的各短语之间的顺序可以任意排列。

② 命令动词和短语之间至少要有一个空格隔开。

③ 命令动词或短语的名称都可简写为前 4 个以上字符,不区分大小写。

④ 一个命令行的最大长度不超过 254 个字符,超过一行写不下时,要在末尾加续行符";"分行,并在下一行继续书写。

⑤ 变量名、字段名和文件名应避免与命令动词、关键字或函数名同名,以免运行时发生混乱。

本 章 小 结

Visual FoxPro 是 Microsoft 公司推出的关系型数据库管理系统,它功能强大,结构简单,使用方便。Visual FoxPro 6.0 的基本操作可以使用 4 种不同的方式,即向导方式、菜单方式、命令方式和程序执行方式。Visual FoxPro 还提供了许多可视化设计工具,如各种向导、生成器以及设计器。通过这些工具,用户可以很方便、快捷地进行应用程序的开发。

本章主要介绍了 Visual FoxPro 6.0 用户界面的相关内容,包括菜单、工具栏的基本操作,Visual FoxPro 的系统配置,以及命令窗口的操作方式。

习 题 2

一、选择题

1. 下列操作方法中,不能退出 Visual FoxPro 的一项是_____。

  A. 单击"文件"→"退出"命令

  B. 在命令窗口输入 QUIT 命令并按 Enter 键

C. 单击"文件"→"关闭"命令

D. 双击 Visual FoxPro 标题栏左端的控制菜单图标

2. Visual FoxPro 的工作方式不包括_____。

　　A. 向导方式　　　　　B. 菜单方式　　　　C. 结构操作方式　　　D. 程序执行方式

3. 不能隐藏命令窗口的操作是_____。

　　A. 单击"窗口"→"命令窗口"命令　　　　B. 按 Ctrl+F4 键

　　C. 单击常用工具栏上的"命令窗口"按钮　D. 按 Ctrl+F2 键

4. 以下_____方法不能启动 Visual FoxPro。

　　A. 通过 Windows 程序菜单　　　　　　B. 通过资源管理器

　　C. 通过 Excel 系统　　　　　　　　　　D. 通过 Windows 桌面

5. 以下不属于 Visual FoxPro 的可视化设计工具的是_____。

　　A. 向导　　　　　　　B. 设计器　　　　　C. 程序编辑器　　　　D. 生成器

二、填空题

1. "_____"菜单提供了向导模块,通过该向导模块可自动生成表、查询、表单、报表和标签等项目。

2. 在 Visual FoxPro 的系统配置对话框中,若单击"确定"按钮,表明是_____设置;若单击"设置为默认值"按钮,则表明是_____设置。

3. Visual FoxPro 6.0 的基本操作可以使用 4 种不同的方式,即_____、_____、_____和_____。

4. _____位于主窗口的底部,用来显示系统的当前状态(如打开的数据表名、记录数等)。

5. 若要显示更多的工具栏,可单击"_____"下的"工具栏"菜单项,在弹出的"工具栏"对话框中选择要显示的工具栏。

三、问答题

1. 简述 Visual FoxPro 的发展历程。

2. Visual FoxPro 的特点有哪些?

3. 退出 Visual FoxPro 有哪些常用的方法?

4. Visual FoxPro 的命令窗口有哪些?

5. Visual FoxPro 有哪几种基本操作方式?

6. Visual FoxPro 有哪些常用的生成器? 如何启动这些生成器?

7. Visual FoxPro 系统配置有永久设置和临时设置两种情况,它们各自的作用是什么?

8. Visual FoxPro 的命令由哪些部分构成?

9. Visual FoxPro 命令的书写规则有哪些?

实验　Visual FoxPro 系统环境

【实验目的】

- 熟悉 Visual FoxPro 的窗口界面。

- 熟悉 Visual FoxPro 各菜单项的基本功能及操作。
- 熟悉 Visual FoxPro 工具栏的定制方法。
- 熟悉 Visual FoxPro 的几种可视化设计工具。
- 掌握 Visual FoxPro 的系统配置方法。
- 掌握 Visual FoxPro 的交互式命令执行方法。

【实验准备】

1. 复习 Visual FoxPro 的用户界面、操作方式、命令的结构。
2. 命令的书写规则。
3. 命令窗口的操作。

【实验内容】

1. 练习启动和退出 Visual FoxPro 的各种不同方法。
2. 设置 Visual FoxPro 系统环境,如系统默认目录、系统日期和时间的格式等。
3. 在命令窗口使用?和??显示简单表达式的运算结果。
4. 对命令窗口中的命令进行修改后执行。
5. 使用 Visual FoxPro 的向导设计一个简单的表格,并输入一些数据。

第 3 章　数据与数据运算

　　数据是计算机进行操作和处理的主要对象。数据有多种类型,为了方便各类数据在计算机中存储和处理,计算机必须使用某种数据类型以表达和描述相应的数据。一旦确定了用于表示数据的数据类型,则确定了该数据的存储空间、能够参加的运算集合和取值范围。因此,使用计算机处理数据时,必须根据实际情况为其选择合适的数据类型。

3.1　数据类型

　　Visual FoxPro 的所有数据都有一个特定的数据类型,它定义了各种数据的取值范围。在定义了数据类型后,Visual FoxPro 就可有效地存储和操作该数据。下面介绍常用的 7 种数据类型。

1. 字符型

　　字符型(Character)数据是表示不具计算能力的文字字符序列,简称 C 型。字符型数据是由中文字符、英文字符、数字字符和其他可打印的 ASCII 字符组成的字符序列,称为字符串,其长度不超过 254 个字节。

2. 数值型

　　数值型数据是表示数量并可以进行数值运算的数据,简称 N 型。数值型数据由数字 0~9、小数点和正负号组成,最大长度为 20 位(包括正负号和小数点)。数值型数据又可分为整型数据、浮点型数据和双精度型数据。

　　① 整型(Integer)数据是不包含小数点部分的数值型数据。

　　② 浮点型(Float)数据只是在存储形式上采取浮点格式(占用 8 个字节),增设浮点型数据的主要目的是使计算有较高的精度。浮点格式是指小数点位置可任意浮动,由尾数、阶数及字母 E 组成。例如 $-0.211E+04$,其中 -0.211 是尾数,一般采用纯小数形式;$+04$ 是阶数,它必须是整数。尾数和阶数可正可负,之间用 E 分隔。

　　③ 双精度型(Double)数据是更高精度的数值型数据。

3. 日期型

　　日期型(Date)数据是表示日期的数据,简称 D 型。日期数据的默认输出格式是{mm/dd/yy},其中 yy 表示年度,mm 表示月份,dd 表示日期,固定长度 8 个字节。

4. 日期时间型

　　日期时间型(Date Time)数据是表示日期和时间的数据,简称 T 型。日期时间数据的默认格式是{mm/dd/yy hh：mm：ss}，其中 mm、dd、yy 的意义与日期型相同，hh 表示小时，mm 表示分钟，ss 表示秒数。日期时间型数据也是采用固定长度 8 个字节，取值范围是：日期为 01/01/0001～12/31/9999，时间为 00：00：00～23：59：59。

5. 逻辑型

逻辑型（Logic）数据是描述表示逻辑判断的结果的数据，简称 L 型。逻辑型数据只有真和假两种取值，存储时占 1 个字节。

6. 备注型

备注型（Memo）数据用于存放较长字符数据的数据类型，简称 M 型。备注型数据没有数据长度限制，仅受限于磁盘空间。它只用于数据表中字段类型的定义，在表中字段长度固定为 10 位，实际数据存放在与表文件同名的备注文件（.fpt）中，长度根据数据的内容而定。

7. 通用型

通用型（General）数据是用于存储 OLE 对象的数据，简称 G 型。通用型数据中的 OLE 对象可以是电子表格、文档和图片等内容。它只用于数据表中字段类型的定义，在表中长度固定为 4 个字节。

在数据表中存放的通用型数据实际内容、类型和数据量取决于链接或嵌入 OLE 对象的操作方式。如果采用链接 OLE 对象方式，则数据表中只包含对 OLE 对象的引用说明，以及对创建该 OLE 对象的应用程序的引用说明。如果采用嵌入 OLE 对象方式，则数据表中除包含对创建该 OLE 对象的应用程序的引用说明外，还包含 OLE 对象中的实际数据。其实际数据也是存放在与表文件同名的备注文件中，长度根据数据的内容而定。

3.2　常量与变量

3.2.1　常量

常量是指在程序运行过程中值不发生变化的量。Visual FoxPro 有 6 种类型的常量，分别为字符型、数值型、日期型、日期时间型、货币型和逻辑型常量。

1. 字符型常量

字符型常量是用定界符括起来的字符串。在 Visual FoxPro 中，定界符有 3 种：'（单撇号）、"（双撇号）和［ ］（方括号）。例如'abc'、"学生"、［计算机 1 班］等都是字符型常量。

若字符串本身包含有定界符，就应选择另一种定界符来定义该字符型常量。例如，"I'm a student!"表示字符常量 I'm a student!，含有 14 个字符。定界符在使用时必须匹配，即如果一个字符串左边是用方括号作为定界符，右边也必须以方括号作为定界符。

2. 数值型常量

数值型常量是可以带正负号的整数或小数（正号通常省略），可以用科学记数法表示。

3. 逻辑型常量

逻辑型常量也称布尔型常量。逻辑型常量只有逻辑真和逻辑假两种值。逻辑真有 .T.、.Y.、.t.、.y. 这 4 种表示方法，逻辑假有 .F.、.N.、.f.、.n. 这 4 种表示方法。

必须注意的是，用于表示逻辑值的字母两端必须紧靠有小圆点，圆点与字母之间不能有空格。

4. 日期型常量

日期型常量要用一对花括号作为定界符，花括号内包括年、月、日 3 部分内容，各部分内容之间用分隔符分隔。分隔符可以是 /、-、. 等。Visual FoxPro 的默认日期格式是 {mm/dd/[yy]yy}，其中 yy 表示年度，mm 表示月份，dd 表示日期。

5. 日期时间型常量

日期时间型常量也要用一对花括号作为定界符，其中既包含日期又包含时间。日期的格式与日期型常量相同，时间包括时、分、秒，时分秒之间用"："分隔。日期时间型常量的默认格式是 {mm/dd/[yy]yy [,] [hh[:mm[:ss]][a|p]]}，其中 mm、dd、yy 的意义与日期型相同，hh、mm、ss 的默认值分别为 12、0 和 0。a 和 p 分别表示 AM（上午）和 PM（下午），默认为 AM。如果指定时间大于等于 12，则自然为下午的时间。

注意：不管是日期型常量，还是日期时间型常量，在命令窗口均不能直接输入。例如，若在命令窗口输入以下命令则会显示错误信息。

```
? {05/04/2008}
```

Visual FoxPro 增加了一种所谓严格的日期格式。严格的日期格式是：

```
{^yyyy/mm/dd[,][hh[:mm[:ss]][a|p]]}
```

在命令窗口中可以直接输入严格的日期格式数据。例如：

```
? {^2009/10/1}
```

在主窗口中显示为：

```
10/01/09
```

6. 货币型常量

货币型常量以符号 $ 开头，后面接数值型常量，占 8 个字节。货币型常量不能用科学记数法表示。如果货币型常量是负数，一放在"$"的前面和后面都可以。货币型数据在存储和计算时采用 4 位小数。如果一个货币型常量多于 4 位小数，那么系统会自动将多余的小数位四舍五入。例如，货币型常量＄2.258696 将存储为＄2.2587。

3.2.2　变量

变量是指在程序运行过程中其值可能发生变化的量。Visual FoxPro 系统包含字段变量和内存变量两大类，而内存变量又含有一种特殊的类型——数组。

1. 命名规则

为了便于变量的使用与管理，每个变量都有一个名称，叫做变量名。Visual FoxPro 系统通过名字在内存中提取相应的数据，即通过变量名来引用变量的值。为变量取名应遵守以下规则：

(1) 使用字母、汉字、下划线和数字命名。

(2) 命名以字母或下划线开头。除自由表中字段名、索引的 TAG 标识名最多只能10 个字符外，其他的命名可使用 1～128 个字符。

(3) 变量名不要使用 Visual FoxPro 的系统保留字。所谓系统保留字，是指 Visual FoxPro 语言使用的命令名、函数名、命令短语中的关键字、系统内存变量名等，如命令 USE、LIST 和 DISPLAY 等就是系统的保留字。

2. 字段变量

每个数据库表中都有多个数据字段，每个数据字段的字段名就是字段变量。字段变量是一种多值变量。当用某一字段名做变量时，它的值就是表记录指针所指的那条记录对应字段的值。例如，设某个数据库表中包括"姓名"字段，"姓名"是字段名，是一个字段变量，若当前表记录指针所指的那条记录的姓名为"李三"，则此时"姓名"字段变量的值就为"李三"。字段变量的类型可以是 Visual FoxPro 的任意数据类型。字段变量的名字、类型和长度等是在定义表结构时定义的。要使用字段变量，必须首先打开包含该字段的表。

3. 内存变量

内存变量是用户通过命令或程序临时定义的变量，每一个内存变量占用一定的存储单元。内存变量的数据类型不用事先定义，其类型取决于所存放数值的类型，可以通过对内存变量重新赋值来改变其值和类型。

(1) 内存变量的赋值

给内存变量赋值的命令有两种格式：

格式 1：

<内存变量>=<表达式>

例如：

```
a=8.88      &&a 为数值型
a="abc123"  &&a 变为字符型
```

"＝"是 Visual FoxPro 的命令,其功能是将"＝"右边表达式的值赋给"＝"左边的变量。而常量是一种特殊的表达式。

格式 2:

STORE <表达式> TO <内存变量表>

例如:

STORE 5+3 TO A1,A2,A3　　&& 将计算结果 8 存入变量 A1,A2 和 A3

该命令先计算表达式的值,然后将表达式的值赋给一个或几个内存变量。第一种格式只能给一个内存变量赋值。第二种格式可以同时给多个内存变量赋相同的值,各内存变量名之间用逗号分隔。

（2）内存变量的清除

内存变量需要占据一定的内存空间,若要释放相应的内存空间,可以采用以下命令:

格式 1:

CLEAR MEMORY

该命令的作用是清除所有的内存变量。

格式 2:

RELEASE [<内存变量表>]

该命令可清除指定的内存变量。如:

RELEASE A1,A2

有一类特殊的内存变量叫系统变量,它是 Visual FoxPro 自身提供的用于设置、保存系统状态信息的内存变量。这类变量不需要预先定义,系统启动后就已经存在。系统变量名都是以下划线开始的,使用方法同一般内存变量一样。为了避免与系统变量名冲突,在定义内存变量名时,尽量不要以下划线开始。

注意:内存变量和字段变量可以同名,此时,将优先存取字段变量,屏蔽同名的内存变量。若要明确指定访问内存变量,应在内存变量名前加上符号 M. 或 M—>。

4. 数组变量

数组是内存中一片连续的存储区域,每个数组都要取个合法的名字,这个名字叫数组名。数组中的数据称为数组元素,每个数组元素可通过数组名以及相应下标来访问。每一个数组元素相当于一个内存变量,可以给各个元素分别赋值,赋值方法与内存变量相同。

只有一个下标的数组称为一维数组,含有两个下标的数组称为二维数组。Visual FoxPro 允许用户定义一维和二维数组。

数组在使用之前必须用命令来声明,包括数组名和数组的大小。数组的大小由下标值的上、下限决定。其中,下限值系统隐含为 1,不需要用户指定。声明数组时,用户需要指定数组的上限值。显然,数组的大小是由数组的上限决定的。

声明数组可以用以下两条命令之一来实现,这两条命令的功能完全相同,用于定义一个或多个一维或二维数组。为了说明的方便,后面的例子都用格式 1。

格式 1:

DIMENSION <数组名 1>(<下标 1>[,<下标 2>)[,<数组名 2>(<下标 1>[,<下标 2>)][,...]

格式 2:

DECLARE <数组名 1>(<下标 1>[,<下标 2>)[,<数组名 2>(<下标 1>[,<下标 2>)][,...]

数组一经定义,它的每个元素都可当作一个内存变量来使用,因此它具有与内存变量相同的性质。Visual FoxPro 命令行中可以使用内存变量的地方都能用数组元素代替。但数组变量有其本身特殊的地方,在使用时应注意以下几个方面:

① 数组名后面的括号,既可以用圆括号也可以用方括号。以下两条命令是等价的:

DIMENSION a(5),b(3,2)
DIMENSION a[5],b[3,2]

该命令定义了一维数组 a 和二维数组 b。其中,数组 a 有 5 个元素,分别为 a(1),a(2),a(3),a(4),a(5);数组 b 有 6 个元素,分别为 b(1,1),b(1,2),b(2,1),b(2,2),b(3,1),b(3,2)。

② 数组定义后,系统自动将每个数组元素定义为逻辑型,初值为逻辑假.F.。

③ 数组中的元素位置是有序而固定的。其中,二维数组各元素在内存中是按行的顺序存储,因此,二维数组可以按一维数组来使用。例如,上述数组 b 中元素 b(1,1)排在第 1 行第 1 列,即 b 数组的第 1 个元素,它又可以表示为 b(1)。同样,b(1,2)排在第一行第 2 列,即 b 数组的第 2 个元素,可以表示为 b(2);b(3,1)是第 5 个元素,可表示为 b(5)。

例如,在命令窗口输入以下命令序列:

DIMENSION b(3,2)
b(3,1)=9
?b(5)

主窗口显示的结果为:

9

④ 给数组变量赋值时,如果未指明下标(即未指明第几个元素),则对该数组中所有元素赋同一个值。

例如,对上述数组 b 赋值: b=88,则为二维数组 b 的 6 个元素都赋了相同的值 88。

⑤ 数组中各个元素的数据类型可以不同。

⑥ 在引用数组时,如果未指明下标,则引用该数组的第一个元素。

⑦ 内存变量和数组不能重名。

⑧ 引用数组元素时,下标不能超界。

例如,对上面定义的数组 b,若引用 b(7)就是非法的。

3.3　运算符和表达式

在 Visual FoxPro 中,运算符就是用来进行运算的符号,表达式是用运算符将变量、常量和函数连接起来的式子。表达式分为算术表达式、字符表达式、关系表达式、逻辑表达式和日期时间表达式 5 类。

3.3.1　算术运算符和算术表达式

算术表达式由数值型字段、返回数值型的函数、数值型数据组成的内存变量和数组元素、数值型常量、算术运算符组成。

Visual FoxPro 6.0 中的算术运算符有:

- ():括号。
- **或^:乘方。
- %:模数(除法的余数)。
- *、/:乘、除。
- +、-:加、减。

算术运算符的优先级依次为括号、乘方、乘除和加减,同级运算从左到右依次进行。

例如,在命令窗口输入如下命令:

```
? ((3+4)^2-5*2)%4
```

在主窗口显示表达式的值为:

```
3.00
```

余数的正负号与除数相同。当两个同符号数求余运算(%)时,结果为第一个数除以第二个数的余数;当两个异符号数求余时,结果为第一个数除以第二个数的余数再加上第二个数。

例如,在命令窗口输入以下命令:

```
?8%3, 8%-3, -8%3, -8%-3
```

主窗口显示的结果为:

```
2  -1  1  -2
```

3.3.2　字符串运算符和字符串表达式

字符串表达式由字符串运算符、字符型常量、变量和函数组成,其运算结果是字符串或逻辑值。

Visual FoxPro 6.0 中的字符串运算符有:

- +:字符串连接符,将运算符两边的字符串连接起来,形成一个新字符串。
- -:串尾空格移位连接符,在将两个字符串连接时,把第一个字符串的尾部空格移到结果字符串的尾部。

例如,在命令窗口输入如下命令:

```
?"ab "-"cd"+"ef"
```

在主窗口显示表达式的值为:

```
abcd ef
```

- $: 字符串包含运算符,若第一个字符串包含在第二个字符串之中,其表达式值
  为真,否则为假。

例如,在命令窗口输入如下命令:

```
?"学生"$"大学生"
```

在主窗口显示表达式的值为:

```
.T.
```

在写字符串表达式时,运算符两边操作数的数据类型一定要一致,否则会产生错误。

3.3.3 关系运算符和关系表达式

关系表达式是由关系运算符将两个同类型的数据连接起来的式子。关系表达式用于表示两个数据之间的关系,返回逻辑值。

Visual FoxPro 中的关系运算符有:

- < 小于。
- <= 小于等于。
- <>或 ≠ 或!= 不等于。
- > 大于。
- >= 大于等于。
- = 等于。
- == 精确等于。

各种类型数据的比较规则如下:

① 数值型和货币型数据根据其代数值的大小进行比较。

例如,在命令窗口输入如下命令:

```
?8>6
```

在主窗口显示表达式的值为:

```
.T.
```

② 日期型和日期时间型数据进行比较时,离现在日期或时间越近的日期或时间越大。

例如,在命令窗口输入如下命令:

```
?{^2009/4/8} >{^2006/5/8}
```

在主窗口显示表达式的值为：

.T.

③ 逻辑型数据比较时，.T.比.F.大。

例如，在命令窗口输入如下命令：

? (5>3) > (5<3)

在主窗口显示表达式的值为：

.T.

④ 单个字符型数据按其 ASCII 码值的大小比较。

例如，在命令窗口输入如下命令：

?"a"<"b"

在主窗口显示表达式的值为：

.T.

注意：默认情况下，汉字按拼音（一级字库）或部首（二级字库）比较。排列次序可以重新设置，方法为选择"工具"→"选项"→"数据"→"排序序列"命令。

也可以用命令设置字符的排序次序：

SET COLLATE TO "<排序次序名>"

排序次序名可以是 Machine（机器内码）、PinYin（拼音）或 Stroke（笔画）。

⑤ 比较字符串时，按从左到右的顺序，依次比较每个位置上的字符，直到得出比较结果为止。

例如，在命令窗口输入如下命令：

?"abcd">"abca"

在主窗口显示表达式的值为：

.T.

⑥ 在系统默认状态下，关系运算符"="比较数值型数据时，与数学上的等号意义相同。而用于比较字符串时，当"="号右边的串与"="号左边的串的前几个字符相同时，运算结果即为真。

例如，在命令窗口输入如下命令：

?"Visual FoxPro"="visual","Visual FoxPro"="foxpro"

在主窗口显示表达式的值为：

.T. .F.

⑦ "= ="用于更精确的比较。如果用它比较字符型数据，只有两个字符串完全相

同时,结果才为逻辑真。

例如,在命令窗口输入如下命令:

```
?"abc"=="aBc"
```

在主窗口显示表达式的值为:

```
.F.
```

可以用命令 SET EXACT ON 来设置字符串精确比较,此时,＝和＝＝的作用相同;用命令 SET EXACT OFF 可设置字符串非精确比较,此时,＝和＝＝的作用是不相同的,＝＝为精确比较,＝为非精确比较。

3.3.4　逻辑运算符和逻辑表达式

逻辑型表达式是由逻辑运算符将逻辑型数据连接起来的式子,其结果仍然是逻辑值。Visual FoxPro 6.0 中的逻辑运算符有:

- .NOT. 或 NOT 或!　　逻辑非。
- .AND. 或 AND　　逻辑与。
- .OR. 或 OR　　逻辑或。

逻辑运算符的优先级依次为 NOT、AND、OR,同级运算按从左到右的顺序运算。

例如,在命令窗口输入如下命令:

```
?!((5>3) and (5<3))
```

在主窗口显示表达式的值为:

```
.T.
```

3.3.5　日期时间运算符和日期时间表达式

日期时间型表达式是指含有日期型或日期时间型数据的表达式。日期型数据或日期时间型数据是一种特殊的数据,它们的运算有以下 6 种情况。

① 两个日期型数据可以相减,结果为数值,表示两个日期之间相差的天数。

例如,在命令窗口输入如下命令:

```
?{^2009-5-16}-{^2009-5-11}
```

在主窗口显示表达式的值为:

```
5
```

② 日期型数据加上一个整数,其结果是将来的某个日期。该整数代表天数。

例如,在命令窗口输入如下命令:

```
?{^2009-5-16}+3
```

在主窗口显示表达式的值为:

05/19/09

③ 日期型数据减去一个整数,其结果是过去的某个日期。该整数代表天数。

例如,在命令窗口输入如下命令:

?{^2009-5-16}-3

在主窗口显示表达式的值为:

05/13/09

④ 两个日期时间型数据相减,结果为数值,表示两个日期时间之间相差的秒数。

例如,在命令窗口输入如下命令:

?{^2009-5-17, 10:30:40}-{^2009-5-16, 10:30:40}

在主窗口显示表达式的值为:

86400

⑤ 日期时间型数据加上一个整数,其结果是将来的某个日期时间。该整数代表秒数。

例如,在命令窗口输入如下命令:

?{^2009-5-16, 10:30:40}+86400

在主窗口显示表达式的值为:

05/17/09 10:30:40 AM

⑥ 日期时间型数据减去一个整数,其结果是过去的某个日期时间。该整数代表秒数。

例如,在命令窗口输入如下命令:

?{^2009-5-16, 10:30:40}-86400

在主窗口显示表达式的值为:

05/15/09 10:30:40 AM

3.4　常用函数

函数是数据运算的一种特殊形式,用来实现某些特定的运算。在 Visual FoxPro 中,函数的表示形式一般为:

函数名([参数表])

参数表中的各个参数之间用逗号分开。一些没有自变量或者可以默认自变量的函数,圆括号内为空,但圆括号不能省略。

Visual FoxPro 6.0 提供了丰富的函数,极大地提高了系统的运算能力。下面介绍一些常用函数的使用。

3.4.1　数值函数

1. 绝对值函数

格式：

ABS(<算术表达式>)

功能：求算术表达式的绝对值。函数值为数值型。

例如，在命令窗口输入如下命令：

?abs(-12.5), abs(3 * 4-20)

在主窗口显示为：

12.5　8

2. 指数函数

格式：

EXP(<算术表达式>)

功能：将算术表达式的值作为指数 x，求出 e^x 的值。函数值为数值型。

例如，在命令窗口输入如下命令：

?exp(3)

在主窗口显示为：

20.09

3. 对数函数

格式：

LOG(<算术表达式>)
LOG10(<算术表达式>)

功能：LOG 求算术表达式的自然对数，LOG10 求算术表达式的常用对数，算术表达式的值必须大于 0。函数值为数值型。

例如，在命令窗口输入如下命令：

?log(exp(3)), log10(10)

在主窗口显示为：

3.00　1.00

4. 平方根函数

格式：

SQRT(<算术表达式>)

功能：求算术表达式的算术平方根,算术表达式的值应不小于 0。函数值为数值型。

例如,在命令窗口输入如下命令：

? sqrt(2)

在主窗口显示为：

1.41

5. 取整函数

格式：

INT(<算术表达式>)
CEILING(<算术表达式>)
FLOOR(<算术表达式>)

功能：INT 取算术表达式的整数部分,CEILING 取大于或等于指定表达式的最小整数,FLOOR 取小于或等于指定表达式的最大整数。函数值均为数值型。

例如,在命令窗口输入如下命令：

a=12.34
?int(a), int(-a), ceiling(a), ceiling(-a), floor(a), floor(-a)

在主窗口显示为：

12　-12　13　-12　12　-13

6. 四舍五入函数

格式：

ROUND(<算术表达式>,<小数保留位数>)

功能：计算算术表达式的值,根据小数保留位数 n 进行四舍五入。

当 n≥0 时,对小数点后第 n+1 位四舍五入;当 n<0 时,则对小数点前第|n|位四舍五入。

例如,在命令窗口输入如下命令：

? round(12.34567,2), round(12.345,0), round(1246.56,-2)

在主窗口显示为：

12.35　12　1200

7. 余数函数（模函数）

格式：

MOD(<算术表达式 1>,<算术表达式 2>)

功能：返回两个数值相除后的余数。

算术表达式 1 是被除数，算术表达式 2 是除数。算术表达式 2 的值不能为 0。余数的正负号与除数相同。如果被除数与除数同号，函数值为两数相除的余数；如果被除数与除数异号，则函数值为两数相除的余数再加上除数的值。

例如，在命令窗口输入如下命令：

?mod(22,5), mod(-22,-5), mod(-22,5), mod(22,-5)

在主窗口显示为：

2 -2 3 -3

8. 最大值和最小值函数

格式：

MAX(<表达式 1>),<表达式 2>,…, <表达式 n>)
MIN(<表达式 1>),<表达式 2>,…, <表达式 n>)

功能：MAX 求 n 个表达式中的最大值，MIN 求 n 个表达式中的最小值。

表达式的类型可以是数值型、字符型、货币型、浮点型、双精度型、日期型和日期时间型，但同一函数参数表中的所有表达式的类型应相同。函数值的类型与参数的类型一致。

例如，在命令窗口输入如下命令：

?max(3+5,4*2,0,-15), min('t','a','w')

在主窗口显示为：

8 a

3.4.2 字符函数

1. 宏替换函数

格式：

&<字符内存变量>[.]

功能：在字符内存变量前使用宏替换函数符号 &，将用该内存变量的值去替换 & 和内存变量名。

符号"."表示替换变量的结束，也可用空格代替。

例如，在命令窗口输入如下命令：

```
a=3
b=4
c=5
d='*'
e='+'
?a&d.b&e.c
```

在主窗口显示为：

```
17
```

2. 求字符串长度函数

格式：

```
LEN(<字符型表达式>)
```

功能：求字符型表达式结果字符串的长度，即所包含的字符个数。若是空串，则长度为 0。函数值为数值型。

例如，在命令窗口输入如下命令：

```
?len("中国 1")
```

在主窗口显示为：

```
5
```

3. 生成空格函数

格式：

```
SPACE(<算术表达式>)
```

功能：生成由算术表达式指定个数的空格，返回值为字符型。

例如，在命令窗口输入如下命令：

```
?"安徽"+space(4)+"安庆"
```

在主窗口显示为：

```
安徽    安庆
```

4. 删除空格函数

格式：

```
TRIM(<字符型表达式>)
LTRIM(<字符型表达式>)
ALLTRIM(<字符型表达式>)
```

功能：TRIM 函数返回删除指定字符串的尾部空格后的字符串,该函数也可写为 RTRIM。LTRIM 函数返回删除指定字符串的前导空格后的字符串。ALLTRIM 函数返回删除指定字符串中的前导空格和尾部空格后的字符串。

例如,在命令窗口输入如下命令:

```
?"begin"+ltrim(" A")+trim(" B ")+alltrim(" C ")
```

在主窗口显示为:

```
beginABC
```

5. 求子串位置函数

格式:

```
AT(<字符型表达式 1>,<字符型表达式 2>[,<算术表达式>])
ATC(<字符型表达式 1>,<字符型表达式 2>[,<算术表达式>])
```

功能:AT 函数返回<字符型表达式 1>在<字符型表达式 2>中的位置,函数值为数值型。ATC 函数和 AT 函数的功能相同,只是在子串比较时不区分字母大小写。

若<字符型表达式 1>是<字符型表达式 2>的子串,则返回<字符型表达式 1>在<字符型表达式 2>中的开始位置;若不存在,则函数值为 0。若有数值表达式参数,假设值为 n,则返回<字符型表达式 1>在<字符型表达式 2>中第 n 次出现的起始位置。n 的默认值为 1。

例如,在命令窗口输入如下命令:

```
?at("ab","5abcd babc"), at("ab","5abcd babc",2), at("ab","5Abcd"), atc("ab",
"5Abcd")
```

在主窗口显示为:

```
2 8 0 2
```

6. 取子串函数

格式:

```
SUBSTR(<字符表达式>,<算术表达式 1>[,<算术表达式 2>)
```

功能:在字符表达式结果字符串中,截取一个子字符串,起点由算术表达式 1 指定;截取字符的个数由算术表达式 2 指定。如默认算术表达式 2,将从起点截取到字符表达式的结尾。函数的返回值为字符型。

例如,在命令窗口输入如下命令:

```
?substr("abc 中国",2,4), substr("abc 中国",2)
```

在主窗口显示为:

bc中 bc中国

7. 取左子串函数

格式：

LEFT(<字符表达式>,<算术表达式>)

功能：从字符表达式结果字符串的左端开始截取由算术表达式指定个数的子字符串，返回值为字符型。

例如，在命令窗口输入如下命令：

?left("abcdef",3)

在主窗口显示为：

abc

8. 取右子串函数

格式：

RIGHT(<字符表达式>,<算术表达式>)

功能：从字符表达式结果字符串的右端开始截取由算术表达式指定个数的子字符串，返回值为字符型。

例如，在命令窗口输入如下命令：

?right("abcdef",3)

在主窗口显示为：

def

9. 计算子串出现次数函数

格式：

OCCURS(<字符表达式 1>,<字符表达式 2>)

功能：返回第一个字符串在第二个字符串中出现的次数。若第一个字符串不是第二个字符串的子串，则返回值为 0。函数的返回值为数值型。

例如，在命令窗口输入如下命令：

?occurs("is","this is a book!"),occurs("is","aibsc")

在主窗口显示为：

2 0

10. 字符串替换函数

格式：

STUFF(<字符型表达式 1>,<算术表达式 1>,<算术表达式 2>,<字符型表达式 2>)

功能：用字符型表达式 2 去替换字符型表达式 1 中由起始位置开始所指定的若干个字符。起始位置和字符个数分别由算术表达式 1 和算术表达式 2 指定。如果字符型表达式 2 的值是空串，则字符型表达式 1 中由起始位置开始所指定的若干个字符被删除。

例如，在命令窗口输入如下命令：

?stuff("12345678",3,2,"abc"), stuff("12345678",3,2,"")

在主窗口显示为：

12abc5678 125678

11. 产生重复字符函数

格式：

REPLICATE(<字符型表达式>,<算术表达式>)

功能：返回字符型表达式结果字符串重复若干次后的新字符串，重复的次数由算术表达式给定。

例如，在命令窗口输入如下命令：

?replicate ('*'+'a',3)

在主窗口显示为：

*a*a*a

12. 大小写字母转函数

格式：

LOWER(<字符型表达式>)
UPPER(<字符型表达式>)

功能：LOWER 将字符型表达式结果字符串中的大写字母转换成小写。UPPER 将字符型表达式结果字符串中的小写字母转换成大写。

例如，在命令窗口输入如下命令：

?lower("THis"), upper("THis")

在主窗口显示为：

this THIS

3.4.3　数据类型转换函数

1. 字符串转日期或日期时间函数

格式：

```
CTOD(<字符表达式>)
CTOT(<字符表达式>)
```

功能：CTOD 函数将字符表达式结果字符串值转换成日期型数据，返回值为日期型。CTOT 函数将字符表达式结果字符串值转换成日期时间型数据，返回值为日期时间型。

字符串中的日期部分格式要与系统设置的日期显示格式一致，其中的年份可以用 4 位，也可以用 2 位。如果用 2 位，则世纪值由 SET CENTURY TO 命令指定。

例如，在命令窗口输入如下命令：

```
set date to ymd       && 设定日期为"年月日"格式
set century on        && 设定年份用 4 位显示
set century to 18     && 设定世纪数为 18
?ctod("29/10/1"), ctot("29/10/1")
```

在主窗口显示为：

```
1929/10/01  1929/10/01  12:00:00  AM
```

2. 将日期或日期时间转换成字符串函数

格式：

```
DTOC(<日期表达式>|<日期时间表达式>[,1])
TTOC(<日期时间表达式>[,1])
```

功能：DTOC 函数将日期数据或日期时间数据的日期部分转换为字符型，TTOC 函数将日期时间数据转换为字符型。字符串中日期和时间的格式受系统设置的影响。对 DTOC 来说，若选用 1，结果为 yyyymmdd 格式。对 TTOC 来说，若选用 1，结果为 yyyymmddhhmmss 格式。

例如，在命令窗口输入如下命令：

```
?dtoc({^2009/10/1},1), ttoc({^2009/10/1 18:30:30},1)
```

在主窗口显示为：

```
20091001  20091001183030
```

3. 数值转字符串函数

格式：

```
STR(<算术表达式 1>[,<算术表达式 2>[,<算术表达式 3>]])
```

功能：将算术表达式 1 的值转换成字符串。

转换后字符串的长度（小数点和负号均占一位）由算术表达式 2 决定，保留的小数位数由算术表达式 3 决定。如果指定的长度大于实际数值的位数，则在字符串的前面加上空格；如果指定的长度小于小数点左边的位数，则返回指定长度个星号 *，表示出错。当小数位数大于实际数值的小数位数，在字符串后补相应位数的 0；当位数小于实际数值，小数位数自动按四舍五入处理。省略算术表达式 3 时，转换后将无小数部分。省略算术表达式 2 和算术表达式 3 时，字符串长度为 10，不足 10 在前面补相应位数的空格，无小数部分。

例如，在命令窗口输入如下命令：

```
?str(-1234.364256,8,1), str(-1234.364256,3)
```

在主窗口显示为：

```
-1234.4  * * *
```

4. 字符串转数值型函数

格式：

```
VAL(<字符型表达式>)
```

功能：将由数字、正负号、小数点组成的字符串转换为数值。前导空格不影响转换。

数字、正负号、小数点均为字符串中的有效字符，非数字字符、第一个小数点后的其他小数点和不在最前面的正负号均为无效字符。转换遇上无效字符即停止。若字符串的第一个字符即无效字符，函数值为 0.00（默认保留 2 位小数）。

例如，在命令窗口输入如下命令：

```
?val("-2.4.5"), val("a2.5")
```

在主窗口显示为：

```
-2.40  0.00
```

5. 字符转换成 ASCII 码的函数

格式：

```
ASC(<字符型表达式>)
```

功能：返回字符型表达式结果字符串最左边的一个字符的 ASCII 码值。函数值为数值型。

例如，在命令窗口输入如下命令：

```
?asc("abc")
```

在主窗口显示为：

97

6. ASCII 值转换成字符函数

格式：

```
CHR(<算术表达式>)
```

功能：将算术表达式的值作为 ASCII 码，返回所对应的字符。

例如，在命令窗口输入如下命令：

```
?chr(90+7)
```

在主窗口显示为：

```
a
```

3.4.4　日期和时间函数

日期时间函数是处理日期型或日期时间型数据的函数。

1. 系统日期和时间函数

格式：

```
DATE()
TIME()
DATETIME()
```

功能：DATE 函数返回当前的系统日期，函数值为日期型。TIME 函数返回当前的系统时间，形式为 hh:mm:ss，函数值为字符型。DATETIME 函数返回当前的系统日期和时间，函数值为日期时间型。

例如，在命令窗口输入如下命令：

```
set date ymd
set century on
?"date=",date(), "time=",time(), "datetime=", datetime()
```

在主窗口显示为：

```
date=2009/08/20 time=21:32:08 datetime=2009/08/20 09:32:08 PM
```

2. 求年份、月份和天数函数

格式：

```
YEAR(<日期型表达式>|<日期时间型表达式>)
MONTH(<日期型表达式>|<日期时间型表达式>)
DAY(<日期型表达式>|<日期时间型表达式>)
```

功能：YEAR 函数返回日期型表达式或日期时间型表达式所对应的年份值。
MONTH 函数返回日期型表达式或日期时间型表达式所对应的月份。DAY 函数返回日
期型表达式或日期时间型表达式所对应月份里面的天数。这 3 个函数的返回值都是数
值型。

例如，在命令窗口输入如下命令：

```
today={^2009/10/1}
?year(today),month(today),day(today)
```

在主窗口显示为：

```
2009  10  1
```

3. 求时、分和秒函数

格式：

```
HOUR(<日期时间型表达式>)
MINUTE(<日期时间型表达式>)
SEC(<日期时间型表达式>)
```

功能：HOUR 函数返回日期时间型表达式所对应的小时部分（按 24 小时制）。
MINUTE 函数返回日期时间型表达式所对应的分钟部分。SEC 函数返回日期时间型表
达式所对应的秒数部分。这 3 个函数的返回值都是数值型。

例如，在命令窗口输入如下命令：

```
today={^2009/10/1 8:30:45 P}
?hour(today),minute(today),sec(today)
```

在主窗口显示为：

```
20  30  45
```

3.4.5　测试函数

1. 数据类型测试函数

格式：

```
VARTYPE(<表达式>,[<逻辑表达式>])
```

功能：测试表达式的数据类型，返回用字母代表的数据类型。函数值为字符型。

未定义或错误的表达式返回字母 U。若表达式是一个数组，则根据第一个数组元素
的类型返回字符。若表达式的运算结果是 NULL 值，则根据函数中逻辑表达式的值决定
是否返回表达式的类型。具体规则是：如果逻辑表达式为.T.，则返回表达式的原数据类
型。如果逻辑表达式为.F.或省略，则返回 X，表明表达式的运算结果是 NULL 值。

例如，在命令窗口输入如下命令：

```
a=datetime()
a=NULL
?vartype(1.2),vartype("abc"),vartype(a,.T.),vartype(a)
```

在主窗口显示为：

```
N C T X
```

2. 空值(NUIL)测试函数

格式：

```
ISNULL(<表达式>)
```

功能：判断一个表达式的运算结果是否为 NULL 值，如果为 NULL 值，函数的返回值为逻辑真，否则返回逻辑假。

例如，在命令窗口输入如下命令：

```
a=NULL
?isnull(a)
```

在主窗口显示为：

```
.T.
```

3. 值域测试函数

格式：

```
BETWEEN(<被测试表达式>,<下限表达式>, <上限表达式>)
```

功能：判断被测试表达式的值是否介于相同数据类型的两个表达式值之间。

BETWEEN 函数首先计算表达式的值。如果被测表达式的值大于或等于下限表达式的值，小于或者等于上限表达式的值，BETWEEN 函数将返回一个逻辑真，否则返回逻辑假。所有表达式的结果类型必须一致。

例如，在命令窗口输入如下命令：

```
?between(6,10,50), between(20,10,50)
```

在主窗口显示为：

```
.F. .T.
```

4. 条件函数

格式：

```
IIF(<逻辑型表达式>,<表达式 1>,<表达式 2>)
```

功能：若逻辑型表达式的值为.T.，函数返回值即为表达式 1 的值，否则为表达式 2 的值。

例如,在命令窗口输入如下命令:

```
? iif(5>3,12,"ab"), iif(5<3,12,"ab")
```

在主窗口显示为:

```
12  ab
```

5. 文件存在测试函数

格式:

```
FILE(<文件名>)
```

功能:检测指定的文件是否存在。如果文件存在,则函数返回逻辑真,否则函数值为逻辑假。文件名必须是全称,包括盘符、路径和扩展名,且文件名是字符型表达式。

例如,在命令窗口输入如下命令:

```
? file("c:\bootscan.log")
```

在主窗口显示为:

```
.T.
```

若默认盘符和路径,则表明文件在系统默认目录下。改变默认目录可单击菜单项"工具"→"选项",然后通过更改"文件位置"选项卡中的"默认目录"来实现。也可通过命令来实现,命令格式为:

```
SET DEFAULT TO <目录>
```

例如:

```
SET DEFAULT TO E:\
```

即把默认目录改为 E:\。

本 章 小 结

数据是计算机进行操作和处理的主要对象。数据有多种类型,为了方便各类数据在计算机中存储和处理,计算机必须使用某种数据类型以表达和描述相应的数据。Visual FoxPro 的所有数据都有一个特定的数据类型,它定义了各种数据的取值范围。

本章主要介绍了 Visual FoxPro 的变量和常量、数据类型、表达式和函数。

习 题 3

一、选择题

1. 表示数值型的字母是_____。

　　　A. L　　　　　　　　B. C　　　　　　　　C. N　　　　　　　　D. T
2. 以下_____不是 Visual FoxPro 的合法字符串。
　　　A. 'abc'　　　　　　　B.［教师］　　　　　C.｛学生｝　　　　　D. "It's a car!"
3. 以下_____不是逻辑型常量值。
　　　A. .F.　　　　　　　　B. .t.　　　　　　　C. .Y.　　　　　　　D. Ture
4. 以下_____是 Visual FoxPro 的合法变量。
　　　A. 教授　　　　　　　B. .N.　　　　　　　C. 2a　　　　　　　D. 1E3
5. 用命令 DIMENSION b(4,2)定义了一个数组,则 b(4,1)与下列_____的引用是相同的。
　　　A. b(5)　　　　　　　B. b(6)　　　　　　　C. b(7)　　　　　　D. b(8)
6. 在 Visual FoxPro 中,定义了数组后,则每个数组元素的初值为_____。
　　　A. .F.　　　　　　　　B. .T.　　　　　　　C. 0　　　　　　　　D. 1
7. 以下_____不是合法的字符串运算符。
　　　A. ＋　　　　　　　　B. －　　　　　　　　C. /　　　　　　　　D. $
8. 以下_____符号表示关系运算符中的不等于。
　　　A. !　　　　　　　　B. #　　　　　　　　C. @　　　　　　　　D. &
9. 以下表达式不正确的是_____。
　　　A. ｛^2009-10-16｝＋3　　　　　　　B. ｛^2009-5-16｝－｛^2009-5-11｝
　　　C. ｛^2009-5-16｝＋｛^2009-5-11｝　　D. ｛^2009-10-16｝－3
10. 命令 vartype("2009/10/7")的输出结果是_____。
　　　A. D　　　　　　　　B. C　　　　　　　　C. N　　　　　　　　D. U

二、填空题

1. 字符型数据是表示不具计算能力的文字字符序列,简称_____型。
2. 数值型数据又可分为_____数据、_____数据、_____数据。
3. 日期型数据是表示日期的数据,固定长度_____个字节。
4. 备注型数据没有数据长度限制,实际数据存放在与表文件同名的备注文件中,备注文件的扩展名为_____。
5. 日期型常量要用一对_____作为定界符。
6. 货币型常量以符号"_____"开头,后面接数值型常量,占 8 个字节。
7. 变量的命名以_____或_____开头。除自由表中字段名、索引的 TAG 标识名最多只能_____个字符外,其他的命名可使用 1～_____个字符。
8. 内存变量和字段变量可以同名,此时,将优先存取字段变量,屏蔽同名的内存变量。若要明确指定访问内存变量,应在内存变量名前加上符号_____或_____。
9. 数组的大小由下标值的上、下限决定。其中,下限值系统隐含为_____,不需要用户指定。
10. 数组定义后,系统自动将每个数组元素定义为逻辑型,初值为_____。
11. 在引用数组时,如果未指明下标,则引用该数组的第_____个元素。
12. Visual FoxPro 6.0 中,求乘方的运算符为_____或_____。
13. 可以用命令_____来设置字符串精确比较,此时,＝和＝＝的作用相同。

14. 函数 SPACE(<算术表达式>)的返回值为_____。

15. _____ 函数返回删除指定字符串的尾部空格后的字符串。

三、问答题

1. Visual FoxPro 常用的数据类型有哪几种？

2. 关系运算符中的"="和"=="有何不同？

3. 字段变量与内存变量有何异同？

四、写出下列命令执行后的结果

1.

```
X=int(log10(100))
?X
```

2.

```
a=abs(20%-3)
?int(a), ceiling(a), floor(a)
```

3.

```
Dimension A(3,2)
A=8
A(3)=A(2,2)=5
?A(3)
```

4.

```
X=1000/3
?round(X,-2)
```

5.

```
X=at("abc","5a4bcdbabc")
?X>6
```

6.

```
X=stuff("abcabcabc",3,2,"abc")
Y=substr(X,3,4)
?Y
```

7.

```
set date to mdy
set century on
set century to 19
?ctod("10/17/18")
```

8.

```
today={^2010/10/8}
?day(today)
```

实验　Visual FoxPro 的数据及其运算

【实验目的】

- 熟悉 Visual FoxPro 6.0 的常用数据类型。
- 掌握 Visual FoxPro 6.0 变量的建立及使用方法。
- 掌握 Visual FoxPro 6.0 各种表达式的使用方法。
- 掌握 Visual FoxPro 6.0 常用函数的功能及应用。

【实验准备】

1. 复习 Visual FoxPro 的数据类型及运算规则。
2. 复习 Visual FoxPro 各种运算符号的功能。
3. 复习 Visual FoxPro 的常用函数。

【实验内容】

1. 运用两种格式建立内存变量,分别对变量赋予不同类型的值,然后在命令窗口显示各个变量的值。

2. 清除指定的内存变量。

3. 分别建立一维数组变量和二维数组变量,验证二维数组和一维数组的对应关系。

4. 在命令窗口显示算术表达式的结果值,验证各种算术运算符的优先级。

5. 在命令窗口显示字符串表达式的结果值,验证各种字符串运算符的优先级。

6. 在命令窗口显示关系表达式的结果值,验证各种关系运算符的优先级。

7. 在命令窗口显示逻辑表达式的结果值,验证各种逻辑运算符的优先级。

8. 在命令窗口验证 6 种日期时间表达式的结果值。

9. 在命令窗口验证各种函数的功能。

(1) 对 3.1415926 进行四舍五入,保留 2 位小数。

(2) 对 1234.56 取整。

(3) 求 36 的平方根。

(4) 求 100 除 6 的余数。

(5) 求字母 o 在 VisualFoxPro 6.0 中第二次出现的位置。

(6) 计算字符串"VisualFoxPro 6.0 中文版"的长度。

(7) 求字符串"VisualFoxPro 6.0"中的子串"FoxPro"。

(8) 求字符 a 的 ASCII 码值。

(9) 求 ASCII 码值为 88 的字符。

(10) 将 3.14aa159 转换为数值类型。

(11) 将日期类型数据{^01/01/2001}转换为字符型数据。

(12) 显示系统日期。

(13) 显示系统的年份。

第 4 章 数据库及表的操作

在 Visual FoxPro 中,数据库由一个以上相互关联的数据表组成,可以包含一个或多个表、视图,到远程数据源的连接和存储过程。表是处理数据和建立关系型数据库及应用程序的基本单元。包含在数据库中的表称为数据库表,不包含在数据库中的表称为自由表。数据库表从数据库中移出来,就变为自由表;反之,自由表加入到数据库中,即变为数据库表。

数据库及表的操作都可以通过菜单操作方式或者命令方式来实现,本章将重点介绍菜单操作方式。

4.1 数据库的操作

数据库的基本操作主要包括数据库的创建以及数据库的打开、关闭和删除。

4.1.1 建立数据库

建立数据库的常用方法有以下两种。

1. 通过"新建"对话框建立数据库

选择"文件"→"新建"命令,打开图 4-1 所示的"新建"对话框,在"文件类型"选项区域中选择"数据库"单选按钮,然后单击"新建文件"按钮,打开图 4-2 所示的"创建"对话框,输入数据库名,单击"保存"按钮,打开"数据库设计器"。

图 4-1 "新建"对话框

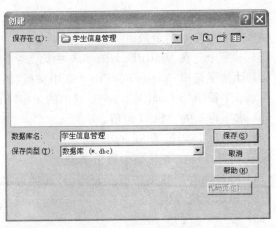

图 4-2 "创建"对话框

2. 使用命令创建数据库

创建数据库命令的一般格式是：

CREATE DATABASE [数据库名|?]

如果不指定数据库名或者使用问号?,执行命令后,都会打开"创建"对话框。与第一种方法不同,用命令创建数据库后不自动打开"数据库设计器",只是使数据库处于打开状态。

数据库建立之后将产生 3 个文件：数据库文件(.DBC)、数据库备注文件(.DCT)和数据库索引文件(.DCX)。

4.1.2　打开数据库

打开数据库的常用方法有以下两种：

1. 菜单操作方式

首先选择"文件"→"打开"命令,或者单击工具栏上的"打开"按钮,弹出图 4-3 所示的"打开"对话框。在"打开"对话框中,设置"文件类型"为"数据库(* .dbc)",选择要打开的数据库文件,单击"确定"按钮,打开"数据库设计器"。

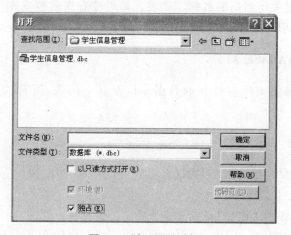

图 4-3　"打开"对话框

在"打开"对话框中还有"以只读方式打开"和"独占"两个复选框可供选择,其含义如下：

- "以只读方式打开"：不允许对数据库进行写操作。
- "独占"：在同一时刻不允许多个用户同时使用。

2. 命令方式

打开数据库的命令格式是：

```
OPEN DATABASE <数据库名>
```

在 Visual FoxPro 中允许同时打开多个数据库,但是当前的数据库只有一个,就是最后打开的那个数据库。

例如,执行如下命令后,当前数据库是 db3。

```
OPEN DATABASE db1
OPEN DATABASE db2
OPEN DATABASE db3
```

使用 SET DATABASE 命令可以设置当前数据库。例如,把 db2 设置为当前数据库的命令是:

```
SET DATABASE TO db2
```

4.1.3 关闭数据库

对数据库操作完毕后,应该及时将其关闭。关闭数据库时,系统也将关闭相关的数据库表。

1. CLOSE DATABASES

该命令的功能是关闭当前的数据库和表。如果没有当前数据库,则关闭工作区内所有打开的自由表、索引等文件。

2. CLOSE DATABASE ALL

该命令的功能是关闭所有打开的数据库以及其中的表、所有的自由表以及索引文件等。

3. CLOSE ALL

该命令将关闭除“命令窗口”、“调试窗口”、“帮助”和“跟踪窗口”外的所有窗口,包括各种设计器、数据库、表和索引。

注意:关闭“数据库设计器”并不意味着关闭了数据库。

4.1.4 删除数据库

当原有的数据库不再需要时,可以用 DELETE DATABASE 命令将其删除。

DELETE DATABASE 命令的一般格式是:

```
DELETE DATABASE <数据库名>[DELETABLES]
```

功能是删除指定的数据库。当命令中包含 DELETABLES 时,表示删除数据库以及其中的表,否则仅删除数据库,并将其中的表变为自由表。

注意:

① 在删除数据库前必须先关闭数据库。

②　上述方法删除数据库后,数据库中的表变成自由表,仍可以打开,只是原有的数据库表属性全部丢失。

4.2　建立数据库表

数据库只是一种容器,其中可以包含多种对象,最常见的对象是数据库表。打开数据库后,可以建立和修改数据库表。

建立一个二维表需要经过两个步骤:

(1) 设计表结构。

(2) 输入数据。

表结构是对表的结构的定义,它规定了一个表包括哪些字段,字段的数据类型以及输入规则等。确定表结构后,就可以在表结构的约束条件下输入表的具体数据。

4.2.1　表结构的设计

日常生活中的数据是一些散乱的数据,并不能直接作为表的数据使用,必须经过加工、整理,把这些数据变成有组织的集合,才能够存放到表中。表结构的设计即根据表中需要存储的信息确定表中包含哪些字段,每一字段的数据有什么要求。具体而言,表结构的设计主要包括字段的确定和每个字段的属性的确定。字段的属性包括字段名、字段类型、字段宽度、小数位数和 NULL 值。

1. 字段名

字段名实际上是表的列名,用于在表中标识该字段。通常采用与字段相对应的英文名称或汉语拼音缩写,以便见文识意。Visual FoxPro 也允许使用汉字作为字段名。需要说明的是:

- 数据库表中字段名最多为 128 个字符,自由表中字段名最多为 10 个字符。
- 以字母、汉字或下划线(_)开头,由字母、汉字、数字或下划线组成。
- 字段名中不能包含空格。

2. 字段类型和宽度

能用作字段的数据类型包括字符型、货币型、数值型、浮点型、日期型、日期时间型、双精度型、整型、逻辑型、备注型、通用型、字符(二进制)和备注型(二进制)。

字段宽度是指该字段所能容纳的数据的字节数,和字段类型有关。通常根据一个字段可能占用的最大字节数来决定字段宽度,以保证每个数据信息都能保存,但也不必太宽,以免浪费存储空间。

字段类型的具体用法以及字段宽度的设定如表 4-1 所示。

3. 小数位数

对于数值型、浮点型和双精度型的数据,应为其指定小数位数。需要注意的是,当字

表 4-1　Visual FoxPro 中字段类型及宽度

数据类型	宽　　度	符号表示	类 型 说 明
字符型	1～254 个字符	C	字符、数值型文本,如姓名、编号和家庭地址等
数值型	最大宽度为 20 位(含小数点)	N	整数或实数,如成绩、工资
浮动型	最大宽度为 20 位(含小数点)	F	同数值型
双精度型	固定为 8 位	B	实验所要求的高精度数据
整型	固定 4 位	I	存放整数,如年龄
货币型	固定为 8 位	Y	存放货币数据,如商品单价
日期型	固定为 8 位	D	存放日期数据,如生日
日期时间型	固定为 8 位	T	保存年月日时分秒,如上班时间
逻辑型	固定为 1 位	L	存放逻辑数据(.T.,.F.)
备注型	固定为 4 位	M	以 FPT 形式的文件存储数据,长度任意,如个人简历
通用型	固定为 4 位	G	OLE 数据对象,如照片
字符型(二进制)	1～254 个字符	C	用法和字符型类似,直接以二进制存储,而不需要系统代码页的维护
备注型(二进制)	固定为 4 位	M	用法和备注型类似,直接以二进制存储,而不需要系统代码页的维护

段值为纯小数时,字段的宽度可以只比小数位数多 1。

4. 是否允空(NULL)

指字段是否接收空值(NULL)。空值是关系数据库中的重要概念,如果表中某条记录的某字段值为 NULL,表明该字段还没有确定值。因此 NULL 不同于数值 0、空字符串或逻辑假,不能把它理解为任何意义的数据。

表 4-2～表 4-5 列出了本书使用的表的表结构。

表 4-2　"学生"表的表结构

字段名称	字段类型	字段宽度	小数位数	是否允空
学号	C	6		否
姓名	C	10		否
性别	C	2		否
出生日期	D	8		否
是否团员	L	1		是
照片	G	4		是

表 4-3　"课程"表的表结构

字段名称	字段类型	字段宽度	小数位数	是否允空
课程号	C	2		否
课程名	C	20		否
学分	N	3	0	否

表 4-4　"成绩"表的表结构

字段名称	字段类型	字段宽度	小数位数	是否允空
学号	C	6		否
课程号	C	2		否
成绩	N	5	1	否

表 4-5　"教师"表的表结构

字段名称	字段类型	字段宽度	小数位数	是否允空
教师号	C	2		否
教师姓名	C	8		否
所在院系	C	20		否
电子邮件	C	30		否
简历	M	4		是

4.2.2　表结构的建立

建立数据库表的常用方法有以下 3 种：

① 在打开数据库的前提下，选择"文件"→"新建"命令或者单击"新建"按钮，打开图 4-1 所示的"新建"对话框，在"文件类型"选项区域中选择"表"单选按钮，然后单击"新建文件"按钮。

② 在图 4-4 所示的"数据库设计器"窗口中，单击"新建表"按钮，打开图 4-5 所示的"新建表"对话框，单击"新建表"按钮。

图 4-4　"数据库设计器"窗口

图 4-5　"新建表"对话框

③ 在打开数据库的前提下，执行 CREATE 命令。

通过以上 3 种方法都可以打开图 4-6 所示的"表设计器"对话框，输入完表中字段信息后，单击"确定"按钮，系统会给出输入数据的提示窗口，单击"是"按钮可以立刻输入表中记录;单击"否"按钮,仅建立一个空表文件(DBF),以后可以通过其他途径向表中输入记录。

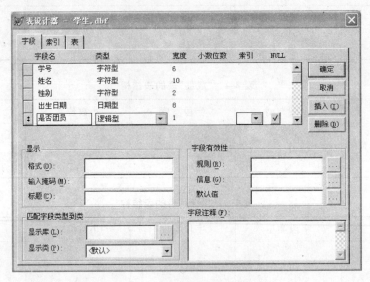

图 4-6　"表设计器"对话框

注意:

① 对于允空字段,应选中 NULL,否则默认为"不允空"。

② 在定义字段属性的过程中,不要使用 Enter 键,否则会退出"表设计器"。应使用 Tab 键将光标移到下一栏或者用鼠标直接选中下一栏。

③ 完成表结构的创建后,将在默认的工作目录中产生一个主(.dbf)文件。如果含有备注型(如简历)或通用型(如照片)字段,还会产生与表同名的备注(.fpt)文件。如果表中建立了索引,还将产生索引(.cdx)文件。

4.2.3　数据库表字段的扩展属性

如图 4-6 所示,数据库表中的字段除了具有字段的基本属性(字段名、类型、宽度和小数位数)外,还含有一些扩展属性,如字段的显示格式、输入掩码、默认值、标题、注释以及字段的验证规则等。这些扩展属性都保存在数据库表所在的数据库文件中。

1. 字段的显示属性以及字段注释

字段的显示属性包括显示格式、输入掩码以及标题等。字段注释通常是对字段含义或者作用的解释。

(1) 标题和注释

自由表的字段名最长为 10 个字符,数据库表允许长字段名,最多可以包含 128 个字符。尽管如此,为了编程的方便,在定义字段名时,一般仍采用英文名称或者汉语拼音缩写等,这样的定义往往使人难以理解。因此,Visual FoxPro 提供了一个"标题"属性,利用这个属性可以给每个字段添加一个说明性标题,Visual FoxPro 将显示字段的标题文字,并以此作为"浏览"窗口的列标题,增强字段的可读性。

在"表设计器"的"注释"文本框中可以给字段添加注释信息,来进一步说明字段的含义,设置字段的目的等。

标题和注释都不是必需的。如果字段不能明确表达列的含义,可以为字段设置标题,如果标题还不能充分表达含义,或者需要给字段更详细的说明,可以给字段添加注释。

（2）格式

格式规定字段在"浏览"窗口、表单或者报表中显示时的大小写以及样式等,常常用字母来代表,称为格式码。下面是常用的格式码。

- A：表示只允许字母字符,禁止数字、空格或标点符号。
- D：表示使用当前的日期格式。
- L：表示在数值前显示前导零,而不是空格。此设置仅用于数值型数据。
- T：表示删除输入字段的前导空格和结尾空格。
- !：表示把小写字母转化为大写字母后输出。
- $：显示货币符号。此设置仅用于数值型和货币型数据。
- ^：表示使用科学记数法显示数值型数据。此设置仅用于数值型数据。

例如,在"姓名"字段的"格式"编辑框内输入"AT"后,要在"浏览"窗口中给"姓名"字段输入汉字、数值等非字母字符时,将无法实现。

（3）输入掩码

输入掩码定义了输入的数据必须遵守的格式。使用输入掩码能有效屏蔽非法输入,减少人工输入错误,保证输入数据格式的一致和有效。下面列出常用的输入掩码。

- X：表示可输入任何字符。
- 9：表示对字符型数据字段,只允许输入数字；对数值型字段可以输入数字和正负号。
- #：表示可输入数字、空格和正负号。
- $：表示在固定位置上显示当前货币符号。
- *：表示在值的左侧显示星号。
- .：表示用句点分隔符指定小数点的位置。
- ,：表示允许用逗号分隔小数点左边的整数部分。
- A：表示值允许输入字母数据。

例如,如果在"学号"字段的"输入掩码"编辑框中输入 999999,表示"学号"字段只能由 6 个数字组成。

2. 设置字段的有效性规则

在向数据库表输入数据时,有些数据是合法的、符合逻辑的,但有些数据却不一定合法。为了避免这些非法数据的输入,在"表设计器"中设置字段的"显示"属性、"输入掩码"等都可以从一定程度上防止非法数据的输入,但这仅仅是码级的限制,还远远不够。因为即使输入的内容是合法的,也不一定合乎逻辑。解决这个问题的方法之一就是设置字段有效性,输入的数据必须通过字段验证后才能存到字段中。

在"表设计器"的"字段有效性"框内有 3 个文本框：规则、信息和默认值。

（1）设置字段有效性规则

"规则"是一个值为"真"或"假"的逻辑表达式。当字段值输入完毕，光标移开字段时，系统检查该表达式的值，如果表达式的值为"真"，认为输入的字段值符合字段有效性规则，是合法的数据，可以存入字段；如果表达式的值为"假"，则认为该值为非法数据，必须修改后方可进行其他操作。

设置字段有效性规则的步骤是：首先在"表设计器"中选中要设置规则的字段，然后在"规则"框中输入有效性规则表达式，并可在"信息"框中设置违反规则时显示的提示信息。

（2）设置字段的默认值

用户在向表中输入数据时，往往会遇到这种情况：多条记录某个字段的值都是一样的。在这种情况下，可以给字段设置"默认值"。默认值为字段指定了最初的值，在追加新记录时，该字段的值会自动给出。因此，设置默认值可以减轻输入记录的工作量，减少错误，提高速度。

设置默认值的步骤是：首先在"表设计器"中选中要设置默认值的字段，然后在"默认值"框中输入该字段的默认值。

注意：

① 有效性规则表达式是一个逻辑表达式，其值为逻辑型。例如，出生日期＞＝{^ 1990/01/01}。

② 在"信息"框中可以设置违反规则时的提示信息，其值是一个字符串。例如，与上述规则相对应的"信息"框中的内容是："出生日期必须在 1990 年之后"。

③ "默认值"框中默认值的数据类型必须和该字段的数据类型一致。

【例 4-1】 修改表"学生"的表结构，给相关字段设置字段扩展属性。

步骤如下：

① 在数据库"学生信息管理"中选择表"学生"，选择"显示"→"表设计器"命令，打开"表设计器"。

② 在"表设计器"中选中"学号"字段，在"输入掩码"栏中输入 999999。

③ 选择"性别"字段，在"标题"栏中输入：学生性别；在"规则"栏中输入：性别＝"男" or 性别＝"女"；在"信息"栏中输入："性别只能是男或女"；在"默认值"栏中输入："男"；在"字段注释"栏中输入注释信息：用于指明学生的性别。

④ 单击"确定"按钮，在弹出的提示对话框中单击"是"按钮，结束表结构的修改。

打开"浏览"窗口，可见"性别"列的标题变成"学生性别"，选择"表"→"追加新记录"命令时，表尾出现一条新记录，该记录"性别"字段的值为"男"。

由于"编号"字段的输入掩码设置为 999999，所以在"编号"字段中输入字母时无法实现，但是可以输入数字；由于"性别"字段设置了有效性规则和信息，所以当把"性别"字段的值改成"难"时，弹出警告对话框，如图 4-7 所示。

图 4-7　违反规则后的警告对话框

4.2.4　数据库表的表属性

数据库表不仅可以设置字段的高级属性,而且还可以为表设置属性。数据库表的表属性包括长表名、表的注释、表记录的有效性规则和信息以及触发器等。

1. 长表名

在创建表时,每张表的表文件名就是表名。除此以外,数据库还可以设置长表名。长表名的命名规则与表文件名相同,但最多可以包含 128 个字符。设置长表名后,数据库表在各种对话框、窗口中均以长表名代替。在打开数据库表时,长表名与文件名可以同样使用。但是使用长表名打开表时,表所属的数据库必须是打开的。

2. 表的注释

表的注释可以使表的功能更加易于理解,尤其对规模较大的项目来说,注释可以使系统日后的维护更加方便。

3. 记录有效性规则

在表中输入或者修改记录时,如果对某个字段的取值有所限制,可以设置字段有效性规则,但有时约束条件中要涉及两个或两个以上的字段,这时,字段有效性规则就无能为力了。Visual FoxPro 中提供一种新的机制,即记录验证,通过记录有效性规则的设置来同时约束一条记录中多个字段的取值。

记录有效性规则通常是包含了一个或多个字段的逻辑表达式。如果插入一条新记录或修改表中原有的记录,那么,当记录指针移开该记录或者关闭"浏览"窗口时,系统检查记录有效性规则。如果逻辑表达式的值为"真",则该记录输入有效;否则,系统会弹出与图 4-7 类似的"警告"对话框。

4. 触发器

表的触发器是绑定在表上的表达式,当表中的记录被任何指定的操作命令修改时,该操作所对应的触发器被激活。

对表中记录的操作包括插入、更新和删除,因此,与之相对应的有插入触发器、更新触发器和删除触发器。

- 插入触发器。每次向表中插入记录或追加记录时,激活插入触发器,验证触发器表达式的值,如果值为"真",允许插入该记录,否则不得插入。
- 删除触发器。每次删除表中记录时,激活删除触发器,验证触发器表达式的值,如果值为"真",允许删除该记录,否则不得删除。
- 更新触发器。每次修改表中记录时,激活更新触发器,验证触发器表达式的值,如果值为"真",允许修改该记录,否则不得修改。

触发器的激活在其他有效性检查后进行,并且与字段有效性和记录有效性不同,触发器不对缓冲数据起作用。

触发器是作为表的特定属性来存储的,如果表从数据库中移去或删除,相应的触发器也被删除。

5. 表属性的设置

设置表属性可以在"表设计器"中的"表"选项卡上进行,下面举例说明表属性的设置步骤。

【例 4-2】 修改表"学生"的表结构,设置表属性。

步骤如下:

① 选择"文件"→"打开"命令,弹出"打开"对话框,在对话框中选择表"学生",单击"确定"按钮,打开"表设计器"。

② 在"表设计器"对话框中选择"表"选项卡。

③ 在"表名"文本框中输入"学生基本信息表",设置长表名。

④ 在"删除触发器"文本框中输入表达式"EMPTY(姓名)",表示当记录的"姓名"字段为空字符串时可以删除,否则会弹出"触发器失败"信息框。

⑤ 在"表注释"列表框中输入"该表存储了学生的基本信息",以说明该表的用途。设置结果如图 4-8 所示。

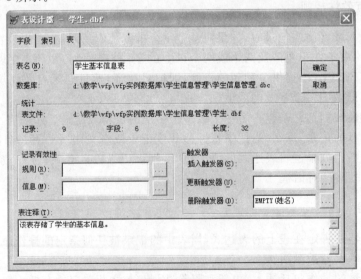

图 4-8　"表设计器"对话框中的"表"选项卡

⑥ 单击"确定"按钮,在弹出的提示框中单击"是"按钮,完成表属性的设置。

4.2.5 输入新记录

在"表设计器"对话框输入完表中字段信息后,单击"确定"按钮,系统会给出输入数据的提示窗口,单击"是"按钮将打开输入新记录的窗口,如图 4-9 所示。这个窗口称为记录的"编辑"窗口,窗口的标题是表名,窗口中记录和记录之间用一条横线隔开,一行为记录的一个字段,左边是字段名,右边是输入区。当一个字段被填满时,光标会自动移到下一个字段;如果填不满,可以在输入的最后一个字符后按下 Enter 键,或者直接用鼠标定位到下一字段。

输入新记录可以在"编辑"窗口中完成,也可以在"浏览"窗口(图 4-10)中完成。通过在"显示"菜单中选择"浏览"子菜单,"编辑"窗口可以转换为"浏览"窗口,在"浏览"窗口中按下 Tab 键,光标会移到下一个字段。

图 4-9 "编辑"窗口

学号	姓名	"学生性别"	是否团员	照片	出生日期
010101	刘雅丽	女	T	Gen	03/01/90
010102	李成功	男	F	Gen	04/01/88
010201	霍晓琳	女	T	Gen	09/08/89
010203	吕玉婷	女	F	Gen	10/10/91
020101	吴华清	男	T	gen	01/20/90
020102	程礼	女	T	gen	06/02/90
020202	王大力	男	T	gen	07/05/91
020203	赵玲	女	T	gen	03/03/88
020205	蔡皓轩	男	F	gen	04/09/1987

图 4-10 "浏览"窗口

当然,通过在"显示"菜单中选择"编辑"子菜单,"浏览"窗口可以恢复为"编辑"窗口。"编辑"窗口和"浏览"窗口是可以相互转换的。

在输入记录时,要注意日期型、逻辑型、备注型、通用型数据以及空值的输入方法。

1. 日期型数据

日期型数据的输入格式受到 SET DATA、SET MARK、SET CENTERY 设置的影响。

注意:执行"工具"→"选项"命令,打开"选项"对话框,在"区域"选项卡中也可设置。

2. 逻辑型数据

逻辑型数据只有逻辑真(.T. 或. Y.)和逻辑假(.F. 或. N.)两个值,只需要输入相应的英文字母(不区分大小写)就行了。

3. 备注型数据

新记录中备注型字段都显示 memo 字样,代表该字段目前没有具体的值。备注型字段输入内容时,分 3 步:

① 双击 memo,打开文本编辑窗口,如图 4-11 所示。

② 在文本编辑窗口中输入内容并编辑。

③ 按 Ctrl+W 键或者单击"关闭"按钮,保存输入结果并返回记录输入窗口,或者按 Esc 键,放弃编辑。

4. 通用型数据

通用型字段的内容是一个嵌入和链接对象(OLE),可以是图形、声音和视频等多种对象类型。

图 4-11　备注型字段编辑窗口

新记录中通用型字段都显示 gen 字样,代表该字段是一个空的通用型字段。输入内容的具体步骤如下:

① 双击 gen 字样,打开通用型字段的编辑窗口。

② 选择"编辑"→"插入对象"命令,打开"插入对象"对话框,如图 4-12(a)所示。如果需要插入的对象不存在,可以选中"新建"单选按钮,并在"对象类型"列表中选择对象类型,单击"确定"按钮,Visual FoxPro 将启动相应的应用程序,用户可以使用这些应用程序创建新的 OLE 对象,结果如图 4-13(a)所示。如果需要插入的对象已经存在,选择"由文件创建"单选按钮,这时"插入对象"对话框将如图 4-12(b)所示。单击"浏览"按钮,进入"浏览"对话框,选择所需文件后单击"打开"按钮,回到"插入对象"对话框。再单击"确定"按钮,回到通用型字段编辑窗口,结果如图 4-13(b)所示。

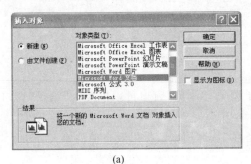

(a)

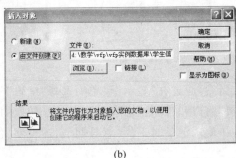

(b)

图 4-12　"插入对象"对话框

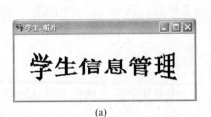

(a)

(b)

图 4-13　通用型字段编辑窗口

③ 按 Ctrl＋W 键或者单击"关闭"按钮,保存结果并返回记录输入窗口,或者按 Esc 键,放弃编辑。

5. 空值的录入

只有允许为 NULL 的字段才能输入空值,输入方法是将光标移至该字段,然后按下 Ctrl＋0 键。

注意:

① 备注型字段的内容保存在表备注文件(.ftp)中。

② 备注型和通用型字段经过编辑后,memo 和 gen 字样将变成 Memo 和 Gen。

③ 如果输入无效数据,在屏幕的右上角会弹出一个信息框,显示错误信息。

4.3　表的基本操作

一张完整的表由表结构和表记录两部分组成,因此对表的操作也围绕这两个方面。例如,表记录的浏览、显示、追加、删除以及修改,对表结构的复制、修改等。在对表进行上述基本操作之前,首先要打开表。

4.3.1　表的打开与关闭

1. 表的打开

打开表就是把指定的表从磁盘中装载到内存中。如果一张表可以同时被多个用户打开,称为表的共享使用;如果一张表只能被一个用户打开,称为表的独占使用。在对表进行操作时,某些操作必须在独占状态下才能完成,比如修改表结构,彻底删除记录等;某些操作在两种打开方式下都可以完成。因此在打开表的时候需要注意表的打开方式,否则会导致某些操作无法进行。

(1) 设置系统默认的打开方式

若打开表时不指定打开方式,表以系统默认的方式打开。系统默认的打开方式是"独占",但是用户也可以自行设置。设置系统默认方式有两种方法。

① 如图 4-14 所示,选择"工具"→"选项"命令,打开"选项"对话框,选择"数据"选项卡,选中"以独占方式打开"复选框,那么表的默认打开方式为"独占";否则,系统的默认打开方式为"共享"。

② 通过 SET EXCLUSIVE 命令设置。

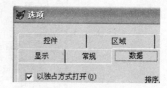

图 4-14　"选项"对话框

```
SET EXCLUSIVE ON     && 设置默认方式为"独占"
SET EXCLUSIVE OFF    && 设置默认方式为"共享"
```

(2) 打开表

① 首先选择"文件"→"打开"命令,或者单击工具栏上的"打开"按钮,弹出图 4-3 所示的"打开"对话框,在"打开"对话框中设置"文件类型"为"表(* .dbf)",然后选中表文

件,单击"确定"按钮打开表。

② 通过 USE 命令打开表,例如:

```
USE 学生                 && 以系统默认的方式打开表
```

无论系统默认的表打开方式是什么,都可以在打开表时重新指定。在图 4-17 中,如果选中"独占"复选框,那么表以"独占"方式打开;否则以"共享"方式打开。使用如下命令将分别以共享和独占方式打开表。

```
USE 学生 SHARED        && 以共享方式打开表
USE 学生 EXCLUSIVE     && 以独占方式打开表
```

注意:已打开的表的状态不能改变。若表被多次打开,以第一次打开时的状态为准。

2. 表的关闭

在命令窗口中输入 USE 命令可以关闭当前打开的表,或者输入 CLOSE TABLES 命令可以关闭所有打开的表。

4.3.2 记录的操作

记录的操作包括浏览、显示、追加、删除和修改等,其中的大多数操作可以通过菜单操作方式来完成,也可以通过在命令窗口中执行 Visual FoxPro 命令来完成。

1. 浏览记录

在交互式工作方式下,最简单的方法就是使用浏览器。选择"文件"→"打开"命令或者使用 USE 命令打开表,然后选择"表"→"浏览"命令或者在命令窗口中输入 BROWSE 命令,都可以打开浏览器。

打开浏览器后的 Visual FoxPro 窗口如图 4-15 所示。在窗口的状态栏中显示当前表的名字、表中的记录数、当前记录号以及表的打开方式,在"浏览"窗口中显示表中各条记录。用户不仅可以查看这些记录,而且可以对其进行编辑和修改。

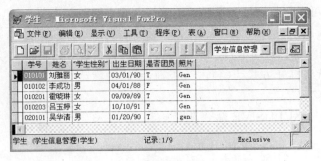

图 4-15   "浏览"窗口

在使用 BROWSE 等 Visual FoxPro 命令时,有很多灵活的用法,由于篇幅有限,本书不一一做介绍,仅通过例子介绍几个常用的子句。

（1）FIELDS 子句

FIELDS 子句用于筛选字段，即在浏览窗口中显示部分字段。命令如下：

`BROWSE [FIELDS 字段名 1,字段名 2,...]`

【例 4-3】 在浏览窗口中显示学生的学号、姓名和性别等信息。

在命令窗口中输入如下命令：

`BROWSE FIELDS 学号,姓名,性别`

结果如图 4-16 所示。

（2）范围子句

范围子句用于指定操作命令所操作的记录的范围。具体说明如表 4-6 所示。

表 4-6　Visual FoxPro 命令中的范围子句

子　句	功　能
ALL	表示对表文件的全部记录进行操作
NEXT n	表示对从当前记录开始的共 n 个记录进行操作，n 为正整数
RECORD n	指明操作对象是表文件的第 n 号记录
REST	对从当前记录起到文件结尾的全部记录进行操作

（3）FOR 子句

FOR 子句用于筛选记录，表示对指定范围中所有符合给定条件的记录进行操作。子句的一般格式是：

`FOR <条件表达式>`

【例 4-4】 在浏览窗口中显示表"学生"中 1989 年到 1990 年出生的学生信息。

`BROWSE ALL FOR YEAR(出生日期)>=1989 AND YEAR(出生日期)<=1990`

这条命令执行后，共显示了 4 条记录，如图 4-17 所示。

图 4-16　例 4-3 的运行结果

图 4-17　例 4-4 的运行结果

（4）WHILE 子句

WHILE 子句的一般格式是：

`WHILE <条件表达式>`

WHILE 子句也是用于筛选记录的，但是 WHILE 子句和 FOR 子句在用法上有区别。FOR 子句可以对指定范围内所有记录进行筛选，而 WHILE 子句在筛选过程中只要遇到不满足条件的记录就停止继续筛选。

2. 显示记录

如果只查看记录内容,并不需要对其进行修改,可以使用显示记录的命令。命令执行后,将在 Visual FoxPro 的主窗口中出现相应的记录内容。

显示记录的命令是 LIST 和 DISPLAY。它们的区别仅在于不使用条件时,LIST 默认显示全部记录,而 DISPLAY 默认显示当前记录。它们常用的命令格式是:

```
LIST|DISPLAY [[FIELDS]字段名 1,字段名 2,...] [范围子句] [FOR <条件>WHILE<条件>]
[OFF] [TO PRINTER[PROMPT]|TO FILE <文件名>]
```

说明:
① 范围子句、FIELDS 子句、FOR 子句和 WHILE 子句的功能如前所述。
② 使用 OFF,将不显示记录号。
③ TO PRINTR 用于将结果输出到打印机。如果还使用 PROMPT,则在打印之前出现一个打印设置对话框,可以对打印机进行设置。
④ TO FILE 用于将结果输出到文件,默认的文件扩展名为. txt。

【例 4-5】 显示表"学生"中所有女生的记录。

```
LIST 学号,姓名,出生日期,是否团员,照片 FOR 性别="女"
```

结果如下:

记录号	学号	姓名	性别	出生日期	是否团员	照片
1	010101	刘雅丽	女	03/01/90	.T.	Gen
3	010201	霍晓琳	女	09/09/89	.T.	Gen
4	010203	吕玉婷	女	10/10/91	.F.	Gen
6	020102	程礼	女	06/02/90	.T.	gen
8	020203	赵玲	女	03/03/88	.T.	gen

3. 修改记录

表文件建立后,其中的数据不可能一成不变,往往需要进行编辑修改。在"浏览"窗口中修改记录非常简单,只要打开"浏览"窗口,将光标定位在要修改的记录和字段值上,然后直接修改就可以了。如果要对表中的一批记录进行修改,比如将读者表中各读者押金字段的值置为 0,再用上述方法就不合适了。在这种情况下,可以使用 Visual FoxPro 提供的替换字段命令 REPLACE 或者通过菜单操作方式来实现。

(1) REPLACE 命令

REPLACE 命令的一般格式是:

```
REPLACE <字段名 1>WITH 表达式 1, <字段名 2>WITH 表达式 2,...
[范围子句] [FOR <条件>][ WHILE<条件>]
```

功能:对当前表中的指定记录,将有关字段的值用命令中相应的表达式值来替换。

注意:若命令中,范围子句、条件子句等可选项都默认,则只对当前记录的有关字段进行替换。

【例 4-6】 将表"成绩"中学号为 010101 的学生每门课程的成绩增加 5 分。

REPLACE 成绩 WITH 成绩+5 FOR 学号="010101"

REPLACE 命令可以不打开编辑窗口或浏览窗口,直接对表中记录的字段值进行修改,因此在程序设计中经常使用 REPLACE 命令。

(2) 菜单操作

在 Visual FoxPro 中,通过"替换字段"对话框完成对字段值的修改。如图 4-18 所示,"替换字段"对话框中各栏的作用如下。

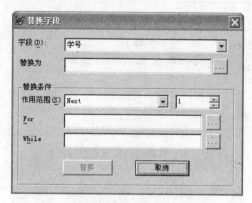

图 4-18　"替换字段"对话框

- "字段"下拉列表框:用于指定需要替换值的字段。
- "替换为"文本框:用于输入替换原字段值的表达式。
- "作用范围"下拉列表框:用于指定要替换的记录所在的范围。单击右边的下拉箭头,会出现一个下拉菜单,其中包括 All、Next、Record 和 Rest 这 4 个选项,各项含义如前所述。
- For 和 While 文本框:用于指定要替换的记录应满足的条件。

"替换为"、For 和 While 文本框后的按钮称为"表达式"按钮,单击它们会打开"表达式"生成器。

使用菜单操作方式完成例 4-6 的步骤如下。

① 选择"表"→"替换字段"命令,打开"替换字段"对话框,选定字段"成绩"。

② 单击"替换为"文本框后的"表达式"按钮,进入"表达式生成器"对话框,如图 4-19 所示,输入相应的表达式,单击"确定"按钮,回到"替换字段"对话框,继续设置"作用范围"和"For 条件",如图 4-20 所示。

③ 单击"替换"按钮,完成修改操作。

需要说明的是,菜单操作方式虽然也能完成替换字段的操作,但是一次只能替换一个字段的值,所以在功能上弱于 REPLACE 命令。

4. 添加记录

在 Visual FoxPro 系统中给表添加记录的方法有很多,可以在表的"编辑"或"浏览"状态下通过用菜单操作来添加,也可以用命令来添加,还可以把其他文件中的数据添加到

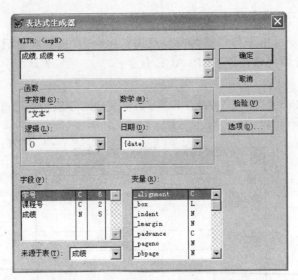

图 4-19 "表达式生成器"对话框

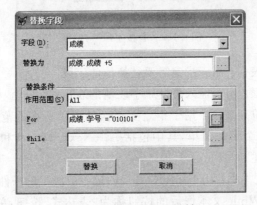

图 4-20 "替换字段"对话框

当前表中。添加记录分为插入和追加。

(1) 通过菜单追加记录

用编辑或者浏览方式打开表时,表处于 NOAPPEND 状态下,即不能追加记录。选择"显示"→"追加方式"命令,可以使记录指针指到末记录后的空记录上,此时可以逐条输入新的记录。

选择"表"→"追加新记录"命令,能在表的末尾出现一条空记录,但是这种操作方式一次只能追加一条新记录,如果要继续追加,必须再次选择"表"→"追加新记录"命令。

在"表"菜单下还有一个"追加记录"命令,可以把其他表中的记录追加到当前表中。

【例 4-7】 现有表"学生 2",表结构与表"学生"相同,要求将表"学生"中的女生添加到表"学生 2"。

操作步骤如下:

① 打开表"学生 2",选择"表"→"追加记录"命令,打开"追加来源"对话框,如图 4-21

所示。

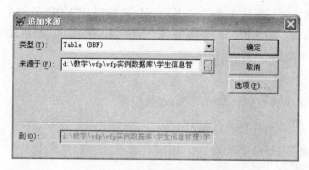

图 4-21　"追加来源"对话框

② 在"类型"下拉列表中选择 Table(DBF)选项,单击"来源于"文本框后的按钮,打开"打开"对话框,选择表文件,或者直接输入表文件的路径和名称。

③ 单击"选项"按钮,进入"追加来源选项"对话框,单击"字段"按钮和"For"按钮,分别打开"字段选择器"对话框和"表达式生成器"对话框,设置所要追加的字段和记录应该满足的条件,如图 4-22 所示。

④ 单击"确定"按钮,返回"追加来源"对话框,在"追加来源"对话框中继续单击"确定"按钮,关闭"追加来源"对话框,表"学生 2"中出现 5 条女生记录,如图 4-23 所示。

图 4-22　"追加来源选项"对话框

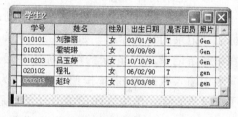

图 4-23　表"学生 2"

（2）APPEND 命令

APPEND 命令的一般格式是：

`APPEND [BLANK]`

功能是在表的尾部追加记录,如果默认 BLANK 子句,相当于执行了"显示"→"追加方式"命令;如果使用 BLANK 子句,相当于执行了"表"→"追加新记录"命令,只能在表尾追加一条空白记录。

（3）APPEND FROM 命令

APPEND FROM 命令的一般格式是：

`APPEND FROM <表文件名>[FIELDS]字段名 1,字段名 2,...] [范围子句] [FOR <条件>][TYPE SDF/XLS]`

该命令的功能与执行"表"→"追加记录"命令相当,是在当前表的表尾追加一批记录,这些记录来自于另外一个文件。这个文件可以是一张表,也可以是文本文件或者

EXCEL 文件。当这个文件是一张表时,可以默认 TYPE 子句;当这个文件是文本文件时,TYPE 子句中取 SDF;当这个文件是 EXCEL 文件时,TYPE 子句中必须取 XLS。

【例 4-8】 现有表"学生 2",表结构与表"学生"相同,要求使用 APPEND FROM 命令将表"学生"中的男生添加到表"学生 2"。

```
USE 学生 2                    && 打开表
APPEND FROM 学生 FOR 性别='男'     && 追加记录
```

(4) 插入记录

插入记录用 INSERT 命令实现。INSERT 命令的一般格式是:

```
INSERT [BLANK][BEFORE]
```

说明:

① 如果使用 BEFORE 子句,将在当前记录前插入新记录;如果默认该子句,将在当前记录后插入新记录。

② 如果使用 BLANK 子句,立即插入一条空白记录;如果默认该子句,将出现记录编辑窗口,等待用户输入记录。

5. 记录的定位

(1) 记录指针标志

当一个表文件被打开后,系统中自动产生 3 个控制标志:记录的开始标志、记录指针标志和记录的结束标志。如图 4-24 所示,记录的开始标志在第一条记录之前,记录的结束标志在最后一条记录之后。向表中输入数据时,系统按照输入顺序为每一个记录指定了记录号。第一个输入的记录的记录号是 1,依此类推。

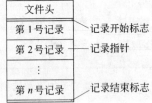

图 4-24 表文件结构示意图

记录指针是系统内部的一个指示器。当打开一个表文件时,其记录指针总是指向第一条记录,要对哪一条记录操作,必须将记录指针指向这条记录,使之成为当前记录,这就是记录的定位。

为了便于判别当前指针的位置,Visual FoxPro 提供了以下函数:

• BOF():当记录指针指向起始标志位时,函数值为真;否则为假。

• EOF():当记录指针指向结束标志位时,函数值为真;否则为假。

• RECNO():返回记录指针当前的位置,即当前记录的记录号,函数返回值是数值型数据。

• RECCOUNT():返回当前表的记录总数。

表 4-7 是刚打开表时记录指针的情况。

需要说明的是,当记录指针指到结束标志位时,RECNO()的值为记录总数+1,或者表示为 RECCOUNT()+1。

(2) 记录的定位方式

记录指针的定位方式可分为绝对定位、相对定位和条件定位。

表 4-7　打开表时记录指针情况

表中记录情况	BOF()的值	EOF()的值	RECNO()的值
无记录	.F.	.T.	1
有记录	.F.	.F.	1

- 绝对定位。绝对定位是指将记录指针移到指定位置,包括指定记录号的记录、第一条记录、最后一条记录 3 种情况。
- 相对定位。相对定位是指将记录指针从当前位置开始,相对于当前记录向前或者向后移动若干个记录位置,所以相对定位与定位前指针的位置有关。
- 条件定位。条件定位是指按照一定条件自动地在指定范围内查找符合条件的记录。如果找到,则把指针定位于此;否则,记录指针将定位到表结束标志或者指定范围的末尾。

(3) 记录定位的实现

对记录指针定位可以用 Visual FoxPro 提供的菜单操作,也可以在程序或者命令中使用定位命令。

① 通过菜单定位。

选择“表”→“转到记录”命令,可以实现不同方式的定位,如图 4-25 所示。

“第一个”、“最后一个”、“记录号”都是实现绝对定位;“上一个”和“下一个”实现相对定位;“定位”实现条件定位。

【例 4-9】　在表“学生”中查找姓名是“吴华清”的学生。

操作步骤如下:

- 打开表“学生”,选择“显示”→“浏览”命令,进入表的浏览状态。
- 选择“表”→“转到记录”→“定位”命令,打开“定位记录”对话框,如图 4-26 所示。

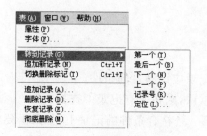

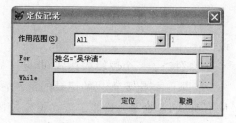

图 4-25　“转到记录”子菜单　　　　　　图 4-26　“定位记录”对话框

- 在 For 文本框中输入“姓名＝"吴华清"”,单击“定位”按钮。

打开“浏览”窗口,结果如图 4-27 所示。

② 使用定位命令。

绝对定位的命令以及功能说明如表 4-8 所示。

相对定位的命令格式是:

```
SKIP [n]
```

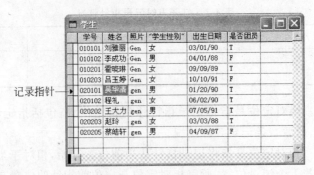

图 4-27　例 4-9 的执行结果

表 4-8　绝对定位的命令以及功能说明

命令格式	功能说明
GO [RECORD] n 或者 GOTO [RECORD] n	定位到记录号为 n 的记录上
GO TOP 或者 GOTO TOP	定位到第一条记录上
GO BOTTOM 或者 GOTO BOTTOM	定位到最后一条记录上

参数 n 是记录指针要移动的记录数。如果 n＞0,记录指针将向文件尾移动 n 条记录;如果 n＜0,记录指针将向文件头移动 n 条记录;如果 n 默认,命令等价于 SKIP 1。

说明:

① 如果记录指针已经定位在第一条记录,执行 SKIP-1 命令后,记录指针将定位到表起始标志,BOF()返回值为.T.。如果记录指针已经定位在最后一条记录,执行 SKIP 命令后,记录指针将定位到表结束标志,EOF()返回值为.T.。

② 如果表中设置有主控索引,那么记录指针定位是按照索引顺序进行的。

条件定位的命令格式是:

LOCATE FOR <条件> [范围子句]

说明:

- <条件>:一个逻辑表达式,指定了定位记录应该满足的条件。
- [范围]:指定要查找的记录的范围,如果默认,则在所有记录中查找。
- LOCATE 命令:只能定位在指定范围中第一条符合条件的记录上,如果需要在剩余记录中继续查找,可以在命令窗口中输入 COUNTINUE 命令,查找下一条符合条件的记录。COUNTINUE 命令可以反复执行,直到记录指针到达范围边界或者表结束标志。

【例 4-10】　表“学生”中有 9 条记录,如图 4-10 所示,在命令窗口中逐条输入下述命令并执行。

```
USE 学生                 && 打开表
SKIP 3                   && 记录指针向文件尾移动 3 条记录
?RECNO(),BOF(),EOF()     && 返回值为 4,.F.,.F.
GO TOP                   && 记录指针定位到第一条记录
```

```
SKIP -1              && 记录指针上移一条记录,定位于表开始标志
?RECNO(),BOF(),EOF() && 返回值为 1,.T.,.F.
GO BOTTOM            && 记录指针定位到最后一条记录
SKIP                 && 记录指针下移一条记录,定位于表结束标志
?RECNO(),BOF(),EOF() && 返回值为 10,.F.,.T.
LOCATE FOR 性别="男" && 查找男生
?RECNO()             && 返回值为 2
CONTINUE             && 继续查找下一条满足条件的记录
?RECNO()             && 返回值为 5
CONTINUE             && 继续查找下一条满足条件的记录
?RECNO()             && 返回值为 7
CONTINUE             && 继续查找下一条满足条件的记录
?RECNO()             && 返回值为 9
CONTINUE             && 继续查找下一条满足条件的记录
?RECNO()             && 返回值为 10,没找到满足条件的记录,指针定位于表结束标志
```

6. 删除记录

表中不需要的记录随时可以删除。记录的删除分为两个步骤:逻辑删除和物理删除。逻辑删除并不是真正把记录从表中清除掉,而是在要删除的记录上加一个删除标记。若不想删除此记录,可以将删除标记去除,称为恢复记录。将表中带有删除标记的记录真正删除掉,称为物理删除,删除后的记录将无法恢复。

无论是哪一种删除方法,都可以通过菜单操作或者执行命令来实现。

(1) 通过菜单操作删除记录

① 逻辑删除。

在浏览或者编辑方式下,每条记录前面都有一个删除标记栏。记录未被删除时,标记为白色,用鼠标单击此处标记变为黑色,表示该记录已被逻辑删除。

用鼠标单击删除标记来删除记录很简单,但是如果一次要删除多条记录,再用此方法就很麻烦,这时可以选择“表”→“删除记录”命令。通过这种方法可以删除一批符合一定条件的记录。

【例 4-11】 逻辑删除表“学生”中不是团员的学生。

操作步骤如下:

- 以浏览方式打开表“学生”,选择“表”→“删除记录”命令,打开“删除”对话框,如图 4-28 所示。
- 在“删除”对话框中将“作用范围”设置为 All,在 For 文本框中输入“是否团员 =.F.”。
- 单击“删除”按钮。

如图 4-29 所示,表“学生”中有 3 条记录被逻辑删除。

② 恢复记录。

再次单击已经被逻辑删除的记录的删除标记栏,使黑色标记恢复成白色,表示该记录被恢复。如果要恢复大量的记录,可以选择“表”→“恢复记录”命令来完成。

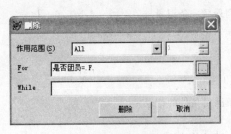

图 4-28 "删除"对话框　　　　　　图 4-29　加上删除标记的表"浏览"窗口

③ 物理删除。

选择"表"→"彻底删除"命令,可以将所有带有删除标记的记录物理删除。因为被物理删除后的记录无法恢复,所以在删除前,系统会显示提示对话框,如果确认要删除记录,可单击对话框中的"是"按钮。

(2) 用命令删除记录

① 逻辑删除命令 DELETE。

命令格式是:

DELETE [范围子句] [FOR <条件>]

【例 4-12】　用 DELETE 命令逻辑删除表"学生"中不是团员的学生。

```
USE 学生
DELETE FOR 是否团员=.F.
```

注意:

- 如果默认范围子句和条件子句,DELETE 命令仅逻辑删除当前记录。
- 被逻辑删除的命令可以通过 SET DELETE ON/OFF 命令来控制其是否参与操作。ON 表示隐藏被逻辑删除的记录,使其不参与求和、记数等操作;OFF 表示参与各种操作。在程序中如果要判断该记录是否被逻辑删除,可以通过 DELETE 函数来判断,函数值为.T.表示该记录被逻辑删除,为.F.表示没有被逻辑删除。

② 恢复删除命令 RECALL。

命令格式是:

RECALL [范围子句] [FOR <条件>]

注意:如果默认范围子句和条件子句,RECALL 命令仅对当前记录操作。

③ 物理删除命令 PACK。

当被逻辑删除的记录确实无用时,可在命令窗口中执行 PACK,实现物理删除。使用PACK 命令后,所有带删除标记的记录全部被彻底删除,无法恢复。

④ 一次性清空记录命令 ZAP。

如果表中所有记录都不需要了,可以在命令窗口中执行 ZAP。

使用 ZAP 命令后,所有记录被删除,而且不能再恢复,表成为一张空表。

7. 筛选

筛选是指根据给定的条件在指定的表中把某一时期或与某一问题相关的有用数据挑选出来进行操作,不满足挑选条件的记录将被"屏蔽"起来。这样,系统效率会更高,操作更有的放矢,更节省时间。只要指定对记录或字段的筛选条件,就可以限制对数据项的访问。

筛选分为两种情况:一种是对记录的筛选,这实际上是一种选择操作;另一种是对字段的筛选,这实际上是一种投影操作。限制条件的设置只对当前表起作用,一旦关闭数据表,则限定自动撤销。

筛选可以通过菜单操作方式和命令方式来完成。

(1) 菜单操作方式

筛选记录和筛选字段都可以在"工作区属性"对话框中完成。

【例 4-13】　将表"学生"中女生的记录筛选出来。

操作步骤如下:

① 打开表"学生",选择"浏览"方式。

② 执行"表"→"属性"命令,打开"工作区属性"对话框。

③ 在"工作区属性"对话框中的"数据过滤器"文本框内输入筛选表达式,如图 4-30 所示。或者选择"数据过滤器"文本框后面的对话框按钮,在"表达式生成器"中创建一个表达式来选择要查看的记录。

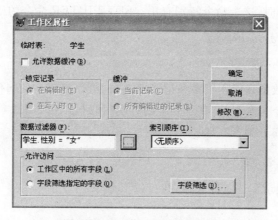

图 4-30　"工作区属性"对话框

④ 单击"确定"按钮。

此时,再浏览表,"浏览"窗口中只显示经筛选表达式筛选过的记录。

【例 4-14】　在例 4-13 的基础上,筛选出学号、姓名、照片 3 个字段供用户操作。

操作步骤如下:

① 打开表的"浏览"窗口,并打开"工作区属性"对话框。

② 在"工作区属性"对话框中,先选择"字段筛选指定的字段"单选按钮,再单击"字段筛选"按钮,打开"字段选择器"对话框。

③ 在"字段选择器"对话框的"所有字段"列表框中选定要筛选的字段,单击"添加"按钮,将其逐一添加到"选定字段"列表框中,如图 4-31 所示。

④ 单击"确定"按钮,回到"工作区属性"对话框,再单击"确定"按钮,完成筛选操作。重新浏览表"学生",结果如图 4-32 所示。

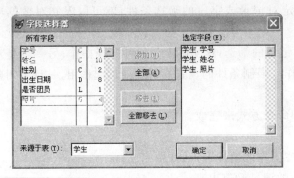

图 4-31 "字段选择器"对话框   图 4-32 筛选后的"浏览"窗口

注意:筛选字段和筛选记录实际上是将表中不满足筛选条件的记录和字段"屏蔽"起来,限制用户对这些数据项的访问,所以,在这种情况下,LIST 等其他 Visual FoxPro 命令也仅对满足筛选条件的记录和字段起作用。

(2) 使用命令

筛选记录可用 SET FILTER 命令。当需要指定一个暂时的条件,使表中只有满足该条件的记录才能访问时,这个命令特别有用。SET FILTER 命令的语法格式为:

SET FILTER TO <逻辑表达式>

说明:

① 若对同一个数据表使用了多条记录筛选命令,仅最后一条起作用。

② 记录筛选命令一直有效,直至表关闭,或者执行了 SET FILTER TO 命令为止。

例 4-13 可以用如下命令实现:

SET FILTER TO 性别="女"

如果要把表的记录筛选条件去掉,执行以下命令:

SET FILTER TO

筛选字段可以用 SET FIELDS 命令。当需要暂时限制对某些字段的访问时,可以使用这个命令。命令的语法格式是:

SET FIELDS TO ALL|<字段名列表>

其中<字段名列表>是要访问的字段名称列表,各字段之间用","分开。ALL 选项将取消所有的限制,而显示所有的字段。

例 4-14 可以用如下命令实现:

SET FIELDS TO 学号,姓名,照片

4.3.3　表结构的修改与复制

1. 修改表结构

在创建表结构后,如果发现有不妥的地方,可以对表结构进行修改。例如,重新设置字段的名称、宽度、小数位数,添加或者删除字段等等。修改表结构可通过"表设计器"或者 SQL 命令来完成。本节仅介绍前者。

要修改表结构,首先要打开"表设计器"。打开"表设计器"的方法有两种:

(1) 先打开表的"浏览"窗口,选择"显示"→"表设计器"命令。

(2) 通过命令打开表设计器修改,命令如下:

```
MODIFY STRUCTURE
```

注意:该命令只能打开当前表的"表设计器",所以在执行前,应确定要修改的表是当前表。

① 修改已有字段。在"表设计器"中选中要修改的字段,直接修改字段的名字、类型和宽度等属性。

注意:如果减小字段宽度,超出宽度部分的字符会丢失,数值会溢出,并且不能通过恢复字符宽度来找回丢失的数据。

② 添加新字段。如果在原有字段后添加一个新的字段,则直接将光标移到最后,然后输入新的字段名、类型和宽度等属性。如果在原有字段的中间插入一个新字段,则将光标先定位在要插入新字段的位置,单击"插入"按钮,这时将在当前位置产生一个新字段,然后再设置字段名等属性。

③ 删除字段。首先将光标定位在要删除的字段上,然后单击"删除"按钮,删除当前字段。

④ 改变字段的顺序。首先将光标定位在要移动的字段上,然后将鼠标移到字段左边的"移动"按钮上,按住鼠标左键上下拖动,就能改变该字段在表中的位置。

2. 复制表结构

当前表的表结构可以被复制,命令如下:

```
COPY STRUCTURE TO <表文件名> [FIELDS<字段名表>]
```

【例 4-15】　把"学生"表中的学号、姓名、出生日期 3 个字段复制成表"学生_备份"。

```
COPY STRUCTURE TO 学生_备份 FIELDS 学号,姓名,出生日期
```

这条命令产生一个空表,该表有 3 个字段,字段属性与"学生"表相同。

注意:

① 如果命令中不指定文件路径,表示文件将保存在默认工作目录中。

② 如果命令中没有 FIELDS 子句,表示完全复制当前表的结构,产生一个与当前表的结构相同的空表。

3. 显示表结构

在主窗口中可以显示当前表的表结构,命令是:

```
LIST|DISPLAY STRUCTURE
```

LIST 和 DISPLAY 的区别在于 DISPLAY 命令每显示满一屏就暂停,并提示按任意键继续,而 LIST 命令则滚屏显示。

【例 4-16】 显示表"学生"的表结构。

```
USE 学生              && 打开表
LIST STRUCTURE        && 显示表结构,结果如图 4-33 所示
```

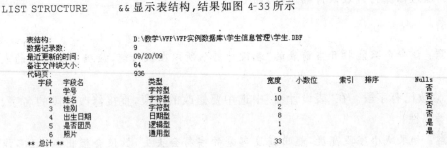

图 4-33 表"学生"的表结构

注意:一条记录的字段宽度总和比各字段的实际宽度和多一个字节,这个字节用来存放记录的删除标记。

4.3.4 表的索引与排序

表中的记录按照录入时的先后顺序排列,这个顺序称为物理顺序,记录号表示了记录的物理顺序。如果要从表中查找满足某种条件的记录,必须从表的第一条记录开始逐条依次查找,直到找到为止,有时甚至要把表通查一遍。当表中记录数很多时,这样的查找就需要花费很多时间。而对于有序的文件,有很多现成的算法可以有效提高查询速度。为了解决排序问题,可以采用索引技术。

1. 索引的概念

(1) 索引

Visual FoxPro 中的索引类似于新华字典中的"音节表"和"部首检字表"。"音节表"和"部首检字表"按照拼音顺序或者偏旁部首的顺序对汉字进行排序,并指明每个汉字所在的页码。Visual FoxPro 中的索引也可以按照不同的顺序,比如按年龄从小到大,或者按性别先男后女对记录排序,称为逻辑顺序,并指明记录的逻辑顺序号对应的物理顺序号,即记录号。索引文件中以列表的形式存储了逻辑顺序号和记录号之间的对应关系。这样用户可以按照逻辑顺序很快地查找到记录和记录的逻辑顺序号,通过索引文件就可以很快找到与之对应的记录号,从而提高了查询效率。

以表"学生"为例,按照"出生日期"字段由小到大建立索引,那么索引文件的情况如

表 4-9 所示。

表 4-9　索引文件

逻辑顺序号	记录号	逻辑顺序号	记录号	逻辑顺序号	记录号
1	9	4	3	7	6
2	8	5	5	8	7
3	2	6	1	9	4

用索引技术排序,不用改变记录的物理顺序,而且索引文件中不包含记录的内容(仅有记录号),也不占用过多的磁盘空间。

索引的建立不仅加快了查询速度,而且还可以限制重复值和空值的输入,支持数据库中表和表之间的关联。

(2) 索引关键字

索引关键字是建立索引的关键,它通常是由一个字段或者多个字段构成的字段表达式,因此索引关键字也常被称为索引表达式。当索引起作用时,表中的记录按照索引表达式的值进行排序。

【例 4-17】　根据题目要求写出索引表达式。

① 将表"学生"中的记录按照"学号"排序。

索引表达式为:

学号

② 将表"学生"中的记录先按照"性别"排序,再按照"出生日期"排序。

索引表达式为:

性别+DTOC (出生日期)

③ 将表"成绩"中的记录先按照"成绩"排序,再按照"学号"排序。

索引表达式为:

STR(成绩)+学号

注意:

- "性别+DTOC(出生日期)"和"DTOC(出生日期)+性别"这两个索引表达式产生的结果是不同的,所以在用多个字段建立索引表达式时要仔细考虑。
- 要书写符合语法规范的索引表达式。如例 4-17 中的第②题和第③题。

(3) 索引标识

索引标识是索引的名称,可以任意指定。但必须以下划线、字母或者汉字开头,并且不能超过 10 个字符。

2. 索引的类型

在 Visual FoxPro 中共有主索引、候选索引、普通索引和唯一索引 4 种索引类型。

(1) 主索引

主索引用于约束表中记录的唯一性,要求表中每条记录的主索引表达式的值都不重复,且组成主索引表达式的字段不能为空。比如,在表"学生"中,可以按照"学号"字段建立主索引,因为每个学生的学号是不同的;但是不能按照"性别"字段建立主索引,因为很明显"性别"字段的值总是要重复的。需要指出的是,主索引只能在数据库表中建立,而且每张表只能有一个主索引,自由表中不能建立。主索引可以用来实现表的实体完整性约束。

（2）候选索引

候选索引具有和主索引相似的特性,也是一个不允许表中索引表达式的值重复出现的索引。与主索引不同的是,在数据库表和自由表中都可以建立候选索引,而且一张表中可以建立多个候选索引。

（3）普通索引

普通索引允许表中索引表达式的值重复出现,它常常用于记录排序。比如,表"学生"可以按照"出生日期"建立普通索引,索引被使用时,记录按照"出生日期"进行排序。数据库表和自由表都可以建立普通索引,对一张表可以建立多个普通索引。

（4）唯一索引

唯一索引既可以用于数据库表,也可以用于自由表。每个表中可以有多个唯一索引。它允许索引表达式有相同的值,但仅对首次出现该值的记录进行索引,其余的记录忽略。比如,在表"学生"中按照"性别"建立唯一索引,那么浏览时只能看到两条记录:表中第一个出现的男生和表中第一个出现的女生。

在不同的需求下,应该建立不同的索引,详见表 4-10。

表 4-10   不同类型索引的使用

用　　途	采用的索引类型
排序记录	使用普通索引、候选索引或主索引
在字段中控制重复值的输入并对记录排序	对数据库表使用主索引或候选索引,对自由表使用候选索引,实现实体完整性约束
用于设置表间永久关系	依据表在关系中所起的作用,使用普通索引、主索引或候选索引

3. 索引的创建

建立的索引以文件的形式保存,称为索引文件。按照建立索引的方法不同,索引文件共有 3 种不同的类型,分别是结构复合索引文件、非结构复合索引文件和独立索引文件。本章重点介绍结构复合索引文件和独立索引文件。

- 结构复合索引文件:由于结构复合索引文件中保存了多个索引,因此被称为复合索引文件。结构复合索引文件与表的主文件名相同,在创建时系统自动给定,扩展名为 cdx。它与表文件同步打开、更新和关闭。
- 独立索引文件:独立索引文件是只存储一个索引的文件,一般作为临时索引文件,其扩展名为 idx。这种索引不会随表的打开而自动打开,在需要使用它们时可以创建和打开。

（1）在"表设计器"中创建索引

在"表设计器"中可以创建一个或者多个索引，创建索引后，在默认工作目录中会产生一个文件名与表名相同，扩展名为 cdx 的结构复合索引文件。

【例 4-18】　为表"学生"创建索引，要求：建立候选索引 XH，按"学号"升序排列；建立普通索引 CSRQ，按"出生日期"降序排列。

操作步骤如下：

① 打开表"学生"的"表设计器"对话框。

② 选择"索引"选项卡，在"索引名"文本框中输入 XH，单击"类型"下拉列表框中的下拉箭头，选择"候选索引"选项，单击"表达式"文本框后的"表达式"按钮，打开"表达式"生成器，输入"学号"，单击"确定"按钮，关闭"表达式"生成器。

③ 按照步骤②建立索引 CSRQ，单击"排序"按钮，使"升序"转为"降序"。如图 4-34 所示。

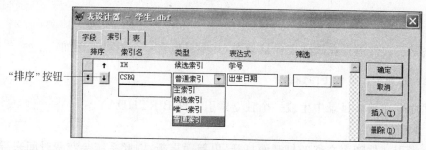

图 4-34　表设计器的"索引"选项卡

④ 单击"确定"按钮，并在询问"是否永久性地更改表结构"的提示框中单击"是"按钮，关闭表设计器。

注意：

① 如果表中已经存在"学号"相同的记录，候选索引将无法建立。

② 在"筛选"文本框中可以设置参加索引的记录的条件，如 YEAR（出生日期）＝1990。

（2）用命令创建索引文件

在 Visual FoxPro 中，一般情况下都可以在表设计器中交互建立索引，特别是主索引和候选索引是在设计数据库时确定好的，但有时需要在程序中临时建立一些普通索引或者唯一索引，所以仍然需要了解一下索引命令。

① 创建结构复合索引文件。

创建结构复合索引文件的命令比较复杂，此处仅列出几个比较常用的选项。命令格式如下：

```
INDEX ON <索引表达式>TAG <索引名>
[条件子句]
[ASCENDING|DESCENDING]
```

[CANDIDATE|UNIQUE]

其中各选项的含义如下：

- 条件子句：给出索引过滤条件，只有满足条件的记录被索引。
- ASCENDING 和 DESCENDING 说明建立升序或降序索引，默认为升序。
- CANDIDATE 说明建立的是候选索引，UNIQUE 说明建立的是唯一索引，默认情况下建立的是普通索引。

【例 4-19】 为表"学生"建立普通索引 XC，要求表中的记录先按照"性别"排序，再按照"出生日期"排序。

```
USE 学生
INDEX ON 性别+ DTOC (出生日期) TAG XC
```

② 创建独立索引文件。

创建独立索引文件的命令格式如下：

```
INDEX ON <索引表达式>TO <索引文件名>
```

独立索引文件被存在默认工作目录中，其中只包含一个索引。例如：

```
INDEX ON 出生日期 TO BIRTHDAY
```

上述命令在默认目录中生成一个独立索引文件 BIRTHDAY。

（3）索引的删除

复合索引文件随表文件的打开而打开，更新而更新，因此系统会花费时间来维护其中的索引项。当某些索引不再经常被使用时，应该将其及时删除，以提高系统的效率。

删除索引的方法有两种：

① 打开"表设计器"，在"索引"选项卡中删除索引。

② 打开表，输入命令：

```
DELETE TAG <索引名>|[ALL]
```

需要说明的是，如果试图删除一个主索引或者候选索引，且 SET SAFETY 设置为ON，系统就会发出警告。

4. 索引的使用

在一张数据表中可以建立多个索引，每个索引代表一种处理记录的顺序。为了确定记录的处理顺序，需要设置一个索引作为主控索引；否则，表中的记录仍然只能按照物理顺序进行访问和处理。

（1）给已经打开的表设置主控索引

① 命令方式。

对于复合索引文件，命令格式是：

```
SET ORDER TO [TAG] <索引名>|<索引编号> [ASCENDING|DESCENDING]
```

对于独立索引文件,命令格式是:

```
SET INDEX TO [TAG] <索引文件名>|<索引编号>[ASCENDING|DESCENDING]
```

对于打开的复合索引文件和独立索引文件中的多个索引都有相应的位置编号。编号的规则比较烦琐,而且容易出错,所以建议使用索引名。

不管索引是按升序还是降序建立的,在使用时都可以用 ASCENDING 或者 DESCENDING 重新指定升序或降序。

【例 4-20】　指定表"学生"中的索引 XC 为主控索引。

```
USE 学生
SET ORDER TO TAG XC
```

或者

```
SET ORDER TO XC
```

② 菜单方式。

通过"工作区属性"对话框,也可以设置主控索引。

【例 4-21】　指定表"学生"中的索引 CSRQ 为主控索引。

操作步骤如下:

• 打开表"学生",选择"显示"→"浏览"命令。

• 选择"表"→"属性"命令,打开"工作区属性"对话框。

• 在"工作区属性"对话框中,单击"索引顺序"下拉列表框中的下拉箭头,选择索引"学生:Csrq",如图 4-35 所示。

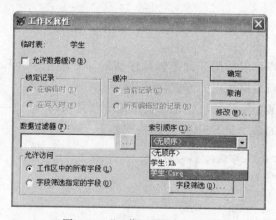

图 4-35　"工作区属性"对话框

• 单击"确定"按钮。

重新打开"浏览"窗口,可见记录按照"出生日期"字段降序排列。

(2) 在打开表的同时设置主控索引

对于没有打开的表,可以在打开表的同时指定主控索引。

• 指定复合索引文件中的索引为主控索引:

```
USE <表文件名>ORDER [TAG] <索引名>
```

- 指定独立索引文件中的索引为主控索引：

```
USE <表文件名>ORDER <独立索引文件名>
```

- 按照索引编号指定主控索引：

```
USE <表文件名>ORDER <索引编号>
```

（3）使用索引快速定位

利用索引快速定位的命令是 SEEK。SEEK 命令的常用格式是：

```
SEEK <表达式>[ORDER 索引编号|[TAG]索引名][ASCENDING|DESCENDING]
```

其中表达式的值是 ORDER 子句中指定索引的索引关键字的值，如果命令中默认 ORDER 子句，则表达式的值是当前主控索引的索引表达式的值；ASCENDING 和 DESCENDING 说明按升序还是降序定位。

当表中记录很多时，使用 SEEK 快速定位命令可以明显提高查找的速度。

【例 4-22】 查找表"学生"中学号为 020101 的记录。

```
USE 学生
SEEK "020101" ORDER XH
```

或者

```
USE 学生 INDEX ON XH
SEEK "020101"
```

5. 排序

索引技术使得用户可以按照某种逻辑顺序访问和处理记录，xBase 数据库从一开始还提供了另外一种重新组织数据的方式，就是排序。

排序是按照表中某些字段的值把记录物理地重新排列，并得到一个新的表文件，但原文件不变。物理排序的命令是 SORT，常用格式如下：

```
SORT TO <表文件名>ON <字段名 1>[/A|/D][/C][,<字段名 2>[/A|/D][/C],...][ASCENDING|
DESCENDING][条件子句]
```

其中：

- 表文件名为排序后的表名；<字段名 1>、<字段名 2>、…为排序的字段，可有多个。
- [/A|/D][/C]，其中/A 说明按升序排列，/D 说明按降序排列，/C 说明排序时不区分大小写。
- ASCENDING|DESCENDING 指出除了用/A 或/D 指明排序方式的字段外，所有其他排序字段按升序或者降序排列，默认情况下按升序排列。

【例 4-23】 将表"学生"先按照"性别"字段升序排列，再按照"出生日期"字段降序排列,并将排序结果存储到表"学生_已排序"中。

命令为:

SORT TO 学生_已排序 ON "性别","出生日期" /D

命令执行后,在默认目录中产生一个新的表文件"学生_已排序.dbf",其中的记录按题目的要求排序。

4.3.5 数据统计

存入表中的数据经过加工处理,才能成为有价值的信息。Visual FoxPro 提供了几条数据统计命令,如计数命令、求和命令、求平均值命令、统计函数和分类汇总命令等,从而使数据统计工作变得方便快捷。

1. 计数命令 COUNT

当希望得到某一类记录的个数时,可以使用 COUNT 命令来实现。命令格式是:

COUNT[<范围子句>] [FOR<条件>] [WHILE<条件>] [TO<内存变量>]

说明:若不指定范围,默认值为 ALL;若不给出条件,则统计指定范围内的全部记录;若默认 TO 子句,则仅显示统计结果,但不能保存。

【例 4-24】 统计表"学生"中女生的人数,保存在变量 g 中。

COUNT FOR 性别="女" TO g

2. 求和命令 SUM

数据求和分为横向求和和纵向求和两种操作。横向求和是指对同一记录中若干数据型字段求和,并把结果保存到另一数值型字段中,可以通过 REPLACE 命令实现;纵向求和是指对表中各记录的某个或者某几个数值型字段进行叠加求和。纵向求和通过使用 SUM 命令实现。SUM 命令的一般格式为:

SUM[<范围子句>][<数值型字段表>] [FOR<条件>][WHILE<条件>] [TO<内存变量表>]

说明:

① 若省略范围子句和条件子句,则对表中所有记录的数值型字段求和。

② 若不指定字段名,则对所有数值型字段求和。

③ 若给出[TO<内存变量>],则将各数值型字段求和结果依次存放到这些内存变量中,且内存变量的个数要和数值型字段的个数相同。

【例 4-25】 统计表"课程"中所有课程的学分总数,保存在变量 t 中。

SUM 学分 TO t

3. 求平均值命令 AVERAGE

该命令用于计算指定范围内记录的数值型字段的平均值。命令格式是:

AVERAGE[<范围>] [FOR<条件>][WHILE<条件>] [TO<内存变量表>]

说明：各选项的含义与 SUM 命令相同，只是将求和换成求平均值。

【例 4-26】 统计表"成绩"中学号为 010101 的学生的平均分，保存在变量 a 中。

```
AVERAGE 成绩 FOR 学号="010101" TO c
```

4. CALCULATE 命令

该命令用于对指定表达式进行统计函数计算。命令格式是：

```
CALCULATE<表达式列表> [<范围>] [FOR<条件>][WHILE<条件>] [TO<内存变量表>|TO
ARRAY<数组名>]
```

说明：

① 若省略范围子句和条件子句，则对表中所有记录的数值型字段统计计算。

② <表达式列表>中的表达式至少应包含一种统计函数。Visual FoxPro 共提供如下 8 种统计函数：

- AVG(<数值表达式>)：计算数值表达式的平均值。
- CNT()：计算表中指定范围内满足条件的记录个数。
- MAX(<表达式>)：计算表达式的最大值，表达式可以是数值、日期或字符型。
- MIN(<表达式>)：计算表达式的最小值，表达式可以是数值、日期或字符型。
- NPV(<数值表达式 1>，<数值表达式 2>[，<数值表达式 3>])：计算数值表达式的净现值。
- STD(<数值表达式>)：计算数值表达式的标准偏差。
- SUM(<数值表达式>)：计算数值表达式的和。
- VAR(<数值表达式>)：计算数值表达式的均方差。

③ TO<内存变量表>指定一个或多个用以存储计算结果的变量。若指定的内存变量不存在，Visual FoxPro 自动用指定的名称创建此变量。

④ TO ARRAY<数组名>指定存储计算结果的数组名。如果指定的数组不存在，Visual FoxPro 自动用指定的名称创建此数组。如果数组存在，但其容纳不下所有的计算结果，Visual FoxPro 自动扩充数组以容纳信息。如果数组比需要的大，多余元素内容保持不变。计算结果按照 CALCULATE 命令指定的顺序保存到数组。

这里的函数是不能单独使用的，它们与单独同名的函数也是不一样的。例如，CALCULATE MIN()与 MIN()是不同的，前者计算某一字段中各记录的最小值，函数只需写一个字段名，后者则是计算一系列表达式中的最小值，所有的表达式都必须写入函数中。

【例 4-27】 计算表"成绩"中课程号为 c1 的课程的最高分、最低分、平均分、标准偏差和均方差，保存在数组 c1_calc 中。

```
CALCULATE MAX(成绩),MIN(成绩),AVG(成绩),STD(成绩),VAR(成绩)
FOR 课程号="c1" TO ARRAY c1_calc
```

5. TOTAL 命令

TOTAL 是一个对已经排序或索引过的表文件按关键字进行分类统计的命令,也称同类项合并命令。对当前表内具有相同关键字的记录进行纵向合并,对数值型字段汇总求和,将结果存入指定的分类表文件中。命令格式是:

TOTAL ON<关键字段>TO<分类表文件名>[<范围子句>][FIELDS<字段名表>][FOR<条件>]
[WHILE<条件>]

说明:

① 在使用此命令之前,必须按关键字段先对表文件进行排序或索引。

② 关键字段只能有一个,且只能是 C、N、D 型。

③ 汇总时只对<字段名表>所指定的数值型字段求和;省略<字段名表>时对库文件中的所有数值型字段求和;省略<范围>和<条件>,对所有的记录进行分类求和。

④ 分类汇总的结果存入<分类表文件名>所指定的表文件中。

【例 4-28】　对表"成绩"求每个学生的总分,并保存到表"个人成绩汇总"中。

使用如下命令:

```
USE 成绩                              && 打开表
INDEX ON 学号 TAG XH                  && 以"学号"为索引关键字建立索引 XH
SET ORDER TO XH                       && 指定 XH 为主控索引
TOTAL ON 学号 TO 个人成绩汇总 FIELDS 成绩  && 执行分类汇总命令
```

4.4　数据完整性

4.4.1　数据库表间的永久关系

Visual FoxPro 是一个关系型数据库管理系统,表和表之间通常存在某些关联,系统可以通过这些关联将各个表中的数据重新组合,得到有意义的信息。由于这些关联是存储在数据库文件中的,因此被称为永久关系。

永久关系存在的前提是所要关联的表之间有一些公共字段,称为主关键字和外部关键字。主关键字用于标识表中的某一特定记录,通常以主关键字为索引表达式建立主索引或候选索引。当一张表中的某个字段是另外一张表的主关键字时,该字段称为这张表的外关键字,通常以外关键字为索引表达式建立普通索引。表和表之间的关系就是通过表的主关键字和外部关键字建立的。

1. 永久关系的种类

一般情况下,同一个数据库中表和表(表 A 和表 B)之间的关系有一对一、一对多和多对多 3 种。

(1) 一对一关系

一对一关系是这样一种关系,表 A 中的任何一条记录在表 B 中只能有一条记录与之对应;表 B 中的一条记录在表 A 中也只能有一条记录与之对应。

建立一对一关系的前提是两张表以相同的索引关键字建立主索引或者候选索引。

两表之间的一对一关系并不经常使用,因为在很多情况下可以把两张表中的信息合并为一张表。但是在有些情况下分开保存更加合理。比如,同样是存放学生的基本信息,可以将常用信息存放在一张表中,不常用的信息存放在另一张表中,这样分成两张表保存可以减少每次访问表时系统的开销。

(2) 一对多关系

一对多关系是一种最普通、最常用的关系。表 A 中的一条记录在表 B 中有多条记录与之对应,而表 B 中的一条记录在表 A 中只有一条与之对应。在一对多关系中,"一"方(主表)要建立主索引或者候选索引,"多"方(子表)要以同样的索引关键字建立普通索引。

(3) 多对多关系

多对多关系是指表 A 中的一条记录在表 B 中有多条记录与之对应;表 B 中的一条记录在表 A 中也有多条记录与之对应。比如表"学生"和表"课程"之间,一个学生可以选修多门课程,一门课程也可以被多个学生选修。

遇到"多对多"的情况,必须建立第三张表把多对多的关系分解成两个一对多关系,这第三张表被称为"纽带表"。"纽带表"中可以只包含它分解的那两张表的主关键字,也可以包含其他信息。比如,为了分解表"学生"和表"课程"之间的多对多关系,增加了纽带表"成绩",该表中包含了表"学生"和表"课程"的主主关键字"学号"和"课程号"以及成绩信息。这样,通过表"学生"和表"成绩"可以查询学生的选修情况,通过表"课程"和表"成绩"可以查询课程选修的情况。

2. 永久关系的建立、编辑和删除

建立永久关系首先应清楚两表之间是什么关系,必要的索引是否已经建立,如果没有,需要先建立相关的索引,然后再建立永久关系。对于已经存在的永久关系可以进行编辑和删除操作。

(1) 创建永久关系

在"数据库设计器"中创建永久关系的一般步骤是:

① 打开数据库设计器。

② 为需要建立关系的两表按相同的索引关键字建立相应类型的索引。

③ 建立表间关系。

【例 4-29】　建立表"学生"和表"成绩"间的永久关系。

分析:表"学生"和表"成绩"中有公共字段"学号",在表"学生"中,"学号"字段的值是唯一的,对于表"学生"中的一条记录,在表"成绩"中有若干条记录与之对应,所以表"学生"和表"成绩"间是一对多关系。前者是主表,后者是子表。两表中尚未建立相应的索引,所以应先建立索引,然后再建立表间关系。

操作步骤如下:

① 打开数据库"学生信息管理"的"数据库设计器"窗口。

② 在"数据库设计器"窗口中,用鼠标右击表"成绩",在弹出的快捷菜单中选择"修

改"命令,弹出"表设计器"窗口。

③ 在"表设计器"窗口的"索引"选项卡中建立普通索引 stno,索引表达式为"学号"。然后单击"确定"按钮,关闭表设计器。

④ 用同样的方法,在表"学生"中建立主索引 xh,索引表达式为"学号"。

⑤ 在"数据库设计器"窗口中,将鼠标放在主表的主索引 xh 上,按下鼠标左键,将主索引拖动到子表中与其对应的普通索引 stno 上,此时在两个索引之间出现一条连线,表示两表之间的关系建立完毕,如图 4-36 所示。

用同样的方法可以建立表"课程"和表"成绩"之间的一对多关系。

(2) 编辑永久关系

已经建立的永久关系可以重新编辑修改。方法是:

① 打开"数据库设计器"窗口,将鼠标放在要编辑的关系的连线上,单击使其变粗,然后单击鼠标右键,在弹出的快捷菜单中选择"编辑关系"命令,如图 4-37 所示。

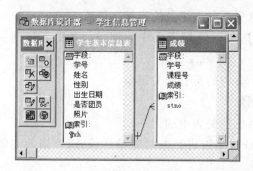
图 4-36　建立关系

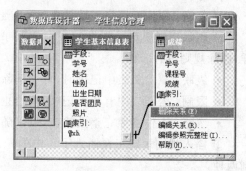
图 4-37　编辑关系

② 在打开的"编辑关系"对话框中输入建立关系的公共字段,单击"确定"按钮,完成编辑,如图 4-38 所示。

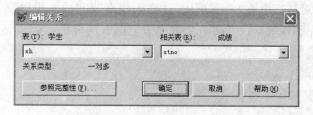
图 4-38　"编辑关系"对话框

注意:表和表之间的关系是由子表的索引类型决定的。当子表为主索引或候选索引时,建立的关系为"一对一"关系;当子表的索引为普通索引或唯一索引时,建立的关系是"一对多"关系。

③ 删除永久关系。

删除永久关系的方法与编辑永久关系的方法类似,只需用鼠标单击表示的连线,使其变粗,然后右击鼠标,在弹出的快捷菜单中选择"删除关系"命令即可。或者直接按下 Delete 键也可将关系删除。

4.4.2 参照完整性

参照完整性的含义是：当插入、更新或删除一个表中的数据时，通过参照引用相互关联的另一个表中的数据来检查对该表的数据操作是否正确。比如，在表"成绩"中有"学号"、"课程号"以及"成绩"等字段，如果没有参照完整性的约束，很有可能插入一条并不存在的学生的成绩记录，这显然是不合适的；而如果在插入记录前能够进行参照完整性检查，查看学生以及课程在相关联的表中是否存在，则可以从一个方面保证输入记录的合法性。

参照完整性规则包括更新规则、删除规则和插入规则。

① 更新规则规定了当更新父表中连接字段值时，如何处理相关的子表中的记录，共有级联、限制和忽略 3 种。

- 级联：用新的连接字段的值自动修改子表中所有相关记录的对应字段。
- 限制：若子表中有相关记录，则禁止修改父表中的连接字段值。
- 忽略：不作参照完整性检查，可以随意更新父表记录的连接字段值。

② 删除规则规定了删除父表中的记录时，如何处理子表中的记录。和更新规则一样，删除规则也有 3 种。

- 级联：删除父表中记录时，自动删除子表中的所有相关记录。
- 限制：若子表中有相关记录，则禁止删除。
- 忽略：不作参照完整性检查，可以随意删除父表中的记录。

③ 插入规则规定了在插入子表中的记录时，是否进行参照完整性检查，有插入和限制两种。

- 限制：若父表中没有与连接字段值相对应的记录，则禁止插入。
- 忽略：不作参照完整性检查，可以随意在子表中插入记录。

设置参照完整性约束是通过"参照完整性生成器"来实现的。如图 4-39 所示，在"参照完整性生成器"对话框中有"更新规则"、"删除规则"和"插入规则"3 个选项卡，分别用来设置 3 种参照完整性规则。在每一个选项卡上都有同样的一张表格，表格中的一行为

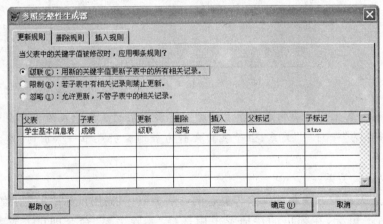

图 4-39　设置参照完整性

数据库中的一个关系,各列的含义介绍如下:

- "父表"列:显示一个关系中的父表名。
- "子表"列:显示一个关系中的子表名。
- "更新"、"插入"和"删除"列:显示相应规则的设置值。
- "父标记"列:显示父表中的主索引名或者候选索引名。
- "子标记"列:显示子表中的索引名。

在设置参照完整性之前,通常要先清理数据库。所以,设置参照完整性一般分成两步:第一步,选择"数据库"→"清理数据库"命令,完成清理数据库工作;第二步,选择"数据库"→"编辑参照完整性"命令,打开"参照完整性生成器"对话框设置参照完整性。

【例 4-30】　设置表"学生"和表"成绩"间的参照完整性规则。

操作步骤如下:

① 打开数据库"学生信息管理"的"数据库设计器"窗口。

② 选择"数据库"→"清理数据库"命令,完成清理数据库工作。

③ 选择"数据库"→"编辑参照完整性"命令,打开"参照完整性生成器"对话框。

④ 选择"更新规则"选项卡,选择"级联:用新的关键字值更新子表中的所有相关记录。"单选按钮,可见表中"更新规则"设置为"级联"。

⑤ 分别在"删除规则"选项卡和"插入规则"选项卡中选择"级联:用新的关键字值更新子表中的所有相关记录。"和"限制:若子表中有相关记录则禁止更新。"单选按钮,将删除规则设置为"级联",插入规则设置为"限制"。操作结果如图 4-39 所示。

⑥ 单击"确定"按钮,在弹出的"参照完整性"对话框中选择"是",生成并保存参照完整性代码。

参照完整性能够较好地控制数据的一致性,尤其是控制数据库相关表之间的主关键字和外部关键字之间数据的一致性,所以是关系数据库管理系统的一项重要功能。

但是参照完整性规则的设定也带来一些约束,比如将插入规则设置为"限制"时,如果父表中不存在匹配的关键字就禁止插入。这使得以前的各种插入或者追加记录的方法都不能再使用。因为 APPEND 命令或者 INSERT 命令都是先插入一条空记录,然后再进行编辑,这当然不能通过参照完整性的检查。

4.5　自　由　表

在 Visual FoxPro 中,将不属于任何数据库的表称为自由表;将属于某个数据库的表称为数据库表。一个自由表可以添加到一个数据库中变成数据库表,一个数据库表也可以移出数据库变成自由表。大部分数据库表的操作命令都可以用于操作自由表,建立自由表的方法与建立数据库表的方法也基本相同,在没有当前数据库的情况下建立的表都是自由表。

4.5.1　自由表与数据库表的差异

自由表中对字段的描述信息比较少,因此,设计自由表要比设计数据库表简单,具体差异如下：

① 自由表中字段名的最大长度为 10 个字符，而数据库表中字段名的最大长度为 128 个字符。

② 不能为自由表设置字段输入输出属性，如标题、默认值和输入掩码等。

③ 不能为自由表设置某些规则，如字段有效性等。

4.5.2　数据库表转成自由表

一个数据库表移出数据库变成自由表后，其字段输入输出属性和字段有效性等信息也会自动丢失。数据库表转换成自由表的方法有：

① 进入数据库设计器→选择表名→"数据库"菜单→"移去"→"移去"按钮。

② 在程序或命令窗口中使用 Remove Table 命令。命令格式是：

```
Remove Table <表文件名>|?[Delete] [Recycle]
```

说明：

将当前数据库中的表移出数据库。参数含义如下：

- Delete：将给定的表移出数据库，并将其文件从磁盘中直接删除。
- Recycle：将给定的表移出数据库，并将其文件放入 Windows 回收站。

当不使用 Delete 和 Recycle 参数时，将表直接转换为自由表。

4.5.3　自由表添加到数据库

在 VFP 系统中，一个自由表只能添加到一个数据库中，要将一个数据库表由一个数据库移到另一个数据库中，要先将其变成自由表，然后再将它添加到另一个数据库中。常用方法有：

① 进入数据库设计器→"数据库"菜单→"添加表"→选择自由表文件名→"确定"按钮。

② 在程序或命令窗口中使用 Add Table 命令。命令格式是：

```
Add Table <自由表文件名>|? [Name <长表名>]
```

说明：将一个自由表添加到当前数据库文件中。其中参数"?"可以利用一个"打开"文件对话框从中选择自由表文件，参数 NAME <长表名>用来为表文件指定长表名。

4.6　多个表的操作

在以前的操作中，同一时刻通常只对某一张表进行操作。但是，Visual FoxPro 允许同时对多张表进行操作，本节介绍多张表同时使用时的相关概念和命令。

4.6.1　工作区的概念

在 Visual FoxPro 中，每一张打开的表都必须占用一个工作区，一个工作区中不能同时打开多张表。如果在同一个工作区中打开第二张表，则原有的表自动关闭。所以在同时使用多张表的情况下,应该给表指定不同的工作区,否则表在当前工作区中打开。

1. 工作区号

Visual FoxPro 一共提供了 32 767 个工作区,每个工作区都有一个编号,称为工作区号,用 1~32 767 中的任何一个整数来表示。也可以用 A~J 代表 1~10 号工作区,用 W11~W32 767 代表其余的工作区。0 是一个特殊的工作区号,代表当前没有使用的工作区号最小的工作区。

2. 表的别名

在工作区中打开表时,可以给表赋予一个别名。方法是:

USE 表文件名 ALIAS 别名

例如,打开表"学生",并取别名 Student,命令如下:

USE 学生 ALIAS Student

需要说明的是,如果在打开表时没有指定别名,则系统默认以表文件名作为别名。

3. 在不同工作区打开表

在不同工作区打开表可以通过"数据工作期"窗口或者命令方式实现。

(1) 使用"数据工作期"窗口

"数据工作期"是当前动态工作环境的一种表示,每个"数据工作期"包含它自己的一组工作区,在此可以选择不同的工作区,打开、浏览或者关闭其中的表,建立表间临时关系,并设置工作区属性。

选择"窗口"→"数据工作期"命令,打开"数据工作期"窗口,如图 4-40 所示。

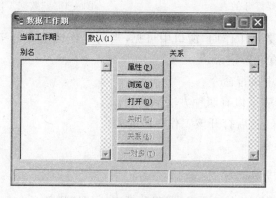

图 4-40 "数据工作期"窗口

各部分功能说明如下:

- "当前工作期"下拉列表框:显示当前工作期的名称。
- "别名"列表框:列出在当前各工作区中打开的表或视图的名称。
- "关系"列表框:显示当前打开的表或视图之间的临时关系。

- "属性"按钮：打开"工作区属性"对话框，设置索引顺序及定义数据筛选条件。
- "浏览"按钮：打开浏览窗口，显示"别名"列表框中选中的表或视图的数据。
- "打开"按钮：在新的工作区中打开新的表或视图，已打开的表或视图显示于"别名"列表框中。
- "关闭"按钮：关闭当前已经打开的表或视图，即从"别名"列表框中去除表或视图。
- "关系"按钮：建立表或视图间的关系。
- "一对多"按钮：建立一对多的关系。

【例 4-31】　通过"数据工作期"窗口依次打开表"学生"、表"成绩"和表"课程"。

① 选择"窗口"→"数据工作期"命令，打开"数据工作期"窗口。

② 在"数据工作期"窗口中单击"打开"按钮，打开"打开"对话框。如图 4-41 所示，选择"学生基本信息表"（表"学生"），单击"确定"按钮，关闭"打开"对话框。

③ 重复上述操作，打开表"成绩"和表"课程"。结果如图 4-42 所示。

图 4-41　选择要打开的表

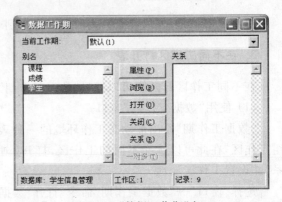

图 4-42　"数据工作期"窗口

在图 4-42 所示"数据工作期"窗口中可见，当前工作区是 1 号工作区，表"学生"在 1 号工作区中打开，共有 9 条记录。

(2) 在命令窗口中执行命令

用键盘命令打开表可以有两种方法。

① 先选择工作区，然后打开该工作区中的表。

选择工作区的命令是：

SELECT 工作区号|别名

例如，要在 2 号工作区中打开表"课程"，可以执行这样的命令：

```
SELECT 2 或者 SELECT B        && 选择 2 号工作区
USE 课程                      && 在 2 号工作区中打开表"课程"
```

② 在 USE 命令中强制指定工作区。

指定工作区的命令是：

IN 工作区号 | 别名

上述要求可以通过这样的命令实现：

USE 课程 IN 2

注意：按方法(1)执行后，当前工作区是 2 号工作区，当前表变为"课程"。按方法(2)执行后，当前工作区和当前表不变。所以，如果要对表"课程"进行操作，必须先将 2 号工作区指定为当前工作区，或者在操作命令中指定工作区号，如 GO TOP IN 2。

4.6.2　临时关系

表间的永久关系建立在索引的基础上，被存储在数据库中，可以在"查询设计器"或者"视图设计器"中自动作为默认连接条件而保持数据库表之间的联系。永久关系虽然在表之间建立了关系，但是不能控制不同工作区中记录指针的移动。

临时关系是在打开的数据表之间用 SET RELATION 命令或是在"数据工作期"窗口建立的。建立临时关系后，子表的记录指针会随主表记录指针的移动而移动。这样，当在主表中选择一条记录时，会自动去访问关系中子表的相关记录。当其中一个表被关闭后，关系自动解除。

临时关系与永久关系有一定的联系，但也存在很大的区别。

① 临时关系在表打开之后建立，随表的关闭而解除；永久关系永久地保存在数据库中而不必在每次使用时重新创建。

② 临时关系可以在自由表之间、数据库表之间或自由表与数据库表之间建立，而永久关系只能在属于同一个数据库的数据库表之间建立。

③ 临时关系中一个子表一般不能有两张主表(除非这两张主表是通过子表的同一个主控索引建立临时关系)，永久关系则不然。

1. 使用"数据工作期"窗口建立临时关系

在"数据工作期"窗口中，也可以方便地建立起两表之间的临时关系。

【例 4-32】　在"数据工作期"窗口中建立表"学生"和表"成绩"间的临时关系。

操作步骤如下：

① 选择"窗口"→"数据工作期"命令，打开"数据工作期"窗口。

② 单击"打开"按钮，添加"学生基本信息表"(表"学生")、"成绩"到"别名"列表框中。

③ 在"别名"列表框中选择表"学生"，单击"关系"按钮，在"关系"列表框中出现表"学生"。

④ 在"别名"列表框中选择表"成绩"，在弹出的"设置索引顺序"对话框中选择表"成绩"中已经建好的索引 stno，如图 4-43 所示。

⑤ 单击"确定"按钮，弹出"表达式生成器"对话框，建立创建临时关系的关系表达式，如图 4-44 所示。

⑥ 单击"确定"按钮，完成临时关系的建立。如图 4-45 所示，在"数据工作期"窗口的

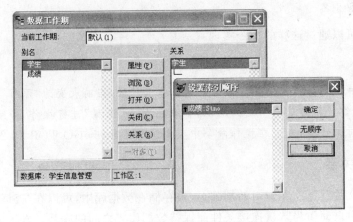

图 4-43　设置子表的索引顺序

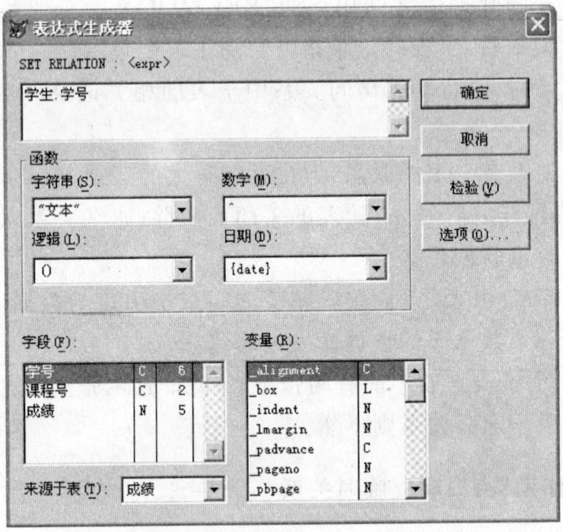

图 4-44　设置临时关系表达式

"关系"列表框中显示了它们之间的临时关系。

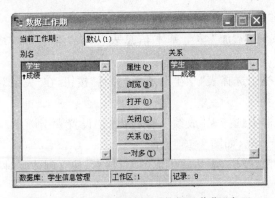

图 4-45　建立临时关系的"数据工作期"窗口

当临时关系不再需要时,命令 SET RELATION TO 将取消当前表到所有表的临时关系。当然,如果关闭了主表或者子表,临时关系也不再存在。

2. 使用 SET RELATION 命令建立临时关系

使用 SET RELATION 命令建立临时关系的步骤是:
① 分别在不同的工作区中打开表。
② 确定关系表达式,设置子表的主控索引(可以在打开表时同时设定)。
③ 选择主表所在的工作区。
④ 用 SET RELATION 命令建立临时关系。
SET RELATION 命令的一般格式是:

SET RELATION TO 关系表达式 INTO 区号|别名

其中的关系表达式通常是子表的主控索引表达式;区号|别名是指子表的别名或所在工作区的区号。

【例 4-33】　建立表"学生"和表"成绩"之间的临时关系。

表"学生"是主表,表"成绩"是子表,子表的主控索引是 stno,索引表达式是学号。按照上述步骤执行如下命令:

```
USE 学生 IN 0 ORDER TAG xh
USE 成绩 IN 0 ORDER TAG stno
SELECT 学生
SET RELATION TO 学号 INTO 成绩
```

这样,当表"学生"中的记录指针移动时,表"成绩"的记录指针也随之变动。如果同时打开表"学生"和表"成绩"的浏览窗口,当选择父表"学生"中的一条记录时,子表"成绩"将跟踪显示该生的选课情况及成绩。如图 4-46 所示。

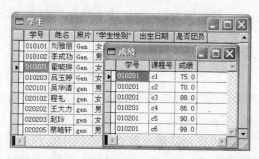

图 4-46　建立了临时关系的表"学生"和表"成绩"的"浏览"窗口

本 章 小 结

本章首先介绍了数据库和数据库表的基本概念和设计步骤,然后介绍了数据库的基本操作以及数据库表的基本操作,包括字段属性、表属性的设置等;介绍了表间永久关系的建立以及参照完整性的意义和设置方法。另外,本章还介绍了工作区的概念以及临时关系的建立。

　　表是数据库系统最基本的组成部分,可以通过"表设计器"和相关命令来创建。表中的记录是对每一个实体的具体描述,可以进行浏览、显示、追加、定位、修改和删除等操作。为了提高查询速度,可以在表中建立索引,索引包括主索引、候选索引、普通索引和唯一索引,索引被保存在独立索引文件或者复合索引文件中,在表设计器中建立索引将生成一个与表文件同名的结构复合索引文件。索引的建立不仅加快了查询速度,而且还可以限制重复值和空值的输入,支持数据库中表和表之间的关联。表中的数据可以通过 COUNT、AVERAGE、SUM 和 TOTAL 等命令进行统计和汇总。

习　题　4

一、选择题

1. 为了合理组织数据,应遵从的设计原则是_____。

    A. 一个表描述一个实体或实体间的一种联系

    B. 表中的字段必须是原始数据和基本数据元素,并避免在表之间出现重复字段

    C. 用外部关键字保证有关联的表之间的联系

    D. 以上各条原则都包括

2. 在 Visual FoxPro 中,打开数据库的命令是_____。

    A. OPEN DATABASE <数据库名>   B. USE <数据库名>

    C. USE DATABASE <数据库名>   D. OPEN <数据库名>

3. 在 Visual FoxPro 中,可对字段设置默认值的表_____。

    A. 必须是数据库表   B. 必须是自由表

    C. 自由表或数据库表   D. 不能设置字段的默认值

4. 在 Visual FoxPro 中,建立数据库表时,将年龄字段值限制在 12~40 岁之间的这种约束属于_____。

    A. 实体完整性约束   B. 域完整性约束

    C. 参照完整性约束   D. 视图完整性约束

5. 数据库表可以通过"表设计器"设置字段有效性规则,其中的"规则"是一个_____。

    A. 逻辑表达式   B. 字符表达式   C. 数值表达式   D. 日期表达式

6. 在 Visual FoxPro 中,调用表设计器建立数据表 STUDENT.DBF 的命令是_____。

    A. MODIFY STRUCTURE STUDENT   B. MODIFY COMMAND STUDENT

    C. CREATE STUDENT   D. CREATE TABLE STUDENT

7. 在学生表中,若要将每个人的照片存入表中,应在表中先设计一个_____字段。

    A. 字符型   B. 数值型   C. 日期型   D. 通用型

8. 用 APPEND 命令插入一条记录时,被插入的记录在表中的位置是_____。

    A. 表最前面   B. 表最末尾   C. 当前记录之前   D. 当前记录之后

9. 在一张已经打开的表中,当你要删除某条记录时,应_____。

A. 先设置删除标记,然后彻底删除记录　B. 使用 PACK 命令彻底删除记录

C. 先恢复删除,然后彻底删除记录　D. 使用 ZAP 命令彻底删除记录

10. 表文件可以按共享方式打开,也可以按独占方式打开。在下列命令中,_____在表文件以共享方式打开时可以使用。

A. PACK　　　　　　　　　　B. MODIFY STRUCTURE

C. ZAP　　　　　　　　　　D. APPEND

11. 用 LIST STRUCTURE 命令显示表中各字段总宽度为 50,用户可使用的字段总宽度为_____。

A. 51　　　　B. 50　　　　C. 49　　　　D. 48

12. 在 Visual FoxPro 系统环境下,若使用的命令中同时含有子句 FOR、WHILE 和 SCOPE(范围),则下列叙述中正确的是_____。

A. 3 个子句执行时的优先级为 FOR、WHILE、SCOPE(范围)

B. 3 个子句执行时的优先级为 WHILE、SCOPE(范围)、FOR

C. 3 个子句执行时的优先级为 SCOPE(范围)、WHILE、FOR

D. 无优先级,按子句出现的顺序执行

13. 表文件中有 30 条记录,当前记录是 20,执行命令 LIST NEXT 5 后,所显示记录号是_____。

A. 21~25　　　　B. 21~26　　　　C. 20~25　　　　D. 20~24

14. 要显示表中当前记录的内容,可使用命令_____来实现。

A. LIST　　　B. DISPLAY　　　C. BROWSE　　　D. DIR

15. 要为当前表所有职工增加 100 元工资应该使用命令_____。

A. CHANGE 工资 WITH 工资+100

B. REPLACE 工资 WITH 工资+100

C. CHANGE ALL 工资 WITH 工资+100

D. REPLACE ALL 工资 WITH 工资+100

16. 打开一个空数据表文件,分别用函数 EOF() 和 BOF() 测试,其结果一定是_____。

A. .T. 和 .T.　　　B. .F. 和 .F.　　　C. .T. 和 .F.　　　D. .F. 和 .T.

17. 对非空表 CZ 进行下列操作,其结果为_____。

```
USE CZ
?? BOF()
SKIP -1
?? BOF()
GO BOTTOM
?? EOF()
SKIP
?? EOF()
```

A. .T. .T. .T. .T.　　　　　　B. .F. .T. .T. .T.

C. .F. .T. .F. .T.　　　　　　D. .F. .F. .T. .T.

18. 如果一个 Visual FoxPro 数据库表文件中有 50 条记录,当前记录号为 26,执行命令 SKIP 30 之后,再执行命令? RECNO(),其结果是＿＿＿＿。

    A. 50　　　　　　　　B. 56　　　　　　　　C. 错误提示　　　　　D. 51

19. 下列叙述中含有错误的是＿＿＿＿。

    A. 一个数据库表只能设置一个主索引

    B. 唯一索引不允许索引表达式有重复值

    C. 候选索引既可用于数据库表也可用于自由表

    D. 候选索引不允许索引表达式有重复值

20. 学生表(XS. DBF)的结构为:学号(XH,C,8)、姓名(XM,C,8)、性别(XB,C,2)和班级(BJ,C,6),并且按 XH 字段设置了结构复合索引,索引标识为 XH。如果 XS 表不是当前工作表,则下列命令中＿＿＿＿可以用来查找学号为 96437101 的记录。

    A. SEEK 96437101 ORDER XH

    B. SEEK "96437101" ORDER XH

    C. SEEK "96437101" ORDER XH IN XS

    D. SEEK 96437101 ORDER XH IN XS

21. 计算所有职称为正、副教授的平均工资,将结果赋予变量 PJ 中,应使用命令＿＿＿＿。

    A. AVERAGE 工资 TO PJ FOR "教授" $ 职称

    B. AVERAGE FIELDS 工资 TO PJ FOR "教授" $ 职称

    C. AVERAGE 工资 TO PJ FOR 职称＝"副教授".AND. 职称＝"教授"

    D. AVERAGE 工资 TO PJ FOR 职称＝"副教授".OR."教授"

22. 为了设置两个表之间的参照完整性,要求这两个表是＿＿＿＿。

    A. 同一个数据库中的两个表　　　　　B. 两个自由表

    C. 一个自由表和一个数据库表　　　　D. 没有限制

23. 在 Visual FoxPro 中进行参照完整性设置时,要想设置成:当更改父表中的主关键字段或候选关键字段时,自动更改所有相关子表记录中的对应值。应选择＿＿＿＿。

    A. 限制(Restrict)　　　　　　　　　B. 忽略(Ignore)

    C. 级联(Cascade)　　　　　　　　　D. 级联(Cascade)或限制(Restrict)

24. 在数据库设计器中,建立两个表之间的一对多联系是通过以下索引实现的＿＿＿＿。

    A. "一方"表的主索引或候选索引,"多方"表的普通索引

    B. "一方"表的主索引,"多方"表的普通索引或候选索引

    C. "一方"表的普通索引,"多方"表的主索引或候选索引

    D. "一方"表的普通索引,"多方"表的候选索引或普通索引

25. 在 Visual FoxPro 的数据工作期窗口,使用 SET RELATION 命令可以建立两个表之间的关联,这种关联是＿＿＿＿。

    A. 永久性关联　　　　　　　　　　　B. 永久性关联或临时性关联

    C. 临时性关联　　　　　　　　　　　D. 永久性关联和临时性关联

26. 执行下列一组命令之后,选择"职工"表所在工作区的错误命令是＿＿＿＿。

CLOSE ALL

```
USE 仓库 IN 0
USE 职工 IN 0
```

    A. SELECT 职工   B. SELECT 0   C. SELECT 2   D. SELECT B

二、填空题

1. 在 Visual FoxPro 系统中,创建一个新的数据库的命令为_____。

2. 向数据库中添加的表应该是目前不属于_____的自由表。

3. 在 Visual FoxPro 中,CREATE DATABASE 命令创建一个扩展名为_____的数据库文件。

4. Visual FoxPro 中的表由表结构和_____组成,表文件的扩展名为_____。

5. 在 Visual FoxPro 中,日期型字段和逻辑型字段的宽度固定,日期型字段宽度为_____个字节,逻辑型宽度为_____个字节。

6. 通用型数据用来存储电子表格、文档、图片等_____对象。

7. 记录存放在磁盘上的顺序称为_____,表被打开后在使用中记录的顺序称为逻辑顺序。

8. 在打开一张表时,_____索引文件将自动打开,并随表的关闭而关闭。

9. 表的索引类型有主索引、唯一索引、候选索引和_____。

10. 表指定主控索引后,将按照_____的大小,从小到大或从大到小排列记录的顺序。

11. 在 Visual FoxPro 中通过建立主索引或候选索引来实现_____完整性约束。

12. 已知表"学生"(学生.DBF)中的数据如图 4-10 所示,依次执行下列命令后,屏幕上显示的结果为_____和_____。

```
USE 学生
SET ORDER TO XH   && XH 索引标识已建,它是根据学号字段创建的升序索引
GO TOP
SKIP
? RECNO()
GO BOTTOM
? RECNO()
```

13. 在 Visual FoxPro 中,表示范围的短语 REST 的含义为_____。

14. 表"教师"中有 6 条记录,打开后执行 GO BOTTOM 和 SKIP 命令,再执行? RECNO() 命令,则显示结果为_____;执行? EOF() 命令,则显示结果为_____。

15. 在 Visual FoxPro 中选择一个没有使用的、编号最小的工作区的命令是_____。

16. 触发器指定一个规则,这个规则是一个逻辑表达式。当某个操作执行后,将自动触发相关触发器的执行,计算逻辑表达式的值,如果返回值是_____,将不执行此命令或事件。

17. 如果在主表中删除一条记录,要求子表中的相关记录自动删除,则参照完整性的删除规则应设置成_____。

18. 使用_____命令可以在不同工作区中打开的表之间建立关系。

19. 为了确保相关表之间数据的一致性,需要设置_____规则。

20. 有计算机等级考试考生数据表文件 STD.DBF 和合格考生数据表文件 HG.DBF,这两个表的结构相同,为了颁发合格证书并备案,把 STD 数据表中笔试成绩和上机成绩均及格记录的"合格否"字段修改为逻辑真,然后再将合格的记录追加到合格考生数据表 HG.DBF 中,请填空完成上述功能。

表文件 STD.DBF 中记录如下:

Record#	准考证号	姓名	性别	笔试成绩	上机成绩	合格否
1	11001	梁小冬	女	70	80	F
2	11005	林 旭	男	95	78	F
3	11017	王 平	男	60	40	F
4	11083	吴大鹏	男	90	60	F
5	11108	杨纪红	女	58	67	F

```
USE STD
REPLACE _____ WITH .T. FOR 笔试成绩>=60 .AND. 上机成绩>=60
USE HG
APPEND FROM STD FOR _____
LIST
USE
```

三、思考题

1. 简述设计数据库的一般步骤。
2. 字段有哪些属性?可以使用的数据类型有哪些?在设计表结构时,如何选择数据类型?
3. 什么是空值?如何指定表中字段允许接受空值?如何输入空值?
4. 记录的定位方式有哪几种?该如何实现?
5. 什么是表的索引?索引有什么作用?包括哪几种类型?
6. 什么是主控索引?如何设置主控索引?
7. 排序和索引有什么区别?
8. 什么是参照完整性,在 Visual FoxPro 中如何设置参照完整性规则?
9. 永久关系和临时关系各有什么作用?并简述它们之间的区别。
10. 简述数据库表和自由表之间的区别。

实验 4.1   数据库及表的建立

【实验目的】

- 掌握数据库的建立、打开、关闭等基本操作。
- 掌握数据库表的设计、建立、输入记录等基本操作。
- 理解数据库表的字段属性及表属性。

【实验准备】

1. 数据库的创建,向数据库添加表,数据库的关闭与删除。

2. 复习关系数据库的有关概念,深刻理解 Visual FoxPro 中采用的关系模型的实质及 Visual FoxPro 支持的数据类型。

3. 数据库表的属性、字段属性与规则和记录规则的设定。

4. 数据库表中不同类型字段的记录输入方法。

【实验内容】

1. 建立数据库"订购管理"。

2. 在数据库"订购管理"中分别建立表"仓库"、表"职工"、表"订购单"和表"供应商",数据如下,完成以下操作。

表 4-11　表"仓库"数据

仓库号	城市	面积	仓库号	城市	面积
WH1	北京	370	WH7	上海	725
WH2	上海	500	WH8	重庆	450
WH3	广州	270	WH9	北京	575
WH4	武汉	400	WH10	广州	600
WH6	北京	600			

表 4-12　表"供应商"数据

供应商号	供应商名	地　址	供应商号	供应商名	地　址
S3	振华电子厂	西安	S6	新世纪公司	郑州
S4	华通电子公司	北京	S7	爱华电子厂	北京

表 4-13　表"订购单"数据

职工号	供应商号	订购单号	订购日期	总金额
E3	S7	OR67	1999-4-13	35 000
E1	S4	OR73	1999-4-12	12 000
E7	S4	OR76	1999-5-14	7250
E6	S6	OR77	1999-5-13	6000
E3	S4	OR79	1998-10-27	30 050
E1	S6	OR80	1999-3-10	25 600
E3	S6	OR90	1999-7-31	7690
E3	S3	OR91	1999-6-30	12 560
E7	S7	OR10	1999-5-13	50 000
E19	S4	OR20	1998-10-27	4690
E4	S6	OR33	1999-7-31	7890
E16	S3	OR44	1998-10-25	25 600
E20	S4	OR55	1998-9-18	46 780

续表

职工号	供应商号	订购单号	订购日期	总金额
E6	S7	OR56	1999-5-3	35 670
E10	S7	OR47	1999-5-4	3890
E12	S3	OR64	1999-6-4	40 000
E15	S4	OR54	1999-5-4	36 700
E9	S6	OR88	1999-6-10	25 000
E14	S3	OR13	1998-9-9	3298

表 4-14　表"职工"数据

仓库号	职工号	工资	仓库号	职工号	工资
WH2	E1	1220	WH6	E10	1220
WH1	E3	1210	WH7	E15	1210
WH2	E4	1250	WH7	E14	1240
WH3	E6	1230	WH8	E11	1250
WH1	E7	1250	WH6	E12	1260
WH1	E2	1010	WH2	E16	1300
WH6	E5	1050	WH3	E20	1200
WH10	E8	1300	WH1	E19	1320
WH9	E9	1350			

（1）设计 4 个表的结构，使其既能描述表的信息，同时又符合关系模型的基本要求。

（2）分别建表，输入表中的数据，并保存。

（3）设置表"仓库"中的"仓库号"字段的注释为"该字段为表的主关键字"。

（4）根据表中数据的特点，自行设置数据库"订购管理"中各表的有效性规则。

【思考题】

1. 设置字段属性。为表"订购单"中的"订购日期"字段定义一个有效性规则，规定订购日期是 1998 年至 1999 年。当输入的订购日期不符合规定时，弹出提示"只能输入 1998 年至 1999 年的订购单"。

2. 设置表属性。为表"职工"中的"工资"字段定义一个记录有效性规则，规定工资不得低于 1000。当输入的记录不符合规定时，弹出提示"工资不得低于 1000"。

3. 比较字段属性的字段有效性规则和表属性的记录有效性规则。

实验 4.2　表的基本操作

【实验目的】

· 掌握表的基本操作。

· 掌握为数据库表建立永久关系的作用和方法，理解参照完整性的概念及操作。

· 理解自由表和数据库表的差异，掌握自由表和数据库表之间的转换。

• 掌握多表操作的方法及临时关系的建立。

【实验准备】

1. 表的基本操作。
2. 数据库参照完整性的概念及设置，表之间永久关系的建立与删除。
3. 自由表和数据库表之间的转换。
4. 工作区的定义与选择命令。
5. 表与表之间临时关系的建立。

【实验内容】

1. 表的基本操作：分别以"共享"和"独占"两种方式打开表"订购单"，然后关闭表。
2. 打开表"订购单"，进行记录的操作：
(1) 分别以"浏览"和"编辑"方式查看表的记录。
(2) 显示表中 1998 年产生的订购单的供应商和总金额。
(3) 将表中供应商为 S6 的订购单的总金额提高 10%。
(4) 使用 APPEND BLANK 命令，在表中添加一条记录，然后将该记录彻底删除。
(5) 写出命令的结果，然后上机验证，观察运行结果，进一步理解记录的定位。

```
USE 订购单
SKIP 2
? RECNO(),BOF(),EOF()
GO TOP
SKIP -1
? RECNO(),BOF(),EOF()
GO BOTTOM
SKIP
? RECNO(),BOF(),EOF()
LOCATE FOR 职工号 = "E7"
? RECNO()
CONTINUE
? RECNO()
CONTINUE
? RECNO()
```

(6) 将表中 1999 年产生的超过总金额 10 000 的订购单的职工号、供应商号、总金额筛选出来。
3. 复制表"订购单"的表结构，并保存为"订购单_备份"。
4. 索引的建立和使用。
(1) 为表"订购单"创建索引，要求：建立候选索引 DGDH，按"订购单号"升序排列；建立普通索引 ZJE，按"总金额"降序排列。
(2) 为表"订购单"创建索引 GZ，要求先按供应商号排序再按总金额排序。

(3) 使用 SEEK 命令查找订购单号为 OR33 的订购单。

5. 将表"订购单"先按照"供应商号"字段升序排列,再按照"订购日期"字段降序排列,并将排序结果存储到表"订购单_已排序"中。

6. 统计命令。

(1) 统计表"订购单"中供应商为 S3 订购单的平均总金额。

(2) 统计表"订购单"中的总金额之和。

(3) 根据表"订购单",计算 1999 年产生的订单数。

(4) 根据表"订购单",求每个供应商订购的总金额之和,并保存到表"供应商订购汇总"中。

7. 在数据库"订购管理"中建立表"仓库"和表"职工"、表"职工"和表"订购单"、表"供应商"和表"订购单"的一对多关系(提示:在建立永久关系前,应首先在表中建立正确的索引)。

8. 设置数据库"订购管理"中各表的参照完整性。

9. 先将表"供应商"从数据库中移出,再将该表添加到数据库。

10. 分别用菜单方式和命令建立表"供应商"和表"订购单"之间的临时关系。

【思考题】

1. 以"共享"和"独占"两种方式打开表有什么区别?

2. 记录的逻辑删除与物理删除有什么区别? 上机验证。

3. 在实验内容第 6 题(4)进行分类汇总计算时,如果不先对供应商号进行排序,结果将会怎样? 上机验证。

4. 表之间的永久关系和临时关系的建立和删除操作有什么区别?

5. 数据库表转换成自由表时,通常会有哪些变化发生? 自由表和数据库表在实际操作中有哪些区别?

6. 如何进行多个表的操作? 在不同的工作区之间怎么切换? 如何访问别的工作区中的表?

第5章 关系数据库标准语言 SQL

5.1 SQL 语言概述

SQL(Structured Query Language,结构化查询语言)是关系数据库的标准语言,来源于 20 世纪 70 年代 IBM 的一个被称为 SEQUEL(Structured English Query Language)的研究项目。20 世纪 80 年代,SQL 由美国国家标准局(ANSI)进行了标准化,1987 年,国际标准化组织也通过了这一标准。由于它功能丰富、语言简洁而备受计算机界的欢迎。经各公司的不断修改、扩充和完善,SQL 语言最终发展成为关系数据库的标准语言。

SQL 语言能够被用户和业界所接受,并成为国际标准,是因为它具有如下特点:

- SQL 语言是一种一体化的语言,它集数据定义语言、数据操纵语言和数据查询语言的功能于一体,可以完成数据库活动中的全部工作。包括对表结构的定义、修改,记录的插入、更新和删除,查询以及安全性控制等一系列操作,为数据库应用系统的开发提供了良好环境。
- SQL 语言是一种高度非过程化的语言。用 SQL 语言进行数据操作,不必指明"如何做",只需提出要"做什么",系统就会自动完成全部工作。
- SQL 语言采用面向集合的操作方式,不仅操作对象,查找结果也可以是记录的集合,而且一次插入、删除和更新操作的对象也可以是记录的集合。
- SQL 语言以一种语法提供两种工作方式。它既是自含式语言,又是嵌入式语言。作为自含式语言,它可以直接以命令方式交互使用;作为嵌入式语言,它可以嵌入到高级语言程序中,以程序方式工作。SQL 语言以一种语法结构提供两种工作方式的做法,为用户带来了极大的灵活性和方便性。
- SQL 语言非常简洁。SQL 语言虽然功能极强,但是它只用了为数不多的几个命令动词,如表 5-1 所示。此外,它的语法也很简单,接近于英语自然语言,因此容易学习和掌握。

表 5-1　SQL 语言的动词

SQL 功能	命令动词	SQL 功能	命令动词
数据定义	CREATE,DROP,ALTER	数据查询	SELETE
数据操纵	INSERT,UPDATE,DELETE	数据控制	GRANT,REVOKE

不过,需要指出的是,不同程序设计语言在对 SQL 的支持上以及具体的实现上还是略有差异的。由于 Visual FoxPro 自身在安全控制上的缺陷,因此没有提供数据控制功能。

5.2   SQL 语言的数据查询

数据查询是 SQL 语言的核心内容,通过 SELECT 语句可以从一个或多个表或视图中提取数据,并对其进行查询、排序和汇总等操作。SELECT 语句的一般格式为:

```
SELECT [DISTINCT] [TOP <数值表达式>[PERCENT]]
[<表别名>.] * |<表达式 1>[[AS]<列名 1>]...,<表达式 N>[[AS]<列名 N>]
FROM [<数据库名 1>!]<表名 1>[[AS] <表别名 1>]
[<联结类型 1>|,[<数据库名 2>!]<表名 2>[[AS] <表别名 2>]...
<联结类型 N>|,[<数据库名 N+1>!]<表名 N+1>[[AS] <表别名 N+1>]]
[ON <条件表达式 1>...ON <条件表达式 N>]
[WHERE <条件表达式>]
[UNION <SELECT 语句>]
[ORDER BY <排序列 1>[ASC|DESC]...,<排序列 N>[ASC| DESC]]
[GROUP BY <分组列 1>...,<分组列 N>[HAVING <条件表达式>] ]
[INTO TABLE <表名>|INTO CURSOR <临时表名>|INTO ARRAY <数组名>|
TO PRINTER|TO SCREEN |TO FILE <文件名>[ADDITIVE][PLAIN]]
```

由此可以看出,SQL 语言的 SELECT 语句格式比较复杂。SELECT 语句的基本形式由 SELECT-FROM-WHERE 查询块组成。在这种结构中,SELECT 子句指定了查询结果中需要显示的列,FROM 子句指定查询的数据源,即该查询操作需要的数据来自哪些表或者视图,WHERE 子句指定查询结果需要满足的条件。当然,WHERE 子句可以省略,但是 SELECT 子句和 FROM 子句是必须要有的。

5.2.1   基本查询

1. 无条件查询

无条件查询是指对表中的记录没有条件限制。通过无条件查询,用户可以查看表中的部分列或者所有列,这其实是关系运算中的投影运算。

无条件查询的语法格式如下:

```
SELECT [ALL|DISTINCT]<目标列表达式>[,<目标列表达式>]...
FROM <表名|视图名>
```

其中:

- ALL:表示输出所有记录,包括重复记录,是默认选项。
- DISTINCT:表示输出无重复结果的记录。
- <目标列表达式>:指定用户要查询的属性,可以是字段名,也可以是由字段名、函数、运算符组成的表达式,甚至可以是字符型常量。
- <表名|视图名>:指明查询操作需要的表或视图名。

1) 查询所有列

【例 5-1】 查询"课程"表中所有字段的值。

```
SELECT * FROM 课程
```

结果如图 5-1 所示。其中 FROM 之后的“课程”是数据源，“ * ”是通配符，表示输出结果中包含 “课程”表中的全部字段，这条命令等同于：

```
SELECT 课程号,课程名,学分 FROM 课程
```

2）查询部分列

【例 5-2】 查询“学生”表中所有学生姓名、性别以及出生日期。

```
SELECT 姓名,性别,出生日期 FROM 学生
```

结果如图 5-2 所示。该语句执行时，自动创建一个只包含姓名、性别和出生日期字段的临时表，且其字段的顺序为 SELECT 后指定的字段顺序。

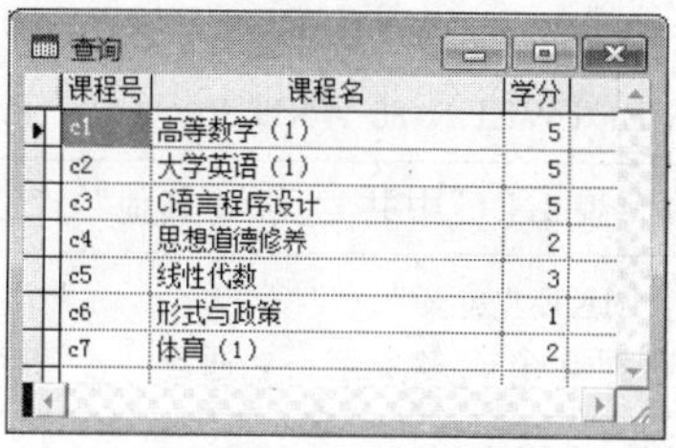

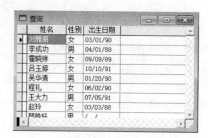

课程号	课程名	学分
c1	高等数学（1）	5
c2	大学英语（1）	5
c3	C语言程序设计	5
c4	思想道德修养	2
c5	线性代数	3
c6	形式与政策	1
c7	体育（1）	2

图 5-1　例 5-1 执行结果

姓名	性别	出生日期
刘雅丽	女	03/01/90
李成功	男	04/01/88
霍晓琳	女	09/09/89
吕玉婷	女	10/10/91
吴华青	男	01/20/90
程礼	女	06/02/90
王大力	男	07/05/91
赵玲	女	03/03/88
蔡皓轩	男	/ /

图 5-2　例 5-2 执行结果

【例 5-3】 查询“学生”表中所有学生姓名、性别以及年龄。

```
SELECT 姓名,性别, YEAR(DATE())-YEAR(出生日期) AS 年龄 FROM 学生
```

结果如图 5-3 所示。

说明：

① SELECT 子句中的列不仅可以是字段，也可以是表达式。

② AS 子句用于给列起别名。

3）去除重复记录

【例 5-4】 从 “学生”表中检索所有学生年龄。

```
SELECT YEAR(DATE())-YEAR(出生日期) AS 年龄 FROM 学生
```

结果如图 5-4 所示。

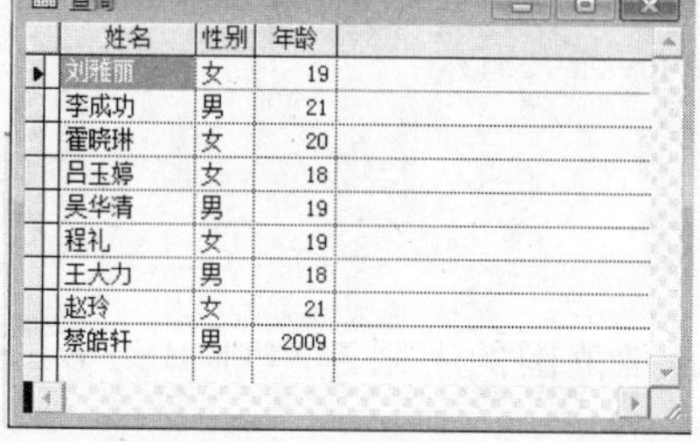

姓名	性别	年龄
刘雅丽	女	19
李成功	男	21
霍晓琳	女	20
吕玉婷	女	18
吴华青	男	19
程礼	女	19
王大力	男	18
赵玲	女	21
蔡皓轩	男	2009

图 5-3　例 5-3 执行结果

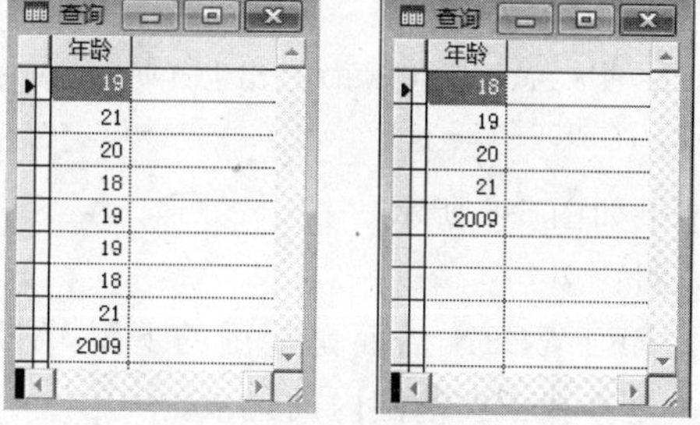

年龄
19
21
20
18
19
19
18
21
2009

年龄
18
19
20
21
2009

图 5-4　例 5-4 执行结果

可以看出在结果中有重复值,如果要去掉重复值只需加上 DISTINCT 短语:

```
SELECT DISTINCT YEAR(DATE())-YEAR(出生日期) AS 年龄 FROM 学生
```

2. 有条件查询

有条件查询是指查询满足条件的记录,由 SELECT、FROM、WHERE 短语构成。当 WHERE 子句中的表达式值为真时,该条记录被记入查询结果集中。

WHERE 子句中常用的查询条件如表 5-2 所示。

表 5-2　常用的查询条件及示例

查询条件	谓　　词	示　　例
比较	=,>,<,>=,<=,!=,<>,!>,!<;NOT+上述比较运算符	成绩>=60
确定范围	(NOT)BETWEEN AND	成绩 BETWEEN 70 AND 80
确定集合	IN,NOT IN	政治面貌 IN ("中共党员","其他")
字符匹配	(NOT)LIKE	姓名 LIKE "刘%" (%通配 0 个或多个字符,-通配 1 个字符)
空值	IS NULL,IS NOT NULL	借书日期 IS NULL
多重条件	AND,OR	政治面貌="中共党员"OR 政治面貌="其他"

下面举例说明各种查询条件表达式的用法。

（1）比较运算

【例 5-5】　查询 1990 年后出生的学生信息。

```
SELECT * FROM 学生 WHERE 出生日期>={^1990-01-01}
```

或者

```
SELECT * FROM 学生 WHERE NOT 出生日期<{^1990-01-01}
```

结果如图 5-5 所示。

（2）确定范围

图 5-5　例 5-5 执行结果

有时要查找具有上下限范围的记录,就需要使用基于范围的查询。

【例 5-6】　查询 1990 年出生的学生信息。

```
SELECT * FROM 学生 WHERE 出生日期 BETWEEN {^1990-01-01};
AND {^1990-12-31}
```

结果如图 5-6 所示。

说明:

① BETWEEN 后面是范围的下限,AND 后面是范围的上限。NOT BETWEEN… AND…是查找不在范围内的记录。

② 上述语句等同于:

SELECT * FROM 学生 WHERE;

出生日期>={^1990-01-01} AND 出生日期<=
{^1990-12-31}

（3）确定集合

IN 运算符的一般格式是：

图 5-6　例 5-6 执行结果

IN(常量 1,常量 2,…)

相当于集合运算符∈,用于查找和常量相等的值。

【例 5-7】　查询职称为"讲师"或"教授"的教师信息。

SELECT * FROM 教师 WHERE 职称 IN ("讲师","教授")

结果如图 5-7 所示。

上述语句等同于：

SELECT * FROM 教师 WHERE 职称="讲师" or 职称="教授"

（4）字符匹配

LIKE 用来进行字符串的匹配。Visual FoxPro 提供两种通配符"_"和"％",其中"_"
匹配一个字符,"％"匹配一个或多个字符。

【例 5-8】　查询姓"王"学生的信息。

SELECT * FROM 学生 WHERE 姓名 LIKE "王％ "

结果如图 5-8 所示。

图 5-7　例 5-7 执行结果　　　　　图 5-8　例 5-8 执行结果

SQL 不仅具有一般查询能力,而且还有计算方式的查询,比如查询某个学生的平均
分,查询某门课程的最高分等。用于计算查询的函数如表 5-3 所示。

表 5-3　SQL 中使用的主要集函数

函数名	功　　能	函数名	功　　能
COUNT	返回记录数	SUM	计算指定字段的累加值
AVG	计算指定字段的平均值	MIN	计算指定字段的最小值
MAX	计算指定字段的最大值		

这些函数针对表中的个别字段进行运算,并返回单一的值,其中 COUNT、MIN、
MAX 可用于各种字段类型,但 AVG 及 SUM 则仅适用于数值字段。

函数使用的一般格式是：

函数名([DISTINCT|ALL]<列名>)

说明：

① 默认为 ALL，表示计算时不去除重复值；使用 DISTINCT 表示计算时去除重复值。

② COUNT(*)是 COUNT 函数的特殊用法，其功能为计算表中的记录数。

【例 5-9】 查询"学生"表中的学生数。

`SELECT COUNT( * ) AS 学生数 FROM 学生`

结果如图 5-9 所示。

【例 5-10】 查询课程号为 c1 的课程的最高分、最低分以及平均分。

`SELECT MAX(成绩),MIN(成绩),AVG(成绩) FROM 成绩 WHERE 课程号="c1"`

结果如图 5-10 所示。

图 5-9　例 5-9 执行结果

图 5-10　例 5-10 执行结果

3. 分组查询

分组查询是一种非常有用的查询，它能对查询结果进行分组，把具有相同字段值的记录合并为一组，如按照性别把记录分成两组。如果和前面的计算查询结合使用，就可以完成分类汇总功能。

分组查询使用 GROUP BY 子句，语法格式如下：

`GROUP BY<分组表达式 1>[,<分组表达式 2>,...] [HAVING<分组筛选条件>]`

其中，<分组表达式>指定分组依据。它可以是字段名，也可以是包含字段名的表达式，还可以是 SELECT 子句中的列编号（最左边的列编号为 1），SQL 中可以根据多个<分组表达式>分组。HAVING 子句与 GROUP BY 子句联用，指定了对分组结果进行筛选的条件。需要注意的是，备注型字段和通用型字段不能作为分组条件，统计函数不能出现在分组依据中。

【例 5-11】 统计各门课程的平均分。

`SELECT 课程号,AVG(成绩) AS 平均分 FROM 成绩 GROUP BY 课程号`

查询结果如图 5-11 所示。

查询结果将按照"课程号"分组，分别计算每组的平均分。

GROUP BY 子句一般跟在 WHERE 子句之后，没有 WHERE　　图 5-11　例 5-11 执行结果

子句时,跟在 FROM 子句之后。另外,还可以根据多个属性进行分组。

在分组查询时,有时要求分组满足某个条件才检索,这时可以用 HAVING 子句来限定分组。

【例 5-12】　查询各门课程成绩均在 65 分以上的学生的平均分。

```
SELECT 学号,AVG(成绩) AS 平均成绩 FROM 成绩;
GROUP BY 1 HAVING MIN(成绩)>65
```

查询结果如图 5-12 所示。

HAVING 子句总是跟在 GROUP BY 子句之后,不可以单独使用。使用 HAVING 子句与 WHERE 子句并不矛盾。对分组操作而言,WHERE 子句指定了哪些记录能参加分组,而 HAVING 子句指定的是分组后哪些记录能作为查询的最终结果输出。

【例 5-13】　按性别统计团员人数。

```
SELECT 性别,COUNT(*) AS 人数 FROM 学生 WHERE 是否团员;
GROUP BY 1
```

结果如图 5-13 所示。在执行时,系统首先执行 FROM 子句,找到操作对象,接着执行 WHERE 子句选取记录,然后执行 GROUP BY 子句,对筛选出的记录分组,分组后执行 HAVING 子句筛选分组结果,最后执行 SELECT 子句输出需要的列。

图 5-12　例 5-12 执行结果　　　　图 5-13　例 5-13 执行结果

5.2.2　联结查询

联结是关系的基本操作之一,联结查询是一种基于多个关系的查询。查询操作所需的数据往往会来自于多张表或者视图。比如,查询学生的成绩情况,包括学生姓名、课程名称以及成绩等。其中"姓名"属于"学生"表,"课程名称"属于"课程"表,"成绩"属于"成绩"表,这时需要进行联结查询。

实现查询时,通常通过公共字段或表达式将多个表两两联结起来,使它们能像一个表那样检索数据。联结查询可以通过 WHERE 子句和 FROM 子句实现。

1. 使用 WHERE 子句的联结查询

使用 WHERE 子句实现联结查询时,必须在 WHERE 子句的条件表达式中给出各个表之间的联结条件,同时在 FROM 子句中列出所需要的所有表的名字。

【例 5-14】　查询"李成功"同学的各门课成绩。

分析：姓名"李成功"存在于"学生"表中，而成绩相关数据存放在"成绩"表中，查询所需数据源自两个表，需要使用联结查询。由于两表是通过"学号"字段进行关联，因此两表的联结条件是"学生.学号＝成绩.学号"。SQL 语句如下：

```
SELECT 课程号,成绩 FROM 成绩,学生;
WHERE 学生.学号=成绩.学号 and 学生.姓名="李成功"
```

执行结果如图 5-14 所示。

说明：

图 5-14   例 5-14 执行结果

① 在执行这条 SQL 语句时，首先按照联结条件将两个关系联结成一个关系，然后选择其中的部分列输出。

② 对于在两个表中都出现的字段，如学号，必须在 SQL 语句中对该字段加表名，以示区别。如学生.学号。

③ 在 FROM 子句中可以给表指定别名，以简化表名的书写。格式是：

```
<表名><别名>
```

例如：学生 stu

在上述例子中，WHERE 子句中的联结表达式是一个等式，故称为"等值联结"。

2. 使用 FROM 子句的联结查询

利用 FROM 子句实现多表查询时，在 FROM 子句中给出表以及各表之间的联结条件，这种联结也被称为"超联结"。其语法格式如下：

```
FROM <表名 1>[[AS]<别名 1>]]
[[INNER|LEFT[OUTER]|RIGHT[OUTER]|FULL[OUTER]JOIN]
[<表名 2>[[AS]<别名 2>]] [ON<联结条件>...]
```

说明：

① <表名>表示要操作的表名，<别名>表示表的别名。

② [[INNER|LEFT[OUTER]|RIGHT[OUTER]|FULL[OUTER]JOIN]指明联结类型。其中，OUTER 关键字是任选的，它用来强调创建的是一个外部联结。联结类型如表 5-4 所示。

③ ON 子句与 JOIN 子句联用，指定表之间的联结条件。

表 5-4   超联结的类型和含义

联结关键字	联结类型	说 明
[INNER] JOIN	内联结	与等值联结相同，只有满足联结条件的记录才选入查询结果集。INNER 可以省略
LEFT JOIN	左外联结	(1) 满足联结条件的记录选入查询结果集 (2) 左表中所有不满足条件的记录，对应的右表中字段值为 NULL

续表

联结关键字	联结类型	说　明
RIGHT JOIN	右外联结	(1) 满足联结条件的记录选入查询结果集 (2) 右表中所有不满足条件的记录,对应的左表中字段值为 NULL
FULL JOIN	完全联结	(1) 满足联结条件的记录选入查询结果集 (2) 左表中所有不满足条件的记录,对应的右表中字段值为 NULL (3) 右表中所有不满足条件的记录,对应的左表中字段值为 NULL

【例 5-15】 查询所有同学的各门课成绩,结果包含姓名、课程号和成绩三个字段。

① 内联结

```
SELECT 姓名,课程号,成绩;
FROM 学生 a INNER JOIN 成绩 b ON a.学号=b.学号
```

② 左外联结

```
SELECT 姓名,课程号,成绩;
FROM 学生 a LEFT JOIN 成绩 b ON a.学号=b.学号
```

为了看到右联结和全联结的效果,假设在成绩表中增加一个不存的学号的记录:

```
"050101","c1",99.0
```

③ 右外联结

```
SELECT 姓名,课程号,成绩;
FROM 学生 a RIGHT JOIN 成绩 b ON a.学号=b.学号
```

④ 全联结

```
SELECT 姓名,课程号,成绩;
FROM 学生 a FULL JOIN 成绩 b ON a.学号=b.学号
```

上述各条命令的执行结果如图 5-15 所示。

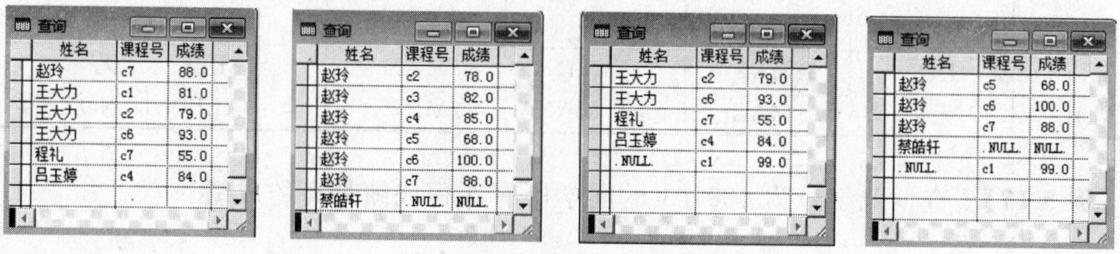

姓名	课程号	成绩
赵玲	c7	88.0
王大力	c1	81.0
王大力	c2	79.0
王大力	c6	93.0
程礼	c7	55.0
吕玉婷	c4	84.0

姓名	课程号	成绩
赵玲	c2	78.0
赵玲	c3	82.0
赵玲	c4	85.0
赵玲	c5	68.0
赵玲	c6	100.0
赵玲	c7	88.0
蔡皓轩	.NULL.	.NULL.

姓名	课程号	成绩
王大力	c2	79.0
王大力	c6	93.0
程礼	c7	55.0
吕玉婷	c4	84.0
.NULL.	c1	99.0

姓名	课程号	成绩
赵玲	c5	68.0
赵玲	c6	100.0
赵玲	c7	88.0
蔡皓轩	.NULL.	.NULL.
.NULL.	c1	99.0

图 5-15　例 5-15 执行结果

5.2.3 嵌套查询

在 SQL 中,由 SELECT…FROM…WHERE 组成的结构称为查询块。在这个结构的 WHERE 子句中再插入另一个查询块的查询方式称为嵌套查询。其中外层查询块称为父查询,内层查询块称为子查询。SQL 允许多层嵌套查询,但是如果查询块中含有排序子句,则只允许放在最外层结构中,子查询中不允许出现排序子句。

嵌套查询一般的求解方法是由里向外处理,即先执行子查询,然后将子查询的结果用于建立其父查询的查找条件。

嵌套查询能用多个简单查询构成复杂查询,从而增强了 SQL 的查询处理能力。这样以层层嵌套的方式来构造 SQL 语句,也正是 SQL"结构化"的体现。

1. 使用 IN 的子查询

在嵌套查询中,子查询往往是一个集合,所以谓词 IN 是嵌套查询中最常用的。

【例 5-16】 查询和"程礼"同年龄的学生学号、姓名和性别。

```
SELECT 学号,姓名,性别 FROM 学生 WHERE YEAR(出生日期) IN ;
(SELECT YEAR(出生日期) FROM 学生 WHERE 姓名="程礼")
```

SQL 语句执行时,首先执行子查询,得到"程礼"的出生年份,然后执行外层查询,将"学生"表中出生年份与"程礼"相同的记录筛选出来。

结果如图 5-16 所示。

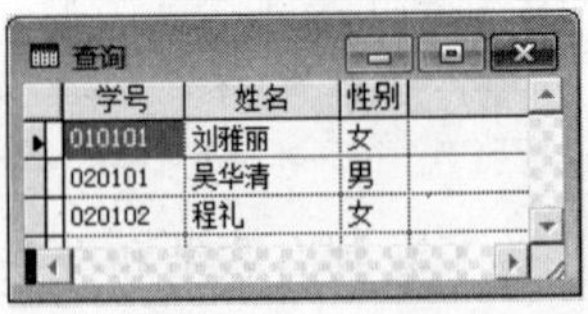

图 5-16　例 5-16 执行结果

注意: 当内层查询只有一个结果时,可以使用 $>$、$<$、$=$ 等比较运算符。例如,在本例中,子查询是一个确切的单值,因此可以用"$=$"代替 IN。当使用 $>$ 代替 IN 时,SQL 语句的功能是查询年龄比"程礼"小的记录。

2. 使用 ANY|ALL 的子查询

ANY 代表查询结果中的某个值,ALL 代表查询结果中的所有值。ANY 和 ALL 必须和比较运算符联合使用,此时其与集函数之间存在等价转换关系,具体如表 5-5 所示。

表 5-5　ANY、ALL 谓词与集函数及 IN 谓词的等价转换关系

	=	>	>=	<	<=	<>或!=
ANY	IN	>MIN	>=MIN	<MAX	<=MAX	无
ALL	无	>MAX	>=MAX	<MIN	<=ALL	NOT IN

【例 5-17】 查询比学号为 020101 的同学所有课程成绩都高的成绩。

```
SELECT 学号,课程号,成绩 FROM 成绩 WHERE 成绩>ALL;
(SELECT 成绩 FROM 成绩 WHERE 学号="020101")
```

根据 ALL 与集函数之间的等价转换关系,$>$ALL 与 $>$MAX 等价,因为比某同学所有成绩都高,就意味着比该同学的最高成绩高。SQL 语句为:

```
SELECT 学号,课程号,成绩 FROM 成绩 WHERE 成绩>;
(SELECT MAX(成绩) FROM 成绩 WHERE 学号="020101")
```

结果如图 5-17 所示。

5.2.4　集合的并运算

集合操作主要有并操作、交操作和差操作。在 SQL 中只有直接进行并操作的语句。

利用集合的并操作,可以实现一个表内或两个表之间的合并查询。由于查询结果会将两个表的数据组合在一起,因此要求两个表的输出字段的类型和宽度必须一样。

在 SQL 中执行并操作后,系统会自动将合并后的重复行全部删除。

【例 5-18】　列出职称为"讲师"和"教授"的教师的教师号、姓名和职称。

```
SELECT 教师号, 教师姓名, 职称 FROM 教师 WHERE 职称="讲师";
UNION;
SELECT 教师号, 教师姓名, 职称 FROM 教师 WHERE 职称="教授"
```

结果如图 5-18 所示。

图 5-17　例 5-17 执行结果

图 5-18　例 5-18 执行结果

5.2.5　查询结果输出

查询结果输出主要包含以下几个方面:

① 给查询结果排序。

② 重新指定查询结果的输出去向。

③ 输出部分结果。

1. 排序

查询输出的记录是按照查询过程中的自然顺序给出的,因此通常是无序的,SQL 语句可以给查询结果排序。排序由 ORDER BY 子句实现,语法格式为:

```
[ORDER BY <排序选项 1>[ASC|DESC][,<排序选项 2>[ASC|DESC],…]]
```

其中,<排序选项>指定排序所依据的列。若依据多个列排序,则列名之间用","分隔。排序时先按第一项排序,对第一项值相同的记录按第二项排序,依此类推。

[ASC|DESC]指定查询结果以升序还是降序排列。默认值为 ASC,指定查询结果以升序排列;DESC 指定查询结果以降序排列。凡出现在 SELECT 子句中,除备注型和通用型之外的列均可作为排序依据,它可以是下列形式之一:

① 字段名。

② 列序号,表示该列在 SELECT 子句中的位置(列序号从左到右依次为 1,2,3,…)。

③ 由 AS 子句命名的列标题。

注意：ORDER BY 子句中不允许直接使用表达式(包括函数)。

【例 5-19】 查询所有同学的各门课成绩，结果包含学号、姓名、课程号和成绩 4 个字段，按学号升序。

SQL 语句如下：

```
SELECT b.学号,姓名,课程号,成绩 FROM 学生 a INNER JOIN 成绩 b ;
ON a.学号=b.学号 ORDER BY 1
```

结果如图 5-19 所示。

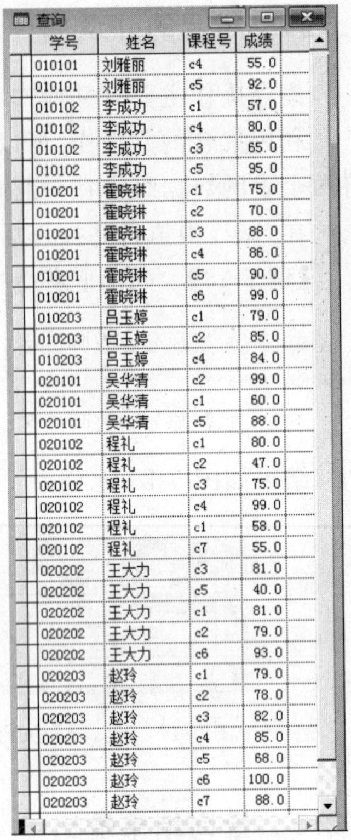

查询

学号	姓名	课程号	成绩
010101	刘雅丽	c4	55.0
010101	刘雅丽	c5	92.0
010102	李成功	c1	57.0
010102	李成功	c4	80.0
010102	李成功	c3	65.0
010102	李成功	c5	95.0
010201	霍晓琳	c1	75.0
010201	霍晓琳	c2	70.0
010201	霍晓琳	c3	88.0
010201	霍晓琳	c4	86.0
010201	霍晓琳	c5	90.0
010201	霍晓琳	c6	99.0
010203	吕玉婷	c1	79.0
010203	吕玉婷	c2	85.0
010203	吕玉婷	c4	84.0
020101	吴华清	c2	99.0
020101	吴华清	c1	60.0
020101	吴华清	c5	88.0
020102	程礼	c1	80.0
020102	程礼	c2	47.0
020102	程礼	c3	75.0
020102	程礼	c4	99.0
020102	程礼	c1	58.0
020102	程礼	c7	55.0
020202	王大力	c3	81.0
020202	王大力	c5	40.0
020202	王大力	c1	81.0
020202	王大力	c2	79.0
020202	王大力	c6	93.0
020203	赵玲	c1	79.0
020203	赵玲	c2	78.0
020203	赵玲	c3	82.0
020203	赵玲	c4	85.0
020203	赵玲	c5	68.0
020203	赵玲	c6	100.0
020203	赵玲	c7	88.0

图 5-19　例 5-19 执行结果

2. 输出去向

在 SQL 语句中可以指定查询结果的去向，详见表 5-6。

注意：当 TO 和 INTO 短语同时使用时，TO 短语将被忽略。

【例 5-20】 用 SQL 语句将“学生”表复制成新表 stud_bak。

```
SELECT * FROM 学生 INTO TABLE stud_bak
```

说明：在默认工作目录中出现表文件 stud_bak。

【例 5-21】 按性别统计团员人数，结果保存在数组 aa 中。

表 5-6　查询输出去向列表

输出去向	命令形式	说　明
临时表	INTO CURSOR <表名>	将查询结果保存在一个只读临时表中。临时表是一个暂时的表，查询结束后，该表自动作为当前表打开，但是只读。该临时表一旦关闭则自动删除
永久表	INTO TABLE|DBF <表名>	将查询结果保存在一个自由表文件(.dbf)中。查询结束后该表自动作为当前表打开，与临时表不同的是，该表关闭后仍保留在硬盘上
数组	INTO ARRAY <数组名>	将查询结果存放到一个二维数组中。该数组由查询直接创建，每行存放一条记录，每列对应于查询结果的一列。若查询结果只有一行，该数组可作为一维数组使用
文本文件	TO FILE <文件名>[ADDITIVE]	将查询结果保存在一个文本文件(.txt)中。若指定文本文件已存在，可使用 ADDITIVE 选项使查询结果以追加方式存入指定文件，否则将覆盖指定文件
打印机	TO PRINTER	将查询结果直接输出到打印机
活动窗口	TO SCREEN	将查询结果直接显示在 VFP 的系统主窗口中

```
SELECT 性别,COUNT(*) AS 人数 FROM 学生 WHERE 是否团员;
GROUP BY 1 INTO ARRAY aa
```

```
?aa(1,1),aa(1,2),aa(2,1),aa(2,2)
```

说明：生成了一个两行两列的二维数组。结果如图 5-20 所示。

3. 输出部分结果

TOP 子句用于指定只输出查询结果的前几行，或者占全部行数的百分比。格式是：

```
TOP n [PERCENT]
```

说明：

① 使用 TOP 子句时必须同时使用 ORDERBY 子句，用来指定排序的列。

② 不包含 PERCENT 时，n 是一个 1～32 767 间的整数；包含 PERCENT 时，n 是 0.01～99.99 之间的实数。

③ 使用 ORDER BY 子句指定的字段进行排序，会产生并列的情况。例如，可能有多个记录，它们在选定的字段上值相同。所以，如果指定 n 为 10，在查询结果中可能多于 10 个记录。

【例 5-22】 查询“成绩”中在所有单科成绩中排前 5 名的学生的学号、课程号和成绩。

```
SELECT TOP 5 学号,课程号,成绩 FROM 成绩 ORDER BY 成绩 DESC
```

结果如图 5-21 所示。

男　　2 女　　4

图 5-20　例 5-21 执行结果

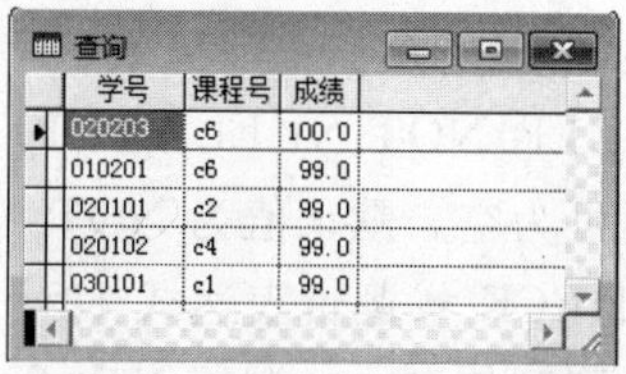

学号	课程号	成绩
020203	c6	100.0
010201	c6	99.0
020101	c2	99.0
020102	c4	99.0
030101	c1	99.0

图 5-21　例 5-22 执行结果

5.3　数据定义

标准 SQL 的数据定义功能非常广泛，主要包括定义数据库、定义表、定义视图和定义索引、定义存储过程等。本节主要介绍在 Visual FoxPro 中用 SQL 语言实现表结构的定义、修改以及表的删除。

5.3.1　定义表结构

建立数据库最基本的一步是定义基本表。SQL 语言使用 CREATE TABLE 语句定义基本表，其一般格式如下：

```
CREATE TABLE | DBF <表名 1> [NAME <长表名>] [FREE]
(<字段名 1><类型> [(<字段宽度> [,<小数位数>])]
[NULL|NOT NULL]
[CHECK <逻辑表达式 1> [ERROR <字符型文本信息 1>]]
```

```
[DEFAULT <表达式 1>]
[PRIMARY KEY |UNIQUE]
[REFERENCE <表名 2>[TAG<标识名 1>]]
[NOCPTRANS]
[,<字段名 2>…]
[,PRIMARY KEY <表达式 2>TAG<标识名 2>
[,|UNIQUE <表达式 3>TAG<标识名 3>]
[,FOREIGN KEY <表达式 4>TAG<标识名 4>[NODUP]
,REFERENCE <表名 3>[TAG<标识名 5>]]
[,CHECK <逻辑表达式 2>[ERROR <字符型文本信息 2>]])
|FROM ARRAY <数组名>
```

CREATE TABLE 命令中的选项简单说明如下：

- TABLE|DBF：TABLE 和 DBF 等价，表示建立的是表文件。
- <表名 1>：为新建表指定表名。
- NAME <长表名>：为新建表指定长表名。只有在打开数据库的前提下，该选项才可用，长表名最多可以包含 128 个字符。
- FREE：当没有打开的数据库时，建立的表都是自由表。如果有，可以用 FREE 指定所建表是自由表，不加入到数据库中。
- <字段名> <类型>)[(<字段宽度>[,<小数位数>])]：指定字段名、字段类型、字段宽度和小数位数。字段类型用字符表示，如字符型用 C 表示。
- NULL|NOT NULL：NULL 是指允许该字段值为空；NOT NULL 是指字段值不可为空。默认值为 NOT NULL。
- CHECK <逻辑表达式 1>[ERROR <字符型文本信息 1>]：定义字段有效性规则和信息。<逻辑表达式>用于指定字段值必须满足的条件，<字符型文本信息>指定当字段值违反有效性规则时 Visual FoxPro 显示的提示信息。
- DEFAULT <表达式>：给该字段指定默认值。要注意表达式的数据类型和字段的数据类型应该一致。
- PRIMARY KEY|UNIQUE：以该字段为索引表达式建立主索引或候选索引，索引名与字段名相同。
- REFERENCE <表名 2>[TAG<标识名 1>]：指定建立永久关系的主表，同时以该字段为索引关键字建立索引，用该字段名作为索引标识名。<表名 2>为主表表名，<标识名 1>为主表中的索引标识名。如果省略索引标识名，则用主表的主索引关键字建立关系，否则不能省略。
- CHECK<逻辑表达式 2>[ERROR<字符型文本信息 2>]：由逻辑表达式指定表的合法值。不合法时，显示由字符型文本信息指定的错误信息。该信息只有在浏览或编辑窗口中修改数据时显示。
- FROM ARRAY<数组名>：由数组创建表结构。

从以上句法格式可以看出，用 CREATE TABLE 命令建立表可以完成与表设计器相同的功能。它除了建立表的基本结构外，还能设置主索引、定义域完整性、默认值，建立表和表之间的永久关系。

在第 3 章和第 4 章中介绍了使用表设计器和 Visual FoxPro 键盘命令创建表结构、创建索引以及设置表属性和字段属性的方法,下面介绍如何用 SQL 命令建立相同的表。

假设已经打开数据库"学生管理 1"。

【例 5-23】　用 SQL 命令创建表"学生 1",表结构与"学生"表相同。

定义该表的 SQL 语句为:

```
CREATE TABLE 学生 1 (学号 C(6),姓名 C(8),性别 C(2) CHECK 性别 = '男' or 性别 = '女'
ERROR "性别只能是男或女",出生日期 D NULL,是否团员 L,照片 G,PRIMARY KEY 学号 TAG 学
号)
```

上述 SQL 命令创建了表"学生 1",设置了字段的基本属性,并为"性别"字段设置了有效性规则和信息,另外还以"学号"为索引关键字建立了主索引"学号"。

当通过浏览窗口向表"学生 1"输入数据或修改数据时,"性别"字段的值必须为"男"或"女",否则显示"性别只能是男或女"的信息。另外,"学号"字段值不能重复,也不可为空。

【例 5-24】　用 SQL 命令创建表"教师 1",表结构与"教师"相同。

定义该表的 SQL 语句为:

```
CREATE TABLE 教师 1 (教师号 C(2) NOT NULL,教师姓名 C(8),所在院系 C(20),职称 C(20)
DEFAULT "副教授",电子邮件 C(30),简历 M,PRIMARY KEY 教师号 TAG 教师号)
```

上述命令在数据库中建立表"教师 1",并以"教师号"为索引关键字建立主索引"教师号","职称"字段设置了默认值"副教授",教师号也不可为空。

【例 5-25】　用 SQL 命令创建表"成绩 1",并建立与表"学生 1"间的永久关系。

```
CREATE TABLE 成绩 1 (学号 C(6),课程号 c(2),成绩 N(5.1),FOREIGN KEY 学号 TAG 学号
REFERENCES 学生 1)
```

上述命令在数据库中建立表"成绩 1",指定"学号"字段为外关键字,和表"学生 1"建立永久关系,"学生 1"为主表,"成绩 1"为子表。

命令执行后,将在数据库设计器中出现图 5-22 所示的界面,可以看到,通过 SQL 命令不仅可以建立表,而且还可以建立起表和表之间的永久关系。

图 5-22　数据库"学生管理 1"

注意：在 CREATE-TABLE SQL 命令中，索引的定义可以直接放在字段的定义中，如 CREATE TABLE 学生 1（学号 C(6)PRIMARY KEY,…），命令执行后，将在表中以所在字段为索引表达式，以所在字段名为索引名建立主索引。

5.3.2 修改表结构

用户在设计表结构时，很难一步到位，随着系统设计的深入，或者需求的改变，往往需要对原来的表结构进行修改，包括对字段的增加、删除、重命名以及字段的有效性规则和默认值的修改等。无论是哪一类修改，SQL 命令均以 ALTER TABLE 开头。

1. 增加字段

增加字段的命令动词是 ADD [COLUMN]，其命令的一般格式是：

```
ALTER TABLE <表名>ADD [COLUMN]
<字段名 1><类型>[(<字段宽度>[,<小数位数>])]
[NULL|NOT NULL]
[CHECK <逻辑表达式 1>[ERROR <字符型文本信息>]]
[DEFAULT <表达式 1>]
[PRIMARY KEY |UNIQUE]
[REFERENCE <表名 2>[TAG<标识名 1>]
```

可见，命令中 ADD [COLUMN]后为新增字段的定义，写法与创建表时的字段定义相同。

【例 5-26】 给"课程"表添加字段"课程性质"，字符型，宽度为 8，有效性规则是：课程性质只能是"必修"和"选修"。

```
ALTER TABLE 课程；
ADD 课程性质 c(8) CHECK 课程性质="必修" .OR. 课程性质="选修"
```

注意：ADD[COLUMN]子句指出新增加列的字段名及它们的数据类型等信息。在 ADD 子句中使用 CHECK、PRIMARYKEY、UNIQUE 任选项时需要删除所有数据，否则会因为表中原有的记录违反有效性规则而使得命令不被执行。

2. 修改字段

修改字段的命令动词是 ALTER [COLUMN]，主要包括以下几种情况。

（1）重新定义字段

如果是重新定义字段，则命令的一般形式与增加字段的命令形式基本相同，只是将 ADD [COLUMN]换成 ALTER [COLUMN]。这样，重新定义字段时，可以对字段的每一个属性都重新设置，包括数据类型、字段宽度、有效性规则和信息、默认值等。

【例 5-27】 修改表"学生 1"中的"性别"字段，改成逻辑型，不允许空。

```
ALTER TABLE 学生 1 ALTER 性别 L NOT NULL
```

（2）修改字段有效性规则和默认值

如果在修改字段时,只修改字段的有效性规则和默认值,而不涉及其他属性,应该用 SET 子句。

【例 5-28】 给"课程"表中的"学分"字段设置有效性规则为"学分＞0"。

```
ALTER TABLE 课程;
ALTER 学分 SET CHECK 学分>0 ERROR "学分必须大于 0"
```

打开表设计器,可见"学分"字段的"规则"和"信息"文本框中分别出现了"学分＞0"和""学分必须大于 0""的内容。

（3）删除字段有效性规则和默认值

删除字段有效性规则和默认值使用 DROP CHECK 和 DROP DEFAULT 子句。

【例 5-29】 删除"课程"表中的"学分"字段的有效性规则。

```
ALTER TABLE 课程 ALTER 学分 DROP CHECK
```

注意：删除字段有效性规则时,信息也同时被删除。

（4）重命名字段

重命名字段的命令动词是 RENAME。

命令的一般形式是：

```
ALTER TABLE <表名>RENAME <原字段名>TO <新字段名>
```

【例 5-30】 将"学生 1"表中的"是否团员"字段改成"政治面貌"。

```
ALTER TABLE 学生 1 RENAME 是否团员 TO 政治面貌
```

除上述操作外,SQL 命令还可以添加或者删除索引,取消与主表之间的关系。

3. 删除字段

删除字段的命令动词是 DROP [COLUMN],其命令的一般格式是：

```
ALTER TABLE <表名>DROP [COLUMN] <字段名>
```

【例 5-31】 删除"学生 1"表中的"政治面貌"字段。

```
ALTER TABLE Readerinfo1 DROP 政治面貌
```

注意：如果在被删除字段上建立了索引,要先将索引删除,再删除该字段。

5.3.3　删除表

删除表的命令形式是：

```
DROP TABLE<表名>
```

DROP TABLE 命令可以直接从磁盘上删除表名所对应的 DBF 文件。如果表是数据库中的表,并且相应的数据库是当前数据库,则从数据库中删除表;否则虽然从磁盘上删除了 DBF 文件,但是在数据库文件中的信息却没有删除,此后会出现错误提示。所以要删除数据库中的表时,应使数据库是当前数据库,最好在数据库设计器中进行操作。

5.4　数 据 操 纵

数据操纵包括插入记录、更新记录和删除记录,可以通过 INSERT、DELETE 和 UPDATE 语句来完成。

5.4.1　插入记录

当一个表创建完成后,就需要向表中添加记录数据。SQL 中使用 INSERT 语句添加记录,其语法格式如下:

命令格式 1:

```
INSERT INTO <表名|视图名>[(字段名 1[,字段名 2...])] VALUES (表达式 1[,表达式 2...])>
```

书写命令时,应在关键词 INSERT INTO 后面输入要添加数据的表名,然后在括号中列出将要添加的新记录的列的名称,最后,在关键词 VALUES 的后面按照前面列的顺序输入对应的所有要添加的字段值。

命令执行后,将在指定表的表尾添加一条新记录,其值为 VALUES 后面的表达式的值。当需要插入表中所有字段的数据时,表名后面的字段名可以默认,但插入数据的格式必须与表的结构完全吻合;如果只需要插入表中某些字段的数据,就必须列出插入数据的字段名,相应表达式的数据也应与之对应。

【例 5-32】　给“课程”表添加一条记录。

```
INSERT INTO 课程(课程号,课程名,学分) VALUES("c8","计算机导论",4.5)
```

命令执行结果如图 5-23 所示,在表尾添加了一条新记录。

注意:

① 字段名与表达式的次序与数目必须相同。

② 表达式的值必须与对应字段的数据类型兼容。

命令格式 2:

```
INSERT INTO<表名>FROM ARRAY<数组名>
```

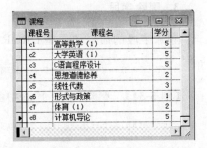

图 5-23　插入一条记录到数据表中

第二种格式可以在指定表的表尾添加一条或多条新记录,新记录的值是指定的数组中各元素的数据。数组中各列与表中各字段顺序对应。

【例 5-33】　给“学生”表添加一条记录。

在执行 INSERT 命令前,首先定义数组 abc,并给元素赋值。

```
DIMENSION abc(5)
abc(1)="030101"
abc(2)="王静"
```

```
abc(3)="女"
abc(4)={^1980-06-01}
abc(5)=.T.
INSERT INTO 学生 FROM ARRAY abc
```

命令执行后将在表尾增加一条记录,这条记录中只有与数组元素对应的字段有值。

注意:如果数组中元素的数据类型与其对应的字段类型不一致,则新记录对应的字段为空值;如果表中字段个数大于数组元素的个数,则多出的字段也为空值。

5.4.2　删除记录

用 SQL 删除记录的命令格式如下:

```
DELETE FROM <表名> [WHERE<条件表达式>]
```

其中的 FROM 子句指定要删除记录的表;WHERE 子句指定被删除的记录需满足的条件,如果省略 WHERE 子句,表示删除表中的所有记录。

【例 5-34】 删除"学生"中姓名为"王静"的记录。

```
DELETE FROM 学生 WHERE 姓名="王静"
```

注意:上述删除和 Visual FoxPro 中的 DELETE 命令一样,只是加删除标记,并没有从物理上删除,如果要从物理上删除,需要继续执行 PACK 命令。

5.4.3　更新记录

更新是指对存储在表中的记录进行修改,SQL 更新命令的语法格式为:

```
UPDATE <表名>
SET<列名 1>=<表达式 1> [,<列名 2>=<表达式 2>...]
[WHERE<条件表达式]
```

命令中的<表名>指定待更新数据的记录所在的表;SET 子句指定被更新的字段及该字段的新值;WHERE 子句指明将要更新数据的记录应满足的条件,如果省略 WHERE 子句,则更新表中的全部记录。

【例 5-35】 将"成绩"表中课程号"c2"成绩低于 90 分的加 5 分。

```
UPDATE 成绩 SET 成绩=成绩+5 WHERE 课程号="c2" and 成绩<=90
```

注意:更新命令不仅可以一次更新一批记录,而且可以同时更新多个字段。

本 章 小 结

结构化查询语言(Structured Query Language,SQL)是一种数据查询和编程语言,目前绝大多数数据库管理产品支持这种语言,具有功能强大,使用灵活方便,简洁易学等特点。使用 SQL 语句可以完成表结构的定义、修改和删除,可以在表中插入、更新和删除记录。更为重要的是,使用 SQL 的 SELECT 命令可以完成各种需求的查询操作,包括涉及一张表的单表查询,以及涉及多张表的连接查询、嵌套查询等;在完成查询检索功能的同时,SQL 语言还具有统计和分类汇总等计算功能;对于查询的结果,SQL 语言实现了查询结果的排序、输出去向的确定以及定量输出。

　　本章学习了 SQL 语言的基本功能和操作,需要掌握 SELECT、INSERT、UPDATE 和 DELETE 等语句,其中重点要掌握 SELECT 语句。同时结合第 4 章进行相关的数据库操作练习,体会这个功能强大的语句。

习　题　5

一、选择题

1. SQL 语言的查询语句是_____。

    A. INSERT   B. UPDATE   C. DELETE   D. SELECT

2. SQL 的 SELECT 语句中,"HAVING<条件表达式>"用来筛选满足条件的_____。

    A. 列   B. 行   C. 关系   D. 分组

3. 在 Visual FoxPro 中,假设教师表 T(教师号,姓名,性别,职称,研究生导师)中,性别是 C 型字段,研究生导师是 L 型字段。若要查询"是研究生导师的女老师"信息,那么 SQL 语句"SELECT * FROM T WHERE <逻辑表达式>"中的<逻辑表达式>应是_____。

    A. 研究生导师 AND 性别 = "女"   B. 研究生导师 OR 性别="女"

    C. 性别="女" AND 研究生导师=.F.   D. 研究生导师=.T. OR 性别=女

第 4～8 题基于学生表 S 和学生选课表 SC 两个数据库表,它们的结构如下:

S(学号 C,姓名 C,性别 C,年龄 N)

SC(学号 C,课程号 C,成绩 N),其中成绩初始为空值。

4. 查询学生选修课程成绩小于 60 分的学号,正确的 SQL 语句是_____。

    A. SELECT DISTINCT 学号 FROM SC WHERE "成绩" <60

    B. SELECT DISTINCT 学号 FROM SC WHERE 成绩 <"60"

    C. SELECT DISTINCT 学号 FROM SC WHERE 成绩 <60

    D. SELECT DISTINCT "学号" FROM SC WHERE "成绩" <60

5. 查询学生表 S 的全部记录并存储于临时表文件 one 中的 SQL 命令是_____。

    A. SELECT * FROM 学生表 INTO CURSOR one

    B. SELECT * FROM 学生表 TO CURSOR one

    C. SELECT * FROM 学生表 INTO CURSOR DBF one

    D. SELECT * FROM 学生表 TO CURSOR DBF one

6. 查询成绩在 70 分至 85 分之间学生的学号、课程号和成绩,正确的 SQL 语句是_____。

    A. SELECT 学号,课程号,成绩 FROM sc WHERE 成绩 BETWEEN 70 AND 85

    B. SELECT 学号,课程号,成绩 FROM sc WHERE 成绩>=70 OR 成绩<=85

  C. SELECT 学号,课程号,成绩 FROM sc WHERE 成绩>=70 OR<=85

  D. SELECT 学号,课程号,成绩 FROM sc WHERE 成绩>=70 AND<=85

7. 查询有选课记录,但没有考试成绩的学生的学号和课程号,正确的 SQL 语句是_____。

  A. SELECT 学号,课程号 FROM sc WHERE 成绩 = ""

  B. SELECT 学号,课程号 FROM sc WHERE 成绩 = NULL

  C. SELECT 学号,课程号 FROM sc WHERE 成绩 IS NULL

  D. SELECT 学号,课程号 FROM sc WHERE 成绩

8. 查询选修 C2 课程号的学生姓名,下列 SQL 语句中错误的是_____。

  A. SELECT 姓名 FROM S WHERE EXISTS;

   (SELECT * FROM SC WHERE 学号=S.学号 AND 课程号='C2')

  B. SELECT 姓名 FROM S WHERE 学号 IN;

   (SELECT * FROM SC WHERE 课程号='C2')

  C. SELECT 姓名 FROM S JOIN ON S.学号=SC.学号 WHERE 课程号='C2'

  D. SELECT 姓名 FROM S WHERE 学号=;

   (SELECT * FROM SC WHERE 课程号='C2')

9. SQL 语句中修改表结构的命令是_____。

  A. MODIFY TABLE   B. MODIFY STRUCTURE

  C. ALTER TABLE   D. ALTER STRUCTURE

10. UPDATE-SQL 语句的功能是_____。

  A. 属于数据定义功能   B. 属于数据查询功能

  C. 可以修改表中某些列的属性 D. 可以修改表中某些列的内容

11. 关于 INSERT-SQL 语句描述正确的是_____。

  A. 可以向表中插入若干条记录 B. 在表中任何位置插入一条记录

  C. 在表尾插入一条记录   D. 在表头插入一条记录

12. 对表 SC(学号 C(8),课程号 C(2),成绩 N(3),备注 C(20)),可以插入的记录是_____。

  A. ('20080101', 'c1', '90',NULL) B. ('20080101', 'c1', 90, '成绩优秀')

  C. ('20080101', 'c1', '90', '成绩优秀') D. ('20080101', 'c1', '79', '成绩优秀')

二、填空题

1. SELECT * FROM student _____ FILE student 命令将查询结果存储在 student. txt 文本文件中。

2. 不带条件的 SQL DELETE 命令将删除指定表的_____记录。

3. 在 SQL SELECT 语句中为了将查询结果存储到临时表中,应该使用_____短语。

4. 在 SQL 语句中空值用_____表示。

5. SQL 支持集合的并运算,运算符是_____。

实验　关系数据库标准语言 SQL

【实验目的】

- 掌握 SQL 基本查询、联结查询和嵌套查询。
- 掌握查询结果输出。
- 掌握数据定义和数据操纵。

【实验准备】

1. SQL 基本查询命令。
2. SQL 联结查询命令。
3. SQL 嵌套查询命令。
4. SQL 数据定义命令。
5. SQL 数据操纵命令。

【实验内容】

1. 查询学生表里所有学生的信息。
2. 查询学生课程表里所有课程的编号。
3. 查询学生表里所有男生的学号、姓名、出生日期。
4. 查询学生表里所有团员的学号、姓名、出生日期。
5. 查找所有姓"李"学生指定信息。
6. 查询全体学生总人数。
7. 求 2004 年年龄大于 18 岁的学生人数。
8. 统计每个学生选修课的门数。
9. 统计选修课门数 3 门以上学生。
10. 计算女生平均成绩。
11. 将所有学生学号、姓名、性别、出生日期输出到文本文件 stud.txt。
12. 查询每个学生的学号、姓名、选课门数、平均分,并将查询结果存储到 tj.dbf 中。
13. 查询每个学生的学号、姓名、选课门数、平均分,并将查询结果按学生学号升序排序存储到 tj.dbf 中。
14. 查询每个学生所选的所有课程的成绩都是 60 分以上(包括 60 分)的学生的学号、姓名、平均成绩和最低分,并将查询结果存储到表 FOUR 中。表 FOUR 的字段为学号、姓名、平均成绩、最低分。

第6章 查询和视图

在数据库应用中,查询是数据处理中不可缺少的、最常用到的。虽然 SQL-SELECT 语句提供了较为完备的查询功能,但是对于没有基础的初学者,或者对于数据库操作不熟悉的用户,使用起来往往会感到困难。为此,Visual FoxPro 提供两种完全交互式的可视化操作方法,通过界面操作就能够实现多种查询操作,这就是查询和视图。

通过查询设计器可以方便地建立查询文件,完成查询操作,并将结果引导到相应的输出上;使用视图设计器可以快速建立视图,帮助用户从本地或者远程数据源中获取相关数据,并且通过视图能更新数据源表中的数据。

本章主要介绍查询和视图的基本概念以及查询和视图的创建方法。

6.1 查　询

6.1.1 查询的概念

"查询"是 Visual FoxPro 为方便用户检索数据而提供的一种方法。它的本质是一条预先定义好的 SQL-SELECT 语句,以查询文件的形式保存,查询文件的扩展名是. QPR。要查询时,不需要重新操作,也不需要输入 SQL 命令,只要运行查询文件就能够直接得到查询结果。

创建查询必须基于确定的数据源。从类型上讲,数据源可以是自由表、数据库表和视图;从数量上讲,数据源可以是一张或者多张表和视图。用户可以使用"查询向导"或者"查询设计器"来建立查询。本章介绍"查询设计器"的使用。

6.1.2 查询设计器

1. 查询设计器概述

Visual FoxPro 提供了众多设计器来帮助实现数据库应用的各种功能,查询设计器是其中之一,用于帮助用户设计查询。打开的"查询设计器"如图 6-1 所示,分成上、下两个窗格,其设置的所有内容都可以与 SELECT-SQL 查询语句对应起来。所以要用好查询设计器,必须先理解 SQL-SELECT 语句。

1)"查询设计器"的上窗格

"查询设计器"的上窗格对应 FROM 子句中的表或者视图。在上窗格中,可以添加查询操作需要的数据表和视图,每个数据表或视图都用一个可调整大小和位置的方框框起来,其中容纳了该数据表中的字段及其索引信息。如果两个数据表间存在关联关系,将显示一条关联直线,把建立关联的两个数据表中的相应字段联结起来。在上窗格中右击鼠标会出现快捷菜单:

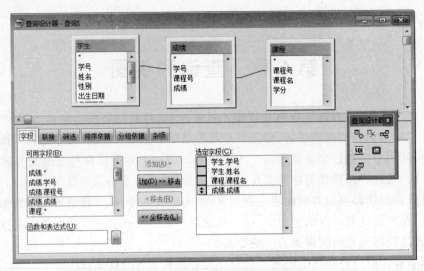

图 6-1　"查询设计器"窗口

- 选择"运行查询"菜单,可以看到执行查询后的运行结果。
- 选择"查看 SQL"菜单,可以看到根据下窗格的设置信息,系统自动生成的 SQL 查询语句。也可以通过选择"查询"→"查看 SQL"菜单项查看 SQL 语句。
- 选择"移去表"或"添加表"菜单,可以在查询设计器中删除或添加表。
- 选择"输出设置"菜单,可以选择查询结果的输出方式。

2)"查询设计器"的下窗格

下窗格中有 6 个选项卡,每个选项卡都与 SELECT-SQL 查询子句相对应。"查询设计器"中选项卡与 SELECT-SQL 子句的对应关系如下:

- "字段"选项卡对应 SELECT 子句。
- "联结"选项卡对应 FROM 子句。
- "筛选"选项卡对应 WHERE 子句。
- "排序依据"选项卡对应 ORDERBY 子句。
- "分组依据"选项卡对应 GROUPBY…HAVING 子句。
- "杂项"选项卡对应 SELECT 子句的 DISTINCT 及 TOP 参数(与 ORDERBY 相关),用来指定是否对重复记录进行检索,是否限制返回的记录数(返回记录的最大数目或最大百分比)。

2. 查询设计器的启动

启动"查询设计器"建立查询的方法很多,主要包括以下两种。

(1) 通过"新建"对话框启动"查询设计器"。

选择"文件"→"新建"命令,或者单击"常用"工具栏上的"新建"按钮,打开"新建"对话框,然后选择"查询",并单击"新建文件"按钮,打开"查询设计器"。

(2) 在命令窗口中执行键盘命令。

在命令窗口中输入 CREATE QUERY 命令并执行,也能打开"查询设计器"。

3. 使用查询设计器建立查询

下面通过例子来介绍查询设计器各选项卡的内容以及使用查询设计器建立查询的方法。

【例 6-1】　查询所有男同学的成绩情况，包含学号、姓名、课程名称和成绩 4 个字段，并按学号升序排序。

分析：查询操作需要的"学号"、"姓名"、"性别"源自"学生"表，"课程名称"源自"课程"表，而"成绩"来自"成绩"表，所以这是一个联结查询。因为是查询男同学的成绩，所以筛选条件应为"性别＝"男""。

操作步骤如下：

① 新建查询。

单击"新建"按钮，打开"新建查询"对话框，单击"新建查询"按钮，打开"查询设计器"窗口。

② 添加数据源。

在"添加表或视图"对话框（图 6-2）中，可以通过单击"选定"选项区域中的"表"或者"视图"单选按钮，在"数据库中的表"列表框中选择数据库表或者视图作为数据源；也可以单击"其他"按钮，选择自由表作为数据源。

按本例要求，首先选中"学生"表，然后单击"添加"按钮，将"学生"表添加到"查询设计器"的上窗格中。用同样的方法将"成绩"表和"课程"表添加进去，结果参见图 6-1，由于两表之间已经建立了永久关系，因此表间显示了一条关联直线。双击这条连线，可以打开"联结条件"对话框，编辑联结条件（如图 6-3 所示）。而对于没有永久性关系的表，除第一个表外，每次再添加表后，系统都会弹出"联结条件"对话框（如图 6-3 所示）。

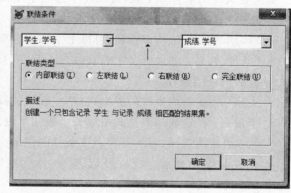

图 6-2　"添加表或视图"对话框　　　　　　图 6-3　"联结条件"对话框

③ 设置"字段"选项卡。

"字段"选项卡用来指定查询结果中的目标列表达式，可以是字段，也可以是由字段、函数、运算符组成的表达式，甚至可以是字符型常量。主要设置内容如下：

- "可用字段"列表框：列出上窗格中所有表的可用字段。

- "函数和表达式"文本框：指定一个函数或表达式。既可以直接输入也可以通过表达式生成器生成表达式。
- "选定字段"列表框：列出将在查询结果中出现的字段、统计函数以及其他表达式。
- "添加"按钮：从"可用字段"列表框或"函数和表达式"文本框中把选定项添加到"选定字段"列表框中。
- "全部添加"按钮：把"可用字段"列表框中的所有字段添加到"选定字段"列表框中。
- "移去"按钮：从"选定字段"列表框中移去所选项。
- "全部移去"按钮：从"选定字段"列表框中移去所有选项。

操作如下：首先在"可用字段"列表框中选中"学生.学号"字段，单击"添加"按钮，将该字段添加到"选定字段"列表框中。然后再依次添加"学生.姓名"、"课程.课程名"和"成绩.成绩"字段。结果如图 6-4 所示。

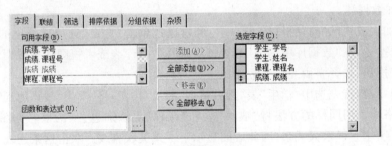

图 6-4　"字段"选项卡

④ 设置"联结"选项卡。

如果查询结果来自多个表，可以在本选项卡中设置和修改表间的联结条件。主要设置内容如下：

- "移动"按钮：拖动该按钮，可以上下移动选项。
- "条件"按钮：如果有多个表联结在一起，则会显示该按钮。单击此按钮可以编辑已有的联结条件。
- 类型：指定查询条件的类型，包括左联结、右联结、内部联结和完全联结。
- 字段名：指定联结表达式中第一个表的字段。
- 否：选定此选项，表示不符合该条件的记录。
- 条件：指定比较类型，可以是 =,==,>,>=,<,<=,Like,IsNULL,Between,In。
- 值：指定联结表达式中另一个表的字段。
- 逻辑：在多个条件之间添加 AND 或 OR 的逻辑联结。
- "插入"按钮：在所选联结条件之上添加一个空的联结条件。
- "移去"按钮：删除所选的连接条件。

由于"学生"表、"成绩"表和"课程"表之间已经建立永久关系，因此该选项卡中的内容已经设置好。如图 6-5 所示。

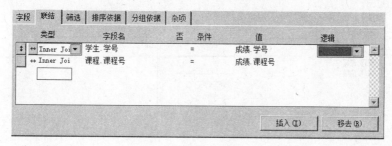

图 6-5 "联结"选项卡

注意：在"查询设计器"中的多表联结具有顺序性，也就是说当进行多表联结时，必须有一个表作为中间表联结前后的表，即这个中间表在上一个联结中作为右表，而在下一个联结时就必须作为左表存在，这样才能正确联结多个表并得到正确的查询结果。

⑤ 设置"筛选"选项卡。

"筛选"选项卡用来指定选择记录的条件，如图 6-6 所示。主要设置内容如下：

- 字段名：指定设置条件的字段。
- 条件：指定比较类型，与"联结"选项卡的比较类型相同。
- 实例：指定具体的条件值。
- 大小写：选中该选项，在查询字符串数据时忽略大小写。

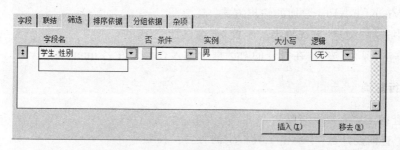

图 6-6 "筛选"选项卡

根据题目要求，单击"字段名"栏，在下拉列表中选择"学生.性别"。同样，在"条件"栏中选择"＝"，在"实例"栏中输入"男"。

注意：在输入条件值时，仅当字符串与查询的表中字段名相同时，用引号引起来，否则无须用引号将字符串引起来，日期也不必用花括号括起来；逻辑值的前后必须使用句点号，如.T.；输入查询的字段名，Visual FoxPro 就将它识别为一个字段；在搜索字符型数据时，如果想忽略大小写匹配，则选择"大小写"下面的按钮。

⑥ 设置"排序依据"选项卡。

"排序依据"选项卡用来指定查询记录的输出顺序，如图 6-7 所示，主要设置内容包括：

- "选定字段"列表框：显示查询结果所包含的字段。
- "排序条件"列表框：指定用于排序的字段和表达式，显示在每一字段左侧的箭头指定递增（箭头向上）或递减（箭头向下）排序。

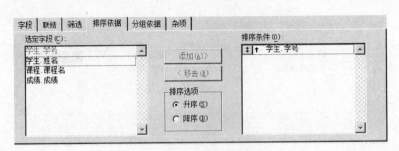

图 6-7 "排序依据"选项卡

- "升序"单选按钮：指定按照"排序条件"列表框中选定项以升序进行排序。
- "降序"单选按钮：指定按照"排序条件"列表框中选定项以降序进行排序。

根据题目要求，首先在"选定字段"列表框中选择"学生.学号"，单击"添加"按钮，将该字段添加到"排序条件"列表框中。排序选项默认为"升序"，所以不需修改。

⑦ 设置"查询输出"。

"查询设计器"还可以选择输出方式，设置"输出去向"的界面如图 6-8 所示。其中，"浏览"、"屏幕"（输出到打印机或文本文件）对应 TO 子句，"浏览"是系统默认的输出方式，选择"屏幕"可将查询结果输出到屏幕，也可同时输出到打印机或文本文件中；"临时表"、"表"对应 INTO 子句，把查询结果输出到指定的表或者临时表中；"图形"、"报表"、"标签"是 Visual FoxPro 增加的输出方式。

本例中选择"浏览"方式输出。至此，查询设计完毕。

（8）单击"保存"按钮，在打开的对话框中输入查询文件名 query1。

4. 运行查询

运行查询主要有以下方法：

① 在"查询设计器"中单击工具栏中的"运行"按钮。

② 在"查询设计器"中选择"查询"→"运行查询"命令。

③ 在命令窗口中，执行命令：DO 查询文件名.qpr。

上述查询的运行结果如图 6-9 所示。

图 6-8 "查询去向"对话框

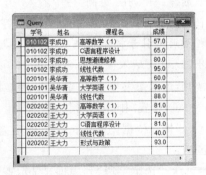

图 6-9 查询结果

　　单击"查询设计器"工具栏中的"显示 SQL 窗口"按钮,或者执行"查询"→"查看 SQL"命令,可见如下内容:

```
SELECT　　学生.学号,学生.姓名,课程.课程名,成绩.成绩;
FROM　　学生信息管理!学生　INNER JOIN　学生信息管理!成绩;
　　　INNER JOIN　学生信息管理!课程;
　　ON　课程.课程号=成绩.课程号;
　　ON　学生.学号=成绩.学号;
WHERE　　学生.性别="男";
ORDER BY　　学生.学号
```

5. 修改查询

　　打开查询设计器,修改查询的方法如下:

　　① 选择"文件"→"打开"命令或者单击"常用"工具栏中的"打开"按钮,打开"打开"对话框,设置"文件类型"为"查询",选择要修改的文件,单击"确定"按钮,打开"查询设计器"。

　　② 在命令窗口中,执行命令: MODIFY QUERY 查询文件名。

　　查询设计器是完成查询的一种辅助工具,实际上是 SQL-SELECT 命令的可视化操作,适合于一般用户操作;而 SQL 语句则面向程序员,一般在程序中使用。

6.2　视　　图

　　在日常事务处理中常遇到这样的问题,既要查询数据库中某一部分的数据,同时又要对查询的结果进行修改和更新。查询能够实现对数据的查询,但是不能够实现对结果的修改和更新,这时就需要使用视图了。

6.2.1　视图的概念

　　视图是数据库的一个部分,分为本地视图和远程视图两类。本地视图是利用本地数据库表、自由表及其他视图建立在本地服务器上的视图。远程视图是利用远程服务器中的数据建立的视图。视图也是以文件的形式保存在存储器中,文件扩展名为. VUE。

　　视图是一种特殊类型的数据表。表面上看,它往往由一个或多个表(或视图)中的部分字段或部分记录组成,像数据表一样有自己的名字,相应的字段、记录,具备了一般数据表的特征。可是实际上并没有这样的数据实体,视图不会被作为一个完整的数据集合存放在存储器中,它只是在数据库中存放了与关联数据表相应的连接关系和操作要求,因此不能脱离数据库而独立存在。所以视图被称为"虚表"或"逻辑表"。

　　一般建立视图的目的有三个:

　　① 保障数据的安全性和完整性。

　　数据库系统通常是供多用户使用的,不同的用户有不同的权限,一般只能查看与自己相关的一部分数据。视图可以为每个用户建立自己的数据集合。

② 从多个表中获取数据。

为了保证数据表具有较高的范式,往往将一个数据集合创建成多个相关的数据表。而使用多个表的数据时,将各表中采用的数据集中到一个视图是最方便的办法。

③ 同时更新多个表中的数据,简化数据库操作。

在对数据库中的若干表进行更新和修改时,往往只是针对有限的字段或记录,如果逐个打开表找到数据再进行修改、编辑是很麻烦的。可以先将各表中相关数据项集中放在一个视图中,通过视图来同时更新各表中的数据,这样对数据库的操作管理就简化了。

创建视图可以使用视图设计器或 CREATE VIEW 命令。

6.2.2 视图设计器

视图设计器用于帮助用户设计视图。

1. 打开视图设计器

打开"视图设计器"通常使用以下方法:

① 选择"文件"→"新建"命令,或是单击工具栏中的"新建"按钮,打开"新建"对话框。选择"视图"选项,并单击"新建文件"按钮,启动"视图设计器"。

注意:如果"新建"对话框中的"视图"选项不可用,说明还没有打开数据库。

② 打开一个数据库后,在命令窗口输入命令 CREATE VIEW,这样也可以打开"视图设计器"。

2. "视图设计器"简介

在打开"视图设计器"窗口时,首先要向"视图设计器"中添加表或者视图,比如,选择"学生"并添加相关字段后,得到图 6-10 所示的窗口。

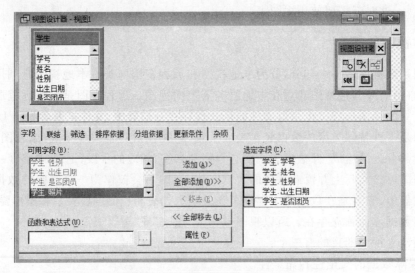

图 6-10   "视图设计器"窗口

可以看到,"视图设计器"和"查询设计器"大部分的选项内容相同,只有很小的差别。对其中相同的部分本书不再赘述,只说明不同的部分。

① "字段"选项卡的"属性"按钮。

在"视图设计器"的"字段"选项卡中单击"属性"按钮时,会弹出图 6-11 所示的"视图字段属性"对话框。

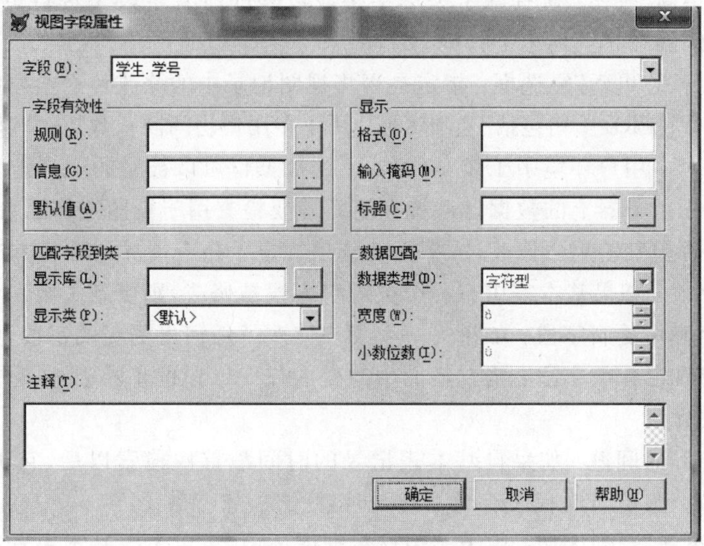

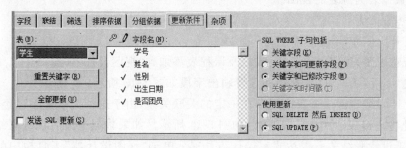

图 6-11 "视图字段属性"对话框

在"视图字段属性"对话框中可以选择字段,设置字段的属性。这与在数据库表中对字段的操作相同,此选项仅可在"视图设计器"中使用。

② "更新条件"选项卡。

视图与查询的主要区别是,视图能够更新数据并把更新的数据返回到源表中,同时能够保护源表中数据的安全性。"更新条件"选项卡如图 6-12 所示。各部分功能如下:

- "表"下拉列表框:指定视图可更新的表,如果视图中有多个表,则默认可更新"全部表"的相关字段。
- "字段名"列表框:显示所选的、用来输出的字段。在"字段名"左侧有两列标志,"钥匙"标志表示关键字,"铅笔"标志表示更新。通过单击相应列可以改变字段的

图 6-12 "更新条件"选项卡

相关状态,如是否可更新,是否是关键字字段。系统默认可以更新所有非关键字字段,如果未标注为可更新列,可以在浏览窗口中修改这些字段,但是修改的值不会返回到源表中。

- "重置关键字"按钮:从每个表中选择主关键字字段作为视图的关键字字段。关键字字段可以保证视图中的记录能够与源表中的记录相匹配。
- "全部更新"按钮:选择除了关键字字段以外的所有字段来进行更新,并在"字段名"左侧的"铅笔"标志下打钩。
- "发送 SQL 更新"复选框:指定是否将视图记录中的修改传送给原始表。
- "SQL WHERE 子句包括"选项区域:用于多用户访问同一数据时应如何更新记录。

如果在一个多用户环境中工作,服务器上的数据也可以被别的用户访问,别的用户也有可能更新远程服务器上的数据。系统在更新前要检查用于视图操作的数据从提取出来到更新之前是否被别的用户修改过,下面的选项规定了相应情况的处理方法。

- 关键字段:如果基本表中有一个关键字字段被修改,则更新失败。
- 关键字和可更新字段:如果另一个用户修改了任何可更新的字段,则更新失败。
- 关键字和已修改字段:当在视图中改变的任一字段的值在基本表中已被改变时,更新失败。
- 关键字和时间戳:如果自基本表记录的时间戳首次检索以后,它被修改过,则更新失败。只有当远程表有时间戳列时,此选项才有效。
- "使用更新"选项区域:用于多用户数据库环境,决定了向基本表发送 SQL 更新时的更新方式。
- SQL DELETE 然后 INSERT:表示先删除记录,然后使用在视图中输入的新值取代原值。
- SQL UPDATE:表示使用远程数据库支持的 UPDATE 命令改变源数据库表的记录。

6.2.3　在"视图设计器"中创建本地视图

本节通过一个多表视图的创建过程,介绍使用"视图设计器"创建本地视图的方法。

【例 6-2】　对学生管理数据库建立视图,显示学生姓名、课程名以及成绩。

这里的姓名、课程名及成绩等信息分布于学生、课程和成绩 3 个表中,故要建立一个以这 3 个数据表为源表的视图。

操作步骤如下:

① 打开数据库"学生信息管理"。

② 新建视图,并依次将学生、成绩及课程表添加到"视图设计器"窗口。

③ 在"字段"选项卡中,选择和设置输出字段如图 6-13 所示。

④ 设计联结。这 3 个表之间存在一定的关联关系,由于这种关联关系已经存在数据库中,因此将连接表达式自动带进来,如图 6-14 所示。如果数据中没有设置联结,需要在此进行手工设置联结关系表达式。操作方法是:单击"视图设计器"工具栏中的"添加联结"按钮,进入"联结条件"对话框进行设置。

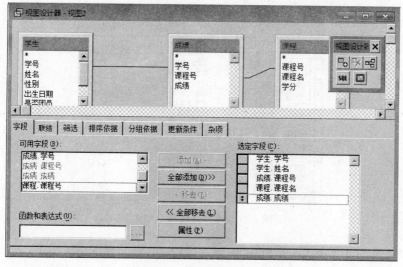

图 6-13　"视图设计器"窗口

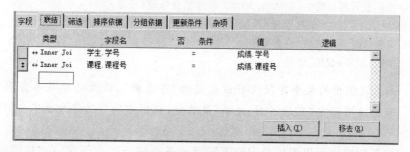

图 6-14　"联结"选项卡

⑤ 更新设计。本例中有 3 个表，不希望更新学生表和课程表（使用这两个表的目的是帮助显示学生成绩），需要更新的只有成绩表。在此选择"更新条件"选项卡，在"表"下拉列表框中选择"成绩"，设置"关键字"段和"更新字段"，如图 6-15 所示。在"SQL WHERE 子句包括"选项区域中选择"关键字和可更新字段"单选按钮，在"使用更新"选项区域中选择 SQL UPDATE 单选按钮。

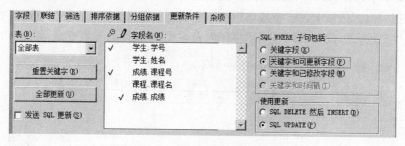

图 6-15　"更新条件"选项卡

⑥ 单击"保存"按钮，保存视图文件为"视图 1"。然后运行该视图，可见在显示学号和课程号的同时，显示了相应的学生姓名和课程名。如图 6-16 所示。

视图1

学号	姓名	课程号	课程名	成绩
010101	刘雅丽	c1	高等数学（1）	81.0
010101	刘雅丽	c2	大学英语（1）	86.0
010101	刘雅丽	c3	C语言程序设计	78.0
010101	刘雅丽	c4	思想道德修养	55.0
010101	刘雅丽	c5	线性代数	92.0
010102	李成功	c1	高等数学（1）	57.0
010102	李成功	c4	思想道德修养	80.0
010102	李成功	c3	C语言程序设计	65.0
010102	李成功	c5	线性代数	95.0
020102	程礼	c1	高等数学（1）	80.0
020102	程礼	c2	大学英语（1）	47.0
020102	程礼	c3	C语言程序设计	75.0
010201	霍晓琳	c1	高等数学（1）	75.0
010201	霍晓琳	c2	大学英语（1）	70.0
010201	霍晓琳	c3	C语言程序设计	88.0
010201	霍晓琳	c4	思想道德修养	86.0

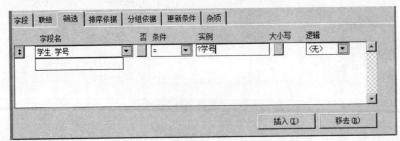

图 6-16　视图 1 的部分结果

单击“视图”工具栏的“查看 SQL”按钮，显示 SQL 语句如下：

```
SELECT  学生.学号,学生.姓名,成绩.课程号,课程.课程名,成绩.成绩;
FROM 学生信息管理! 学生  INNER JOIN  学生信息管理!成绩;
   INNER JOIN  学生信息管理!课程;
  ON  课程.课程号=成绩.课程号;
  ON  学生.学号=成绩.学号
```

注意：如果视图中的某个字段没有被设置为“可更新”，修改的结果不会影响基本表中的记录。如果没有选中“发送 SQL 更新”复选框，视图中所作的修改也不会影响基本表中的记录。

有时用户希望视图可以根据给定的不同筛选条件进行数据筛选，在“视图设计器”中提供了视图参数变量的功能。所谓视图参数，就是一个参数变量，在每一次视图运行之前都可以为该参数变量赋值，使视图按照所输入的参数变量的值对数据进行筛选。

【例 6-3】 创建视图文件“视图 2”，显示某位同学的姓名、课程名以及成绩。

操作步骤如下：

① 打开数据库“学生信息管理”，在“数据库设计器”中选择“视图 1”，单击右键，从弹出的快捷菜单中选择“修改”命令，打开“视图设计器”。

② 选择“筛选”选项卡，从“字段名”中选择“学生. 学号”，在“条件”中选择“=”，在“实例”中输入“? 学号”。问号后的“学号”将作为表达式，即视图的参数变量，如图 6-17 所示。

图 6-17　视图参数设置

③ 将文件另存为"视图 2"，单击工具栏上的"运行"按钮，弹出图 6-18 所示的对话框，在文本框中输入参数"010101"。

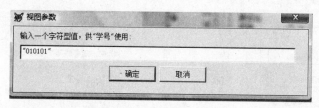

图 6-18　"视图参数"对话框

④ 单击"确定"按钮，在浏览框中查询到满足参数条件的记录，如图 6-19 所示。

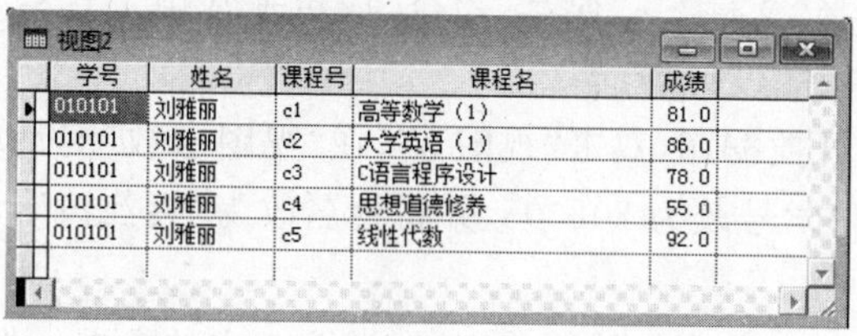

图 6-19　视图 2 运行结果

更新数据是视图的重要特点，也是视图与查询最大的区别。使用"更新条件"选项卡可把用户对视图数据所做的修改，包括更新、删除以及插入等结果返回到数据源中。

【例 6-4】　创建视图文件"视图 3"，显示学号为 020205 的学生的基本信息，并将学号改为 202005，并将姓名改为"袁江涛"。

操作步骤如下：

① 打开数据库"学生信息管理"，在"数据库设计器"窗口中的空白处单击右键，从弹出的快捷菜单中选择"新建本地视图"命令，然后在弹出的"新建本地视图"对话框中单击"新建视图"按钮，将"学生"表添加到视图设计器中。

② 选择字段。在"字段"选项卡中，将"可用字段"列表框中的全部字段添加到"选定字段"列表框中，作为视图中要显示的字段。

③ 设置筛选条件。选择"筛选"选项卡，从"字段名"中选择"学生.学号"，在"条件"中选择"="，在"实例"中输入"? 学号"。问号后的"学号"将作为表达式，即视图的参数变量。

④ 设置更新条件。选择"更新条件"选项卡，进行如下操作：

- 设定学号和姓名为关键字段。方法是在"字段名"列表框中，分别在"学号"和"姓名"字段前"钥匙"符号下单击，将其设置为选中状态。
- 设定可修改的字段。由于只修改"学号"和"姓名"字段的值，因此在这两个字段前的"铅笔"符号下单击，将其设置为可修改字段。
- 选择"发送 SQL 更新"复选框，把视图的修改结果返回到源数据表中。选择"使用更新"选项区域中的 SQL UPDATE 单选按钮，即利用 SQL 的修改记录功能直接修改此记录。

"更新条件"选项卡设置如图 6-20 所示。

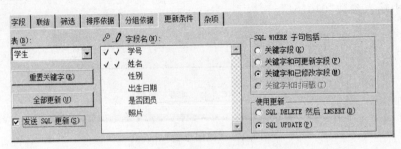

图 6-20　"更新条件"选项卡

⑤ 保存视图。选择"文件"→"保存"命令,或单击常用工具栏上的"保存"按钮,保存视图为"视图 3",关闭视图设计器。

⑥ 修改数据。打开数据库,双击"视图 3",在"视图参数"对话框中输入"020205",并在随后的浏览窗口中将学号改为 202005,并将姓名改为"袁江涛",单击关闭按钮,关闭浏览窗口。

⑦ 观察学生表。打开学生表的浏览窗口,游览表中的数据。发现表中的数据已经随着视图的更改而自动修改了,如图 6-21 所示。

学号	姓名	性别	出生日期	是否团员	照片
010101	刘雅丽	女	03/01/90	T	Gen
010102	李成功	男	04/01/88	F	Gen
010201	霍晓琳	女	09/09/89	T	Gen
010203	吕玉婷	女	10/10/91	F	Gen
020101	吴华青	男	01/20/90	T	gen
020102	程礼	女	06/02/90	T	gen
020202	王大力	男	07/05/91	T	gen
020203	赵玲	女	03/03/88	T	gen
202005	袁江涛	男	/ /	F	gen

图 6-21　利用视图更新表中的数据

6.2.4　用 SQL 命令创建视图

创建视图的 SQL 命令是:

```
CREATE [SQL] VIEW [<视图名>[REMOTE] AS SELECT 命令]
```

当忽略选项[<视图名> [REMOTE] AS SELECT 命令]时,命令将打开视图设计器。如果命令中包含 REMOTE 选项,将打开连接对话框,创建远程视图。

注意:在创建视图之前,必须先打开数据库。

【例 6-5】 创建视图"视图 4",查询职称为"副教授"的教师信息。

命令是:

```
CREATE VIEW  视图 4  AS;
SELECT * FROM  教师  WHERE  职称="副教授"
```

浏览该视图,显示了所有职称为"副教授"的教师信息,如图 6-22 所示。

图 6-22　视图 4 的运行结果

6.2.5　使用视图

使用 Visual FoxPro 系统菜单对视图进行操作的方法和操作数据表的方法相同,也可以使用以下命令操作视图,如表 6-1 所示。

表 6-1　视图操作的基本命令

功　　能	命　　　令
打开视图	USE　视图文件名
修改视图	MODIFY VIEW　视图文件名
视图重命名	RENAME VIEW　原视图文件名　TO　新视图文件名
删除视图	DELETE VIEW　视图文件名

注意:进行上述操作前必须先打开数据库。

6.3　视图和查询的区别

视图和查询本质上都是一条 SELECT-SQL 命令,有很多类似之处,创建视图与创建查询的步骤也相似,但也有许多不同之处。

- 查询的 SELECT-SQL 命令存储为查询文件;视图的 SELECT-SQL 命令不单独存储,而是保存在数据库中。
- 查询不可以作为数据源;视图可以作为查询或视图的数据源。
- 查询的结果是只读的;视图则可以更新,通过更新视图能更新数据源表中的记录数据。

本 章 小 结

查询和视图是 Visual FoxPro 检索和操作数据库的两个基本工具或手段。它们在本质上都是一条 SQL 语句,在实现方法上也非常类似,分别可以通过查询设计器和视图设计器实现。但是,视图还可以通过 SQL 语言来定义。从功能上看,查询可以定义输出去向,因此可以将查询结果灵活地输出为表、临时表、图形和报表等多种形式,但是查询不能用于修改数据;而利用视图可以修改数据,并利用 SQL 将对视图的修改发送到基本表,这是非常有用的。从存储形式上看,查询文件可以独立存在,而视图文件则依附于数据库。

习　题　6

一、选择题

1. 在 Visual FoxPro 中以下叙述正确的是_____。

　　A. 利用视图可以修改数据　　　　　　B. 利用查询可以修改数据

　　C. 查询和视图具有相同的作用　　　　D. 视图可以定义输出去向

2. 以下关于"查询"的描述正确的是_____。

　　A. 查询保存在项目文件中　　　　　　B. 查询保存在数据库文件中

　　C. 查询保存在表文件中　　　　　　　D. 查询保存在查询文件中

3. 有关查询设计器,正确的描述是_____。

　　A. "联结"选项卡与 SQL 语句的 GROUP BY 短语对应

　　B. "筛选"选项卡与 SQL 语句的 HAVING 短语对应

　　C. "排序依据"选项卡与 SQL 语句的 ORDER BY 短语对应

　　D. "分组依据"选项卡与 SQL 语句的 JOIN ON 短语对应

4. 在 Visual FoxPro 中,关于视图的正确叙述是_____。

　　A. 视图与数据库表相同,用来存储数据

　　B. 视图不能同数据库表进行连接操作

　　C. 在视图上不能进行更新操作

　　D. 视图是从一个或多个数据库表导出的虚拟表

5. 在数据库中用于实际存储数据的是_____。

　　A. 数据库表　　　B. 数据库　　　C. 视图　　　D. 以上都正确

6. 视图与基表的关系是_____。

　　A. 视图随基表的打开而打开　　　　　B. 基表随视图的关闭而关闭

　　C. 基表随视图的打开而打开　　　　　D. 视图随基表的关闭而关闭

7. 下列说法中不正确的是_____。

　　A. 视图设计器比查询设计器多一个"更新条件"选项卡

　　B. 视图文件独立存在,其扩展名是. vcx

　　C. 当基表数据发生变化时,可以用 REQUERY 函数刷新视图

　　D. 查询文件中保存的不是查询结果,而是 SELECT-SQL 命令

8. 创建参数化视图时,应该在筛选对话框的实例框中输入_____。

　　A. ＊以及参数名　　　　　　　　　　B. !以及参数名

　　C. ? 以及参数名　　　　　　　　　　D. 参数名

二、填空题

1. 在 Visual FoxPro 中,查询文件的扩展名是_____。

2. 在查询设计器中,选中"杂项"选项卡中的"无重复记录"复选框,与执行 SELECT 语句中的_____子句等效。

3. 在 Visual FoxPro 中,打开查询设计器创建查询的命令是_____。

4. 查询的数据源可以是表,也可以是＿＿＿＿＿＿＿。

5. 假设在视图设计器中已经设置了可更新字段,则能否通过更新视图来更新基表取决于是否在"更新条件"选项卡中选择了＿＿＿＿＿＿＿。

6. 打开视图的命令是＿＿＿＿＿＿＿,在打开视图之前必须首先打开包含该视图的＿＿＿＿＿＿＿。

实验　查询与视图

【实验目的】

- 掌握查询设计器建立查询的基本操作方法。
- 掌握视图设计器建立视图的基本操作方法。
- 掌握 SQL 命令建立视图的基本操作方法。

【实验准备】

1. 查询设计器的启动与操作。
2. 视图设计器的启动与操作。
3. 使用 SQL 命令创建视图。

【实验内容】

1. 使用查询设计器定义一个名称为 query1 的查询,完成查询: 选课门数是 3 门以上(不包括 3 门)的每个学生的学号、姓名、平均成绩、最低分和选课门数,并按"平均成绩"降序排序。

2. 使用视图设计器定义一个名称为 SVIEW2 的视图,该视图完成查询: 选课门数是 3 门以上(不包括 3 门)的每个学生的学号、姓名、平均成绩、最低分和选课门数,并按"平均成绩"降序排序。

3. 使用 SQL 的 CREATE VIEW 命令定义一个名称为 SVIEW1 的视图,该视图的 SELECT 语句完成查询: 选课门数是 3 门以上(不包括 3 门)的每个学生的学号、姓名、平均成绩、最低分和选课门数,并按"平均成绩"降序排序。

4. 建立一个名为 view_grade 的视图,该视图包含学号、姓名、课程名称和成绩 4 个字段,并要求先按学号升序排序、在学号相同情况下按课程名称降序排序。

第7章 结构化程序设计

在前面内容的学习中,Visual FoxPro 操作都是通过菜单选择的方法或在命令窗口中逐条输入命令的方法来执行的,此种工作方式称为菜单命令工作方式或交互方式。其优点是操作简单,并可随时查看结果;但同时也存在处理速度慢、结果不宜保留等不足。特别是需要重复操作时,更使人顿感枯燥、乏味。因此,这种方法仅适用于完成一些简单的、不需跳转及重复执行的操作。为此,Visual FoxPro 提供了成批命令协同工作的方式,即程序工作方式。

本章主要介绍结构化程序设计的基础知识,通过对程序设计的基本概念、程序文件的建立与执行、常用的基本编程语句等的学习,进一步提高大家运用 Visual FoxPro 解决实际问题的能力。

7.1 程序文件的建立和运行

从概念上讲,程序是指令的集合。Visual FoxPro 程序和其他高级语言编写的程序一样,是一个文件。程序由若干行命令语句构成,编写程序即建立一个称为源程序的文件,只有建立了程序文件才能执行该程序。

7.1.1 程序的相关概念

1. 程序与程序设计

Visual FoxPro 程序是由若干行程序代码组成。程序代码包括以语句形式出现的命令、函数和 Visual FoxPro 可以理解的任何操作语句。程序设计反映了利用计算机解决问题的全过程,包含多方面的内容,而编写程序只是其中的一个方面。使用计算机解决实际问题,通常先要对问题进行分析并建立数学模型,然后考虑数据的组织方式和算法,并用某一种程序设计语言编写程序,最后调试程序,使之运行能产生预期的结果,这个过程称为程序设计。

当运行程序文件时,系统会按照一定的次序自动执行包含在程序文件中的一条条命令,直至所有命令执行完毕,也就实现了程序的功能。在 Visual FoxPro 中,程序文件的扩展名为.PRG。按照程序方式组织命令的优点在于程序只需建立一次,却可以多次运行。另外,也可以在一个程序中调用另外一个程序,减少了程序中命令的输入次数,提高了效率。

2. 可执行程序

源程序被编译、连接后产生的可被机器直接执行的程序,具有.EXE 扩展名。在

Visual FoxPro 中是指由项目管理器连编生成的、可脱离 Visual FoxPro 环境运行的程序。

3. 应用程序

指为完成专门工作而设计的一组相互联系的程序。在 Visual FoxPro 中是指一组程序、表单、菜单和其他文件经项目管理器连编后形成的单个程序,不能脱离 Visual FoxPro 环境运行,扩展名为.APP。

4. 编译程序

Visual FoxPro 源程序文件经过编译生成的目标代码文件,扩展名是.FXP。

7.1.2 结构化程序设计方法

结构化程序设计方法是被普遍采用的一种程序设计方法,自 20 世纪 60 年代由荷兰学者 E. W. Dijkstra 提出后,在实践中不断发展和完善,成为软件开发的重要方法,在程序设计方法学中占有十分重要的位置。用这种方法设计的程序结构清晰,易于阅读和理解,便于调试和维护。

结构化程序设计采用自顶向下、逐步求精和模块化的分析方法。

- 自顶向下。自顶向下是指对设计的系统要有一个全面的理解,从问题的全局入手,把一个复杂问题分解成若干个相互独立的子问题,然后对每个子问题再做进一步的分解,如此重复,直到每个问题都易解决为止。
- 逐步求精。逐步求精是指程序设计的过程是一个渐进的过程,先把一个问题用一个程序模块来描述,再把每个模块的功能逐步分解细化为一系列的具体步骤,以致能用某种程序设计语言的基本控制语句来实现。逐步求精总是和自顶向下结合使用,一般把逐步求精看作自顶向下设计的具体实现。
- 模块化。模块化是结构化程序的重要原则。所谓模块化,就是把大程序按照功能分为较小的程序。一般而言,一个程序是由一个主控模块和若干子模块组成的。主控模块用来完成某些公用操作及功能选择,而子模块用来完成某项特定的功能。当然,子模块是相对主模块而言的。作为某一子模块,它也可以控制下一层的子模块。一个复杂的问题可以分解成若干个较简单的子问题来解决。这种设计风格便于分工合作。

结构化程序设计的过程就是将问题求解由抽象逐步具体化的过程。这种方法符合人们解决问题遵循的普遍规律,可以显著提高程序设计的质量和效率。

7.1.3 程序文件的建立

程序文件也称命令文件,它的建立有菜单和命令两种方式。

1. 用菜单方式建立程序文件

用菜单方式建立程序文件的方法为:

① 选择"文件"→"新建"命令,在"新建"话框中选定"程序"项,然后单击"新建文件"按钮,打开程序编辑窗口。

② 在程序编辑窗口中输入和编辑程序代码的文本内容,如图 7-1 所示。

编辑窗口中文本的编辑和一般编辑窗口是相同的,可以使用"剪切"、"复制"和"粘贴"等。还可以使用"编辑"菜单和"格式"菜单中的相关命令。

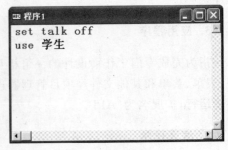

图 7-1　程序编辑窗口

2. 用命令方式建立程序文件

用命令方式可以建立程序文件,也可以修改已有的程序文件。

命令格式为:

```
MODIFY COMMAND <程序文件名>[.PRG]
```

或

```
MODIFY FILE <程序文件名>.PRG
```

当指定的程序文件名为新文件名时,将创建一个新的程序文件;当指定的程序文件名为已有的文件时,则在程序编辑窗口打开该文件供编辑修改。在程序文件名前可以指定该文件的保存磁盘和路径。文件的扩展名.PRG 在第一种格式中可省略。

3. 命令文件的保存

输入或编辑结束后,执行"文件"→"保存"命令或按 Ctrl+W 组合键存盘并退出编辑窗口。如果在建立文件时未指定文件名,将弹出"另存为"对话框,用户指定该程序文件的存放位置与文件名,单击"保存"按钮将其保存。若要放弃当前的编辑内容,则按 Ctrl+Q组合键或 Esc 键退出。

7.1.4　程序文件的运行

运行程序文件的常见方法有两种,分别是菜单方式和命令方式。

1. 用菜单方式运行程序文件

用菜单方式运行程序文件分为两步,操作步骤如下:

① 选择"程序"→"运行"命令,打开"运行"对话框。

② 在打开的"运行"对话框中选定要运行的程序文件名,或在"执行文件"文本框中输入要运行的程序文件名,然后单击"运行"按钮。

注意:若程序处于编辑状态,可直接选择"程序"→"执行"命令或单击工具栏上的运行按钮 ! ,也可直接按 Ctrl+E 组合键。

2. 用命令方式运行程序文件

用命令方式运行程序文件,命令的语法格式为:

```
DO <程序文件名>[WITH<参数表>]
```

本命令可在命令窗口输入执行;也可出现在另一个程序文件中,用于实现在该程序中调用另一个程序。使用 WITH 子句,可以向被调用的子程序传递所需参数。

在程序执行过程中,可随时按 Esc 键使程序中断运行,并根据弹出的对话框中的提示信息,选择“取消”程序运行、“继续执行”或“挂起”等。

注意:Visual FoxPro 程序文件经过编译、连编,可以产生不同的目标代码文件,这些文件具有不同的扩展名。当用 DO 命令运行程序文件时,如果省略扩展名,系统将按以下顺序寻找文件执行:.exe(Visual FoxPro 可执行文件)→.app(应用程序文件)→.fxp(编译文件)→.prg(源程序文件)。

7.2　程序中常用的命令

7.2.1　基本命令

1. 注释命令

在程序中加上必要的注释命令(或称注释语句)可增强程序的可读性,同时便于日后程序的维护和交流。注释语句是一种非执行语句,即系统对此语句不做任何操作。

Visual FoxPro 中的注释语句有 3 种格式。

格式 1:

```
NOTE<注释内容>
```

格式 2:

```
 * <注释内容>
```

格式 3:

```
&&<注释内容>
```

一般,“ * ”或 NOTE 出现在行首,表明该行是注释行;&& 则多出现在一个命令行尾部,用来对该命令进行说明。

例如:

```
**This is main program
A=B * C                              && 计算两个数的乘法
NOTE A,B,C 是数值型数据
```

2. 清屏命令

格式:

CLEAR

将当前主屏幕中的内容全部清空,并将光标重新定位于主屏幕的左上角。

如果需要关闭所有文件,释放用户定义的所有内存变量,可使用 CLEAR ALL 命令。

3. 打开/关闭对话功能命令

格式:

SET TALK ON|OFF

打开/关闭返回相关命令执行状态信息的提示。

注意:

① 许多数据处理命令(如 AVERAGE、SUM 和 SELECT 等)在执行时都会返回一些有关执行状态的信息并显示在系统窗口、状态栏等处。SET TALK 命令用于设置是(ON)、否(OFF)显示这些信息,默认为 ON。

② 通常在程序头部用 SET TALK OFF 关闭状态信息的显示,以保持系统窗口的整洁,而在程序尾部用 SET TALK ON 设置状态信息的显示。

7.2.2　基本输入输出命令

1. 输出命令

格式:

?|??<表达式 1>[,<表达式 2>…]

在屏幕上输出表达式的值。? 是另起一行输出;??是不换行输出。

2. INPUT 输入命令

格式:

INPUT [<提示信息>] TO <内存变量>

执行该语句时,在当前窗口的光标位置显示提示信息,等待用户从键盘输入数据,以 Enter 键结束输入,并将其赋予内存变量。

注意:

① 输入的数据可以是常量、变量,也可以是一般的表达式,但不能不输入任何内容而直接按 Enter 键。

② 输入的数据类型可以是数值型、字符型、逻辑型和日期型等,但输入的数据必须符合 Visual FoxPro 规定的数据格式。即输入项若为字符串,应加上定界符;输入逻辑常量时要加圆点定界符(如.t.);输入日期时间型常量要用大括号(如{^2009-1-1})。

【例 7-1】 编写程序,显示指定日期以后出生的学生。程序如下:

```
OPEN DATABASE　学生信息管理
USE　学生　IN 0
```

```
CLEAR
INPUT "请输入日期:"TO MRQ
SELECT  学号,姓名,出生日期  FROM  学生  WHERE  出生日期>MRQ NOWAIT
CLOSE DATABASE
RETURN
```

程序运行后,在屏幕上出现提示字符串:

请输入日期:

然后输入一个日期如{^1989-1-1},按 Enter 键后,程序运行结果如图 7-2 所示。

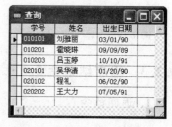

图 7-2　例 7-1 的查询结果

3. ACCEPT 输入命令

格式:

ACCEPT [<提示信息>] TO <内存变量>

执行该语句时,先显示提示信息,然后等待用户从键盘输入字符型数据,并将其赋予内存变量,以 Enter 键结束输入。

注意:

① <提示信息>是可选项,应是一个字符型表达式,在命令执行时其字符内容被原样显示在屏幕上,用以提示用户的输入。

② 用户在键盘上输入的任何内容都将作为一个字符串赋给指定的<内存变量>,因而不必用定界符将输入的字符串括起来。

③ 如果不输入内容而直接按 Enter 键,系统会把空串赋给指定内存变量。

4. WAIT 输入命令

格式:

WAIT[<提示信息>][TO<内存变量>]
[WINDOW [AT<行>,<列>]][NOWAIT][TIMEOUT <数值表达式>]

当执行该命令时,显示提示信息后等待用户输入,只要用户按下键盘上的一个键或按鼠标键,立即执行下一条命令。

注意:

① <字符表达式>是程序暂停时在屏幕上显示的提示信息,默认为"按任意键继续……"。

② 若选 TO 短语,内存变量只能接收由键盘输入的单个字符,即使用户按了 Enter 键,命令也认为接收到一个空字符(长度为 0,ASCII 码值为 0)。

③ 提示信息一般显示在 Visual FoxPro 主窗口或当前用户自定义的窗口中。如指定了 WINDOW 短语,则将会出现一个提示窗口,用以显示提示信息;而 AT 短语选项指定提示窗口在屏幕上的位置,若无 AT 短语,则提示窗口默认在系统主窗口的右上角。

④ 选 NOWAIT 后,系统将不等待用户按键,直接往下执行。选 TIMEOUT 短语后,

＜数值表达式＞给出以秒为单位的时间，若在此时间内用户不输入任何数据，WAIT 语句将自动终止，继续往下执行。

【例 7-2】 下述代码将显示图 7-3 所示的提示信息，10 秒后提示信息窗口消失。

```
WAIT "注意：现在暂停"+CHR(13)+CHR(10)+"程序的执行 10 秒钟";
WINDOWS AT 10,10 TIMEOUT 10
```

注意：现在暂停
程序的执行10秒钟

图 7-3　WAIT 命令
使用示例

7.2.3　程序结束命令

1. 返回命令

命令格式：

```
RETURN
```

此语句的功能是结束当前程序的运行，返回到上级程序模块。若无上级程序则返回到命令窗口。如果程序或过程中不包含 RETURN 语句，则 Visual FoxPro 在程序或过程结束时自动执行 RETURN 命令。

2. 终止程序运行命令

命令格式：

```
CANCEL
```

此语句的功能是终止程序执行，清除程序的私有变量，并返回到命令窗口。

3. 退出系统命令

命令格式：

```
QUIT
```

此语句的功能是终止程序的运行，关闭所有打开的文件，并退出 Visual FoxPro 系统，返回到操作系统。

注意：该命令与"文件"菜单的"退出"命令功能相同。

7.3　程序的基本结构

Visual FoxPro 与其他程序设计语言一样，提供 3 种基本的程序流程控制结构，分别是顺序结构、分支结构和循环结构。

7.3.1　顺序程序结构

顺序结构是最简单的程序结构，它按照程序中各条语句的先后顺序依次执行。

【例 7-3】 根据学号查找"学生"表中的记录信息。程序如下：

```
SET TALK OFF
```

```
CLEAR                          && 清屏
USE   学生                      && 打开"学生"表
ACCEPT TO xh                   && 从键盘输入学号
LOCATE FOR   学号=xh            && 根据输入值查找
DISPLAY                        && 显示查找信息
USE                            && 关闭表
SET TALK ON
RETURN
```

注意：对于以上程序，若输入的学生在学生表中找不到记录，屏幕不显示任何记录。

但是，绝大多数问题仅用顺序结构是无法解决的，还要用到分支结构和循环结构，Visual FoxPro 提供了相应的结构化控制命令语句来实现。

7.3.2 分支程序结构

所谓分支结构，也称选择结构，是指在程序执行时，根据不同的条件选择执行不同的程序语句。Visual FoxPro 提供了以下 3 种分支结构语句：IF…ENDIF（单分支语句）、IF…ELSE…ENDIF（双分支语句）和 DO CASE…ENDCASE（多分支语句）。

1. 单分支结构

实现单分支结构的语句是 IF 语句，其语法格式为：

```
IF <条件表达式>
    <语句序列>
ENDIF
```

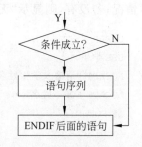

图 7-4 单分支语句流程图

单分支程序结构的流程图如图 7-4 所示。首先计算<条件表达式>的值，若值为真，则执行<语句序列>中的各条语句，然后执行 ENDIF 后面的语句；若值为假，则直接执行 ENDIF 后面的语句。

注意：

① IF…ENDIF 语句必须成对使用，且只能在程序中使用。

② <条件表达式>可以是各种表达式或函数的组合，其值必须是逻辑型。

③ <语句序列>可由一条或多条命令语句组成，但至少要有一条语句。

【例 7-4】 对图书批发销售，一次购买同种书 10 本以上，可享受 5% 的优惠。编写程序根据输入的单价和数量计算应付金额。程序如下：

```
CLEAR
INPUT "请输入购买数量" TO sl
INPUT "请输入单价" TO dj
je=dj * sl
IF sl>=10
    je=je * 0.95
ENDIF
```

```
?"应付金额：",je
RETURN
```

2. 双分支结构

双分支程序结构的流程图如图 7-5 所示。首先计算＜条件表达式＞的值，若其值为真，则执行＜语句序列 1＞中的各条语句，然后执行 ENDIF 后面的语句；若其值为假，则执行＜语句序列 2＞中的各条语句，然后执行 ENDIF 后面的语句。其语法格式为：

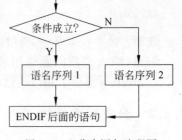

图 7-5　双分支语句流程图

```
IF <条件表达式>
   <语句序列 1>
ELSE
   <语句序列 2>
ENDIF
```

＜语句序列 1＞、＜语句序列 2＞既可以是单一语句也可以是多条语句，但每条语句各占一行；ELSE 子句必须与 IF 子句一起使用，不能单独使用。

【例 7-5】　根据输入的学生姓名查找"学生"表中的信息，若有记录，则显示该学生基本情况；若没有，则显示"无此学生"的提示信息。程序如下：

```
CLEAR
USE 学生
ACCEPT "请输入学生姓名" TO xm
LOCATE FOR   姓名=xm            && 根据输入的读者编号查找读者信息
IF FOUND()                     && 若 FOUND() 为真，表示找到该读者
    DISPLAY                    && 显示该读者的全部信息
ELSE                           && 若 FOUND() 为假，表示表中无此记录
   ?'无此学生！'               && 显示提示信息
ENDIF                          && 分支语句结束
USE
RETURN
```

该程序运行时，首先在屏幕上出现提示信息，等待用户从键盘上输入待查的学生姓名；然后用户输入名字并以 Enter 键结束。程序继续执行，在"学生"表中查找相应记录，如果找到，则函数 FOUND() 为真，显示该记录；反之函数 FOUND() 为假，表示未找到，显示"无此学生！"。

3. IF 语句的嵌套

单分支和双分支结构仅适用于处理不复杂的实际问题，但对于大多数实际问题的处理仅采用这样单一的分支结构是无法解决的，如数学中分段函数的取值问题，几个任意自然数的有序化排列问题等，此时可通过采用 IF 语句的嵌套结构得到处理。

IF 语句的嵌套结构就是在 IF 语句中又包含一个或多个 IF 语句。一般形式如下：

```
IF <条件表达式 1>
   <语句序列 1>
ELSE
    IF <条件表达式 2>
      <语句序列 2>
    ELSE
       ⋮
    ENDIF
ENDIF
```

注意：

① 在语句序列 1 中也可以有 IF 语句，即在 IF 分支中有 IF 语句。

② 应当注意 IF 与 ELSE 的配对关系，从最内层开始，ELSE 总是与它上面最近的（未曾配对的）IF 配对。

【例 7-6】 编写程序，实现以下符号函数的计算：

$$Y = \begin{cases} -1 & (X < 0) \\ 0 & (X = 0) \\ 1 & (X > 0) \end{cases}$$

程序如下：

```
CLEAR
INPUT "输入 X 的值" TO X
IF X<0
   Y=-1
ELSE
    IF X=0
      Y=0
    ELSE
      Y=1
    ENDIF
ENDIF
? "Y=",Y
```

该嵌套结构的执行过程是：依次判断条件表达式的值，若某个条件表达式的取值为真，则执行相应的命令语句，否则退出其嵌套结构。图 7-6 首先判断 X 是否小于 0，若是则 Y=-1；若 X 不小于 0，则执行第一个 ELSE 后的语句，然后判断 X 是否等于 0，若是则 Y=0，否则 Y=1（注意此时 X 的范围必定是大于 0 的）。

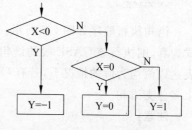

图 7-6　例 7-6 的流程图

注意：

① 条件测试函数 IIF 函数的功能与双分支结构功能相似，此分支语句用 IIF 函数可写成如下形式：

```
?IIF(X<0,-1,IIF(X=0,0,1))
```

② 若采用在 IF 分支中有 IF 情况,程序编写如下:

```
CLEAR
INPUT "输入 X 的值" TO X
IF X<=0
   IF X=0
      Y=0
   ELSE
      Y=-1
   ENDIF
ELSE
   Y=1
ENDIF
?"Y=",Y
```

4. 多分支结构

Visual FoxPro 系统提供了一种结构清晰的多分支结构,即 DO CASE…ENDCASE 语句。其语法格式为:

```
DO CASE
CASE <条件表达式 1>
     <语句序列 1>
CASE <条件表达式 2>
     <语句序列 2>
⋮
CASE <条件表达式 n>
     <语句序列 n>
[OTHERWISE
     <语句序列 n+1>]
ENDCASE
```

语句执行顺序如图 7-7 所示。系统依次判断条件表达式是否为真,若某个条件表达式为真,则执行该 CASE 段的语句序列,然后执行 ENDCASE 后面的语句。在各段逻辑表达式值均为假的情况下,若有 OTHERWISE 子句,就执行<语句序列 n+1>,然后结束多分支语句。

注意:

① DOCASE 和 ENDCASE 必须配对使用。

② DOCASE 与第一个 CASE<条件表达式>之间不应有任何命令。

③ 在 DOCASE…ENDCASE 命令中,每次只能执行一个<语句序列>,在多个 CASE 的<条件表达式>值为真时,只执行第一个<条件表达式>值为真的<语句序列>,然后执行 ENDCASE 后的语句。

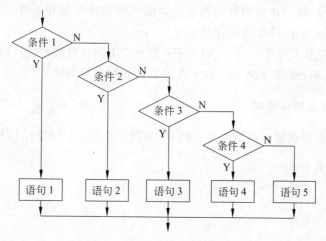

图 7-7　多分支结构流程图

【例 7-7】　编写程序自动判断出分数等级。要求输入某位同学某门课的考试成绩（按百分制），若成绩大于等于 90 输出"优秀"，若小于 90 大于等于 80 输出"良好"，若小于 80 大于等于 70 输出"中等"，若大于等于 60 小于 70 输出"及格"，60 以下则输出"不及格"。程序如下：

```
SET TALK OFF
CLEAR
INPUT "请输入考试成绩： " TO SCORE
DO CASE
  CASE SCORE>=90
      ?"优秀"
  CASE SCORE>=80 AND SCORE<90
      ?"良好"
  CASE SCORE>=70 AND SCORE<80
      ?"中等"
  CASE SCORE>=60 AND SCORE<70
      ?"及格"
  OTHERWISE
      ?"不及格"
ENDCASE
SET TALK ON
RETURN
```

7.3.3　循环结构

顺序结构和分支结构在程序执行时，每条命令只能执行一次。在实际工作中，特别是数据处理时，有时需要重复执行相同的操作，这就要求在程序中能够反复执行某段命令。Visual FoxPro 系统提供了循环结构语句。

循环是指在程序中从某处开始有规律地重复执行某些命令或程序段，被重复执行的程序段称为循环体,循环体的执行与否及次数多少视循环类型和条件而定。循环体的重复执行必须能够被终止(即非无限循环)。

常用的循环结构有以下三种:DO WHILE…ENDDO(当型循环)、FOR…ENDFOR|NEXT(步长型循环)和 SCAN…ENDSCAN(数据表扫描型循环)

1. DO WHILE 循环结构

要想在某一条件满足时执行循环,可以使用当型循环。其语法结构是:

```
DO WHILE <条件表达式>
        <语句序列 1>
        [LOOP]
        <语句序列 2>
        [EXIT]
        <语句序列 3>

ENDDO
```

DO WHILE<条件表达式>为循环体的开始语句,ENDDO 为循环结束语句,中间为循环体,是循环的主体部分。

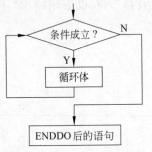

图 7-8　当型循环结构流程图

执行过程是:首先计算<条件表达式>的值,如果<条件表达式>的值为真,执行 DO WHILE 与 ENDDO之间的循环体,当执行到 ENDDO 时,返回 DO WHILE,再次判断循环条件,如果为真,继续执行,直到条件为假时,跳出循环,执行 ENDDO 后面的语句;如果<条件表达式>的值第一次判断时即为假,则不执行循环体中的任何语句序列,直接执行 ENDDO 后面的语句。DO WHILE循环的流程图如图 7-8 所示。

注意:DO WHILE 和 ENDDO 必须成对出现。此外,循环体内必须有修改循环条件的语句,否则会进入无限循环(死循环)。

【**例 7-8**】 编写程序计算 1—100 的整数和。程序如下:

```
CLEAR
S=0                       && 变量 S 用来存放求和结果的变量,称为"累加器"
N=1                       && 变量 N 是循环变量,此题用来计数,称为"计数器"
DO WHILE N<=100
    S=S+N                 && 将 N 加到 S 中
    N=N+1                 && 修改循环控制变量
ENDDO
? "1—100 的整数和:",S
RETURN
```

这是一个典型的累加求和问题,解题思路是首先引入两个变量 N 和 S,S 用于存放累加的结果,N 存放每次累加的数据,同时也作为循环控制变量,控制循环条件是否成立。

程序首先给变量 N 置初值 1,累加器 S 清 0,然后进入循环,循环变量 N 逐次生成 1—100 的自然数,在循环体内对这些自然数逐一累加,每累加一次,就修改一次累加器 S 的值,经过 100 次累加,循环变量 N 的当前值已经是 101,循环条件不满足,不再进入循环体,执行 ENDDO 后的语句。

【例 7-9】 编写程序,逐条输出 1990 年出生的学生记录。程序如下:

```
CLEAR
USE 学生
LOCATE FOR YEAR(出生日期)=1990
DO WHILE .NOT.EOF()
    DISPLAY
    WAIT
    CONTINUE
ENDDO
```

对于用记录指针遍历数据表中所有记录的问题,常用以下格式:

```
Locate For…                          Seek…
DO WHILE .NOT.EOF()                  DO WHILE .NOT.EOF()
    <语句序列>                           <语句序列>
       Continue                          Skip
ENDDO                                ENDDO
```

循环结构中的 EXIT 子句是退出循环语句,可出现在循环体中的任何位置上。当执行 EXIT 子句时,跳出循环去执行 ENDDO 后面的语句。通常,EXIT 包含在分支语句中,当条件满足时便跳出循环。EXIT 语句的转向功能如图 7-9 所示。

LOOP 子句只能包含在循环体内,LOOP 子句的功能是转回到循环的开始处,重新对循环条件进行判断,它可出现在循环体中的任何位置上,也多包含在分支语句中。在具有多重 DO WHILE…ENDDO 嵌套程序中,LOOP 只返回到与其所在的同层循环的 DO WHILE 语句。LOOP 语句的转向功能如图 7-10 所示。

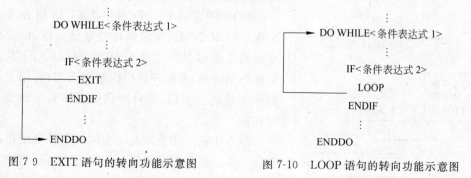

图 7-9　EXIT 语句的转向功能示意图　　　图 7-10　LOOP 语句的转向功能示意图

【例 7-10】   对键盘输入的每一个正数,输出其算术平方根;当输入的数小于或等于 0 时结束。程序如下:

```
Do While .T.
    Clear
    Input "请输入一个数: " To X
    If Vartype(X)!='N'
        Wait '不是数值型数据!'
        Loop                    && 转到循环开始语句(Do While .T.)
    Endif
    If X<=0
        Exit                    && 结束整个循环,转到循环结束语句(Enddo)之后执行
    Endif
    ?X,'的算术平方根是',Sqrt(X)
    Wait
Enddo
?"输入的数不大于 0,结束程序!"
```

可以看出,在循环体内 Loop 和 Exit 语句放在分支语句(如 If 分支)中,并且可以同时使用,它们之间没有前后位置关系。

2. FOR 循环结构

若事先知道循环次数,可使用 FOR(步长型)循环。步长型循环可根据给定的次数重复执行循环体。其语法格式为:

```
FOR <循环变量>=<变量初值>TO <变量终值>[STEP<步长>]
    <语句序列>
ENDFOR|NEXT
```

执行过程是:首先将初值赋给循环变量,判断循环变量的值是否超过了终值,若超过终值,则跳过循环体,转而执行 ENDFOR 后面的语句;若未超过终值,则执行循环体。遇到 ENDFOR 时,循环变量增加一个步长值,然后重新判断循环变量是否在初值和终值的范围内。FOR 循环的执行顺序如图 7-11 所示。

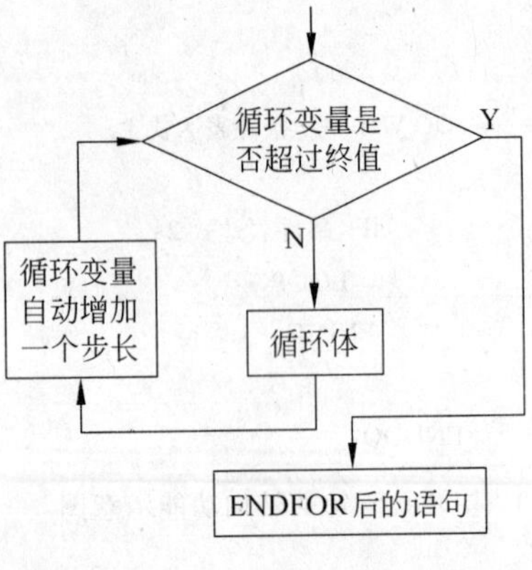

FOR 语句和 ENDFOR | NEXT 语句必须成对出现。FOR 语句用来给循环变量赋初值,设置循环变量的终值以及指定步长;ENDFOR | NEXT 语句又称终端语句,是循环程序的结束语句,它用于计算循环变量的当前值,即自动完成循环变量加步长的操作。

命令中的<步长>是一次循环中循环变量的改变值。步长值可以是正值,也可以是负值,当步长值为 1 时,STEP 子句可以省略。步长值不能为 0,否则会造成死循环。

图 7-11   FOR 循环的执行流程

FOR 循环中也可使用 EXIT 和 LOOP 来控制语句的转向,其使用方法与在当型循环中相同。

【例 7-11】 使用 FOR 循环求解,编写程序计算 1~100 的整数和。程序如下:

```
CLEAR
S=0                          && 变量 S 用来存放求和结果的变量,初值为 0
FOR N=1 TO 100               && 循环变量的初值为 0,终值为 100
  S=S+N                      && S 是求和累加器,即每次累加 N 后的值
ENDFOR
?"1~100 的整数和:",S          && 显示运算结果
RETURN
```

【例 7-12】 输入一个数,判断其是否为素数,并在输出时显示判断结果。程序如下:

```
CLEAR
INPUT "输入一个自然数:" TO n   && n 为输入的任意自然数
flag=.T.                      && 变量 flag 称为判断变量,是程序设计中常用的一种方法
FOR i=2 to INT(SQRT(n))
  IF MOD(n,i)=0               && 如 i 能被 n 整除,则 n 不是素数,此时 flag=.F.,并退出循环
      flag=.F.
      EXIT
  ENDIF                       && 分支结构结束
ENDFOR                        && 循环结构结束
IF (flag)                     && 判断 flag 的值
  ?n,"是素数"
ELSE
  ?n,"不是素数"
ENDIF
RETURN
```

变量 n 是任意的自然数,变量 flag 被称为判断变量,初值是.T.。让 n 被 2~SQRT(n) 之间的整数除,如果 n 能被其中的任何一个整数整除,则说明 n 不是素数,循环提前结束,并给 flag 赋值为.F.;如果 n 不能被其中的任何一个整数整除,则说明 n 是素数,在完成最后一次循环后,flag 的值仍为.T.。所以在循环之后通过判别 flag 的值就可以判定 n 是否是素数。如果是.T.,则表明该数是素数,否则该数不是素数。

3. SCAN-ENDSCAN 循环

SCAN-ENDSCAN(数据表扫描型)循环一般用于处理表中记录。语法格式为:

```
SCAN[<范围>][FOR<条件表达式 1>][WHILE<条件表达式 2>]
    <语句序列>
ENDSCAN
```

扫描型循环语句对当前数据表中指定范围内满足条件的记录依次执行循环体(语句序列),若省略范围、For 和 While 选项,则对当前数据表中的所有记录依次执行循环体。

系统执行 SCAN 循环的具体过程如下：

（1）找指定范围内满足条件的第一个记录。

（2）如果找到记录，则执行循环体；否则，结束整个循环，即转去执行 EndScan 后面的语句。

（3）执行到 EndScan，系统找满足条件的下一个记录，再转到步骤（2）执行。

（4）循环体内同样可以使用 Loop 和 Exit 语句。执行到 Loop 时，提前结束本次循环，直接查找满足条件的下一个记录，然后转到步骤（2）执行；执行到 Exit 时，结束整个循环，即转去执行对应的 EndScan 后面的语句。SCAN 循环的执行顺序如图 7-12 所示。

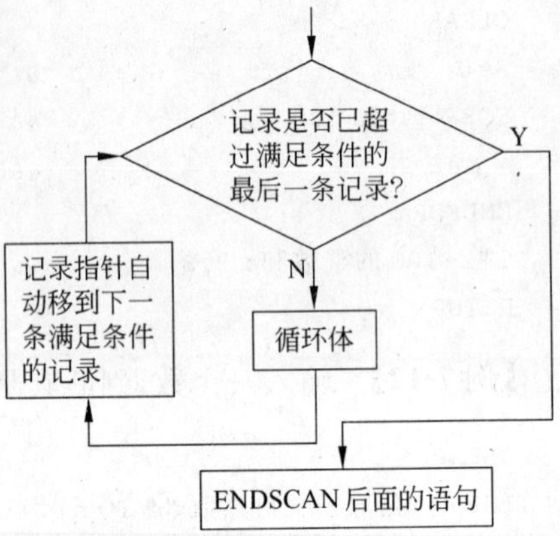

此循环语句用于处理与数据表有关的循环问题，功能上与下面的语句组完全等效：

图 7-12　SCAN 循环的执行流程图

```
Locate[<范围>][For <条件1>][While<条件2>]
Do While Found()
    <语句序列>
    Continue
Enddo
```

注意：

① SCAN 循环语句中包含的 FOR 条件和 WHILE 条件使用方法相同，但执行时，FOR 扫描的是所有记录，WHILE 在范围内遇到第一条不满足条件的记录时则停止扫描。

②为避免产生死循环，在 SCAN 循环体内应慎用改变记录指针的语句。

【例 7-13】 使用 SCAN 语句编程，逐条输出 1990 年出生的学生记录，程序如下：

```
CLEAR
USE 学生
SCAN FOR YEAR(出生日期)=1990
   DISPLAY
   WAIT
ENDSCAN
```

打开数据表后，指针指向第一条记录，在表中查找满足 FOR 条件的第一条记录，显示当前学生信息。执行一次循环语句后，自动将数据表的记录指针向下移动，并判断是否到范围末尾，如果没有，再查找满足条件的下一条记录，直到遍历整张数据表为止。

4．三种循环的比较

（1）若事先知道循环次数，一般使用 DO WHILE 或 FOR 循环，使用方法如下所示：

DO WHILE…ENDDO 循环		FOR…ENDFOR 循环
K=1　　　　&&循环变量赋初值 Do While K<=N 　<命令序列> 　K=K+1　　　&&修改循环变量值 Enddo		FOR K=1 TO N Step 1 　<命令序列> EndFor

DO WHILE…ENDDO 循环结构中第 1 行语句 K=1,第 2 行语句 Do While K<=N 和第 4 行语句 K=K+1 相当于 FOR…ENDFOR 循环结构中第 1 行语句 FOR K=1 TO N Step 1。因此,在循环次数 N 已知的情况下,更适合用 FOR…ENDFOR 结构实现循环,从而使程序代码更精练,程序结构更明晰。

(2) 若事先不知道循环的次数,只知道在某一条件满足时结束循环,一般使用 DO WHILE 循环。

(3) DO WHILE 循环和 FOR 循环可以用于对表的循环处理,也可以用于其他循环处理,而 SCAN 循环只用于对表的处理。SCAN 循环语句的功能是移动表内指针,所以不能处理除了表之外的其他问题。

DO WHILE…ENDDO 循环	FOR…ENDFOR 循环	SCAN…ENDSCAN 循环
Use　表名 Do While not EOF() 　<处理一个记录> 　Skip Enddo	Use　表名 FOR K=1 TO RecCount() 　GO K 　<处理一个记录> EndFor	Use　表名 Scan 　<处理一个记录> EndScan

在循环次数 N 未知的情况下,3 种循环结构均可以用来处理表中记录,但最简单、最方便的结构是 Scan…EndScan 循环结构。

5. 多重循环结构

一个循环体内又包含另一个完整的循环结构,称为循环的嵌套。外面的循环语句称为"外层循环",外层循环的循环体中的循环称为"内层循环"。内层循环中还可以嵌套循环,就称为多层循环。

设计多重循环结构时,要注意内层循环语句必须完整地包含在外层循环的循环体中,不得出现内外层循环体交叉现象。

Visual FoxPro 中的 3 种循环都可以组成多重循环。

【例 7-14】　编写程序,输出如下的乘法九九表。

$$1*1=1\quad 1*2=2\quad 1*3=3\cdots1*9=9$$
$$2*2=4\quad 2*3=6\quad 2*4=8\cdots2*9=18$$
$$\vdots$$
$$8*8=64\quad 8*9=72$$
$$9*9=81$$

用 For 语句构成的多重循环程序：

```
For M=1 To 9                        && 外循环开始语句,输出 9 行数据
  For N=M To 9                      && 内循环开始语句,第 M 行输出 9-M+1(即 10-M)列
    ??Space(2),Str(M,1),"*",Str(N,1),"=",Str(M*N,2)
  Endfor                            && 内层循环结束语句
  ?
Endfor                              && 外层循环结束语句
```

此例为两层循环嵌套,执行外层循环 9 次(M 值从 1 变到 9)：当 M=1 时,第 1 次执行外层循环体,执行内层循环体 9 次(N 值从 1 变到 9),依次输出 $1*1=1\cdots1*9=9$,内层循环结束,执行"?"语句,以便另起一行输出；外层控制变量 M 增 1,变为 2,第 2 次执行外层循环体,执行内层循环体 8 次(N 值从 2 变到 9),依次输出 $2*2=2\cdots2*9=18$……最终输出整个九九乘法表。

用 Do While 语句构成的多重循环程序：

```
M=1
Do While M<=9                       && 外循环开始语句,输出 9 行数据
  N=M
  DO While N<=9
    ??Space(2),Str(M,1)+'*'+Str(N,1)+'='+Str(M*N,2)
    N=N+1
  EndDo                             && 内层循环结束语句
  ?
  M=M+1
Enddo                               && 外层循环结束语句
```

【例 7-15】　求所有的"水仙花数"。所谓"水仙花数",是指一个 3 位数,其各位数字立方和等于该数本身。例如,153 是一水仙花数,因为 $153=1^3+5^3+3^3$。

程序如下：

```
FOR m1=1 TO 9                       &&m1 表示百位数
  FOR m2=0 TO 9                     &&m2 表示十位数
    FOR m3=0 TO 9                   &&m3 表示个位数
      m=m1*100+m2*10+m3
      IF m=m1^3+m2^3+m3^3
        ? "m=",m
      ENDIF
    ENDFOR                          && 与 FOR m3=0 TO 9 语句中的 FOR 匹配
  ENDFOR                            && 与 FOR m2=0 TO 9 语句中的 FOR 匹配
ENDFOR                              && 与 FOR m1=1 TO 9 语句中的 FOR 匹配
```

3 位数 m 的每一个数字分别用一个变量来表示。最外层的 FOR 循环控制百位数 m1,范围为 1～9；第二层的 FOR 循环控制十位数 m2,范围为 0～9；最里层的 FOR 循环控制个位数 m3,范围为 0～9。

7.4　多模块程序

应用系统一般都按功能分成多个模块。模块是一个相对独立的程序段,能完成一个具有特定目标的任务,在程序中需要完成这段程序的功能时就调用它。这样可以达到简化程序、提高编程效率的目的。

7.4.1　主程序和子程序

1. 主程序和子程序的概念

在编制程序时,如果编写的程序过大,或者某一程序段需要反复地执行,为了便于程序的编写和调试,优化程序设计,就很有必要将程序分成几个部分,以主程序与子程序的形式出现。调用其他程序而本身不被调用的程序称为主程序,被其他程序调用的程序是子程序。

子程序的建立方法与程序文件的方法相同,扩展名为.PRG。

2. 子程序的调用

在程序中用 DO 命令来运行另一个独立存储的程序就是调用子程序。其语法格式为:

```
DO <程序名>[WITH< 实参数表>]
```

<实参数表>中的参数可以是任何合法的表达式,包括常量、已赋值的变量或可计算的表达式等,各参数间用逗号间隔。

当主程序执行到子程序调用语句时,立即转去执行子程序;当在子程序中遇到RETURN 语句或遇到 ENDPROC 语句时,又转回主程序,执行 DO 命令的下一条语句。

需要说明的是,主程序和子程序的概念是相对的,一个子程序还可以调用其他的程序,即程序调用也可以嵌套。

3. 子程序返回语句

语法格式:

```
[RETURN [TO MASTER]]<表达式>
```

RETURN 称为返回语句,即当程序执行该语句时,返回到其上级程序。语句RETURN TO MASTER 在过程嵌套调用时使用,表示返回到最高级调用者。

【例 7-16】　主程序 main.prg 调用两个子程序 sub1.PRG 和 sub2.PRG。程序如下:

```
**主程序 main.prg
CLEAR
?"******* 子程序的调用 ********"
DO sub1
```

```
? "------------------"
DO sub2
RETURN
** sub1.PRG
? "this is in sub1"
RETURN

** sub2.PRG
? "this is in sub2"
RETURN
```

7.4.2　过程及过程文件

子程序是完成某一功能的程序,它以独立的文件形式(.PRG)存储在磁盘中。主程序需要的时候可以多次调用它,每调用一次子程序就要访问磁盘一次,如果要调用多个子程序,在内存中打开和管理的文件多了,就增加了读磁盘的时间和内存管理的难度,从而降低了系统的运行效率。

解决的方法是:把每一个子程序作为过程文件中的一个"过程",整个过程文件是磁盘中的一个文件。当打开过程文件时,过程文件中的所有过程都调入内存,主程序可以任意调用其中的过程(子程序)。但从打开文件的个数来说,只打开了一个过程文件。

1. 过程文件的建立

过程文件是过程的集合,一个过程文件中可包含若干个过程或自定义函数。

在 Visual FoxPro 中,过程文件的建立方法与一般程序相同,可以用 MODIFY COMMAND 命令、菜单方式建立,扩展名为.PRG。

2. 过程的定义

过程定义的语法格式为:

```
PROCEDURE <过程名>
     [PARAMETERS <形参数表>]
       <命令语句序列>
     [RETURN [TO MASTER]]
[ENDPROC]
```

PROCEDURE 是过程的第一条语句,它标志着过程的开始;PARAMETERS <形参数表>用于定义形式参数,是可选项;命令语句序列构成过程体。在该过程的最后一条语句后,自动执行一条隐含 RETURN 命令,也可以在过程最后一行中包含一条 RETURN 命令。

注意:

① 可以将过程放在单独的程序文件中,也可以放在程序的末尾。

② 过程名和过程文件是两个不同的概念,过程名是一个没有扩展名的过程名称,而过程文件可由多个过程构成。

3. 过程的调用

过程的调用格式有两种情况。其一是程序中过程的调用,其二是在过程文件中对过程进行调用。

（1）程序中过程的调用。

程序中过程的调用方法与子程序的调用基本相同,其语法格式为:

```
DO <过程名>[WITH<实参数表>]
```

（2）过程文件中过程的调用。

如果过程或自定义函数放在过程文件中,可以在调用语句 IN 中指出。其语法格式为:

```
DO <过程名>[WITH< 实参数表>][IN<过程文件>]
```

也可以在调用过程之前先通过命令打开过程文件,然后再用 DO <过程名>命令来调用其中的过程或函数。其语法格式为:

```
SET PROCEDURE TO <过程文件名>[ADDDITIVE]
```

[ADDDITIVE]选项表示在不关闭当前已打开的过程文件情况下打开其他过程文件。

注意:打开一个过程文件,将默认关闭已经打开的过程文件。该命令在主程序中使用,应放在调用过程文件的命令之前。

当不再调用过程文件时,应在调用程序中使用下列命令予以关闭。

格式 1:

```
CLOSE PROCEDURE
```

格式 2:

```
SET PROCEDURE TO
```

【例 7-17】　用主程序 MAIN. PRG 调用过程文件 sub. PRG 中的两个过程 sub1 和 sub2。程序如下:

```
**MAIN.PRG
SET PROCEDURE TO sub
?"****** 过程文件调用 ********"
DO sub1
?"--------------------"
DO sub2
CLOSE PROCEDURE
RETURN
```

```
** sub.PRG
PROCEDURE sub1
  ? "this is in sub1"
ENDPROC
PROCEDURE sub2
  ? "this is in sub2"
ENDPROC
```

7.4.3　带参数的过程调用

实际应用中,常需要在调用程序和被调用程序之间进行一些参数的传递,并根据接收到的参数控制程序流程或对接收到的参数进行处理,从而大大提高程序设计的灵活性。

程序之间的参数传递可通过两种方法进行:一是通过带参数的程序调用来实现;二是通过内存变量来实现。这里介绍通过带参数的程序调用实现参数传递。

传递参数命令:

DO <文件名>|<过程名>WITH<实参数表>

接收参数命令:

PARAMETERS <形参数表>

当调用语句包含 WITH<实参数表>选项,表示主程序和子程序(过程)之间要进行参数的传递,<实参数表>中的参数可以是常量、变量和表达式。

参数传递包括值传递和引用传递两种方式。

- 值方式传递:调用子程序时,将实参值传递给对应的形参;当执行子程序结束时,形参变化后的值不能回送给实参。这种只能由实参传递给形参值的单向传递方式称为值传递。
- 引用方式传递:调用子程序时,将实参值传递给对应的形参;当执行子程序结束时,形参变化后的值能回送给实参。这种双向传递值的方式称为引用传递。

在 Visual FoxPro 中,形参与实参的结合遵守以下规则:

- 当实参是数组名时,系统自动将形参转换成与实参等价的数组,并且实参与形参之间按引用方式传递数据。
- 当实参是内存变量(不含数组元素)时,实参与形参之间按引用方式传递数据。
- 当实参是表达式(包括常数、数组元素和函数)时,实参与形参之间按值方式传递数据。

【例 7-18】　编写程序,计算长方形的面积,用参数实现数据传递。程序如下:

```
CLEAR
INPUT '输入长方形的长:' TO x
INPUT '输入长方形的宽:' TO y
mj=0
DO T1 WITH x,y,mj
```

```
? '长方形面积为：',mj
RETURN
PROCEDURE T1
  PARAMETERS m,n,k
  k=m*n
ENDPROC
```

　　程序运行时,用户从键盘输入变量 x 和 y 的值。执行 DO 语句时,将 x、y 和 mj 作为实参分别传递给过程 T1 中对应的形参 m、n 和 k。当过程 T1 运行完成后,返回到主程序时将形参 m、n 和 k 的值又传递给主程序中对应的 3 个变量中。此时 mj 的值就是长方形的面积。

7.5　用户自定义函数

　　Visual FoxPro 提供了二百多个系统函数供用户使用,但有时这些函数还不足以满足用户使用的需要,用户还可以自己创建一些实用的函数,称为用户自定义函数,简称 UDF (User Defined Function)。它与过程的区别仅在于自定义函数通常需要返回一个表达式的值作为该函数的返回值。自定义函数格式如下：

```
FUNCTION <用户自定义函数名>
  [PARAMETERS <变量名表>]
            <命令语句序列>
  [RETURN <表达式>]
[ENDFUNC]
```

　　FUNCTION 指明了用户自定义函数的开始,同时标识出了函数的名称,但函数名不能与系统函数名和内存变量名相同。

　　RETURN 语句用于返回函数值,其中<表达式>的值就是函数值,此表达式的数据类型决定了该自定义函数的数据类型。若省略<表达式>,则自定义函数等同于过程。

　　自定义函数与系统函数调用方法相同,调用格式：

```
<自定义函数名>([<参数表>])
```

　　函数子程序一般按值方式传递值。通过 Set 命令可重新设置参数的传递方式。
语句格式：

```
Set Udfparms To Value|Reference
```

　　语句说明：此命令仅对函数子程序调用有影响。在 Set Udfparms To Value(系统默认)状态下,实参与形参之间一律按值方式传递数据,系统要求函数子程序中的形参不能是数组说明；在 Set Udfparms To Reference 状态下,实参与形参之间按引用方式传递数据,其规则与过程子程序调用的参数传递规则相同。

　　【例 7-19】　从键盘输入日期,用函数调用方法实现返回一个推迟三周的日期。
　　程序如下：

```
CLEAR
INPUT "请输入日期: " TO N                    && 输入一个日期型常量
?"推迟三周后的日期是: ",plus3weeks(N)        && 调用 plus2weeks 函数
RETURN

FUNCTION plus3weeks                          && 定义函数
  PARAMETER ddate                            && 参数 ddate 接收从主程序传递来的值
    d=ddate+21
  RETURN d                                   && 返回函数值
ENDFUNC
```

程序运行时,用户从键盘输入变量 N 的值,在调用自定义函数时,将 N 的值作为实参传递给形参 ddate。Plus3weeks 函数的返回值是推迟三周后的日期,把该日期返回到主程序调用 plus3weeks 的语句处。

7.6 变量的作用域

由前面的知识知道,在 Visual FoxPro 系统中变量可分为字段变量和内存变量,字段变量应用于数据表中,本书的相关章节已作了详细介绍。在程序设计中,往往会用到许多内存变量,有些内存变量在整个程序运行过程中起作用,有的仅在某些程序模块中起作用,内存变量的这些作用范围称为内存变量作用域。根据内存变量的作用域,内存变量可以分为 3 类:全局变量、局部变量和私有变量。

7.6.1 全局变量

全局变量又称为公共变量,是指在任何命令语句以及任何嵌套层次的程序模块中均起作用的内存变量。当程序执行完毕返回到命令窗口后,其值仍然保存。

格式:

PUBLIC <内存变量表>

一个 PUBLIC 语句可以定义多个内存变量,每个内存变量之间均用",",隔开。

全局变量的特点是:

(1)在任何一个子程序中都可以改变全局变量的值,且在任何一级子程序中定义的全局变量在主程序中都有效。

(2)当整个程序结束后,全局变量依然存在。

若要清除全局变量,须借助 RELEASE 命令或 CLEAR 命令。语法格式如下:

RELEASE <内存变量表>

或

CLEAR ALL

或

```
CLEAR MEMORY
```

注意：

① 在命令窗口定义的所有变量默认均为全局变量。无须用 PUBLIC 说明。

② 在程序中，内存变量用 PUBLIC 命令说明为全局变量后，变量初值为逻辑假(.F.)。

③ PUBLIC 命令是定义一个新变量，而不能把一个已有的变量改变为全局变量。

7.6.2　私有变量

私有变量是指在本层模块及其调用的下层模块中有效。若在其下层程序的执行中改变了它的值，此改变后的值将被带回到其上层调用程序。但需要注意的是，在下层程序中创建的私有变量不能供其上层程序使用。私有变量在定义它的模块运行结束或返回上级程序时将自动释放。

Visual FoxPro 系统默认程序中所使用的变量在没做任何说明的情况下都为私有变量。比如用命令 STORE、DIMENSION、DECLARE、INPUT、ACCEPT、WAIT、COUNT、SUM、AVERAGE、CALCULATE 以及用"＝"赋值生成的变量，都是私有变量。

当私有变量与上层程序中的变量同名时，为区分二者是不同的变量，需采用暂时屏蔽上级程序变量的方法，使子程序中的变量与上层程序中的变量同名而不同值。

语法格式为：

```
PRIVATE <内存变量表>
```

注意： PRIVATE 命令并不建立内存变量，仅使得上层模块中的同名变量被屏蔽起来。

7.6.3　局部变量

局部变量只能在建立它的模块中使用，不能在上层或下层模块中使用。当该模块运行结束时，局部变量将自动释放。其语法格式为：

```
LOCAL <内存变量表>
```

说明：

① 用 LOCAL 命令定义的局部内存变量的初值为逻辑假(.F.)。

② 一个 LOCAL 语句可以定义多个内存变量，每个内存变量之间均用","隔开。因 LOCAL 和 LOCATE 前 4 个字母相同，故不可缩写。

【例 7-20】 全局变量、私有变量和局部变量的作用域示例。程序如下：

```
STORE 3 to c,d                        && 定义变量 c,d,并赋值 3
a=1
b=5
?"in main:  a=",a,"b=",b,"c=",c,"d=",d    && 显示：in main:a=1,b=5,c=3,d=3
DO sub1                                && 调用过程 sub1
```

```
   ?"in main:   a=",a,"b=",b,"c=",c,"d=",d          && 显示：in main:a=1,b=5,c=8,d=-3
PROCEDURE sub1
   PRIVATE a                                        && 屏蔽主程序中的变量 a
   LOCAL c                                          && 定义局部变量 c
   a=6
   c=9
   ?"in sub1: a=",a,"b=",b,"c=",c,"d=",d            && 显示：in sub1:a=6,b=5,c=9,d=3
   DO sub2                                          && 在过程 sub1 调用过程 sub2
   ?"in sub1:   a=",a,"b=",b,"c=",c,"d=",d          && 显示：in sub1:a=6,b=5,c=9,d=-3
ENDPROC
PROCEDURE sub2
   LOCAL a                                          && 定义局部变量 c
   a=b+4
   c=c+5
   d=b-8
   ?"in sub2: a=",a,"b=",b,"c=",c,"d=",d            && 显示：in sub2:a=9,b=5,c=8,d=-3
ENDPROC
```

首先，在主程序中定义了 4 个私有变量，产生了第一次执行结果。当 DO 语句调用过程 sub1 时，sub1 中定义了同名局部变量 c，只能用于本过程，同时还定义了一个同名私有变量 a，它暂时屏蔽了主程序中值为 1 的变量 a。赋值后，在 sub1 中显示 a＝6，b＝5，c＝9，d＝3。sub1 中继续调用 sub2，sub2 中定义了局部变量 a，运算后输出"in sub2：a＝9，b＝5，c＝8，d＝－3"。执行到 ENDPROC 语句时，返回至 sub1，执行 DO 语句后的输出语句，再次输出 4 个变量的值。由于 sub2 中的变量 a 是局部变量，因此 sub1 中的变量 a 不受影响，a 的值仍是 6；同样，sub1 中的变量 c 也是局部变量，不受 sub2 的影响，c 的值仍是 9；b 和 d 是私有变量，其值为上一次改变后的值，分别为 5 和－3。由此，在 sub1 中第二次输出为"in sub1：a＝6，b＝5，c＝9，d＝－3"。结束 sub1 的运行，返回主程序。在 sub1 和 sub2 中，变量 a 分别被定义为局部变量 a 或者被屏蔽，所以主程序中的变量 a 没有变化。变量 c 虽然在 sub1 中是局部变量，但在 sub2 中是私有变量，所以 sub2 中的 c 值将返回主程序，其值为 8。变量 b 和 d 都是私有变量，其值为最后一次变化后的值，所以和 sub2 中的同名变量相同，分别为 5 和－3。

7.7   程序设计中的错误处理

在编写程序的时候难免会出现错误，程序中的错误大致可分为 3 种，分别为语法错误、执行时期错误和逻辑错误。

在编写程序代码的时候，没有按照规定的语法规则书写命令或表达式而产生的错误称为语法错误。初学者常犯此类错误，例如关键词拼写错误、有 IF 却忘了书写 ENDIF、字符串没有用定界符括起来等，都会引发语法错误。此类错误会随着对程序语言的熟练程度的提高而逐渐减少。

程序在执行时所发生的错误即为执行时期错误。例如以 0 作为除数导致程序无法继续执行,如下列程序代码:X＝5/0,这个程序代码的语法并没有错误。但是 0 不可为除数,因此执行到这一行时便会引发执行时期错误。要解决执行时期错误必须另外加入错误处理程序。

程序执行的结果不是编程人员所预期的结果,此类错误称为逻辑错误。这可能是因为程序设计者的观念本身就不正确,所以这种错误并不好发现。因为程序的语法内容并没有错,要解决这类问题必须配合一些工具和方法才能找出错误的地方。

7.7.1 预防错误

养成良好的编程习惯,如在程序中给模块留出空白占位空间、包含注释和遵守命名约定等,可及早发现潜在的错误,减少代码中错误的数量。此外,在早期的开发过程中,采取一些必要的步骤,这样可以使后面的测试和调试工作变得简单。这些步骤包括:

1. 建立测试环境

为了保证程序的可移植性并建立适当的测试和调试环境,在建立系统环境时必须考虑以下几个方面的问题:

① 硬件和软件。

有时应用程序需要在性能较低的工作平台上运行,所以为了保证程序的可移植性,应该根据情况按可能的最低平台开发程序;使用最低层次的视频方式开发应用程序;确定最低所需的内存和磁盘空间的大小;对于应用程序的网络版,还应考虑内存、文件和记录锁定等特殊要求。

② 系统路径和文件属性。

为了在运行应用程序的每台机器上都能够快速访问所有必需的程序文件,在定义基本配置时,应该设置合理的文件存取属性,为每个用户设置合理的网络权限。

③ 目录结构和文件位置。

使用 SET 命令动态地设置相对路径,另建一个目录或目录结构,将源文件和生成的应用程序文件分开。这样,就可以对应用程序的相互引用关系进行测试,并且准确地知道在发布应用程序时应包含哪些文件。

2. 设置验证信息

为了验证代码运行工作环境是否符合预先假设的情况,可以在程序代码中包含一些验证的内容,如使用 ASSERT 命令标明程序中的假设。当 ASSERT 命令中所规定的条件为“假”时,将显示一个提示信息对话框,并将信息在“调试输出”窗口中显示出来。

3. 查看事件发生的序列

在 Visual FoxPro 中可以使用可视化的工具或 SET EVENTTRACKING 命令来跟踪、查看事件的发生顺序。在系统菜单的“工具”下拉菜单中选择“调试器”选项可启动“Visual FoxPro 调试器”窗口。若要跟踪事件,可在“工具”下拉菜单中选定“事件跟踪”,启动“事件跟踪”对话框。该对话框允许用户选择想要查看的事件。

7.7.2 处理"运行时"的错误

一个应用程序开始执行后,在运行时刻可能出现错误。通过使用 Visual FoxPro 提供的错误处理器来处理,用户可以处理出现的错误。如果用户的应用程序不包含错误处理程序,当错误发生在运行时刻时,该应用程序就停止执行,并出现带有下列按钮的 Visual FoxPro 系统错误提示信息框,如图 7-13 所示。

图 7-13　错误提示信息框

- 取消:单击"取消"按钮,则应用程序立即停止执行并返回到系统控制。
- 挂起:暂停程序,相当于执行了 suspend 命令,这时程序中的所有变量都保持原值,任何当前已打开的表仍然保持打开,它们的记录指针也在各自的位置上,可以打开调试窗口(debug)和跟踪窗口来查看正在被执行的程序代码及各种变量和表的状态。
- 忽略:单击"忽略"按钮,Visual FoxPro 则忽略引起错误的代码行,并继续执行程序的后序代码。
- 帮助:显示有关出错的帮助信息,对于错误做更详细的说明。

7.7.3 建立 ON ERROR 例程

在 Visual FoxPro 中,可以使用 ON ERROR 命令和指定任何有效的命令或表达式,来检测和处理在单行或多行代码中的错误。一般情况下,可使用 ON ERROR 作为应用程序中的通用错误处理程序,去处理那些较为局部的错误。如在 Error 事件和 TRY…CATCH…FINALLY 语句中没有处理的错误。

例如,假设在一个程序文件(.prg)中有下列无效的代码行 BRWSE,当运行该程序时,Visual FoxPro 会显示适当的错误信息——"不能识别的命令动词"。当然,用户也可以建立一个 ON ERROR 例程去检测这个无效的命令,并运行一个处理该错误的过程或程序。下列代码行 ON ERROR 命令在该无效命令之前,它包含了 ERROR 函数并使用"?"命令来显示错误信息所对应的错误号。

```
ON ERROR ?ERROR()
BRWSE
```

当上述代码行运行时,ON ERROR 命令检测到这个错误,并通过 ERROR 函数返回对该错误——"不能识别的命令动词"的错误号 16,显示在活动的输出窗口,代替了该错误信息本身。

【例 7-21】 ON ERROR 例程的基本格式。

```
CLEAR
ON ERROR DO errhand WITH ERROR(),MESSAGE(),MESSAGE(1),PROGRAM(),LINENO()
*** 下一行代码产生错误,没有 BRWSE 这个命令***
BRWSE
ON ERROR                &&恢复系统错误处理程序.
RETURN
*** 错误处理过程 errhand ***
PROCEDURE errhand
PARAMETER merror,mess,mess1,mprog,mlineno
    ? '错误编号: '+LTRIM(STR(merror))
    ? '错误信息: '+mess
    ? '错误的代码行: '+mess1
    ? '错误的行号: '+LTRIM(STR(mlineno))
    ? '错误的程序: '+mprog
RETURN
```

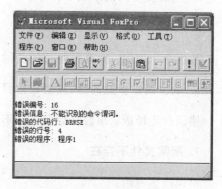

图 7-14　程序输出结果

在 Visual FoxPro 中建立上述程序文件并运行,在主窗口内显示的运行结果如图 7-14 所示。

7.7.4　常见的错误

在使用 Visual FoxPro 的过程中,难免会出现各种各样的错误,遇到系统弹出的错误提示信息,如何根据这些错误提示找出真正的错误根源才是解决问题的关键所在。下面介绍一些常见错误的分析和解决方法。

1. 不能识别的命令谓词

错误产生原因:

- 关键词拼写错误。
- 命令动词与短语、短语中各单词之间没有用空格隔开。
- 命令动词、短语中的英文单词、运算符号和标点符号等在全角状态下输入。
- 在一行内输入多条命令。
- 将一条命令多行输入时中途换行没有分号";"。

2. 找不到变量

错误产生原因:

- 命令动词与短语、短语中各单词之间没有用空格隔开。
- 命令动词、短语中的英文单词在全角状态下输入。

3. 语法错误/命令中缺少必要的子句

错误产生原因:

- 语句的结构不完整。

- 运算符和标点符号是在全角状态下输入或为中文符号。

4. 嵌套错误

错误产生原因：

- 关键词缺少配对，如有 IF 却没有 ENDIF，有 FOR 却没有 ENDFOR。
- 配对关键词的个数不相等。

5. 操作符/操作数类型不匹配

错误产生原因：运算符两边的变量或数据类型不一致。

6. 缺少函数参数的值、类型或数目无效

错误产生原因：函数参数的个数不对或传递的参数类型不对。

7. 所需文件不存在

错误产生原因：

- 没有设置默认路径。
- 要打开的表文件或菜单文件没有存放在默认目录下。
- 调用没有定义的函数或过程。

7.8   程序的调试

7.8.1   程序调试

    程序调试就是确定程序出错的位置，然后加以改正，直到达到预定的设计要求为止。程序调试往往是先分模块调试，当各个模块都调试通过以后，再联合起来进行调试。通过联合调试后，便可试运行，试运行无错误后，便可以投入正常使用。

    程序的错误主要包括语法错误和逻辑错误。如果只是语法错误，当程序运行遇到这类错误时，Visual FoxPro 会自动中断程序的执行，并弹出编辑窗口，显示出错的命令行，给出错误信息，方便用户修改。逻辑错误不同于语法错误，程序可能是一系列语法正确的指令，但结果却是错误的。在长而复杂的程序中，逻辑错误可能会非常隐蔽和模糊。某些典型的情况包括：程序对一个没有预见到的变量值错误地进行了处理，或计算顺序错误，选择了错误的工作区或主索引，在使用了一系列的不同表之后没有恢复先前工作环境等等。

    当程序运行时产生了错误或得到了不正确的结果，往往需要跟踪程序的运行才能找出错误所在，为此 Visual FoxPro 提供了丰富的调试工具，帮助我们逐步发现代码中的错误，有效地解决问题。

7.8.2   调用调试器

    在 Visual FoxPro 中，系统提供了一种程序调试工具"调试器"，用户可以在调试窗口

中动态检测程序的运行来完成对程序的调试。调试器提供了设置断点、设置显示变量、执行程序和监视表达式等多种方法。

使用调试器的方法有：

① 在命令窗口输入 DEBUG 命令。

② 使用系统中的"工具"→"调试器"命令，就可以打开图 7-15 所示的调试窗口。

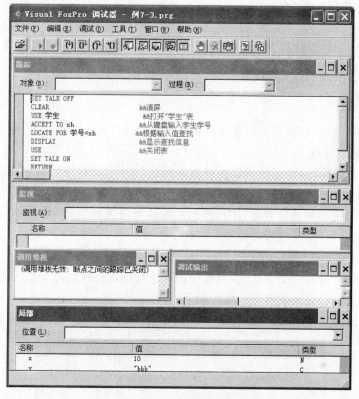

图 7-15　调试器窗口

1. 调试器窗口的组成

- "跟踪"窗口：用于观察和调试程序。
- "监视"窗口：用于设置监视表达式。
- "局部"窗口：用于显示程序、过程或方法中的所有变量、对象、数组等内容。
- "调用堆栈"窗口：用于显示正在运行的程序、过程和方法。
- "调试输出"窗口：用于显示活动程序、过程和方法的代码。

2. 调试器窗口的调试菜单

- 运行：执行当前跟踪窗口中的程序。
- 继续执行：从跟踪窗口中程序的当前代码开始执行。
- 单步：一条一条地执行程序中的语句代码。

- 单步跟踪：单条显示并执行程序中的代码。
- 运行到光标处：运行从当前行到光标所在行间的代码。

在调试器窗口中，单击"打开程序"按钮，选择相应的程序后，该程序就在跟踪窗口打开，单击"执行程序"按钮就可以执行程序。在"局部"窗口中就可以显示变量的名称、值和类型。在跟踪窗口中"执行位置指示"是一个小箭头，表示程序执行的当前位置。单击"单步执行"按钮就执行一条命令。

在调试程序过程中，经常需要将程序执行到一个位置上停下来，这个位置称为断点。设置断点的方法是将鼠标移到选定语句处双击，会在该命令行左边显示一个小圆点，当程序执行到该位置就中断，以便分析当前程序执行的变量输出情况。

7.8.3　设置断点

在调试器窗口中，可以设置以下 4 种类型的断点。

(1) 在定位处中断

可以指定一代码行，当程序调试执行到该行代码时中断程序运行。在跟踪窗口中找到要设置断点的那行代码，然后双击该行代码左端的灰色区域，或先将光标定位于该行代码中，然后按 F9 键。设置断点后，该行代码左端的灰色区域会显示一个实心圆点。用同样的方法可以取消已设置的断点。

(2) 如果表达式值为真则在定位处出现中断

指定一代码行以及一个表达式，当程序调试执行到该行代码时如果表达式的值为真，就中断程序运行。设置此类断点的步骤如下：

① 在调试器窗口中，选择"工具"→"断点"命令，打开"断点"对话框，如图 7-16 所示。

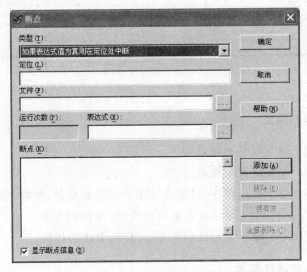

图 7-16　"断点"对话框

② 在"类型"下拉列表中选择断点类型为"如果表达式值为真则在定位处中断"。

③ 在"定位"文本框中输入断点位置，即要设置断点的代码行的行号。例如，prog1,3

表示在模块程序 prog1 的第 3 行设置断点。

④ 在"文件"文本框中指定模块程序所在的文件。

⑤ 在"表达式"文本框中输入相应的表达式,例如输入 S>10,表示程序执行时,当满足条件 S>10 时,则在程序的第 3 行处中断程序执行。

⑥ 单击"确定"按钮,把该断点添加到"断点"列表框中。

⑦ 单击"确定"按钮。

（3）当表达式的值为真时中断

可以指定一个表达式,在程序调试执行过程中,当该表达式值改成逻辑真.T.时中断程序运行。此类断点的设置与类型 2 断点的设置方法相同。

（4）当表达式值改变时中断

指定一个表达式,在程序调试执行过程中,当该表达式值改变时中断程序运行。首先在监视窗口中设置监视表达式,然后双击表达式左端的灰色区域,就设置了一个类型 4 的断点。

本 章 小 结

对于需要使用大量命令来处理的复杂的数据管理任务,Visual FoxPro 提供了成批命令协同工作方式,即程序工作方式。本章主要介绍了程序文件的概念、建立、编辑及运行,程序中基本命令的使用,顺序结构、分支结构和循环结构程序设计,子程序、过程、过程文件与用户自定义函数的设计。

作为可视化编程工具的一种,Visual FoxPro 不仅支持面向过程程序设计,同时更主要的是用于支持面向对象的程序设计。而面向过程的程序设计是面向对象的程序设计的基础,在后面的章节中会详细介绍面向对象程序设计的内容。

习 题 7

一、选择题

1. 建立一个程序文件的命令是_____。

A. MODIFY COMMAND <程序文件名>

B. DO <程序文件名>

C. EDIT <程序文件名>

D. CREATE <程序文件名>

2. 假设有一个程序文件 WIN.PRG,执行该程序的命令是_____。

A. OPEN WIN.PRG　　　　　　　　B. DO WIN.PRG

C. USE WIN.PRG　　　　　　　　　D. CREATE WIN.PRG

3. 用 Visual FoxPro 语言编写的程序中,注释行用的符号是_____。

A. //　　　　　　B. {}　　　　　　C. '　　　　　　D. *

4. Visual FoxPro 输入语句中,只能接收数值数据的语句是_____。

　　A. ?　　　　　　　　B. WAIT　　　　　　C. ACCEPT　　　　　D. INPUT

5. 执行 ACCEPT "输入 X 的值: " TO X 命令后,内存变量 X 的类型是_____。

　　A. 数值型　　　　　B. 逻辑型　　　　　　C. 任意型　　　　　D. 字符型

6. VisualI FoxPro 程序设计语句的 3 种基本结构是_____。

　　A. 顺序结构、分支结构和子程序

　　B. 顺序结构、分支结构和过程

　　C. 分支结构、循环结构和顺序结构

　　D. 常量、变量和数组

7. 当 FOR… ENDFOR 语句的初值大于终值时,其步长的值只能是_____。

　　A. 正数　　　　　　B. 负数　　　　　　　C. 任意数　　　　　D. 初值不能大于终值

8. 一个过程文件最多可以包含 128 个过程,每个过程的第一条语句是_____。

　　A. PARAMETER　　　　　　　　　　B. DO <过程名>

　　C. <过程名>　　　　　　　　　　　　D. PROCEDURE <过程名>

9. 在 DO WHILE…ENDDO 循环结构中,EXIT 命令的作用是_____。

　　A. 终止循环,程序转移到 ENDDO 后面的第一条语句

　　B. 转移到 DO WHILE 语句行,开始下一个判断

　　C. 退出过程,返回程序开始处

　　D. 终止程序执行

10. 在循环语句中,执行_____语句可跳过随后的代码,并重新开始下次循环。

　　A. LOOP　　　　　　B. NEXT　　　　　　C. SKIP　　　　　　D. EXIT

11. 计算机等级考试的查分程序如下,请补充完整。

```
USE 考试成绩表
ACCEPT "请输入准考证号: " TO NUM
LOCATE FOR 准考证号=NUM
IF _____
    ?"没有此考生。"
ELSE
    ?姓名,"成绩: "+STR(成绩,3,0)
ENDIF
```

　　A. EOF()　　　　　B. .NOT.EOF()　　C. BOF()　　　　　　D. .NOT.

12. 下列程序执行后显示的内容是_____。

```
FOR I=1 TO 5
    ??I
ENDFOR
```

　　A. 1　　　　　　　　B. 5　　　　　　　　C. 1 2 3 4 5　　　　D. 5 4 3 2 1

13. Visual FoxPro 循环结构程序中,在指定范围内扫描数据表文件,查找符合条件的记录并执行循环体中的操作命令,应使用的循环语句是_____。

　　A. WHILE　　　　　B. FOR　　　　　　　C. SCAN　　　　　　D. DO CASE

14. 下列程序实现的功能是_____。

```
USE GZ
DO WHILE ! EOF()
  IF 基本工资>=600
    SKIP
    LOOP
  ENDIF
  DISPLAY
  SKIP
ENDDO
USE
```

    A. 显示所有基本工资大于 600 元的职工的记录

    B. 显示所有基本工资低于 600 元的职工的记录

    C. 显示第一条基本工资大于 600 元的职工的记录

    D. 显示第一条基本工资低于 600 元的职工的记录

15. 学生数据表当前记录的"计算机"字段值是 89,执行下列程序段后,屏幕输出为_____。

```
DO CASE
  CASE 计算机<60
    ?'计算机成绩是：'+'不及格'
  CASE 计算机>=60
    ?'计算机成绩是：'+'及格'
  CASE 计算机>=70
    ?'计算机成绩是：'+'中'
  CASE 计算机>=80
    ?'计算机成绩是：'+'良'
  CASE 计算机>=90
    ?'计算机成绩是：'+'优'
ENDCASE
```

    A. 计算机成绩是：不及格   B. 计算机成绩是：及格

    C. 计算机成绩是：良   D. 计算机成绩是：优

16. 用于声明某变量为全局变量的命令是_____。

    A. PRIVATE   B. PUBLIC   C. LOCAL   D. PARAMETERS

17. 在先判断后工作的循环程序结构中,循环体执行的次数最少可以是_____。

    A. 0   B. 1   C. 2   D. 不确定

18. 若将过程或函数放在过程文件中,可以在应用程序中使用_____命令打开过程文件。

    A. SET PROCEDURE TO 文件名   B. SET FUNCTION TO 文件名

    C. SET PROGRAM TO 文件名   D. SET ROUTINE TO 文件名

二、填空题

1. 在 Visual FoxPro 中,源程序文件的扩展名是_____。

2. 在 Visual FoxPro 程序中,不用说明直接使用的内存变量属于_____变量。

3. 根据内存变量的作用范围,内存变量又分为私有变量、局部变量和_____。

4. 下面的程序是根据姓名查找学生成绩,请填空。

```
USE STD
ACCEPT "请输入待查学生姓名:" TO xm
DO WHILE .NOT.EOF()
    IF _____
        ?"姓名:"+姓名+"成绩:"+STR(成绩,3,0)
ENDIF
SKIP
ENDDO
USE
RETURN
```

5. 运行下列程序后,屏幕上输出的结果是_____。

```
STORE 0 TO M,N
DO WHILE .T.
   N=N+2
   DO CASE
        CASE INT(N/3) * 3=N
           LOOP
        CASE N>10
           EXIT
        OTHERWISE
           M=M+N
   ENDCASE
ENDDO
? "M="+ALLT(STR(M))+";"+"N="+ALLT(STR(N))
```

6. 已知命令文件 MAIN. PRG 为:

```
PRIVATE X
Y=5
X=Y+4
RETURN
```

则执行下列命令后 X 的值为_____,Y 的值为_____。

```
STORE 2 TO X,Y
DO MAIN
```

7. 下面是从输入的 10 个数中找出最大数和最小数的程序,请填空。

```
INPUT "请输入一个数:" TO  a
```

```
STORE a TO max,min
FOR I=2 TO 10
INPUT "请输入一个数: " TO a
    _____
    max=a
  ENDIF
  IF min >a
    min=a
  ENDIF
ENDFOR
?"最大值: ",max,"最小值: ",min
```

8. 下列程序是用来求长方形的面积,请将它填写完整。

```
A=4
B=6
S=AREA(A,B)
?S
FUNCTION  AREA
  PARAMATERS _____
  C=D * E
RETURN
ENDFUNC
```

9. STD 表中含有字段:姓名(C,8),课程名(C,16),成绩(N,3,0),下面一段程序用于显示所有成绩及格的学生信息。

```
CLEAR
USE STD
DO WHILE _____
   IF 成绩">=60"
      ?"姓名:"+姓名,"课程:"+课程名,"成绩:"+STR(成绩,3,0)
   ENDIF
   _____
ENDDO
USE
RETURN
```

10. 设共有 5 个表文件 STD1. DBF~STD5. DBF,下面程序的功能是删除每个表文件的末记录,请填空。

```
n=1
DO WHILE n<=5
   M=STR(n,1)
   DB=_____
   USE &DB
   GOTO BOTTOM
```

```
        DELETE
        PACK
        _____

    ENDDO
    USE
    RETURN
```

三、阅读程序,写运行结果

1. 下面程序的输出结果是_____。

```
Store 0 To X,Y,Z
Do While X<=15
    Y=Y+5
    X=X+Y
    Z=Z+1
Enddo
?X,Y,Z
Return
```

2. 下面程序的输出结果是_____。

```
Y=404
?Space(2)
Do While Y<=700
    Y3=Int(Y/100)
    Y2=Int((Y-Y3*100)/10)
    Y1=Y%10
    If Y1=Y3
      ??Str(Y,5)
      Y=(Y3+1)*100
      Loop
    Endif
    Y=Y+1
Enddo
```

3. 下面程序的输出结果是_____。

```
Store 5 To N,S
Do While .T.
N=N+1
S=S+N
If N>8
  Exit
Else
  ?Str(S,2)
Endif
Enddo
```

```
Return
```

4. 下面程序的输出结果是_____。

```
Store 1 To S,M,N
Do While M<=5
   S=S+M+N
   N=3
   Do While N>1
      S=S+M+N
      N=N-1
   Enddo
   M=M+2
Enddo
?S
```

5. 下面程序的输出结果是_____。

```
STORE 0 TO a,b,c,d,n
DO WHILE .T.
   n=n+5
   DO CASE
      CASE n<=50
         a=a+1
         LOOP
      CASE n>=100
         b=b+1
         EXIT
      CASE n>=80
         c=c+1
      OTHERWISE
         d=d+1
   ENDCASE
   n=n+5
ENDDO
?a,b,c,d,n
RETURN
```

6. 执行下列程序,写出相应语句的输出结果_____。

```
Set Talk Off
X=10
Y=20
Do Sub1
?X,Y,Z
Procedure Sub1
   Private X
```

```
   Local Y
   Public Z
   X=1
   Y=2
   Z=3
   ?X,Y,Z
Return
```

四、思考题

1. 结构化程序设计具有哪几种基本控制结构？

2. IF…ENDIF 和 DO CASE…ENDCASE 语句在分支结构上各有哪些特点？

3. 根据变量的作用范围，变量可分为哪几种？其作用域有何不同？

4. LOOP 和 EXIT 语句在循环体中各起什么作用？

5. 程序执行方式与交互执行方式各有何优缺点？

6. 程序设计中的自定义函数和过程有何不同？如何实现过程的参数传递？

7. 过程和过程文件有何不同？

实验 7.1　顺序结构与选择结构

【实验目的】

- 掌握 Visual FoxPro 建立程序的基本操作方法。
- 熟悉 Visual FoxPro 中输入输出语句的用法。
- 掌握顺序结构程序的设计方法。
- 掌握分支结构程序的设计方法。

【实验准备】

1. 程序编辑窗口的启动与操作。

2. 输入输出语句的格式。

3. 程序文件的建立、修改和执行等操作。

4. 选择结构的概念。

5. 选择结构语句（IF 语句和 DO CASE 语句）。

【实验内容】

1. 编写程序，输入一个数，求绝对值。

2. 编写程序将 1～100 之间所有能被 7 和 3 整除的整数输出。

3. 请编写程序，根据用户输入的基本工资，计算出增加后的工资。增加工资的规则为：若基本工资大于等于 3000 元，增加工资的 5%；若介于 2000～3000 元之间，则增加工资的 8%；若小于 2000 元，则增加工资的 10%。

4. 用整数 1～7 依次表示星期一到星期日，从键盘输入一个整数，在屏幕上输出对应整数的英文星期表示：Mon，Tue，Wed，Thu，Fri，Sat，Sun。如果输入的数在 1～7 之外，则显示"输入数据错误！"。

5. 编写一个程序，判断所输入的一个字符是英语字母、数字符号或特殊符号（数字符号和字母之外），并输出相应的信息。

【思考题】

1. 输入一个正数，将其反向输出。例如，若输入 123，则输出 321。

2. 输入 a，b，c，求方程 $ax^2+bx+c=0$ 的实数解。

3. 已知 student. dbf（考号 C，姓名 C，语文 N，数学 N，英语 N，综合文科 N），根据学号查询指定学生的记录，若找到了则根据（一本线 550，二本线 500，三本线 480，大专线 400）确定学生达到了哪一批次；若没有找到，则输出" ＊ ＊考号不存在"。

实验 7.2　循环结构与子程序

【实验目的】

- 掌握 Visual FoxPro 的 3 种循环语句。
- 掌握循环结构程序设计的基本方法。
- 掌握自定义函数和过程的建立方法。

【实验准备】

1. 循环结构语句（DO WHILE-END、FOR-ENDFOR 和 SCAN-ENDSCAN）。
2. 循环结构中 LOOP、EXIT 语句的用法。
3. 多重循环。
4. 过程（子程序）和自定义函数的定义、调用与参数传递规则。

【实验内容】

1. 编写一个程序，产生一个有 20 项的 Fibonacci 数列并输出。注：Fibonacci 数列的前两项为 1，从第三项开始每一项是其前两项之和。

2. 编程计算 500 以内的所有素数之和并输出。

3. 分别用过程和自定义函数求圆的周长和面积的计算，要求用参数实现数据传递。

4. 自定义一个求 $x!$ 的函数，并利用求阶乘函数计算 $C_m^n=\dfrac{m!}{n!\ (m-n)!}C_m^n$ 的值。要求：运行时 m 和 n 的值由键盘输入，其值为正且不超过 10。

5. 从键盘上输入数据，求所有偶数的和，直到输入数字 0 结束循环。

【思考题】

1. 设 N 是一个 4 位数，它的 9 倍恰好是其反序数（反序数就是将整数的数字倒过来形成的数，例如 1234 的反序数为 4321），编程求 N。

2. 任意建立一个自由表,编程向该自由表添加 50 条空白记录。

3. 编程打印图 7-17 所示的图形。

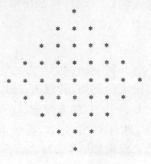

图 7-17　菱形图形

4. 编写程序计算 e,e 的近似值计算公式为 $e=1+\dfrac{1}{1!}+\dfrac{1}{2!}+\dfrac{1}{3!}+\cdots+\dfrac{1}{n!}$,直到 $\dfrac{1}{n!}<$ 0.000001 为止。

第8章 表单设计与应用

在 Visual FoxPro 中,将 Windows 操作系统中的窗口称为表单(Form)。表单是建立应用程序界面的最主要工具之一,表单内可以包含命令按钮、文本框和列表框等各种界面元素,产生标准的窗口或对话框。表单在面向对象程序设计中得到了广泛应用,且起到了非常重要的作用。

本章将从面向对象技术的相关概念出发,介绍 Visual FoxPro 中的类和对象以及面向对象技术的初步应用。然后介绍表单的创建与管理,表单设计器环境以及在该环境下的一些操作,如控件的添加、删除、布局,最后介绍一些常用的表单控件。

8.1 面向对象的概念

20 世纪 90 年代,面向对象程序设计(Object Oriented Programming,OOP)方法逐渐成为主流,它最大的优点就是开发效率高,代码重用率高。它通过增强软件的可扩充性和可重复使用性,改善了程序员的软件生产活动,使软件维护的复杂性和费用得到较好的控制。

面向对象程序设计为软件开发提供了一种新的方法,引入了对象、属性、方法、事件和类等许多新的概念,这些概念是理解和使用面向对象技术的基础和关键。

8.1.1 对象

现实世界中的任何实体都可以称为对象,对象可以是具体的实物,如一个苹果,一名教师,一台计算机等;也可以是一个抽象的概念,如学生选课,借阅图书等。在面向对象的程序设计中,表单、命令按钮和文本框等都是程序中的对象,是构成程序的基本单位和实体。在 Visual FoxPro 中,对象可以分控件对象和容器对象两种。

- 控件对象:不能包含其他对象的基本对象就是控件类对象,如标签、命令按钮和文本框等都是控件对象,也称之为标准控件。
- 容器对象:能够包含其他对象的对象是容器对象,也称之为容器控件。如表单、命令按钮组、选项按钮组和页框等都是容器控件。虽然容器对象能容纳其他对象,但其本身不能输入数据。各类容器中能包含的对象有所不同,一个容器对象也可能包含另一个容器对象。

对象是应用程序的重要组成部分,通过对象的属性、事件和方法来控制和管理对象,即属性、事件和方法是构成对象的 3 个要素。

8.1.2 属性、事件和方法程序

1. 属性

属性是用来描述和反映对象特征的参数。每个对象都有一组属性,对象中的数据保

存在属性中。属性值既可在设计时设置也可在运行中设置。例如,下面列出了一个标签的常用属性:

- Caption:标签的说明性文字(标题)。
- Enabled:标签可否被选择。
- ForeColor:标题文本的颜色。
- Left:标签左边的位置。
- Top:标签顶边的位置。
- Visible:标签是否可见。

可以通过属性框直接设置属性,也可在代码中通过赋值实现,其格式为:

[对象名.]属性名=属性值

2. 事件

在日常生活中,我们无时无刻不处在事件以及对事件的处理中。交通路口路灯的颜色变化、电话铃响、有人喊我们的名字……这些都是事件。当这些事件发生时,我们会采取相应的行动:如果交通灯是红色的,我们就要停下来;电话铃响了,我们就要接电话;有人喊我们的名字,我们就会停下来看个究竟……

由对象能够识别和响应的操作称为事件,这个操作是由程序员预先定义好的特定动作。使用 Visual FoxPro 时执行的任何动作几乎都可以看作事件。事件发生时,Visual FoxPro 产生标识该事件的消息,然后将该消息传给事件目标的对象。对象接收消息时会发生如下两件事之一:如果对象的事件包含消息的处理程序,Visual FoxPro 将执行该处理程序;如果对象的事件中不含该消息的处理程序,则将消息传递给另一个对象。对象间消息的传递顺序是沿着从低层向高层的路径传送。

事件可由系统或用户引发,但多数情况下都是通过与用户交互操作引发的。如单击鼠标或按下一个键就是引发了一个事件。在 Visual FoxPro 中,典型激发事件的用户动作有单击、拖动和按键等。

事件代码既能在事件引发时执行,也可以像方法一样被显式调用。比如,产生一个表单对象 Form1 时,系统会自动执行 Init 事件代码,但用户也可以在随后用命令 Form1. Init 显示调用该表单对象的 Init 事件代码。即一般显式调用事件代码的格式为:

[对象名.]事件名

3. 方法

方法程序是与事件相关联的过程,虽可由用户创建,但不同于一般的 Visual FoxPro 过程。方法程序紧密地和对象连接,并且与一般 Visual FoxPro 过程的调用方法有所不同。

众所周知,所有对象的共有特性是知道做什么及怎样去做。除了描述它的一系列属性之外,还有附属于它的动作即方法(由被定义的对象合法的函数来表示),它们决定了对象的行为。方法是操作类对象的函数,通过执行该函数所定义的操作来完成一定功能。

如果对象已创建,便可以在应用程序的任何一个地方调用这个对象的方法程序。调用方法的基本格式如下:

[对象名.]方法名

综上所述,所谓的事件实际上是一些用户的操作或系统的行为。用户移动鼠标、用键盘输入数据或系统时钟的进程等都属于事件。而方法则是和对象相联系的过程,并且这些过程只能通过程序来触发。方法程序也可以独立于事件而单独存在,但它必须在程序代码中被显式地调用。事件集合虽然范围很广,但却是固定的,用户不能创建新的事件,然而方法程序却可以无限扩展。

8.2 Visual FoxPro 中的类

8.2.1 类

类和对象关系密切,但并不相同。类是对一类相似对象的性质描述,这些对象具有相同的性质:相同种类的属性以及方法。类好比是一类对象的模板,有了类定义后,基本类就可以生成这类对象中任何一个对象。这些对象虽然采用相同的属性来表示状态,但它们在属性上的取值完全可以不同,这些对象一般有着不同的状态,且彼此相对独立。

例如,可以为学生创建一个类。在学生类的定义中,需要描述的属性可能包括"学号"、"姓名"、"性别"和"出生日期"等,需要描述的方法可能有"注册"、"考试"和"毕业"等,基于"学生"类,可以生成任何一个学生对象。对生成的每个学生对象,都可以为其设置相应的属性值。

每个类由属性、事件和方法程序的定义构成。可以定义类属性的默认值,类事件的默认处理程序,类方法程序的默认实现代码。但是类仅可定义,不可生成,不可显示。程序中的类有两个作用:一是创建类的对象;二是产生类的子类。

使用类的优点是:

- 封装对象的数据和处理程序,以隐藏问题的复杂性,集中处理。
- 子类继承父类的属性、事件和方法程序,实现程序的重用。
- 派生子类可以定制和扩充类的属性和方法程序,易于维护和扩充程序功能。
- 显示类的继承关系、类的属性、事件和方法程序可以使用类浏览器完成,而创建和修改类可以在类设计器中完成,或在程序中使用命令完成。
- 可以为类的成员(属性和方法程序)定义可访问性。PUBLIC(公共)属性和方法程序可以被其他任何类或程序中的代码访问。如果属性和方法程序设置为PROTECT(保护),则仅可被该类定义内的方法程序和该类的子类访问。如果设置为 PRIVATE(隐藏),则仅可被该类定义内的成员访问,该类的子类不可引用它们。为确保类的正确功能,有时需要防止用户编程改变属性或从类外调用方法程序。
- 可以使用的类包括 Visual FoxPro 定义的类和自定义的类,所有的类都可以存储到一个或多个类库文件中。

8.2.2 Visual FoxPro 定义的类

Visual FoxPro 为用户提供了大量已经定义的类,这些类分为容器类与控件类,也称为 Visual FoxPro 的基类。容器类可以包含其他类的对象,并且允许访问这些对象。典型的容器类如表单类,其中可以包含各种控件对象。表 8-1 列出了 Visual FoxPro 提供的容器类以及每种容器类所能包含的对象类型。

表 8-1　Visual FoxPro 的容器类

容　器　类	包含的对象
命令按钮组 CommandRroup	命令按钮
容器 Container	任意控件
控件 Control	任意控件
表单集 FormSet	表单、工具栏
表单 Form	页框、任意控件、容器或自定义对象
表格列 Header	标头,除了表单集、表单,工具栏,计时器和其他列外的任意对象
表格 Grid	表格列
选项按钮组 OptionGroup	选项按钮
页框 PageFrame	页
页 Page	任意控件、容器和自定义对象
工具栏 ToolBar	任意控件、页框和容器
自定义	任意控件、页框、容器、自定义对象

控件类的封装比容器类更为严密,但也因此丧失了一些灵活性。区分两种类的方法是:容器类均有 AddObject 方法程序,该程序的功能是向容器中添加对象,而控件类则不可添加对象,因此没有这个方法程序。Visual FoxPro 的控件对象必须包含于一个容器类的对象,该容器类称为控件的父容器。

Visual FoxPro 的控件类有复选框 CheckBox、编辑框 EditBox、列表框 ListBox、组合框 ComboBox、形状 Shape、微调控件 Spinner、文本框 TextBox、命令按钮 CommandButton、选项按钮 OptionButton、计时器 timer、表格列 Column、图像控件 Image、标签控件 Label、线条 Line、超级链接 HyperLink 和分隔符 Separator 等。

每个 Visual FoxPro 基类都有自己的一套属性、方法和事件。基类共有的属性包括:

- Class:该类所属类型。
- BaseClass:该类的派生基类。
- ClassLibrary:该类所属的类库。
- ParentClass:对象所基于的类(父类),如果该类直接由 Visual FoxPro 基类派生而来,则 ParentClass 属性值与 BaseClass 属性值相同。

Visual FoxPro 基类共有的事件包括:

- Init:当对象创建时激活。
- Destroy:从内存中释放对象时激活。
- Error:类中的事件或方法在程序执行过程中发生错误时激活。

8.2.3   对象的引用

在对象的嵌套层次关系中,要引用其中的某个对象,需要指明对象在嵌套层次中的位置。在 Visual FoxPro 中,对象的引用有两种方式:相对引用和绝对引用。

1. 绝对引用

从最高层次开始逐层向下直到某个对象为止的引用称为绝对引用。例如,在任何对象的任何事件过程中,可用下列绝对引用方式访问 Form1 中的命令按钮:

```
Formset1.Form1.Command1.Caption="OK"
```

2. 相对引用

从正在编写事件代码的对象出发,通过逐层向高一层或低一层直到另一对象的引用称为相对引用。使用相对引用常用到下列属性或关键字:

- Parent:当前对象的直接容器对象。
- This:当前对象。
- ThisForm:当前对象所在的表单。
- ThisFormSet:当前对象所在的表单集。

【例 8-1】   如果 Form1 中有一个命令按钮组 CommandGroup1,该命令按钮组有 Command1 和 Command2 两个命令按钮,Label1 是表单 Form1 上的一个标签控件,如图 8-1 所示。

如果要在命令按钮 Command1 的事件(如单击事件)代码中修改该按钮的标题,可用下列命令:

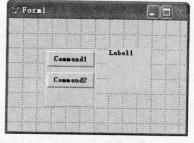

图 8-1   表单示例

```
This.Caption="确定"
```

如果要在命令按钮 Command1 的事件代码中修改命令按钮 Command2 的标题可用下列命令:

```
Thisform.Commandgroup1.Command2.Caption="取消"
```

或者

```
This.Parent.Command2.Caption="取消"
```

但不能写成下列命令:

```
Thisform.Command2.Caption="取消"
```

如果要在命令按钮 command1 的事件代码中修改标签的标题可用下列命令:

```
This.Parent.Parent.Label1.Caption="测试窗口"
```

或者

```
Thisform.Label1.Caption="测试窗口"
```

8.2.4　自定义类

对于简单的应用,使用 Visual FoxPro 的基类产生对象已经足够。但是有时需要重新定义属性的默认值、事件的默认处理程序和方法程序的实现代码或者添加属性、事件或方法程序以扩展类的功能,这时可使用类的派生功能。从基类派生的类称为子类,这个基类称为父类,子类也称为自定义类。即使是子类,还可以作为父类进一步派生新的子类。子类继承父类中没有重新定义的属性、事件和方法程序。此外,还可以创建自定义的基类,而非子类。

1. 创建新的基类

创建基类的常用方法有两种:

① 单击"文件"→"新建"命令,选择"类",然后单击"新建文件"按钮。

② 在程序中或者命令窗口中使用 Create Class 命令。

执行命令以后,Visual FoxPro 显示如图 8-2 所示的"新建类"对话框,可以在对话框中指定新类的名称、新类基于的类以及保存新类的类库。

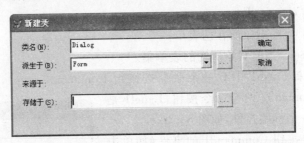

图 8-2　"新建类"对话框

2. 修改类定义

对类的修改将影响所有的子类和基于这个类的所有对象,也可以增加类的功能和修改类的错误,所有子类和基于这个类的所有对象都将继承修改。

修改基类的方法是在程序或者命令窗口中使用 Modify Class 命令修改。

3. 创建子类

常用的创建子类的方法有两种:

① 在"新建类"对话框中,单击"派生于"下拉列表框右边的 ⋯ 按钮,然后在"打开"对话框中选择派生新类的父类。

② 使用 Create Class 命令。

8.2.5　使用类库

Visual FoxPro 定义的类和自定义的类都可以保存到类库文件中,在重新启动 Visual FoxPro 时,程序可以引用打开的类库文件中包含的任何类。类库文件简称类库,类库文件的默认扩展名为 . VCX。

1．创建类库

可以使用两种方法创建类库：

（1）在程序或命令窗口中使用 Create Classlib 命令创建一个新的类库文件。例如在"命令"窗口输入下面的命令，可以创建一个名为 New_Lib 的类库：

```
Create Classlib New_Lib
```

（2）在程序或命令窗口中使用 Create Class 命令创建新类的同时，指定保存新类的类库文件。例如，下面的语句创建了一个名为 Myclass 的新类和一个名为 New_Lib 的新类库：

```
Create Class Myclass Of New_Lib As Custom
```

2．在类库中创建新类

在程序或命令窗口中使用 Create Class 命令创建新类的同时，指定保存新类的类库文件。

3．添加现有类

在程序中添加类到类库中，使用 ADD CLASS 命令可以将一个类库中的类添加到另一个类库文件中。

4．删除类

为在程序中删除类，可使用 REMOVE CLASS 命令移去或删除指定类库中的指定类。

5．在表单设计期间使用类

在表单设计期间使用类的方法：将类库的所有类添加到表单控件工具栏，然后通过选择工具栏的类按钮，添加类到表单或其他容器中，具体步骤如下：

① 从 Visual FoxPro 主菜单中选择"工具"→"选项"命令，打开图 8-3 所示的"选项"对话框。

② 选择"控件"选项卡，选择"可视类库"单选按钮。

③ 单击"添加"按钮，打开"打开"对话框，在"打开"对话框中选择要注册的类库，单击"打开"按钮。

④ 选择"设置为默认值"单选按钮，单击"确定"按钮。

8.2.6　使用类浏览器

类浏览器用来显示类库或表单中的类，也可显示.TLB、.OLB 或.EXE 文件中的类库信息。还可用类浏览器显示类库或表单中的表以及查看、使用和管理类及其用户定义成员。

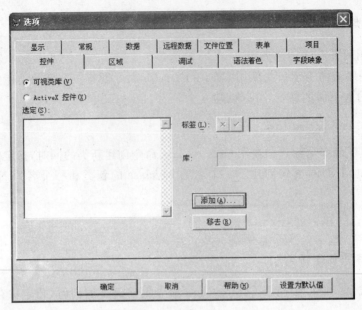

图 8-3 "选项"对话框

打开类浏览器的方法有两种：

① 打开 Visual FoxPro 主菜单中"工具"菜单项，选择其中的"类浏览器"命令。

② 在命令窗口中执行 DO(_BROWSER)命令。

在执行上述命令后，Visual FoxPro 显示"类浏览器"对话框，单击"打开"按钮，显示"打开"对话框，要求选择或输入类库文件名或表单文件名等。例如选择 Visual FoxPro 系统根目录的子目录 Wizards 下的文件 Wizstyle.vcx，单击"确定"按钮，类浏览器显示如图 8-4 所示。

图 8-4 类浏览器

其中各个部分的作用是：

- 类库和类的列表框：位于窗口的左中部，按照"类库—类—子类"的层次关系以树的形式显示每个类库和类的名称。可以展开或收缩树形的每个节点，通过单击可以选择当前的类库或类。
- "类型"组合框：位于窗口的左上部，通过选择列表框中的一个 Visual FoxPro 基类，要求类列表框中只显示指定基类的子类。
- 类说明列表框：位于窗口的左下部，显示对选定类的说明，可以在框中编辑说明。
- 类成员列表框：位于窗口的右中部，列出了类列表框中选择类的自定义属性和方法程序，通过单击可以选择当前的类成员。
- 类信息列表框：位于窗口的右下部，显示当前选定的类库、类或者成员的信息。

8.2.7　使用类设计器

类设计器是一个可视化的类定义工具，可以显示类的属性、事件和方法程序，方便地修改属性默认值、事件处理程序和方法程序的实现代码。对于 Visual FoxPro 的可视基类或自定义类，如表单类、控件类等，Visual FoxPro 提供窗口界面来模拟显示可视类的对象，通过对各个控件的选择和拖放操作，可方便地修改控件的大小、位置和显示风格等属性。

在类设计器中，可以执行如下操作：

① 显示可视化类及其成员类。

类设计器的窗口内显示可视化类的位置、大小和显示风格，如果是容器类，窗口中还显示包含的可视化成员类的位置、大小和显示风格。通过选择和拖放这些类，可以改变各个类的相对位置和大小。

② 浏览和修改类及其成员类的属性、事件处理程序和方法程序。

在类设计器窗口内，右击某个类或成员类，然后选择浮动菜单中的"属性"命令，打开"属性"对话框，如图 8-5 所示。

其中，"数据"和"布局"选项卡可以浏览和修改类的各个属性值，"其他"选项卡可以浏览和修改类的类名、父类、类库文件等定义内容。"方法程序"选项卡可以浏览类的事件和方法程序，并且双击事件名或方法程序名，可以打开一个编辑窗口，在其中可以显示和修改事件处理程序或方法程序的代码。

图 8-5　"属性"对话框

③ 在容器类中添加控件。

如果设计的类基于控件类或容器类，则可以添加控件。在表单控件工具栏中拖动要添加控件的按钮到类设计器窗口中，再调整其大小或定义属性和程序代码。

④ 添加属性和方法程序到类。

可以在新类中添加任意多的新属性和新方法程序，但不可添加事件。属性保存值，而方法程序则保存调用时可以运行的过程代码。

创建类的新属性的步骤是：

① 选择"类"→"新建属性"命令，打开"新建属性"对话框。

② 输入属性的名称。

③ 指定属性的可访问性：公共、保护或隐藏。

④ 单击"添加"按钮。

创建类的新方法程序的步骤是：

① 选择"类"→"新方法程序"命令，打开"新方法程序"对话框。

② 输入方法程序的名称。

③ 指定方法程序的可访问性：公共、保护或隐藏。

8.3　创建与管理表单

表单(Form)是应用程序的用户界面，也是程序设计的基础，是 Visual FoxPro 提供的用于和用户进行沟通和交流的桥梁。表单是一个容器对象，表单内可以包含命令按钮、文本框和列表框等各种控件，产生标准的窗口或对话框。通过表单和各种控件，可以在窗口中显示输出的数据或接收用户输入的数据。表单和控件为用户提供了极其灵活丰富的功能，充分体现了 Visual FoxPro 的可视性和面向对象性。

8.3.1　创建表单

表单是一个拥有自己的属性、事件和方法程序的对象。在创建一个表单之前，首先要明确这个表单需要完成什么任务、和数据库中的哪些数据有关系，然后再具体考虑设置表单的数据环境，向表单添加对象、设定这些对象的属性以及编写相应的方法、事件代码，最后再设定表单界面布局，使之成为一个简洁明了、美观友好的界面，使用户可以准确、方便和快捷地进行操作。

对于表单中控件的选择，可根据需要完成的功能来决定，但不要在一个表单中放入过多的控件，设计时应遵循界面简洁、方便用户的原则。

通常，表单最好和数据库一样放到一个"项目管理器"中，利用"项目管理器"来创建、修改和管理表单以及数据库、菜单、视图、查询等各种 Visual FoxPro 应用程序的组成部分，这样可以方便地开发各种应用程序。

创建表单一般有 3 种途径：

① 通过命令创建表单。

② 用表单向导创建表单。

③ 使用"表单设计器"创建表单或修改已有的表单。

1. 通过命令创建表单

对象的生成可用函数 CreateObject 来完成，该函数的格式如下：

```
CreateObject(类名[,参数 1,参数 2,…])
```

如在命令窗口输入 Form1＝CreateObject(Form)，即可建立 Form1 表单。

注意：在用上述 CreateObject 函数生成表单对象时，表单不会自动显示在屏幕上。要让表单显示出来，可以调用表单对象的 Show 方法。如 Form1.Show 将表单显示出来。

2. 用表单向导创建表单

启动表单向导有以下 4 种方法：

① 打开"项目管理器"，选择"文档"选项卡，从中选择"表单"，然后单击"新建"按钮，在弹出的"新建表单"对话框中单击"表单向导"按钮。

② 在系统菜单中选择"文件"→"新建"命令，或者单击工具栏上的"新建"按钮，打开"新建"对话框，在文件类型栏中选择"表单"，然后单击"向导"按钮。

③ 在系统菜单中选择"工具"→"向导"→"表单"命令。

④ 直接单击"常用"工具栏上的"表单向导"按钮。

"表单向导"启动后，首先弹出"向导选取"对话框，如图 8-6 所示。

如果数据源是一个表，应选取"表单向导"；如果数据源包括父表和子表，则应选取"一对多表单向导"。

下面通过例子来说明表单向导的使用。

【例 8-2】 利用表单向导创建一个学生信息录入表单。

① 启动表单向导，在"向导选取"对话框中选择"表单向导"，单击"确定"按钮，系统打开图 8-7 所示的"表单向导"对话框。

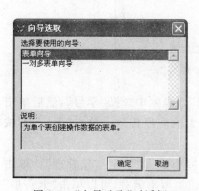

图 8-6　"向导选取"对话框

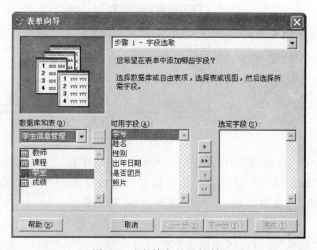

图 8-7　"表单向导"对话框

② 在"数据库和表"下拉列表中选择数据库"学生信息管理"，在数据表列表框中选择表"学生"，单击"可用字段"列表框右侧的双箭头按钮，把所有字段添加到"选定字段"列表框中。单击"下一步"按钮，进入图 8-8 所示的"表单向导"对话框。

③ 选择表单样式和按钮类型。本例样式选择"阴影式"，按钮类型选择"文本按钮"。对话框的左上角为所选样式的预览效果。单击"下一步"按钮，进入图 8-9 所示的"表单向导"对话框。

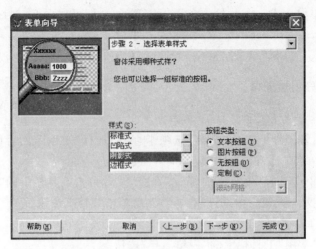

图 8-8 "表单向导"对话框—步骤 2

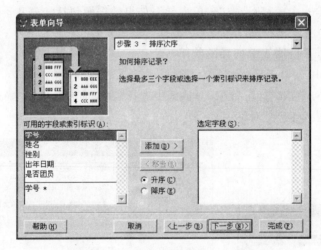

图 8-9 "表单向导"对话框—步骤 3

④ 选择排序字段。本例在"可用的字段或索引标识"列表框中选择"学号",然后单击"添加"按钮,这样表单显示数据时将按学生学号从小到大的顺序排列。单击"下一步"按钮,进入图 8-10 所示的"表单向导"对话框。

⑤ 输入表单标题。本例在"请输入表单标题"文本框中输入"学生信息管理"。单击"预览"按钮可以预览表单的设计效果。如果对样式、按钮类型不满意,可以单击"上一步"按钮回到前面的步骤重新设置;如果满意,单击"完成"按钮,在打开的"保存"对话框中输入文件名,本例输入"学生信息"。

⑥ 运行表单,结果如图 8-11 所示。

3. 用表单设计器创建或修改表单

有时"表单向导"生成的表单并不能完全符合需要,这就要求用"表单设计器"进行修改,或者直接用"表单设计器"创建自己的表单。

图 8-10　"表单向导"对话框—步骤 4

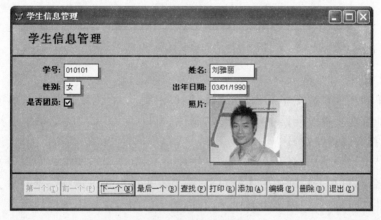

图 8-11　表单运行结果

启动"表单设计器"的常用方法有两种：

① 菜单方式：若是新建表单，在系统菜单中选择"文件"→"新建"命令，在"文件类型"对话框中选择"表单"，单击"新建文件"按钮；若是修改表单，则选择"文件"→"打开"命令，在"打开"对话框中选择要修改的表单文件名，单击"打开"按钮。

② 命令方法：在命令窗口中输入如下命令：

CREATE FORM <文件名>　　　　　&& 创建新表单

或

MODIFY FORM <文件名>　　　　　&& 打开一个已有的表单

不管采用哪种方法，系统都将打开"表单设计器"窗口，并将在系统菜单中增加"表单"菜单项。在表单设计器环境下，用户可以交互式、可视化设计各种样式的表单。

在打开的"表单设计器"窗口中有几个重要的表单设计区和工具。

（1）设计器窗口

"表单设计器"窗口内包含正在设计的表单。用户可在表单窗口中可视化地添加和修改控件、改变控件布局。表单窗口只能在"表单设计器"窗口内移动。以新建方式启动表单设计器时，系统将默认为用户创建一个空白表单 Form1，如图 8-12 所示。

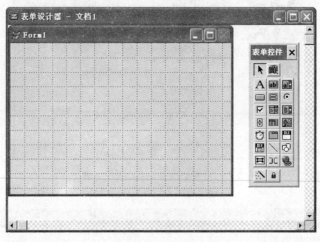

图 8-12   "表单设计器"窗口

（2）属性窗口

设计表单的绝大多数工作都是在"属性"窗口中完成的，因此用户必须熟悉"属性"窗口的用法。如果在表单设计器中没有出现"属性"窗口，可以在系统菜单中选择"显示"→"属性"命令，打开"属性"窗口。

在"属性"窗口的顶部，有一个"对象"下拉列表框，其中含有当前表单以及当前表单中所有对象的名称，可在下拉列表中选择对象，或者在表单上单击选择一个对象。选中的对象不同，"属性"窗口显示的内容也有所不同，因为不同的对象有不同的属性。

在"全部"选项卡的下面有一个属性设置框，当在属性列表框中选择不同的属性时，该属性的值就显示在属性设置框中，如果要修改该属性值，用户可直接在属性设置框中输入一个新的值或表达式，输入表达式时必须用"＝"开头。为引导用户输入合法的属性值，用户可单击设置框右侧的下拉按钮，从中选择一个符合要求的属性值，或者单击位于设置框左侧的 fx 按钮，启动"表达式生成器"，用表达式的值作为属性的值。

在"属性"窗口中更改某属性的值后，新的属性值在属性列表框中以"黑体"字型显示，以区别其他未更改的属性值，同时，在表单上反映出更新后的结果。有的属性用"斜体"显示，表示该属性的值不能更改。默认情况下，事件或方法都以"默认过程"显示，如果已为事件或方法编写了程序代码，则显示内容为"用户自定义过程"。

双击事件或方法程序属性，可打开代码编辑器，用户可在代码编辑器中为相关的事件或方法编写程序代码。

（3）表单设计器工具栏

打开"表单设计器"时，主窗口中一般会自动出现"表单设计器"工具栏，如图 8-13 所示。

图 8-13   "表单设计器"工具栏

此工具栏内各图标按钮(从左至右)的功能如下:

- "设置 Tab 键次序"按钮:表单在运行时,用户可按 Tab 键选择控件;设计时,单击该按钮可显示或修改各控件的 Tab 键次序。
- "数据环境"按钮:显示表单的"数据环境设计器"窗口。相当于"显示"菜单中的"数据环境"命令。
- "属性窗口"按钮:打开或关闭属性窗口。
- "代码窗口"按钮:打开或关闭代码窗口。
- "表单控件工具栏"按钮:用于显示或关闭"表单控件"工具栏。
- "调色板工具栏"按钮:用于显示或关闭"调色板"工具栏。
- "布局工具栏"按钮:显示或关闭"布局"工具栏。
- "表单生成器"按钮:启动快速表单生成器。
- "自动格式"按钮:打开"自动格式"对话框。

(4) 表单控件工具栏

设计表单的主要任务就是利用"表单控件"设计交互式用户界面。"表单控件"工具栏是表单设计的主要工具。默认包含 21 个控件、4 个辅助按钮。如图 8-14 所示。

在表单设计器中,可以单击"表单设计器"工具栏中的"表单控件工具栏"按钮或选择系统菜单中的"显示"→"工具栏"命令,打开或关闭"表单控件"工具栏。利用"表单控件"工具栏可以方便地往表单中添加控件,步骤如下:

① 单击"表单控件"工具栏中相应的控件按钮。

② 将鼠标移至表单窗口的合适位置单击或拖动鼠标以确定控件大小。

常用控件的功能和用法在 8.4 节介绍。

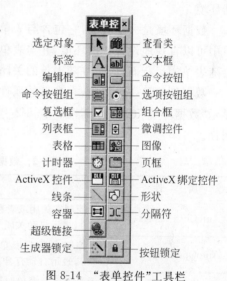

图 8-14　"表单控件"工具栏

"表单控件"工具栏中 4 个辅助按钮的功能如下:

- "选定对象"按钮:当该按钮处于按下状态时,鼠标为指针形状,此时可以在表单中选择对象并进行编辑,如改变大小、移动位置等。
- "按钮锁定"按钮:当该按钮处于按下状态时,可以从"表单控件"工具栏中单击选定某控件按钮,然后在表单窗口中添加这种类型的多个控件。添加控件后,必须单击"选定对象"按钮,鼠标才会恢复指针状态。如果该按钮处于未按下状态,添加一个控件后,鼠标自动恢复指针状态。
- "生成器锁定"按钮:当该按钮处于按下状态时,每次往表单中添加控件,系统都会自动打开相应的生成器对话框,以便用户对该控件的常用属性进行设置。
- "查看类"按钮:在可视化设计表单时,除了可以使用 Visual FoxPro 提供的基类外,还可以使用保存在类库中的用户自定义子类,但应该先将它们添加到"表单控件"工具栏中。

将一个类库文件中的类添加到"表单控件"工具栏中的方法如下：

单击工具栏上的"查看类"按钮，然后在弹出的快捷菜单中选择"添加"命令，调出"打开"对话框，在对话框中选定所需的类库文件，并单击"确定"按钮，这时"表单控件"中显示类库中的自定义类。要使"表单控件"工具栏重新显示 Visual FoxPro 基类，可选择"查看类"按钮，在弹出菜单中选择"常用"命令。

8.3.2　设置数据环境

1. 数据环境

在"表单控件"工具栏中，大部分控件可以与数据表或字段进行绑定，以便对数据库中的数据进行显示或编辑。如果表单需要处理数据表或视图中的数据，可以为表单建立数据环境。

数据环境是一个对象，它包含与表单相互作用的表或视图，以及表之间的关系。在表单中可以直观地设置数据环境，并与表单一起保存。默认情况下，数据环境中的表或视图会随表单的运行而打开，并随表单的关闭而关闭。

数据环境是一个对象，有自己的属性、方法和事件，单击"数据环境"窗口，属性窗口会显示"数据环境"的所有属性。表 8-2 列出了可以在属性窗口中设置的 3 个数据环境属性。

表 8-2　数据环境对象的常用属性

属　　性	含　　义
AutoCloseTables	用于控制在关闭或者释放表单或表单集时，是否关闭表和视图。默认值为真（. T.），表示自动关闭
AutoOpenTables	用于控制在运行表单时是否打开数据环境中的表和视图。默认值为真（. T.），表示自动打开
InitialSelectedAlias	用于表示运行表单时所选择的表或视图。默认值在设计时是一个空串。如果没有指定，则运行时将把第一个临时表添加到数据环境中作为初始的选择

通常使用"数据环境设计器"来设置表单的数据环境。

2. 打开"数据环境设计器"

在"表单设计器"环境下，单击"表单设计器"工具栏上的"数据环境"按钮，或选择"显示"→"数据环境"命令，即可打开"数据环境设计器"窗口。此时，系统菜单栏上将出现"数据环境"菜单项。

3. 向数据环境中添加表或视图

在"数据环境设计器"环境下，向数据环境中添加表或视图的操作步骤是：

（1）打开"添加表或视图"对话框。

在系统菜单中选择"数据环境"→"添加"命令，或用鼠标右击"数据环境设计器"窗口，然后在弹出的快捷菜单中选择"添加"命令,打开"添加表或视图"对话框,如图 8-15 所示。

　　注意:如果数据环境原来是空的,则打开数据环境设计器时,该对话框会自动出现。

　　(2) 添加表或视图。

　　在默认情况下,"数据库中的表"列表框中列出了当前打开的数据库中的所有表。如果要添加视图,可选中"选定"选项区域中的"视图"单选按钮,这时列表框中将显示当前打开的数据库中的所有视图。在列表中选择要添加的表或视图并单击"添加"按钮。

　　如果要添加自由表,则单击"其他"按钮,将弹出"打开"对话框,用户可以选择需要的表。

　　(3) 单击"关闭"按钮,关闭"添加表或视图"对话框。添加表后的数据环境设计器如图 8-16 所示。

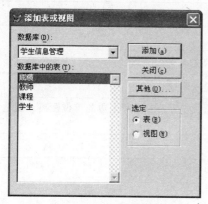

图 8-15　"添加表或视图"对话框

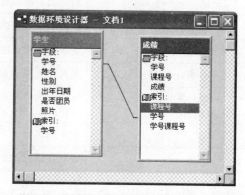

图 8-16　添加了数据表的数据环境设计器

4. 从数据环境中移去表或视图

　　在"数据环境设计器"窗口中,先选择要移去的表或视图,然后在系统菜单中选择"数据环境"→"移去"命令;也可以在要移去的表或视图上单击鼠标右键,然后在弹出的快捷菜单中选择"移去"命令,将选定的表或视图从数据环境中移去。

5. 在"数据环境设计器"中设置临时关系

　　如果添加到"数据环境设计器"中的表具有在数据库中设置的永久关系,这些关系也会自动添加到数据环境中。如果表间没有永久关系,可以根据需要在"数据环境设计器"中为这些表设置临时关系。

　　在"数据环境设计器"中设置临时关系的方法为:将主表的某个字段拖动到子表相匹配的索引标记上即可。如果子表中没有与主表字段相匹配的索引,也可以将主表字段拖动到子表的某个字段上,这时应根据系统提示确认创建索引。

　　在"数据环境设计器"中设置了一个关系后,在表之间将有一条连线指出这个关系。若要解除表之间的关系,可以先单击选定这条连线,然后按下键盘上的 Delete 键。

8.3.3　管理表单

　　用户在创建了表单之后,需要保存、添加、删除、修改或运行表单,并对创建的表单进行管理。

1. 表单的属性、方法和事件

（1）表单常用属性

表单属性大约有 100 多个，但绝大多数很少用到。表 8-3 列出了一些常用属性。

表 8-3　表单常用属性

属　　　性	含　　　义
AlwaysOnTop	指定表单是否总是位于其他打开窗口之上
AutoCenter	指定表单是否居中显示
BackColor,ForeColor	指定表单窗口的背景颜色和前景颜色
BorderStyle	指定表单边框的风格
Caption	显示于表单标题栏上的文本
ControlBox	是否在表单的右上角显示图标
Height,Width Left,Top	指定表单的高度、宽度、位于容器左边和上边的单位距离。度量单位由 ScaleMode 指定
Name	表单的名称
Visible	表单在运行时是否可见
Width	表单的宽度
WindowState	指定表单的状态：0（正常）、1（最小化）、2（最大化）

（2）表单常用方法

- Release 方法：将表单从内存中释放。如表单有一个命令按钮，如果希望单击该命令按钮时关闭表单，就可以在该命令按钮的 Click 事件中包含如下代码：

```
ThisForm.Release
```

表单运行时，用户单击表单右上角的关闭按钮，系统会自动执行 Release 方法。

- Refresh 方法：刷新表单。
- Show 方法：显示表单。该方法将表单的 Visible 属性设置为 .T. 。
- Hide 方法：隐藏表单。该方法将表单的 Visible 属性设置为 .F. 。与 Release 方法不同，Hide 只是把表单隐藏，但并不将表单从内存释放，之后可用 Show 方法重新显示表单。

在程序代码中也可以通过直接设置表单的 Visible 属性为 .T. 或 .F. 来显示或隐藏表单。

（3）表单的常用事件

- Init 事件：在表单创建时引发。在表单对象的 Init 事件引发之前，将先引发它所包含的控件对象的 Init 事件，所以在表单对象的 Init 事件代码中能够访问它所包含的所有控件对象。在该事件中，可以为表单或表单控件设置初始属性值、定义表单的参数、变量、打开数据库和数据等。

- Load 事件：创建表单前引发。
- Active 事件：当激活表单对象时触发。
- Destroy 事件：在表单对象释放时引发。表单对象的 Destroy 事件在它所包含的控件对象的 Destroy 事件引发之前引发，所以在表单对象的 Destroy 事件代码中能够访问它所包含的所有控件对象。在该事件中，主要是释放有关变量、关闭有关数据库和表等。
- UnLoad 事件：在表单对象释放后引发。

所以，启动表单时，事件的触发顺序是：表单的 Load 事件→表单中控件的 Init 事件→表单的 Init 事件→表单的 Active 事件。

释放表单时，事件的触发顺序为：表单的 QueryLoad 事件→表单的 Destroy 事件→表单中控件的 Destroy 事件→表单的 UnLoad 事件。

2. 添加新的属性和方法

（1）创建新属性

向表单添加新属性的步骤如下：

① 在系统菜单中选择"表单"→"新建属性"命令，打开"新建属性"对话框，如图 8-17 所示。

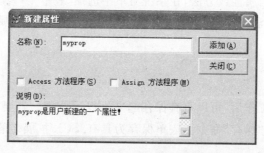

图 8-17　"新建属性"对话框

② 在"名称"文本框中输入属性名称 myprop。新建的属性将会在"属性"窗口的列表框中显示出来。

③ 有选择地在"说明"列表框中输入新建属性的说明信息。这些信息将显示在"属性"窗口的底部。

用类似的方法可以向表单中添加数组属性，区别是：在"名称"文本框中不仅要指明数组名，还要指定数组维数。例如，myarray[5,4]。

数组属性在设计时是只读的，在"属性"窗口中以斜体显示。在运行时，可以像访问一般数组一样访问表单的数组属性，甚至可以重新设置数组维数。

④ 选中"Access 方法程序"复选框，将为新建的属性创建一个相应的 Access 方法，在运行时读取该属性将自动触发 Access 方法；选中"Assign 方法程序"复选框，将为新建的属性创建一个相应的 Assign 方法，该方法中的代码在属性值被修改时自动执行。

（2）创建新方法

在表单中添加新方法的步骤如下：

① 在系统菜单中选择"表单"→"新建方法程序"命令，打开图 8-18 所示的"新建方法程序"对话框。

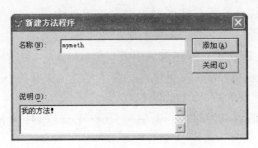

图 8-18　"新建方法程序"对话框

② 在"名称"文本框中输入方法名 mymeth。

③ 有选择地在"说明"列表框中输入新建方法的说明信息。新建的方法同样会在"属性"窗口的列表框中显示出来，可以双击它打开"代码编辑"窗口，然后输入或修改方法的代码。

要删除用户添加的属性或方法，在系统菜单中选择"表单"→"编辑属性/方法程序"命令，打开"编辑属性/方法程序"对话框，在对话框中选择不需要的属性或方法，然后单击"移去"按钮。

3. 保存表单

完成表单的设计工作后，可以将其保存起来供以后使用。若要保存表单，在"表单设计器"中选择"文件"→"保存"命令。表单保存为具有 .SCX 扩展名的文件。

4. 运行表单

保存表单后，可以运行该表单。运行表单的方法有多种：

① 在"项目管理器"中，从"文档"选项卡内选择要运行的表单，然后单击"运行"按钮。

② 选择"程序"→"运行"命令，打开"运行"对话框，然后在"运行"对话框中选择要运行的表单文件，单击"运行"按钮。

③ 在命令窗口中执行命令 DO FORM ＜表单名＞。

④ 在"表单设计器"窗口中，选择"表单"→"执行表单"命令，或单击"常用"工具栏上的"运行"按钮。

注意：后两种方法在表单文件打开的情况下方可使用。

5. 修改表单

如果对创建的表单不满意，还可以在"表单设计器"中修改。利用"表单设计器"可以很容易地移动和调整控件的大小、复制或删除控件、对齐控件以及修改 Tab 键次序。其具体步骤是：先在"项目管理器"的"文档"选项卡中选定要修改的表单，然后单击"修改"按钮或直接双击表单名。

在设计或修改表单时，可以使用"表单设计器工具栏"，它提供了对常用命令和布局、对齐以及颜色控件的快速访问方法。

6. 使用表单集扩充表单

可以将多个表单包含在一个表单集中，作为一组处理。表单集具有以下优点：

- 可以同时显示或隐藏表单集中的全部表单。
- 可以直观地调整多个表单以控制它们的相对位置。
- 因为表单集中所有表单都是在单个 .SCX 文件中用单独的数据环境定义的，可以自动地同步改变多个表单中的记录指针，如果在一个表单的父表中改变记录指针，另一个表单中的子表记录指针也被更新。

（1）创建表单集

表单集是一个包含有一个或多个表单的容器。可在"表单设计器"中创建表单集，若要创建表单集，在系统菜单中选择"表单"→"创建表单集"命令。

（2）添加和删除表单

- 向表单集中添加表单的方法：选择"表单"→"添加新表单"命令。
- 从表单集中删除表单的方法：选择要删除的表单后，选择"表单"→"移除表单"命令。

（3）删除表单集

当表单集中只有一个表单时，可以删除表单集。方法是：在系统菜单中选择"表单"→"移除表单集"命令。

注意：移去表单集时不会删除表单。

8.4 常用表单控件

创建表单的过程通常是：创建表单本身，设置属性或方法；创建数据环境，添加表或关系；使用控件类，对控件进行属性设置；最后一步是编写事件代码并调试运行。

8.4.1 表单控件

在"表单设计器"窗口中设计应用表单时，可以使用"表单控件工具栏"，它包含 3 种控件：标准控件、ActiveX 控件和自定义控件。

1. 标准控件

所谓标准控件，是指 Visual FoxPro 所提供的基类，但在工具栏中显示的并不是所有 Visual FoxPro 系统提供的基类。只有独立的控件才能显示在其中（见图 8-20），而必须依附于其他控件的就无法通过表单控件工具栏来进行显示。

2. ActiveX 控件

ActiveX 控件是指文件扩展名为. OCX 的 OLE 自定义控件。它适用于 32 位开发工具与平台，这是 Microsoft 所定义的一个规范，可以使用它来扩展应用系统的功能。由于 Visual FoxPro 是 32 位开发工具，因此外挂了 ActiveX 控件到自己的开发环境中，使用时可像使用 Visual FoxPro 标准控件一样，直接设定所需要的对象。

要查看 ActiveX 控件，可以选择"工具"→"选项"命令，在"选项"对话框中选择"控件"选项卡并选定"ActiveX 控件"选项，结果如图 8-19 所示。

当要使用某些 ActiveX 控件时，可先在图 8-19 中选定需要使用的 ActiveX 控件，然后单击"确定"按钮关闭"选项"对话框，再单击"表单控件"工具栏上的"查看类"按钮，此时将打开图 8-20 所示的菜单，选择"ActiveX 控件"，"表单控件"工具栏上将显示选定的 ActiveX 控件。

3. 自定义控件

在"表单控件"工具栏中，除了可以显示 Visual FoxPro 所提供的标准控件和 ActiveX 控件外，还可以添加自定义的子类。在"表单控件"工具栏中单击"查看类"按钮，再在弹出的下拉式菜单中选择"添加"菜单项，最后在弹出的"打开"对话框中选择所用的类库文件名。

当添加了一个自定义的类库后，回到"表单控件"工具栏，可以发现显示了自定义的子类。在添加了一个自定义的类库后，"表单控件"工具栏中的"查看类"下拉式菜单中就会有已添加的类库文件名，如图 8-21 所示。

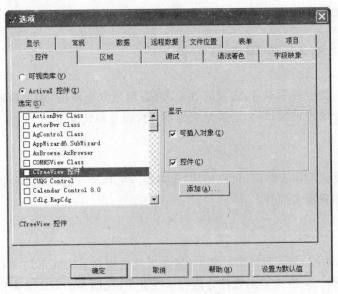

图 8-19　"ActiveX 控件"操作

图 8-20　选择 ActiveX 控件

图 8-21　添加类库

8.4.2　标签控件

1. 标签（Label）控件的功能

标签主要用于显示固定的文本信息。

2. 标签控件的常用属性

- Caption：指定标签中的显示文本，最多允许 256 个字符。可以在设计时设置，也可以在程序运行时设置或修改。

注意：设置控件 Caption 属性时，可以将其中的某个字符作为访问键，方法是在该字符前插入一个反斜杠和一个小于号（\<）。

- AutoSize：指定是否自动调整标签的大小。该属性如果为真，标签在表单中的大小由 Caption 属性中的文本长度决定；如果为假，其大小由 Width 和 Height 属性决定。
- BackStyle：设置标签的背景是否透明：0—透明，可看到标签后的内容；1—不透明（默认），背景由标签设置。
- ForeColor：设置标签中的文本颜色。
- WordWrap：指定文本显示时是否可换行。
- Alignment：指定文本在标签中的对齐方式：0—左对齐；1—右对齐；2—居中对齐。
- Name：标签对象的名称，是程序中访问标签对象的标识。

通过上述属性一般能够满足提示信息的各种要求，同时还能产生许多的特殊效果。

【**例 8-3**】　创建图 8-22 所示的欢迎表单，并保存为 form1。

图 8-22　"立体字"标签示例

操作步骤如下：

（1）新建表单。单击"常用"工具栏上的"新建"按钮，在弹出的"新建"对话框中单击"新建表单"按钮，打开"表单设计器"。

（2）设置表单属性。在"属性"窗口中设置表单对象的属性如下：

```
Width=450   Height=150   AutoCenter=.T.
Caption="学生信息管理系统"   Name=Form1
```

（3）添加标签控件。在表单上添加两个标签控件 Label1 和 Label2。在"属性"窗口中设置标签控件的相关属性如下：

```
Label1: Caption="欢迎使用学生信息管理系统"        AutoSize=.T.
        BackStyle=0-透明      FontBold=.T.      FontSize=25
        ForeColor=255,255,128
Label2: Caption="欢迎使用学生信息管理系统"        AutoSize=.T.
        BackStyle=0-透明      FontBold=.T.      FontSize=25
        ForeColor=0,0,160
```

（4）调整控件位置。将 Label2 控件移动至 Label1 控件之上，两者略微错开一定距离，呈现立体字效果。

（5）保存运行表单。

8.4.3　文本框控件

1. 文本框（TextBox）控件的功能

- 用于显示或接收单行文本信息（不设置 ControlSource 属性），默认输入类型为字符型，最大长度为 256 个字符。可用于字符型、数值型、日期型和逻辑型数据的输入和输出。
- 用于显示或编辑对应变量或字段的值（设置 ControlSource 属性为已有变量或字段名）。

2. 文本框控件的常用属性

- ControlSource：设置文本框的数据来源。一般情况下，可以利用该属性为文本框指定一个非备注型字段或内存变量。
- Value：保存文本框的当前内容，可以通过该属性得到文本框内的内容。如果没有为 ControlSource 属性指定数据源，Value 属性的初值决定了文本框中值的类型。初值为（无），0，{}，.F.，则输入数据的类型分别为 C、N、D、L 型，其中（无）为 Value 的默认值。如果为 ControlSource 属性指定了数据源，该属性值与 ControlSource 属性指定的变量或字段的值相同。
- PassWordChar：在文本框中输入字符时显示的符号，通常用于密码的输入，例如"＊"。该属性设置后，无论用户输入什么内容，文本框中均显示该属性的值，但实际上文本框的 Value 属性值仍然是用户输入的内容。
- InputMask：设置文本框中输入值的格式和范围，其属性值是一个字符串。该字符串通常由一些所谓的模式符组成，每个模式符规定了相应位置上数据的输入和显示行为。模式符的功能如表 8-4 所示。
- Format：指定 Value 属性数据的输入输出格式。其参数及意义如表 8-5 所示。
- ReadOnly：确定文本框是否为只读，为.T.时，文本框的值不可修改。
- SelStart：文本框中被选择的文本的起始位置。
- SelLength：文本框中被选择的文本的字符数。
- SelText：文本框中被选择的文本内容。

表 8-4 InputMask 属性模式符的功能

模式符	功 能	模式符	功 能
X	任何字符	$ $	在数值前面相邻的位置上显示当前货币符号
9	数字和正负号	*	在数值的左边显示星号 *
#	数字、空格和正负号	.	指定小数点的位置
$	在固定位置上显示当前货币符号	,	分隔小数点左边的数字串

表 8-5 Format 属性模式符的功能

模式符	功 能	模式符	功 能
A	字符(非空格标点)	T	去头尾空格
D	当前日期格式	!	转换为大写字母
E	BRITISH 日期数据	^	用科学记数法显示数据
K	光标移入选择整个内容	$	显示货币符
L	数值数据加前导 0	R	屏蔽字符不放入控制源中
M	InputMask 属性中可放入输入选项表		

3. 文本框生成器

单击"表单控件工具栏"中的文本框控件,然后在表单上单击,得到一个空文本框。右击该文本框,在弹出的快捷菜单中选择"生成器"命令,打开"文本框生成器"对话框。该对话框共有 3 个选项卡,用户可以设置文本框中数据的数据类型、排列方式以及存储方向。

(1)"格式"选项卡

"格式"选项卡(如图 8-23 所示)的功能是设置当前文本框的数据源的显示格式。其中数据类型是指当前数据源的数据类型。若是字段变量,则自动使用字段变量的数据类型;如果是内存变量,则需要选择数据类型。

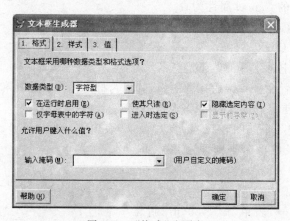

图 8-23 "格式"选项卡

输入掩码是给用户对输入提供一种输入控制,单击组合框右侧的下拉箭头,可以选择其中一种掩码。用户也可以自定义输入掩码。

在"格式"选项卡中,还有许多复选框,可根据需要选择相应的复选框。

（2）"样式"选项卡

"样式"选项卡用来设置文本框款式，比如是平面还是三维，边框有无线条等。在该选项卡的最下面有"调整文本框尺寸以恰好容纳"复选框，选择该复选框后，可以自动调整文本框的大小。字符对齐方式有左对齐、右对齐、居中对齐和自动 4 种方式。

（3）"值"选项卡

"值"选项卡的主要任务是设置数据控制源。如果文本框的值来源于字段变量，单击"字段名"右侧的向下箭头，然后在弹出的下拉列表中选择字段。这种操作相当于为该文本框填写 ControlSource 属性的值。若是内存变量，则直接在组合框中输入变量名。

8.4.4　命令按钮控件

1. 命令按钮（**CommandButton**）控件功能

命令按钮用来启动某个事件代码、完成特定功能，如关闭表单、移动记录指针、打印报表等。

2. 命令按钮控件的常用属性

- Caption：设置按钮的标题。同时，该属性还可以为命令按钮设置快捷字符，若 Caption 属性中含有"\＜"字符，则输入该字符执行该命令按钮的 Click 事件代码。
- Default：该属性默认值为.F.。如果该属性设置为.T.，在命令按钮所在的表单激活的情况下，按 Enter 键可以激活该按钮，并执行该按钮的 Click 事件代码。一个表单只能有一个按钮的 Default 属性为真。
- Cancel：该属性默认值为.F.。如果设置为.T.，在命令按钮所在的表单激活的情况下，按 Esc 键可以激活该按钮，并执行该按钮的 Click 事件代码。一个表单可以有多个按钮的 Cancel 属性为真。
- Enabled：确定命令按钮是否有效，如果 Enabled 属性为.F.，单击该按钮不会引发该按钮的 Click 事件。
- Visible：指定命令是可见还是隐藏。
- Picture：设置命令按钮的标题图像，其值为标题图像的路径和文件名。

对命令按钮的使用最重要的是编写 Click 事件代码。

【**例 8-4**】　创建一个如图 8-24 所示的"登录"表单 Login. scx，要求当登录成功时，弹出对话框显示"登录成功"，否则要求用户重新输入。

操作步骤如下：

① 选择"文档"→"表单"命令，单击"新建"按钮，在弹出的"新建"对话框中单击"新建表单"按钮，打开"表单设计器"。

② 调整表单的大小并设置如下属性：

- AutoCenter：.T.—真。

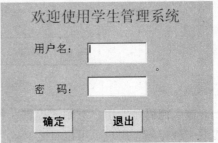

图 8-24　"登录"表单

- BackColor：174，224，148。
- TitleBar：0—关闭。

其他属性取默认值。

③ 添加 3 个标签控件，并设置属性如表 8-6 所示。

表 8-6　例 8-3 的控件属性设置

控件名	属性名	属　性　值	控件名	属性名	属　性　值
Label1	Caption	欢迎使用学生信息管理系统	Label2	Caption	用户名：
	FontName	隶书		FontSize	15
	FontSize	20		AutoSize	．T．—真
	AutoSize	．T．—真		BackStyle	0—透明
	BackStyle	0—透明	Label3	Caption	密码：
				FontSize	10
				AutoSize	．T．—真
				BackStyle	0—透明
				PasswordChar	＊

④ 添加两个文本框，所有属性取默认值。

⑤ 添加两个命令按钮，并分别设置 Caption 属性为"确定"和"退出"。

⑥ 打开"数据环境设计器"，将"管理员信息"表添加到表单的数据环境中。

⑦ 编写事件代码。双击"确定"按钮或选择"确定"按钮后，在"属性"窗口中双击
Click Event 属性，系统会打开代码编辑器，在代码编辑器中输入如下代码：

```
If !Empty(Thisform.Text1.Value) And ! Empty(Thisform.Text1.Value)
&& 判断文本框中内容是否为空
Sele 管理员信息
Locate For 用户名=Thisform.Text1.Value And 密码=Thisform.Text2.Value
                              && 定位记录
If eof()                         && 记录指针指向表末尾，即未找到记录
        Messagebox("用户名或密码错误，请重新输入！",64,"提示")
        Thisform.Text1.Value=""
        Thisform.Text2.Value=""
        Thisform.Text1.Setfocus()
Else
        Messagebox("登录成功！",64,"提示")
Endif
Else
        Messagebox("请输入用户名和密码！",64,"提示")
Endif
```

在"退出"按钮的单击事件中输入如下代码：

```
Thisform.Release
```

⑧ 保存并运行表单。

8.4.5 命令按钮组控件

1. 命令按钮组（CommandGroup）控件功能

命令按钮组是包含一组命令按钮的容器控件，用户可以单个操作或作为一组来操作其中的按钮。在表单设计器中，为了选择命令按钮组中的某个按钮，以便为其单独设置属性、方法或事件，可采用下列两种方法：

（1）从属性窗口的对象下拉列表中选择所需要的命令按钮。

（2）右击命令按钮组，然后从弹出的快捷菜单中选择"编辑"命令，这样命令按钮组就进入编辑状态，用户可以通过鼠标单击来选择某个具体的命令按钮。

2. 命令按钮组控件常用属性

- ButtonCount：指定命令按钮组中命令按钮的数目。
- Value：默认情况下，命令按钮组中的各个按钮被自动赋予了一个编号，如 1,2,3 等，当运行表单时，一旦用户单击某个按钮，Value 属性将保存该按钮的编号，于是在程序中通过检测 Value 的值，就可以为相应的按钮编写特定的程序代码。如果在设计时，给 Value 赋予一个字符型数据，当运行表单时，一旦用户单击某个按钮，则 Value 将保存该按钮的 Caption 属性值。
- Buttons：用于存取命令组中各按钮的数组。

3. 创建命令按钮组

首先单击"控件"工具栏中的命令按钮组控件，再在表单中单击，就会创建一个具有默认属性、含有两个垂直排列的命令按钮的命令按钮组。右击该命令按钮组，在弹出的快捷菜单中选择"生成器"命令，打开"命令组生成器"对话框，在"命令组生成器"对话框中有"按钮"和"布局"两个选项卡，如图 8-25 所示。

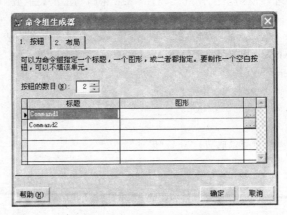

图 8-25 "命令组生成器"对话框

在"按钮"选项卡中,可以指定命令按钮的数目;在标题栏中可以为每个按钮指定标题(相当于指定每个按钮的 Caption 属性);也可以为每个按钮指定一个显示图形(相当于指定每个按钮的 Picture 属性)。

在"布局"选项卡中,用户可以指定按钮的排列方向、按钮间的间隔及边框样式。

【例 8-5】　设计一个具有学生记录浏览功能的表单,如图 8-26 所示。该表单用命令按钮组来控制对学生表中记录的浏览。

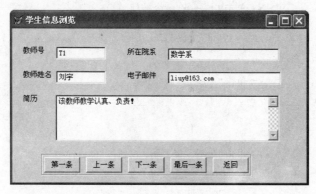

图 8-26　学生信息浏览表单

操作步骤如下:

① 选择"文档"→"表单"命令,单击"新建"按钮,在弹出的"新建"对话框中单击"新建表单"按钮,打开"表单设计器"。

② 调整表单的大小并设置如下属性:

- AutoCenter:.T.—真。
- TitleBar:0—关闭。

其他属性取默认值。

③ 添加数据环境,将"学生"表添加到表单的数据环境中。

④ 在"数据环境设计器"中,选择"学生"表中的字段,将其拖动至表单中,此时,文本框的 ControlSource 属性自动与相关字段相关联。

注意:可以如图 8-25 所示,在表单中添加相关的标签、文本框控件,然后将文本框控件的 ControlSource 属性设置为对应的字段名,从而建立文本框与表中字段的关联。

⑤ 创建命令按钮组 CommandGroup1,该命令按钮组中包含 5 个命令按钮 Command1~Command5。属性设置如表 8-7 所示。

表 8-7　例 8-5 的命令按钮组属性设置

控 件 名	属性名	属性值	控 件 名	属性名	属性值
CommandGroup1	ButtonCount	5	Command3	Caption	下一个
	AutoSize	.T.	Command4	Caption	最后一个
Command1	Caption	第一个	Command5	Caption	返回
Command2	Caption	上一个			

⑥ 为命令按钮组编写事件代码。

在 CommandGroup1 的 Click 事件中加入如下代码：

```
sel=This.Value          && 获取命令按钮组的 value 属性值,判断当前单击了哪一个命令按钮
Do Case
  Case sel=1            && 单击"第一条"命令按钮
    Go Top
  Case sel=2            && 单击"上一条"命令按钮
    If ! Bof()
      Skip-1
    Endif
  Case sel=3            && 单击"下一条"命令按钮
    If ! Eof()
      Skip 1
    Endif
  Case sel=4            && 单击"最后一条"命令按钮
    Go Bottom
  Case sel=5
    Thisform.Release
Endcase
Thisform.Refresh
```

注意：既可以在命令按钮组的 Click 事件中加入代码实现各命令按钮的功能，也可以直接在单个命令按钮的 Click 事件中加入代码，以实现该命令按钮的功能。

8.4.6 编辑框控件

1. 编辑框（EditBox）控件功能

编辑框控件用于显示或编辑多行文本信息。编辑框实际上是一个完整的简单字处理器，在编辑框中，能够选择、剪切、粘贴、复制正文；可以实现自动换行；能够有自己的垂直滚动条。

2. 编辑框控件常用属性

- ControlSource：设置编辑框的数据源，一般为数据表的备注字段。
- Value：保存编辑框中的内容，可以通过该属性来访问编辑框中的内容。
- SelStart：返回用户在编辑框中所选文本的起始点位置或插入点位置（没有文本选定时）。
- SelText：返回用户在编辑区内选定的文本，如果没有选定任何文本，则返回空串。
- SelLength：返回用户在文本输入区中所选定字符的数目。
- ReadOnly：确定用户是否能修改编辑框中内容。
- ScrollBars：指定编辑框是否具有滚动条，当属性值为 0 时，编辑框没有滚动条；当属性值为 2（默认值）时，编辑框包含垂直滚动条。

- HideSelection：指定当编辑框失去焦点时，编辑框中选定的文本是否仍为选定状态。属性值为 .F. ,选定文本在失去焦点时仍显示为选定状态。

【例 8-6】　创建表单如图 8-27 所示。在该表单中能够将左边编辑框中的选择内容剪切或复制到右边编辑框中。

操作步骤如下：

① 向表单中添加下列对象：编辑框 Edit1、Edit2，命令按钮 Command1、Command2、Command3 和 Command4，标签 Lable1、Lable2。

② 设置对象属性。对象属性如表 8-8 所示。

图 8-27　编辑框应用举例

表 8-8　例 8-6 的控件属性设置

控件名	属性名	属性值
Form1	Caption	编辑框应用
Edit1	HideSelection	.F.
Command1	Caption	剪切
Command2	Caption	复制
Command3	Caption	粘贴
Command4	Caption	清空
Lable1	Caption	源文本
Lable2	Caption	目标文本

③ 编写事件代码。

Form1 的 Init 事件代码：

```
public t                    && t 用来保存到粘贴板上的内容
this.command1.enabled=.f.
this.command2.enabled=.f.
this.command3.enabled=.f.
this.command4.enabled=.f.
```

Edit1 的 InteractiveChange 事件代码：

```
thisform.command1.enabled=.t.
thisform.command2.enabled=.t.
```

Command1 的 Click 事件代码：

```
t=thisform.edit1.seltext
s=thisform.edit1.value
n=at(t,s)
if n<>0
  thisform.edit1.value=left(s,n-1)+substr(s,n+len(t))
  thisform.command3.enabled=.t.
  thisform.edit1.sellength=0
endif
```

Command2 的 Click 事件代码：

```
t=thisform.edit1.seltext
s=thisform.edit1.value
n=at(t,s)
if n<>0
    thisform.command3.enabled=.t.
endif
```

Command3 的 Click 事件代码：

```
thisform.edit2.value=thisform.edit2.value+t
thisform.command4.enabled=.t.
```

Command4 的 Click 事件代码：

```
thisform.command1.enabled=.f.
thisform.command2.enabled=.f.
thisform.command3.enabled=.f.
thisform.edit1.value=""
thisform.edit2.value=""
```

8.4.7　复选框控件

1. 复选框（CheckBox）控件功能

用于标识一个两值状态，如真（.T.）或假（.F.）。当处于"真"状态时，复选框内显示"√"，当处于"假"状态时，复选框内为空白。

2. 复选框控件的常用属性

- Caption：用来指定显示在复选框旁边的文字。
- Value：用来指明复选框的当前状态。复选框的 Value 属性的值有 3 种：
  - 0 或.F.：未选中（默认值）。
  - 1 或.T.：选中。
  - ≥2 或 null：不确定（只在代码中有效）。
- ControlSource：用于指定复选框的数据源。作为数据源的字段变量或内存变量，其类型可以是逻辑型或数值型。对于逻辑变量，值.F.、.T. 和 null 分别对应复选框的"未选中"、"选中"和"不确定"状态；对于数值型变量，值 0、1、≥2（或 null）分别对应复选框的"未选中"、"选中"和"不确定"状态。用户对复选框的操作结果会自动存储到数据源变量以及 Value 属性中。

注意：复选框的"不确定"状态与"不可选"状态（Enabled 属性值为.F.）不同，"不确定"状态只表明"复选框"的当前状态不属于两个正常状态值中的一个，但用户仍能对其进行操作，而"不可选"状态则表明用户现在不能对它作出操作。

8.4.8 选项按钮组控件

1. 选项按钮组（OptionGroup）控件的功能

选项按钮组控件是包含选项按钮的一种容器。一个选项按钮组中往往包含若干个选项按钮，但用户只能从中选择一个按钮。当用户单击某个选项按钮时，该按钮即成为"选中"状态，而选项组中的其他选项按钮，不管原来是什么状态，都变为"未选中"状态。被选中的选项按钮中会显示一个圆点。

2. 选项按钮组控件的常用属性

- ButtonCount：指定选项按钮组中选项按钮的数目，其默认值为 2，即包含两个选项按钮。用户可以通过改变该属性的值来重新设置选项按钮组中选项按钮的数目。
- Value：用于指定选项组中哪个选项按钮被选中。该属性值的类型可以是数值型的，也可以是字符型的，若为数值型值 N，则表示选项组中第 N 个选项按钮被选中；若为字符型值 C，则表示选项组中 Caption 属性值为 C 的选项按钮被选中。程序中可以通过检测 Value 的值来判断用户选择了哪个选项按钮。
- ControlSource：指定选项组数据源。作为选项组数据源的字段变量或内存变量，其类型可以是数值型或字符型。

3. 创建选项按钮组

首先单击"控件"工具栏的"选项按钮组"按钮，再在表单中单击，就会创建一个具有默认属性，只有两个垂直排列的选项按钮的选项按钮组。右击该选项按钮组，在弹出的快捷菜单中选择"生成器"命令，打开"选项按钮组生成器"对话框，在"选项按钮组生成器"对话框中有"按钮"、"布局"和"值"3 个选项卡，其中"按钮"和"布局"选项卡内容和操作与命令按钮组生成器类似，"值"选项卡用于设置选项按钮组对应的数据源字段。

【例 8-7】 创建一个如图 8-28 所示的"数据维护"表单，从表单中选择 4 个表中的一个进行浏览或编辑。

操作步骤如下：

① 打开"表单设计器"窗口，加入一个标签，一个选项按钮组，一个复选框和两个命令按钮。

② 在数据环境中加入学生信息管理数据库中的学生、教师、课程和成绩 4 个表。

③ 设置相关属性（如表 8-9 所示）。

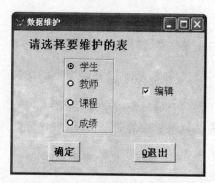

图 8-28 "数据维护"表单

表 8-9　例 8-7 的控件属性设置

控件名	属性名	属性值	控件名	属性名	属性值
OptionGroup1	ButtonCount	4	Check1	Caption	编辑
	AutoSize	. T.		Alignment	1—右
Option1	Caption	学生	Command1	Caption	确定
Option2	Caption	教师	Command2	Caption	\<Q 退出
Option3	Caption	课程	Lable1	Caption	请选择要维护的表
Option4	Caption	成绩	Form1	Caption	数据维护

④ 编写事件代码。

在 Command1 的 Click 事件中加入如下代码：

```
if thisform.check1.value=1
    browse
else
    browse nomodify noappend nodelete
endif
```

在 Command2 的 Click 事件中加入如下代码：

```
thisform.release
```

在 OptionGroup1 的 Click 事件中加入如下代码：

```
do case
  case this.value=1
      select 学生
  case this.value=2
      select 教师
  case this.value=1
      select 课程
  case this.value=1
      select 成绩
endcase
```

8.4.9　列表框控件

1. 列表框(ListBox)控件的功能

列表框提供一组条目(数据项)，用户可以从中选择一个或多个条目。一般情况下，列表框显示其中的若干选项，用户可以通过滚动条浏览其他选项。

2. 列表框控件的常用属性

• RowSourceType：用于设置列表框中数据源的类型，即指出列表框中显示的数据来源类型(见表 8-10)。

- RowSource：RowSource 和 RowSourceType 属性一起使用。RowSource 属性指出列表框中显示的数据来源(见表 8-10)。

表 8-10　RowSourceType 属性取值及 RowSource 的使用

RowSourceType 值	列表框、组合框的数据源
0—无(系统默认值)	在程序运行时,用 AddItem 方法添加列表框条目,用 RemoveItem 方法从列表框中移去条目
1—值	用 RowSource 属性手工指定要在列表框中显示的条目,各条目之间用逗号分隔。如在属性窗口中设置 RowSource 属性:英语,政治,计算机;在程序中设置 RowSource 属性:ThisForm.List1.RowSource="英语,政治,计算机"
2—别名	将表中的字段值作为列表框条目的数据源。表由数据环境提供,用 RowSource 属性指出表名,用 ColumnCount 属性指定字段个数,也就是列表框中所含的列数
3—SQL 语句	将 SQL Select 语句的执行结果作为列表框条目的数据源。在 RowSource 属性中填一条 Select 语句。若在程序中设置 RowSource 属性,Select 语句应作为字符型数据赋值,如 ThisForm.List1.RowSource="Select * From CJB Into Cursor TMP"
4—查询(QPR)	用查询的执行结果作为列表框条目的数据源。RowSource 属性应设置为一个具体的查询(QPR)文件。如 ThisForm.List1.RowSource="xscx.qpr"
5—数组	将数组中的内容作为列表框条目的来源,即用数组中的元素填充列表框。RowSource 属性应设置为数组名,在表单的 Init 事件中定义数组及为元素赋值
6—字段	将表中的一个或几个字段作为列表框条目的来源,RowSource 属性中各字段间用逗号分隔,首字段应有表名前缀,表由数据环境提供。如 ThisForm.List1.RowSource="CJB.考试成绩,平时成绩,实验成绩"
7—文件	将某个驱动器和目录下的文件名作为列表框的条目。在 RowSource 属性中设置路径,也可以使用通配符,如 d:\xsxxb*.dbf。表单运行时,可以选择不同的驱动器和目录
8—结构	用 RowSource 属性指定表,将表中的字段名作为列表框的条目
9—弹出式菜单	用一个先前定义的弹出式菜单作为列表框数据源

- List：用以存取列表框中数据条目的字符串数组。
- ListCount：列表框中数据条目的个数。该属性在设计时不可用,在运行时只读。在程序中可以通过 ListCount 属性和 List 属性遍历每个数据项。例如:

```
For i=1 To ListCount
    ?List(i)
Next
```

- ColumnCount：指定列表框的列数。如果 ColumnCount＝2,RowSourceType＝1,则 RowSource 中的数据项按先行后列顺序显示。如果 ColumnCount＝2,

RowSourceType＝6，则 RowSource 属性可以输入两个字段，字段名间用逗号隔开，显示时每个字段占一列。

- Value：返回列表框中被选中的条目。该属性可以是数值型，也可以是字符型。若为数值型，返回的是被选条目在列表框中的次序号；若为字符型，返回的是被选条目本身的内容。
- ControlSource：该属性在列表框中的用法与其他控件中的用法有所不同，在这里，用户可以通过该属性指定一个字段或变量用以保存用户从列表框中选择的结果。
- Selected：该属性是一个逻辑型数组，第 N 个数组元素代表第 N 个数据项是否为选定状态。该属性在设计时不可用，在运行时可读写。除了列表框外，该属性还适用于组合框。
- MultiSelect：指定用户能否在列表框控件内进行多重选定。0 或.F. —默认值，不能多重选择；1 或.T. —允许多重选择。为选择多个条目，可以按住 Ctrl 键并单击条目。该属性在设计时可用，在运行时可读写，仅适用于列表框。

3. 列表框的常用方法

- Additem：给 RowSourceType 属性为 0 的列表增加数据项。
- Removeitem：从 RowSourceType 属性为 0 的列表中移去数据项。
- Clear：移去所有数据项。
- Requery：当 RowsourceType 为 3 和 4 时，根据 RowSource 中的最新数据重新刷新数据项。

4. 列表框的创建

首先单击"控件"工具栏中的"列表框"按钮，再在表单中单击，在表单中出现一个列表框。为了简化属性设置操作，可以右击列表框，在弹出的快捷菜单中选择"生成器"命令，打开"列表框生成器"对话框，在"列表框生成器"对话框中设置列表框的属性。"列表框生成器"对话框如图 8-29 所示。

在"列表项"选项卡中，用户可以确定列表框中显示数据项的类型和来源。在"用此填充列表"下拉列表中有 3 个选项，其中"表或视图中的字段"表示将表或视图的字段作为列表中的数据项，如果选择此项，用户可从"数据库和表"下拉列表中选择一个表，并从"可用字段"列表框中选择作为列表项的字段，单击向左的箭头按钮，加入到"选定字段"列表框。用户可以选择多个字段，如果选择多个字段，列表框自动多列显示。

在"样式"选项卡中用户可以定义列表框显示的格式和显示的行数。

在"布局"选项卡中可以调整列表框的列宽和行高。

在"值"选项卡中用户可以指定一个字段或变量，用以保存用户从列表框中选择的结果。

【例 8-8】 按图 8-30 所示设计一个表单。要求表单运行时，List1 列表框显示"学生"

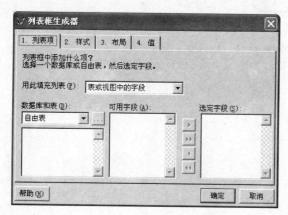

图 8-29　"列表框生成器"对话框

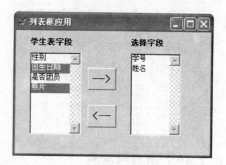

图 8-30　列表框应用举例

表的所有字段,单击向右箭头按钮时,List1 中选择的字段移到 List2 中,单击向左箭头按钮时,List2 中内容移动到 List1 中。

操作步骤如下:

① 打开表单设计器,按图 8-30 所示在表单中加入 2 个列表框、2 个标签、2 个命令按钮。

② 设置各控件的相关属性(如表 8-11 所示)。

表 8-11　例 8-8 中控件的相关属性

控件名	属性名	属性值	控件名	属性名	属性值
List1	RowSourceType	8—结构	Command1	Caption	—>
	RowSource	学生	Command1	Caption	<—
	MultiSelect	.T.	Label1	Caption	学生表字段
List2	RowSourceType	0—无	Label2	Caption	选择字段

③ 在向右箭头按钮(Command1)的 Click 事件中加入如下代码:

```
I=1
DO WHILE I<=Thisform.List1.LISTCOUNT
IF THISFORM.LIST1.SELECTED(I)
   Thisform.List2.Addlistitem(Thisform.List1.List(I))
            && 将 List1 中选定字段添加到 List2 中,其中 Listitem 属性为数组属性
   Thisform.List1.Removeitem(I)
   i=i-1
ENDIF
I=I+1
ENDDO
```

④ 在向左键头按钮(Command2)的 Click 事件代码中加入如下代码:

```
i=1
```

```
Do While I<=Thisform.List2.Listcount
    If Thisform.List2.Selected(I)
    Thisform.List1.Addlistitem(Thisform.List2.List(I))
        && 将 List1 中选定字段添加到 List2 中,其中 Listitem 属性为数组属性
      exit
ENDIF
I=I+1
ENDDO
Thisform.List2.Removeitem(I)
Thisform.List2.requery
```

8.4.10　组合框控件

组合框(ComboBox)控件与列表框类似,也是用于提供一组条目供用户从中选择。组合框相当于一个列表框和一个文本框的组合。上面介绍的有关列表框的属性、方法,组合框同样具有,并且具有相似的含义和用法。组合框和列表框的主要区别有如下 3 点:

① 对于组合框来说,通常只有一个条目是可见的。用户可以单击组合框上的下拉箭头按钮打开条目列表,以便从中选择。

② 组合框不提供多重选择的功能,没有 MultiSelect 属性。

③ 组合框有两种形式:下拉组合框(Style 属性为 0)和下拉列表框(Style 属性为 2)。对下拉组合框,用户既可以从列表中选择,也可以在编辑区输入;对下拉列表框,用户只能从列表中选择。

8.4.11　微调控件

微调(Spinner)控件是一种用来调整一定增量的按钮,允许用户通过单击微调控件的上下箭头来增加和减少这个值,或通过在微调控制框中输入一个值,从一定数字值范围中进行选择。

1. 微调控件的常用属性

- ControlSource:数据控制源,可以是字段变量,也可以是内存变量。
- Increment:增量。用户每次单击向上或向下按钮所增加或减少的值。
- KeyboardHighValue:键盘输入的最大值。
- KeyboardLowValue:键盘输入的最小值。
- SpinnerHighValue:用户单击向上按钮时,微调控件能显示的最大值。
- SpinnerLowValue:用户单击向下按钮时,微调控件能显示的最小值。
- Value:微调控件所显示的值。

2. 常用的微调控件的事件

- UpClick:当用户单击微调控件的上箭头时发生。
- DownClick:当用户单击微调控件的下箭头时发生。

- InteractiveChange：在使用键盘或鼠标更改控件的值时发生。

3. 微调非数值型值

微调控件值一般为数值型，也可以使用微调控件和文本框来微调多种类型的数值。例如，如果想让用户微调一定范围的日期，可以调整微调控件的大小，使它只显示按钮，同时在微调按钮旁边放置一个文本框，设置文本框的 Value 属性为日期，在微调控件的 UpClick 和 DownClick 事件中增加或减少日期。

如在 UpClick 事件中写入：

```
THISFORM.text1.Value=THISFORM.text1.Value+THIS.Increment
```

如在 DownClick 事件中写入：

```
THISFORM.text1.Value=THISFORM.text1.Value-THIS.Increment
```

文本 Text1 属性设置：

```
DateFormat=13              && 指定文本框中显示日期和日期时间值时的格式
Format=YL                  && 使用 Windows 控制面板的"长日期样式"的设置
Value={^2008-01-01}        && 设置初始值
```

在编写程序中，也可以使用 API 函数 GetSystemMetrics 设置微调的宽度，这样只有按钮是可见的，并且使按钮的宽度最适合于显示上下箭头的位图。操作如下：

① 将微调控件的 BorderStyle 属性设为 0。

② 在微调控件的 Init 事件中包含下列代码：

```
Declare Integer GetSystemMetrics In Win32api Integer
THIS.Width= GetSystemMetrics(2) && SM_CXVSCROLL
```

8.4.12　表格控件

表格(Grid)控件是一种容器对象，其外观与 Browse 窗口相似，按行和列的形式显示数据。一个表格对象由若干列对象(Column)组成，每个列对象包含一个标头对象(Header)和若干控件。这里，表格、列、标头和控件都有自己的属性、事件和方法，这使得用户对表格的控制变得更加灵活。

1. 表格控件功能

表格控件用于浏览或编辑多行多列数据。

2. 表格控件常用属性

- RecordSourceType 和 RecordSource 属性：RecordSourceType 属性指明表格数据源的类型，RecordSource 属性指定数据的来源。它们的取值及含义如表 8-12 所示。

表 8-12　**RecordSourceType** 和 **RecordSource** 属性的取值及含义

RecordSourceType 属性值	RecordSource 属性
0—表　数据来源于由 RecordSource 属性指定的表,该表能被自动打开	表名
1—别名　数据来源于已打开的表	表的别名
2—提示　运行时,由用户根据提示选择表格数据源	
3—查询　数据来源于查询	查询文件名
4—SQL 语句　数据来源于 SQL 语句	SQL 语句

- ColumnCount 属性:指定表格的列数。该属性的默认值为-1,此时表格的列数等于数据源中的字段数。
- LinkMaster 属性:用于指定表格控件中所显示的子表的父表名称。使用该属性在父表和表格中显示的子表之间建立一对多的关联关系。不过,要在两个表之间建立这种一对多关系,除了要设置该属性外,还要用到 ChildOrder 和 RelationRxpr 属性。
- ChildOrder 属性:指定子表的索引。
- RelationRxpr 属性:确定基于主表字段的关联表达式,当主表中的记录指针移至新的位置时,系统首先会计算出关联表达式的结果,然后再从子表中找出在索引表达式上的取值与该结果相匹配的所有记录,并将它们显示在表格中。

3. 常用的列属性

每个列都是一个对象,有它自己的属性、方法和事件,设计时要设置列对象的属性,首先要选择列对象。

选择列对象的方法有两种:一种是从属性窗口的对象列表中选择相应列;另一种是右击表格,在弹出的快捷菜单中选择"编辑"命令,这时表格进入编辑状态(表格的周围有一个粗框),用户可单击选择列对象。

- ControlSource:指定在列中显示的数据源,常见的是表中的一个字段。如果所有列都不设置该属性,将按表格数据源中的字段顺序显示。
- CurrentControl:指定列对象中显示和接收数据的控件,默认为 TextBox。用户可以根据需要往列对象中添加所需的控件,并将 CurrentControl 属性设置为其中的某个控件。
- Sparse:用于确定 CurrentControl 属性影响列中的所有单元格还是只影响活动单元格。如果该属性为真,只有列中的活动单元格使用 CurrentControl 属性指定的控件显示和接收数据,其他单元格仍使用默认的 TextBox 控件。否则,列中的所有单元格都使用 CurrentControl 属性指定的控件显示数据。

4. 常用的标头属性(Header)

标头也是一个对象,设计时要设置标头对象的属性,首先要选择标头对象。选择标头对象的方法与选择列对象的方法类似。

- Caption:指定标头对象的标题文本,显示于列顶部。默认为对应字段的字段名。

- Alignment：指定标题文本在对象中显示的对齐方式。

5. 调整表格的行高和列宽

一旦指定表格列的具体数目，就可以调整表格的行高和列宽，其具体操作有以下两种方法：

① 设置表格的 HeaderHeight 和 RowHeight 属性调整行高；设置列对象的 Width 属性调整列宽。

② 让表格处于编辑状态下，将鼠标指针置于表格两列的标头之间，这时，鼠标指针变为水平双箭头的形状，拖动鼠标，调整列至所需要的宽度；将鼠标置于表格左侧的第一个按钮和第二个按钮之间，这时，鼠标指针变成垂直双箭头的形状，拖动鼠标，调整行至所需要的高度。

6. 使用表格生成器设计表格

通过表格生成器能够交互式地快速设置表格的有关属性。创建所需要的表格，右击表格，从弹出的快捷菜单中选择"生成器"命令，打开"表格生成器"对话框，如图 8-31 所示。

"表格生成器"对话框包括 4 个选项卡，其作用大致如下：

- "表格项"选项卡：用于设置表格内显示的字段。
- "样式"选项卡：指定表格的样式，如标准型、专业型和帐务型等。
- "布局"选项卡：调整行高和列宽、设置列标题、选择控件类型。
- "关系"选项卡：设置一个一对多关系，指明父表中的关键字与子表中的相关索引。

在对话框中设置有关选项参数后单击"确定"按钮，关闭对话框返回时，系统就会根据指定的选项参数设置表格的有关属性。

【例 8-9】　设计表单（如图 8-32 所示），在下拉列表中选择数据表名后，数据表中的数据将显示在表格中。具体制作步骤如下：

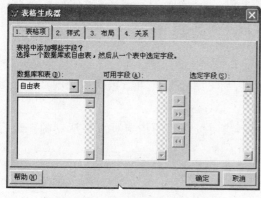

图 8-31　"表格生成器"对话框

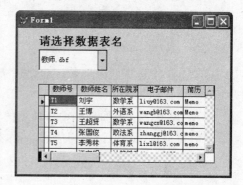

图 8-32　在表格中显示数据示例

① 打开"表单设计器",添加一个组合框、一个表格和一个标签控件。

② 调整表单及控件的大小并设置如下属性(如表 8-13 所示)。

表 8-13　例 8-9 中各控件的相关属性

控 件 名	属 性 名	属 性 值
Grid1	RecordSourceType	0—表
Lable1	Caption	请选择数据表名
Combo1	Style	2
	RowSourceType	7—文件
	RowSource	*.dbf'

(3) Combo1 的 Click 事件代码:

```
ThisForm.Grid1.RecordSource=thisform.combo1.value
```

8.4.13　页框控件

页框(PageFrame)是包含页面(Page)对象的容器对象,属于不可视控件。页面本身也是一种容器,其中可以包含所需要的控件,图 8-31 所示的"表格生成器"对话框就是一个使用页框控件的典型例子。

利用页框控件可以扩充表单的使用空间,页框中每个页面都可以像设计表单一样添加各类控件。

注意:在添加控件前,一定要使页框控件处于编辑状态,否则,控件将会被添加到表单而不是页框的当前页面中,即使看上去好像在页面中。

1. 页框控件常用属性

- PageCount:指定一个页框对象所包含的页对象的数量,其取值范围为 0~99。
- Pages:该属性是一个数组,用于存取页框中的某个页对象。该属性仅在运行时可用。例如,运行时可以下列代码访问第 2 个页面:

```
Thisform.Pageframe1.Pages(2).Caption="第 2 页"
```

- Tabs:指定页框中是否显示页面标签栏,如果属性值为.T.(默认值),则页框中包含页面标签栏。
- ActivePage:返回页框中活动页的页号,或使页框中的指定页成为活动的。运行时可通过该属性访问当前活动页。

2. 页对象常用属性

- Captiom:页标题,即页标签。
- PageOrder:页顺序号。

注意：在设计时，设置页对象属性必须先选择页对象。

【**例 8-10**】 设计一个包含两个选项卡的查询对话框，用于设计查询学生数据时所需的参数。"条件"选项卡用于设置出生日期，如图 8-33 所示；"输出"选项卡用于设置显示字段，如图 8-34 所示。单击"确认"按钮将根据设置的参数查询显示有关学生数据，单击"取消"按钮关闭对话框。

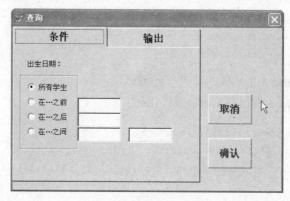

图 8-33 "条件"选项卡

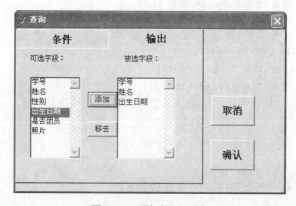

图 8-34 "输出"选项卡

操作过程如下：

① 创建一个新表单，打开"数据环境设计器"窗口，向其中添加"学生"表。

② 在表单上添加一个页框控件 PageFrame1 和两个命令按钮 Command1（标题为"确认"）、Command2（标题为"取消"）。

③ 在页框第一个页面 Page1 中添加选项组 OptionGroup1（ButtonCount 属性为 4），并添加相应的标签 Lable1（标题为出生日期）和 4 个文本框。在页框第二个页面 Page2 中添加两个列表框 List1 和 List2，两个命令按钮控件 Command1（标题为"添加"）和 Command2（标题为"移去"），两个标签 Lable1（标题为"可选字段"）和 Lable2（标题为"被选字段"）。

④ 将 List1 的 RowSourceType 属性设置成"8—结构"，RowSource 属性设置成"学生"，MultiSelect 属性设置成 .T. 。将 List2 的 RowSourceType 属性设置成"0—无地自

容",MultiSelect 属性设置成. T.。

⑤ 调整表单、控件的大小及各控件位置,并将表单 MaxButton 和 MinButton 属性设置为. F.,WindowType 属性设置为"1—模式",BorderStyle 属性设置为"2—固定对话框"。

⑥ 设置所有学生选项按钮的 Click 事件代码:

```
this.parent.parent.text1.enabled=.f.        && 使 Text1 控件无效
this.parent.parent.text2.enabled=.f.
this.parent.parent.text3.enabled=.f.
this.parent.parent.text4.enabled=.f.
```

其他各选项按钮的 Click 事件代码与此类似。

⑦ 设置"添加"命令按钮的 Click 事件代码:

```
for i=1 to this.parent.list1.listcount
  if this.parent.list1.selected(i)
     this.parent.list2.additem(this.parent.list1.list(i))
  endif
endfor
```

⑧ 设置"移去"命令按钮的 Click 事件代码:

```
i=1
do while i<=this.parent.list2.listcount
    if this.parent.list2.selected(i)
       this.parent.list2.removeitem(i)
    else
        i=i+1
    endif
enddo
```

⑨ 设置"确认"命令按钮的 Click 事件代码:

```
ond=""
me=thisform.pageframe1.page1.optiongroup1.value
do case
case me=2
  cond="出生日期<ctod(thisform.pageframe1.page1.text1.value)"
case me=3
  cond="出生日期>ctod(thisform.pageframe1.page1.text2.value)"
case me=4
  cond="出生日期>ctod(thisform.pageframe1.page1.text3.value);
  and  出生日期<ctod(thisform.pageframe1.page1.text4.value)"
endcase
items=""
if thisform.pageframe1.page2.list2.listcount=0
  items=" * "
```

```
else
   for i=1 to thisform.pageframe1.page2.list2.listcount
      items=items+thisform.pageframe1.page2.list2.list(i)+","
   endfor
   items=subs(items,1,len(items)-1)
endif
if cond=""
   select &items from   学生
else
   select &items from   学生   where &cond
endif
```

⑩ 设置"取消"命令按钮的 Click 事件代码：

```
thisform.release
```

8.4.14　计时器控件

计时器(Timer)控件和页框控件一样也是一种不可视控件，在设计时可视，在运行时不可视，所以它的位置和大小都无关紧要。在程序运行过程中，计时器不断检查系统时钟并进行时间积累，当达到给定的时间间隔时，自动触发一个名为 Timer 的事件。

计时器控件主要有两个属性：Interval 属性和 Enabled 属性。

- Interval 属性：时间间隔属性(单位是毫秒)，范围在 0～2 147 483 647(596.5 小时)之间。如果计时器有效，将以等间隔的时间触发一个事件(Timer 事件)。
- Enabled 属性：为真(.T.)表示启动计时器，为假(.F.)表示终止计时器。

【例 8-11】　设计一个电子钟，要求不直接使用 Time 函数。

一个电子钟至少需要两个对象：一个时钟信号发生器和一个显示器，可以使用文本框作为显示器，而用计时器作为时钟信号发生器。设计步骤如下：

① 建立一个新表单，并在表单中加入一个文本框对象和一个计时器对象。

② 在表单的 Load 事件代码中加入一条语句：

```
public rh,rm,rs              && 分别存放时间的时、分、秒
```

③ 在文本框的 Init 事件代码中加入一条语句：

```
this.value=time()            && 文本框建立时初始化为系统时间
```

④ 将计时器 Interval 属性设置为 1000，并为其设计 Timer 事件代码：

```
rt=thisform.text1.value
rh=val(substr(rt,1,2))
rm=val(substr(rt,4,2))
rs=val(substr(rt,7,2))
do case
   case rs<60
```

```
        rs=rs+1
    case rm<60
        rm=rm+1
        rs=0
    case rh<24
        rh=rh+1
        rm=0
        rs=0
    otherwise
        rh=0
        rm=0
        rs=0
endcase
rh1=str(rh,2)
if substr(rh1,1,1)=" "
    rh1="0"+substr(rh1,2,1)
endif
rm1=str(rm,2)
if substr(rm1,1,1)=" "
    rm1="0"+substr(rm1,2,1)
endif
rs1=str(rs,2)
if substr(rs1,1,1)=" "
    rs1="0"+substr(rs1,2,1)
endif
thisform.text1.value=rh1+":"+rm1+":"+rs1
thisform.refresh
```

图 8-35　电子钟

⑤ 保存表单,其运行结果如图 8-35 所示。

8.4.15　线条和形状控件

线条与形状控件的主要功能是在表单上绘制简单图形。

1. 线条控件

线条控件的功能是在表单上绘制一条直线。在实际应用中,线条控件的常用属性
如下:

- BorderWidth:线宽。设置线条的宽度。
- LineSlant:线条倾斜方向。该属性的有效值为正斜(/)和反斜(\)。
- BorderStyle:线型。0—透明,1—实线,2—虚线,3—点线,4—点划线,5—双点划线,
  6—内实线。
- BorderColor:指定线条的边框颜色。

2. 形状控件

在表单上绘制图形的操作方法是：从"表单控件"中单击"形状"控件，然后在表单上单击就将形状控件放置在表单上了，默认形状控件是一个矩形，可以通过鼠标操作改变其大小和位置。

形状可以是矩形、正方形、圆、椭圆及圆角矩形等。形状的样式是通过 Curvature 属性控制的。

形状的常用属性如下：

- Curvature：形状。0 表示直角，99 表示圆，0～99 表示不同的形状。
- FillStyle：填充类型。确定是否是透明的，还是使用一种背景填充的。
- SpecialEffect：特殊效果。确定是平面还是三维的。仅当 Curvature 为 0 有效。

【例 8-12】 创建表单如图 8-36 所示，用户在微调按钮控件中设置形状的曲率，当用户单击"开始"按钮时，形状控件的曲率每隔半秒钟将按用户所设置的值逐步缩小，直到该形状控件的曲率变为 0 或接近 0 时停止。

图 8-36　其他控件应用

操作步骤如下：

① 选择"文档"→"表单"命令，单击"新建"按钮，在弹出的"新建"对话框中单击"新建表单"按钮，打开"表单设计器"。

② 调整表单的大小并设置如下属性：

Caption：其他控件应用。

③ 在表单上添加一个形状控件 Shape1，设置其属性如下：

Curvature：99　　　　　　　FillSyle：0—实线

④ 在表单上添加一个微调按钮控件 Spinner1，设置其属性如下：

Increment：1　　　　　　KeyboardHighValue：99

KeyboardLowValue：0　　SpinnerHighValue：99

SpinnerLowValue：0

⑤ 在表单上添加一个计时器控件 Timer1，设置其属性如下：

Enabled：.F.—假　　　　Interval：500

⑥ 在表单上添加一个标签控件和命令按钮控件，其属性参照表 8-14 设置。

⑦ 编写事件代码。

在命令按钮 Command1 的 Click 事件中加入如下代码：

```
Thisform.Timer1.Enabled=.T.          && 令 Timer1 控件开始工作
```

在计时器控件 Timer1 的 Timer 事件中加入如下代码：

```
Thisform.Shape1.Curvature=Thisform.Shape1.Curvature-Thisform.Spinner1.Value
```

图 8-37　图像控件应用举例

```
If Thisform.Shape1.Curvature<Thisform.Spinner1.Value
    Thisform.Timer1.Enabled= .F.
Endif
```

该程序段令 Timer1 控件的曲率每隔 0.5s 变化一次,直到最小为止。

8.4.16　图像控件

使用图像(Image)控件的目的是将一幅图形放置在表单上,如照片。图像控件的常用属性如下:

- Picture:指定待显示的图像文件名。可以是 BMP、JPG 等格式的图像文件。
- BorderStyle:指定图像控件的边框样式。设置图像控件是否需要边框,默认为 0,表示无边框。
- Stretch:填充方式。0—裁剪,超出图像框给定的部分被裁掉;1—等比填充,保持图像的原有比例填充;2—变比填充,使得图像正好放在图像框内。
- BackStyle:指定图像的背景是否透明。

【例 8-13】　设计如图 8-37 所示的表单 picture. scx,当用户在列表框中选择不同的 .jpg 图像文件名时,在右侧显示对应的图像。

操作步骤如下:

① 打开"表单设计器"窗口,新建表单文件 picture。

② 在表单上添加一个列表框、一个图像、两个命令按钮控件。

③ 调整表单及控件大小,并设置相关属性,如表 8-14 所示。

表 8-14　例 8-13 中控件的相关属性

对　象	属　性	值	对　象	属　性	值
Form1	Caption	图像控件应用	image1	BackStyle	0—透明
	AutoCenter	.T.—真		BorderStyle	0—无
	TitleBar	0—关闭		Stretch	1—等比填充
List1	RowSourceType	7—文件	Command1	Caption	确定
	RowSource	＊.jpg	Command2	Caption	关闭

④ 编写事件代码。

在 Command1 的 Click 事件中加入如下代码：

```
for i=1 to thisform.list1.listcount
if thisform.list1.selected(i)
   thisform.image1.picture=thisform.list1.list(i)
endif
next
```

在 Command2 的 Click 事件中加入如下代码：

```
thisform.release
```

本 章 小 结

　　面向对象程序设计是对结构化程序设计的一种改进，程序设计人员在进行面向对象的程序设计时，首先要考虑的是如何创建类和对象，利用对象来简化程序设计。

　　表单是 Visual FoxPro 中最为常用的图形用户界面，各种对话框和窗口都是表单的不同表现形式。本章主要介绍了表单的创建与管理，表单设计器环境以及常用表单控件的使用，重点介绍了数据和各种基本控件的属性、方法以及它们在表单中的应用。

　　本章主要简单介绍了面向对象程序设计中的类和对象的概念，以及 Visual FoxPro 中的基类，最后简单介绍了各类表单控件的使用。本章内容是 Visual FoxPro 可视化设计的精华所在，它充分体现了面向对象程序设计的风格。

习　题　8

一、选择题

1. 面向对象程序设计中程序运行的最基本实体是_____。

　 A. 对象　　　　　 B. 类　　　　　　 C. 方法　　　　　　 D. 函数

2. 现实世界中的每一个事物都是一个对象，任何对象都有自己的属性和方法。对属性的正确描述是_____。

    A. 属性只是对象所具有的内部特征

    B. 属性就是对象所具有的固有特征，一般用各种类型的数据来表示

    C. 属性就是对象所具有的外部特征

    D. 属性就是对象所具有的固有特征

3. 下面关于类的描述，错误的是_____。

    A. 一个类包含了相似的有关对象的特征和行为方法

    B. 类只是实例对象的抽象

    C. 类并不实行任何行为操作，它仅仅表明该怎样做

    D. 类可以按所定义的属性、事件和方法进行实际的行为操作

4. 每个对象都可以对一个被称为事件的动作进行识别和响应，下面对于事件的描述中错误的是_____。

    A. 事件是一种预先定义好的特定的动作，由用户或系统激活

    B. Visual FoxPro 基类的事件集合是由系统预先定义好的、是唯一的

    C. Visual FoxPro 基类的事件也可以由用户创建

    D. 可以激活事件的用户动作有按键、单击鼠标、移动鼠标等

5. "类"是面向对象程序设计的关键部分，创建新类不正确的方法是_____。

    A. 在 .PRG 文件中以编程方式定义类

    B. 从菜单方式进行"类设计器"

    C. 在命令窗口输入 CREATE CLASS 命令，进入"类设计器"

    D. 在命令窗口中输入 ADD CLASS 命令

6. 下面关于控件类的各种描述中错误的是_____。

    A. 控件类用于进行一种或多种相关的控制

    B. 可以对控件类对象中的组件单独进行修改或操作

    C. 控件类一般作为容器类中的控件

    D. 控件类的封装性比容器类更加严密

7. 下面关于在子类方法程序中如何继承父类方法程序的描述，其中_____是错误的。

    A. 用<父类>::<方法>的命令继承父类的事件和方法

    B. 用函数 DODEFAULT() 来继承父类的事件和方法

    C. 当在子类中重新定义父类中的方法或事件代码时，就用新定义的代码取代了父类中原来的代码

    D. 用<父类>-<方法>的命令继承父类的事件和方法

8. 对象的属性是指_____。

    A. 对象所具有的行为   B. 对象所具有的动作

    C. 对象所具有的特征和状态   D. 对象所具有的继承性

9. 当了解了对象可能发生的各种事件以后，最重要的就是如何编写事件代码，编写事件代码的方法中不正确的是_____。

    A. 为某对象事件编写代码就是编写一个扩展名为 .prg 的程序，其主文件名是事件名

    B. 为对象的某个事件编写代码就是要将代码写入该对象的该事件过程中

C. 可以有定义该事件过程的继承性

D. 在属性对话框中选择该对象的事件并双击,在事件窗口中输入相应的事件代码

10. 面向对象的程序设计是近年来程序设计方法的主流方式,简称 OOP。下面这些对于 OOP 的描述错误的是_____。

A. OOP 以对象及数据结构为中心

B. OOP 用"对象"表现事物,用"类"表示对象的抽象

C. OOP 用"方法"表现处理事物的过程

D. OOP 工作的中心是程序代码的编写

11. 以下属于容器类控件的是_____。

A. TEXT　　　　　B. FORM　　　　　C. LABEL　　　　　D. COMMAND

12. 以下属于非容器类控件的是_____。

A. GRID　　　　　B. LIST　　　　　C. PAGE　　　　　D. CONTAINER

13. 不可以作为文本框数据源的是_____。

A. 数据型字段　　　B. 数组元素　　　C. 字符型变量　　　D. 备注型字段

14. 计时器控件的最主要属性是_____。

A. Enabled　　　　B. Caption　　　　C. Interval　　　　D. Value

15. 在表单 Form1 的某控件的单击事件中,改变另一控件 command1 的标题属性,下列 命令正确的是_____。

A. form1. command1. caption＝"确定"

B. thisform. command1. caption＝"确定"

C. thisformset. form1. caption＝"确定"

D. this. parent. caption＝"确定"

16. 决定微调控件最大值的属性是_____。

A. KeyBoardHighValue　　　　　　B. Value

C. KeyBoardLowValue　　　　　　D. Iinterval

17. 下面关于表单控件基本操作的叙述中,不正确的是_____。

A. 要在表单中复制某个控件,可以按住 Ctrl 键并拖放该控件

B. 要使所有被选控件具有相同大小,可单击"布局"工具栏中的"相同大小"按钮

C. 要将某个控件的 Tab 序号设置为 1,可设置其 TabIndex 属性为 1

D. 要在"表单控件"工具栏中显示某个类库文件中的自定义类,可以单击工具栏中的 "查看类"按钮,然后在弹出的菜单中选择"添加"命令。

18. 在表单 myform 的一个控件的事件或方法代码中,改变该表单的背景色为绿色的正 确命令是_____。

A. myform. BackColor＝RGB(0,255,0)

B. This. Parent. BackColor＝RGB(0,255,0)

C. Thisform. Myform. BackColor＝RGB(0,255,0)

D. This. BackColor＝RGB(0,255,0)

19. 下列关于表单布局设计的叙述,不正确的是_____。

A. 利用布局工具栏可以设置表单中控件的布局

B. 设置控件布局前必须先选中该控件

C. 用鼠标可以拖动表单中对象的位置,用箭头键可以微调对象的位置

D. 直接按 Delete 键可以删除表单上的控件

20. 表单中包含一个命令按钮,在运行表单时,下列有关事件引发次序的叙述中,正确的是_____。

A. 先是命令按钮的 Init 事件,然后是表单的 Init 事件,最后是表单的 Load 事件

B. 先是表单的 Init 事件,然后是命令按钮的 Init 事件,最后是表单的 Load 事件

C. 先是表单的 Load 事件,然后是表单的 Init 事件,最后是命令按钮的 Init 事件

D. 先是表单的 Load 事件,然后是命令按钮的 Init 事件,最后是表单的 Init 事件

21. 假设某个表单中有一个命令按钮 cmdClose,为了实现当用户单击此按钮时能够关闭该表单的功能,应在该按钮的 Click 事件中写入语句_____。

A. Thisform. Close   B. Thisform. Erase

C. Thisform. Release   D. Thisform. Return

22. Visual FoxPro 中,若要向表单中添加保存不希望用户改动的文本,则应该创建_____控件。

A. 命令按钮   B. 文本框   C. 编辑框   D. 标签

23. 下述与表单数据环境有关,其中正确的是_____。

A. 当表单运行时,数据环境中的表处于只读状态,只能显示不能修改

B. 当表单关闭时,不能自动关闭数据环境中的表

C. 当表单运行时,自动打开数据环境中的表

D. 当表单运行时,与数据环境中的表无关

24. 下列关于标签控件的叙述中,错误的是_____。

A. 标签是一种用于显示提示信息的控件

B. 显示的信息可在设计时通过属性窗口设置,也可在表单运行时通过命令设置

C. 显示的文字是通过 Caption 属性设置来实现的

D. 显示的文字可以取表中的某个字符型字段值

25. 将文本框的 PasswordChar 属性值设置为星号(*),那么,当在文本框中输入"电脑2004"时,文本框中显示的是_____。

A. 电脑 2004   B. ******

C. ********   D. 错误设置,无法输入

26. 假设表单上有一选项组:●男○女,如果选择第二个按钮"女",则该选项组 Value 属性的值为_____。

A. .F.   B. 女   C. 2   D. 女或 2

27. 假定表单 Form1 里有一个文本框 Text1 和一个表格控件 Grid1,如果要在表格的标题 Header1 的某个事件中访问文本框 Text1 的 Value 属性值,_____是正确的。

A. This. ThisForm. Text1. Value   B. This. parent. parent. Text1. Value

C. This. parent. Text1. Value   D. This. parent. parent. parent Text1. Value

28. 页框控件的_____属性实质是一个数组,用于存取页框中的某个页对象。
 A. PageCount B. Tabs C. Pages D. TabStretch

29. 下列有关列表框和组合框的叙述,正确的是_____。
 A. 列表框可以设置成多重选定,而组合框不能
 B. 列表框和组合框都可以设置成多重选定
 C. 组合框可以设置成多重选定,而列表框不能
 D. 列表框和组合框都不能设置成多重选定

30. 下列关于编辑框的说法中,正确的是_____。
 A. 编辑框可用来选择、剪切、粘贴及复制正文
 B. 在编辑框中只能输入和编辑字符型数据
 C. 编辑框实际上是一个完整的字处理器
 D. 以上说法均正确

31. Visual FoxPro 的表单控件中,可包含多个选项卡的控件是_____。
 A. 文本框 B. 编辑框 C. 组合框 D. 页框

32. DBLClick 事件在_____时引发。
 A. 用鼠标双击对象 B. 用鼠标左键单击对象
 C. 表单对象建立之前 D. 用鼠标右键单击对象

33. 要使一个命令按钮组控件包括 3 个按钮,可将其_____属性设置为 3。
 A. Visible B. ButtonCount C. ControlSource D. Buttons

34. 当表单被读入内存来调用时,首先触发的事件是_____。
 A. Load B. Init C. Release D. Activate

35. 利用计时器控件的_____事件来实现定时执行规定操作代码。
 A. Timer B. Interval C. Click D. Setfocus

36. 在列表框中使用_____属性判定列表项是否被选中。
 A. Checked B. Check C. SelectLength D. Selected

37. 用来指明复选框当前状态的属性是_____。
 A. Selected B. Caption C. Value D. ControlSource

38. 为表单 MyForm 添加事件或方法代码,改变该表单中控件 Cmdl 的 Caption 属性的正确命令是_____。
 A. Myform. Cmdl. Caption＝"最后一个"
 B. THIS. Cmdl. Caption＝"最后一个"
 C. THISFORM. Cmdl. Caption＝"最后一个"
 D. THISFRMSET. Cmdl. Caption＝"最后一个"

39. 用来确定控件是否起作用的属性是_____。
 A. Enabled B. Default C. Caption D. Visible

二、填空题

1. 类具有_____、_____和多态性的特征,这就大大加强了代码的重用性。

2. Visual FoxPro 基类有两种：_____和_____。

3. 通常，应当在要使用某个类库之前用命令_____打开它，而在似乎使用完毕后用命令_____及时关闭，以保证在应用程序中有足够多的内存。

4. 创建表单有 3 种方法，它们是_____、_____和_____。

5. 若要编辑容器类控件(如页框、命令按钮组)中的对象，则必须在容器对象上单击鼠标右键，然后从弹出的快捷菜单中执行_____命令。

6. 表单控件中若要接收和保存多行文本，可以创建和使用_____控件。

7. 组合框控件可以认为是由_____和_____组成的。

8. 表单 Form1 上有一个命令按钮组控件 CG(容器控件)，CG 中包括两个命令按钮 Cmd1 和 Cmd2，若当前对象为 Cmd1，则 This.Parent 所指的控件是_____。

9. 要使表单中某控件无效，可设置该控件_____的属性为.F.。

10. _____属性是用来定义命令按钮组控件命令按钮的个数，其默认值是 2。

11. 如果想在表单上添加多个同类型的控件，则可在选定控件按钮后，单击控件工具栏上的_____按钮，然后在表单的不同位置单击，就可以添加多个同类型的控件。

12. 在程序中为了显示已创建的表单对象，应当使用表单对象的_____方法。

13. 在命令窗口中执行_____命令，即可打开表单设计器窗口，创建表单。

14. 要使标签标题文字竖排，必须将其_____属性值设置为.T.。

15. 当对象获得焦点时引发的事件是_____。

16. 微调器控件的_____属性用来设定数值增加或减少的量。

17. 复选框的_____属性用来确定它是否被选中。

18. 页框对象是包含页面的容器对象，在默认情况下，一个页框对象包含两个页面对象，如果要修改页框对象所包含的页面对象数，则应该修改页框的_____属性值。

19. 若要计时控件每隔 0.5 秒引发一个 Timer 事件，则应将其 Interval 属性设为_____。

20. 形状控件的 Curvature 属性决定形状控件显示什么样的图形，它的取值范围是 0～99。当该属性的值为_____时，用来创建矩形。

三、思考题

1. 名词解释：对象、类、属性、方法、事件。

2. 简述类的基本组成及对象与类的异同。

3. 类浏览器的功能是什么？如何查看类库中类的代码？

4. 举例说明对象的绝对引用和相对引用。

5. 简述数据环境的作用以及数据环境设计器的使用。

6. 简述组合框与列表框的异同。

7. 简述编辑框与文本框的异同。

8. 表格中的列控件有几种类型？通过什么属性进行设置？

9. 简述复选框与单选按钮的异同。

实 验　表 单 设 计

【实验目的】

- 掌握使用表单向导及表单设计器建立表单的基本操作方法。
- 掌握表单的修改及运行方法。
- 掌握表单属性的设置方法。
- 掌握数据环境的设置方法。
- 掌握 Visual FoxPro 中基本控件的作用及使用方法，熟悉其常用属性的意义。
- 掌握建立应用表单的基本方法。
- 掌握用户可视化子类的设计方法。

【实验准备】

1. 表单向导的启动与操作。
2. 表单设计器环境。
3. 表单的打开、修改、保存和运行。
4. 表单控件种类、特点及作用。
5. 表单控件的属性及事件代码。
6. 典型的应用表单：登录表单、数据编辑表单和数据查询表单。

【实验内容】

1. 建立如图 8-38 所示的表单，单击"计算"按钮，将根据文本框中半径的值计算圆面积，并显示在另一个文本框中。单击"退出"按钮，关闭表单。

2. 设计一个表单（如图 8-39 所示），将"学生"表中所有记录的姓名显示在一个列表框中，而在此列表框中的姓名将会自动显示在左边的文本框中。

图 8-38　表单的运行界面

图 8-39　学生档案表单

3. 如图 8-40 所示，表单上有 1 个文本框、1 个选项按钮组和 3 个复选框，当选中"文本字体"选项按钮组中的某个单选按钮时，文本框中的文字呈现出相应的字体；当选中相应复选框时，文本中的文字呈现相应的字形。请编写相应的事件代码完成上述功能。

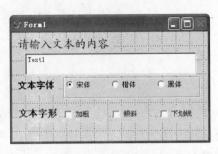

图 8-40　表单文件 FORM5 的设计界面

【思考题】

1. 使用表单编写一个填数游戏程序,其界面如图 8-41 所示。在游戏中,单击"填数"按钮时,在表单中将显示 5 个随机数字,如果这 5 个随机数字组成的 5 位数能被 8 整除,将显示"恭喜成功!"画面,否则将显示"继续努力!"(提示:产生 0～9 之间的随机整数可用表达式 Int(Rand() ∗ 10))。

2. 设计一个标题为"学生档案表"的多页表单,数据环境为"学生信息管理"数据库,要求:

(1) 由一组命令按钮组成,包含"上页"、"下页"和"退出"按钮,单击"上页"按钮显示上一条记录内容,单击"下页"按钮显示下一条记录内容,单击"退出"按钮则释放当前表单。

(2) 包含有 3 个"选项卡",使得单击其中的"基本情况"选项卡则显示学生基本信息,如图 8-42 所示。

图 8-41　填数游戏程序界面

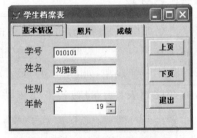

图 8-42　"基本情况"选项卡

(3) 单击"照片"选项卡,显示当前记录的照片,如图 8-43 所示。

(4) 单击"成绩"选项卡,显示该学生的成绩信息,如图 8-44 所示。

图 8-43　"照片"选项卡

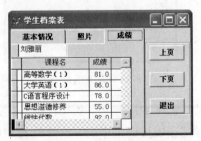

图 8-44　"成绩"选项卡

第9章 菜单设计与应用

应用程序通常由若干个功能相对独立的程序模块组成,通过菜单可将这些功能模块组织成一个系统。因此,菜单系统设计的好坏不仅反映了应用程序中功能模块的组织水平,同时也反映了应用程序的用户友善性。对数据库进行操作时,菜单程序尤为重要。

本章首先介绍 Visual FoxPro 系统菜单的基本情况,然后介绍如何配置与定制系统菜单、如何设计下拉式菜单和快捷菜单。

9.1 Visual FoxPro 系统菜单

利用 Visual FoxPro 系统菜单,是用户调用系统功能的一种方法和手段,而了解 Visual FoxPro 系统菜单的结构、特点和行为,则是用户设计好自己菜单系统的基础。

9.1.1 菜单结构

常见的菜单有两种:下拉式菜单与快捷菜单。一个应用程序通常采用下拉式菜单的形式列出其功能,并供用户调用。而快捷菜单一般从属于某个对象,列出了有关对象的常用操作。

典型的菜单系统是下拉式菜单,它由一个条形菜单和一组弹出式菜单组成。其中条形菜单是主菜单,而弹出式菜单作为子菜单。当单击条形菜单的一个菜单项时,激活其相应的弹出式菜单。

快捷菜单一般由一个或一组上下级的弹出式菜单组成。

首先介绍几个常用的术语。

- 条形菜单(MENU):条形菜单是指在屏幕上水平放置的、由若干个条形菜单项 (PAD)组成的菜单。每个条形菜单必须有一个名称,如果用户不指定,系统会自动指定名称(如_Msysmenu)。
- 弹出式菜单(POPUP):弹出式菜单是指在屏幕上垂直放置的、由若干个弹出式菜单项(BAR)组成的菜单。激活此菜单后,该弹出式菜单就弹出显示,用完后又隐藏起来。

各个用户应用程序的菜单系统的内容可能是不同的,但其基本结构是相同的。一个典型的用户应用系统的菜单与 Visual FoxPro 的系统菜单一样,是一个下拉式菜单,它由一个条形菜单和一组弹出式菜单组成。其中条形菜单作为主菜单,而弹出式菜单作为子菜单。当单击某个条形菜单选项时,激活相应的弹出式菜单。

另外,在应用系统中还可通过编程建立右键单击才出现的快捷菜单,它通常是一个由一组弹出式菜单项组成的弹出式菜单。

9.1.2　系统菜单

Visual FoxPro 系统菜单是一个典型的菜单系统,其主菜单是一个条形菜单。条形菜单本身的内部名字为_MSYSMENU,可看作是整个菜单系统的名字。选择条形菜单中的每一个菜单项都会激活一个弹出式菜单。表 9-1 列出了条形菜单中常见选项及内部名字和对应弹出式菜单的内部名称。表 9-2 是"编辑"菜单中常用的选项和内部名字。

表 9-1　VFP 系统菜单的内部名

菜单项	条形菜单项内部名字	弹出式菜单内部名字
文件	_Msm_File	_Mfile
编辑	_Msm_Edit	_Medit
显示	_Msm_View	_Mview
工具	_Msm_Tools	_Mtools
程序	_Msm_Prog	_Mprog
窗口	_Msm_Windo	_Mwindow
帮助	_Msm_Systm	_Msystm

表 9-2　"编辑"菜单(_Medit)常用选项

选项名称	内部名字
撤销	_Med_Undo
重做	_Med_Redo
剪切	_Med_Cut
复制	_Med_Copy
粘贴	_Med_Paste
清除	_Med_Clear
全部选定	_Med_Slcta
查找	_Med_Find
替换	_Med_Repl

在使用 VFP 过程中,通过 Set Sysmenu 命令可以允许或禁止在程序执行时访问系统菜单,也可以重新配置系统菜单,其命令格式为:

```
Set Sysmenu On|Off|Automatic
|To[<弹出式菜单内部名表>|<条形菜单项内部名表>|Default]|Save|Nosave
```

命令说明:用于设置 VFP 主菜单栏中显示的系统菜单项,各选项的含义为:

- On:允许程序执行时访问系统菜单。
- Off:禁止程序执行时访问系统菜单。
- AutoMatic:可使系统菜单显示出来,可以访问系统菜单。
- 弹出式菜单内部名表:通过弹出式菜单内部名指定要显示的条形菜单项。
- 条形菜单项内部名表:通过条形菜单项内部名指定要显示的条形菜单项。
- Default:将系统菜单恢复到默认配置。
- Save:指定系统菜单的当前配置为默认配置。
- Nosave:指定 VFP 系统菜单的最初配置为默认配置。

不带参数的 Set Sysmenu To 命令将屏蔽系统菜单,仅显示与目前操作有关的菜单项如"格式"。

9.2　创建菜单系统

9.2.1　创建菜单的步骤

不管应用程序的规模多大,使用的菜单多么复杂,创建菜单系统都需经过以下步骤:

（1）规划与设计菜单系统。根据应用程序的功能和使用的要求，确定需要哪些菜单，出现在界面的何处以及哪几个菜单要有子菜单等。

（2）创建菜单和子菜单。利用"菜单设计器"创建所需要的菜单和子菜单。

（3）按实际要求为菜单系统指定任务。指定菜单所要执行的任务，例如显示表单或对话框等。另外，如果需要，还可以包含初始化代码和清理代码。

（4）选择"预览"按钮，预览整个菜单系统。

（5）保存菜单文件并生成菜单程序。

（6）运行及测试菜单系统。

9.2.2　菜单设计器

创建菜单系统虽然可以用程序设计命令或向导完成，但大量的工作还是在 Visual FoxPro 提供的"菜单设计器"中完成的。

1. 启动"菜单设计器"

在 Visual FoxPro 中，可以采用以下两种方式打开"菜单设计器"：

① 菜单方式：选择"文件"→"新建"命令，在弹出的"新建"对话框中选择"菜单"，然后再单击"新建文件"按钮。

② 命令方式：

- 创建新菜单文件：

  CREATE MENU ＜文件名＞

- 修改已存在的菜单文件：

  MODIFY MENU ＜文件名＞

执行上述任意一种操作后，系统弹出图 9-1 所示的"新建菜单"对话框，单击"菜单"按钮，进入"菜单设计器"界面。

2. "菜单设计器"简介

打开的"菜单设计器"窗口如图 9-2 所示。使用"菜单设计器"可以创建菜单、菜单项、菜单项的子菜单和分隔相关菜单组的线条等。"菜单设计器"中各项含义如下：

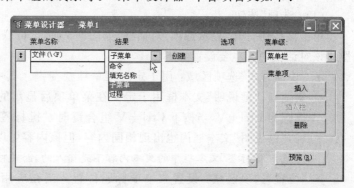

图 9-1　"新建菜单"对话框　　　　　　　图 9-2　"菜单设计器"窗口

(1)"菜单名称"列

在"菜单名称"文本框中输入的文本将作为菜单项的名称,也称为标题,用于显示,并非内部名字。

在指定菜单项名称时,可以设计菜单项的访问键,这样通过键盘同时按下 Alt 键和指定键就可以快速访问菜单项。给菜单项设置访问键的方法是在要设定为快捷键的字母前加反斜杠和小于号(\<)。例如,给"文件"菜单设置快捷键为 F,只要在"菜单名称"文本框中输入"文件(\<F)"即可。

内容相关的菜单常常被分为一组,为了给菜单项进行逻辑分组,往往需要在组与组之间加上分隔线以提高菜单的可读性和易操作性。系统提供的实现方式是在两组相邻菜单项之间插入新的菜单项,并在"菜单名称"文本框中输入"\-"两个字符,在显示时,这两组相邻菜单项之间出现一条分隔线。

(2)"移动"按钮

"移动"按钮是指"菜单名称"列左边的双向箭头按钮。在设计时允许可视化地调整菜单名称的位置。

(3)"结果"列

此列设定菜单项的功能类别,有"命令"、"子菜单"、"过程"和"填充名称"4 种选择。

- 子菜单(Submenu):如果所定义菜单项具有子菜单则应选择该项。选择此选项后,列表框右侧出现"创建"按钮,单击此按钮可以创建下一级子菜单。如子菜单已经创建,此按钮变成"编辑"按钮,单击后可对下一级子菜单进行编辑。
- 命令(Command):如果所定义菜单项的任务是执行一条命令,则应选择该项。当选择该选项后,右侧出现一个文本框,可在其中输入要执行的命令。
- 过程(Procedure):如果所定义菜单项是执行一组命令,则应选择该项。当选择该选项后,列表框右侧会出现"创建"按钮,单击该按钮进入"过程代码编辑"窗口,可在其中输入对应的一组命令。

  注意:在输入过程代码时,不要用 PROCEDURE 语句。
- 填充名称/菜单项♯(Pad Name/Bar♯):用于标识由菜单生成过程所创建的菜单和菜单项。当定义主菜单时,显示"填充名称",选择此项可以在右侧的文本框中指定菜单项的内部名称;当定义子菜单时,显示"菜单项♯",选择此项可以在右侧的文本框中指定菜单项的序号。其主要目的是为了在程序中引用它。

(4)"选项"按钮

单击该按钮打开"提示选项"对话框,如图 9-3 所示,可以在其中为菜单项设置各种属性。该对话框中的主要设置如下:

- "快捷方式"选项区域:用于定义菜单项快捷键。其中"键标签"文本框用于定义快捷键;"键说明"文本框用于定义在菜单项后显示的快捷键名称。例如,定义快捷键为 Ctrl+V,当按下 Ctrl+V 组合键时,"键标签"文本框出现 Ctrl+V 组合键;"键说明"文本框内也出现相同内容,但该内容可以根据需要修改。

  注意:"键标签"文本框中的文本内容不是输入的,而是按下组合键后由系统产生的。
- "位置"选项区域:设置菜单项标题位置。当在应用程序中编辑一个 OLE 对象时,用户可指定菜单项的标题位置。

图 9-3 "提示选项"对话框

- "跳过"文本框：定义菜单项禁用条件。在文本框中输入一个表达式，或单击右侧按钮进入"表达式生成器"对话框生成一个表达式，定义允许或禁用菜单项的条件。当表达式值为"假"时，菜单项为可用状态；否则为禁止状态，菜单项以灰色显示。
- "信息"文本框：定义菜单项说明信息。当鼠标指向菜单或菜单项时，在 Visual FoxPro 状态栏中显示说明其功能及用途的文字信息。这些信息必须用引号括起来。
- "主菜单名"文本框：显示"主菜单名"对话框，可在其中指定可选的菜单标题。此选项仅在"菜单设计器"窗口的"结果"列显示为"命令"、"子菜单"或"过程"时可用。
- "备注"列表框：指定菜单备注信息。在列表框中可输入用户注释内容。任何情况下注释内容不影响生成的代码，运行菜单程序时 Visual FoxPro 忽略所有注释。

(5)"菜单级"下拉列表框

菜单系统是分级的，最高一级是"菜单栏"菜单，其次是每个菜单的子菜单。从该下拉列表选择某菜单级，可以进行相应级别菜单的设计。

(6)"菜单项"选项区域

"菜单项"选项区域中有 3 个按钮，为菜单设计提供相应的操作功能。

- "插入"按钮：用于在当前菜单项前面插入一个新菜单项目，默认名称为"新菜单项"。
- "删除"按钮：用于删除当前菜单项。
- "插入栏"按钮：用于插入标准的 Visual FoxPro 系统菜单中的某些项目。单击该按钮打开"插入系统菜单栏"对话框，如图 9-4 所示。其中列出 Visual FoxPro 中所有标准菜单项目以供选择。

注意：当菜单级处于"菜单栏"时，该项不可用。

图 9-4　"插入系统菜单栏"对话框

（7）"预览"按钮

单击"预览"按钮，可以暂时屏蔽系统菜单，而显示用户所创建的菜单，同时在屏幕中显示"预览"对话框。每当用户选择一个菜单项后，在"预览"对话框中都会显示出正在预览的菜单的菜单名、提示和命令等信息。

9.2.3　应用系统菜单设计

应用系统菜单主要完成主菜单、子菜单项的设计。现以创建一个简单的学生信息管理系统的菜单为例说明使用"菜单设计器"创建菜单的一般方法。

1. 规划菜单系统

在创建菜单之前，应首先规划菜单系统。本系统菜单设计如图 9-5 所示。

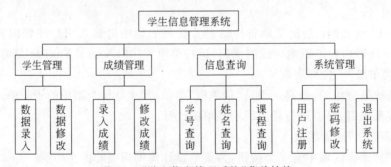

图 9-5　"学生信息管理系统"菜单结构

2. 创建主菜单

应用程序主菜单如图 9-5 所示，共有 4 个菜单项：学生管理、成绩管理、信息查询和系统管理，其中系统管理具有菜单访问键 Alt＋S。

操作步骤如下：

① 单击系统菜单"文件"→"新建"菜单项，打开"新建"对话框。

② 在"新建"对话框中选中"菜单"选项,再单击"新建文件"按钮,打开图 9-1 所示的"新建菜单"对话框。

③ 单击"菜单"按钮,进入"菜单设计器"窗口。

④ 在"菜单设计器"窗口中,在"菜单名称"中输入"学生管理",在"结果"项中选择"子菜单",单击"移动"按钮进入下一项,依此类推,定义主菜单中各菜单的选项名,如图 9-6 所示。

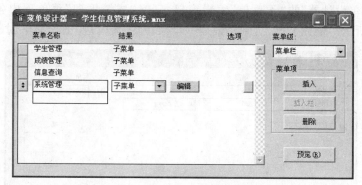

图 9-6 "学生信息管理系统"主菜单

3. 创建子菜单

创建子菜单实际上是给主菜单定义子菜单选项。当菜单栏内的菜单添加完成后,可以针对每一个菜单项,单击"创建"按钮创建子菜单。进入子菜单的编辑窗口后,在"菜单级"下拉列表框中将显示出该子菜单名称。一个子菜单创建完成后,单击"菜单级"下拉列表框并选择"菜单栏",可以返回上一级菜单,即主菜单。在创建子菜单时,各个菜单项所对应的"结果"可能不同。

按照图 9-5 所示,创建各菜单项的子菜单。

操作步骤如下:

① 在"菜单设计器"窗口,选择主菜单选项中的"学生管理",单击"创建"按钮,进入"菜单设计器"子菜单编辑窗口。

② 在"菜单设计器"的"子菜单"编辑窗口中,定义"学生管理"菜单项中各子菜单选项名,如图 9-7 所示。

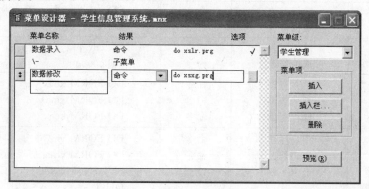

图 9-7 "学生管理"子菜单

其中,在"数据录入"和"数据修改"之间插入一个菜单项,在菜单名称中输入"\一",运行菜单时,将在"数据修改"之间出现一条分隔线。

③ 单击"数据录入"菜单项的"选项"按钮,在弹出的"选项"对话框中设置快捷键 Ctrl+L。

④ 在"学生管理"菜单设置完成后,在"菜单级"下拉列表中选择"菜单栏"选项,返回上一级菜单设置。

⑤ 在"菜单设计器"的"子菜单"编辑窗口,定义"成绩管理"菜单项中各子菜单选项名,如图 9-8 所示。依此类推,直到将最后一个菜单"系统管理"的子菜单创建完成。

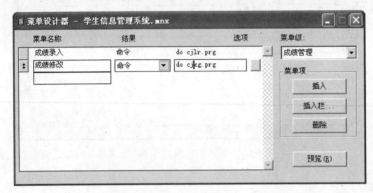

图 9-8　"成绩管理"子菜单

4. 为菜单或菜单项指定任务

创建菜单系统时,需要考虑系统访问的简便性,必须为菜单和菜单项指定所执行的任务,如指定菜单访问键、添加键盘快捷键、显示表单等。菜单选项的任务可以是子菜单、命令或过程。菜单任务对应的命令必须明确指定,对应的过程必须输入相应的过程代码。

在"菜单设计器"中为各菜单项添加命令和过程,如表 9-3 所示。

表 9-3　学生信息管理系统菜单设计

菜单标题	菜单项名称	结　果	结果框内容
学生管理	数据录入 数据修改	命令 命令	DO xslr.prg DO xsxg.prg
成绩管理	成绩录入 成绩修改	命令 命令	DO cjlr.prg DO cjxg.prg
信息查询	学号查询 姓名查询 课程查询	命令 命令 命令	DO FORM xhcx DO FORM xmcx DO FORM kccx
系统管理	用户注册 密码修改 退出系统	命令 命令 过程	DO FORM yhzc DO FORM yhxg SET SYSMENU TO DEFAULT QUIT

5. 预览并保存菜单文件

在菜单设计过程中可随时单击"预览"按钮预览设计的菜单。菜单设计完成后,选择"文件"→"保存"命令,将菜单设计结果保存在菜单文件"学生信息管理系统.mnx"和备注文件"学生信息管理系统.mnt"中。

6. 生成菜单程序

菜单与表单不同,它不能直接在设计器中生成程序代码,必须专门生成菜单程序代码。所以用菜单设计器设计完菜单选项及每个菜单项任务后,菜单设计工作并未结束,用户还要通过系统提供的生成器将其转换成程序文件方可使用。

用菜单设计器设计的菜单文件其扩展名为.mnx,通过生成器的转换,生成的程序文件其扩展名为.mpr。

将菜单文件"学生信息管理系统.mnx"生成菜单程序文件的操作步骤如下:

① 选择"菜单"→"生成"命令,打开"生成菜单"对话框,如图 9-9 所示。

② 输入菜单程序文件名(扩展名为.MPR),或者单击文本框右侧的"打开"按钮,在弹出的"另存为"对话框中输入菜单程序文件名,单击"生成"按钮,生成相应的菜单程序文件"学生信息管理系统.mpr"。

7. 运行菜单

运行菜单实际上是运行菜单程序,因此运行的方法与运行其他程序文件的方法是相似的。有如下两种方式:

(1) 菜单方式:选择"程序"→"运行"命令,在弹出的对话框中选择需要运行的菜单程序文件名。

(2) 命令方式:在命令窗口直接输入 DO<菜单文件名.MPR>命令。

如在命令窗口中输入"DO 学生信息管理系统.mpr",命令执行结果如图 9-10 所示。单击主菜单,将弹出下拉菜单,单击其中的菜单项将执行相应的菜单命令。

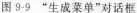

图 9-9　"生成菜单"对话框

图 9-10　"学生信息管理系统"菜单运行效果

注意:以命令方式运行菜单时,菜单文件后缀名 mpr 不可省略。

9.2.4　定制菜单系统

设计好菜单系统后,需要对菜单系统进行定制。这时可以通过"常规选项"对整个菜单系统进行定制,也可以利用"菜单选项"对主菜单或者指定的子菜单进行定制。启动菜单设计器后,在"显示"菜单中会出现这两个菜单命令。

1. 常规选项

"常规选项"是针对整个菜单的,它的主要作用如下:

① 为整个菜单指定一个过程。

② 可以确定用户菜单与系统菜单之间的位置关系。

③ 为菜单增加一个初始化过程和清理过程。

选择"显示"→"常规选项"命令,打开图 9-11 所示的"常规选项"对话框。该对话框主要由以下几部分组成:

- "过程"列表框:为整个菜单系统指定过程代码。如果菜单系统中某菜单项没有规定具体操作,当选择此菜单选项时,将执行该默认过程代码。可以在"过程"列表框直接输入过程代码,也可以单击"编辑"按钮打开代码编辑窗口,编辑、输入过程代码。

- "位置"选项区域:在这个选项区域中有 4 种选择,决定用户菜单与系统菜单之间的位置关系。

- 替换:将用户定义菜单替换为 Visual FoxPro 系统菜单,这是默认的选择。

- 追加:将用户定义菜单附加在 Visual FoxPro 系统菜单之后。

- 在…之前:将用户定义菜单插入在指定的 Visual FoxPro 系统菜单项前面。选择该项后,右边出现下拉列表框,其中列出 Visual FoxPro 系统菜单的各个菜单项,从中选择一项,将用户菜单置于该菜单项之前。

- 在…之后:意义与上面类似,只是用户菜单将置于所选择菜单项之后。

- "菜单代码"选项区域:包括"设置"和"清理"两个复选框。

- 设置:向菜单系统添加初始化代码定制菜单系统。初始化代码可以包含环境设置、变量定义、相关文件的打开等。该代码在菜单显示之前执行。选中"设置"复选框,单击"确定"按钮,在打开的代码编辑窗口中输入初始化代码即可。

- 清理:清理代码中常包括在初始化时启动或废止某些菜单项的代码。在菜单的.MPR 文件中,清理代码位于初始化代码和菜单定义代码之后,而位于主菜单及菜单项指定的代码之前。如果设计的菜单是应用程序的主菜单,则应该在清理代

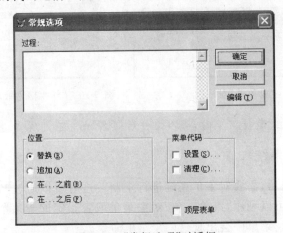

图 9-11　"常规选项"对话框

码中包含 READ EVENTS 命令，并为退出菜单系统的菜单命令指定一个 CLEAR EVENTS 命令。这样可以在应用程序运行期间禁止命令窗口，以防止应用程序的运行被过早地中断。选中"清理"复选框，单击"确定"按钮，在打开的代码编辑窗口输入清理代码即可。

- "顶层表单"复选框：菜单设计器创建的菜单系统默认位置是在 Visual FoxPro 系统窗口之中，如果希望菜单出现在表单中，需选中"顶层表单"复选框，同时还必须将对应表单设置为"顶层表单"。

2. 菜单选项

选择"查看"→"菜单选项"命令，打开"菜单选项"对话框。该对话框中主要有两项功能：一是为指定菜单编写一个过程，二是修改菜单项名称。如果用户正在编辑主菜单，则此处的文件名是不可改变的，即所有主菜单共享一个过程，如图 9-12(a)所示。如果用户正在编辑的是某个子菜单或菜单项，则该过程即为局部过程，对应子菜单或菜单项的名称可以更改，如图 9-12(b)所示。

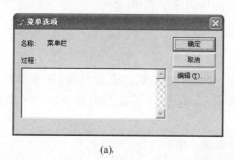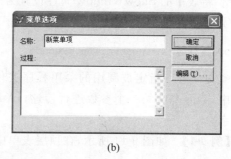

(a)　　　　　　　　　　　　　　(b)

图 9-12　"菜单选项"对话框

9.2.5　快速菜单功能

使用"快速菜单"功能，可以从已有的 Visual FoxPro 菜单系统开始创建菜单。

在打开"菜单设计器"后，选择"菜单"→"快速菜单"命令，将在"菜单设计器"中自动生成菜单，其中包含了 Visual FoxPro 的主要菜单，如图 9-13 所示。如果对生成的菜单不满意，

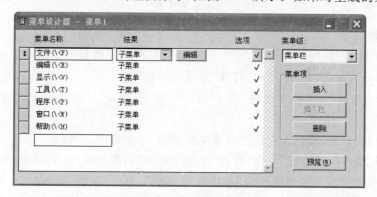

图 9-13　"快速菜单"功能

可以在"菜单设计器"中修改。比如,可以单击"插入"按钮,在当前菜单项前插入新的菜单项;也可以把不需要的菜单项删除;拖动"移动"按钮,还可以改变菜单栏上各菜单的位置。

9.3　创建表单菜单

一般情况下,使用"菜单设计器"建立的菜单是在 Visual FoxPro 窗口中运行的,也就是说,用户建立的菜单并不是运行在窗口的顶层,而是在第 2 层。要使菜单出现在顶层,可以通过表单菜单设计来实现。建立表单菜单与前面介绍的普通下拉菜单不同,当菜单设计完成以后,必须在"常规选项"对话框中将其设置为"顶层表单",菜单才能在表单中得以执行。

若要在表单中添加菜单,可以按如下步骤操作:

① 在"表单设计器"中建立普通的用户自定义菜单。

② 在"常规选项"对话框中选择"顶层表单"复选框,创建顶层表单的菜单。

③ 将表单的 ShowWindow 属性设置为"2—作为顶层表单"。

④ 在表单的 Init 事件中,运行菜单程序。命令格式为:

```
DO<文件名>With oForm,IAutoRename
```

<文件名>指定被调用的菜单程序文件;oForm 是表单对象的引用,在表单的 Init 事件中,This 作为第一个参数进行传递;IAutoRename 指定了是否为菜单取一个新的唯一名字。

【例 9-1】　如图 9-14 所示,在顶层表单中添加菜单。

图 9-14　表单菜单

操作步骤如下:

① 选择"文件"→"打开"命令,在"打开"对话框中选择要打开的菜单文件"学生信息管理系统.mnx",单击"打开"按钮,打开"菜单设计器"。

② 选择"显示"→"常规选项"命令,打开"常规选项"对话框,选中"顶层表单"复选框。

③ 单击"另存为"按钮保存设计的菜单文件为"学生管理.mnx"。

④ 选择"菜单"→"生成"命令,打开"生成菜单"对话框。在"生成菜单"对话框中确定菜单程序的保存位置和菜单文件名"学生管理.mpr",单击"生成"按钮。

⑤ 打开"表单设计器",在"表单设计器"中添加一个标签控件用于显示应用系统名称

等信息。

⑥ 将表单的 ShowWindow 属性设置为"2—作为顶层表单"。

⑦ 在表单的 Init 事件代码中添加调用菜单程序的命令：

```
DO 学生管理.mpr WITH THIS,.T.
```

⑧ 保存并运行表单,结果如图 9-14 所示。

9.4　创建快捷菜单

在 Windows 环境中,快捷菜单的使用非常广泛,它给软件的使用带来了很多方便。在控件或对象上右击时,就会显示快捷方式菜单,可以快速展示当前对象可用的所有功能。在 Visual FoxPro 中也可以创建快捷方式菜单,并将这些菜单附加到控件中。例如,可创建包含"清除"、"剪切"、"复制"和"粘贴"命令的快捷方式菜单。当用户在表单上右击时,将出现快捷方式菜单。

创建快捷菜单与创建下拉菜单的方法类似,主要步骤如下：

① 打开"快捷菜单设计器"窗口。

② 添加菜单项。

③ 为每个菜单项指定任务。

④ 保存菜单,并生成.MPR 菜单文件。

⑤ 将快捷菜单指派给某个对象。

下面通过实例介绍快捷菜单的创建和使用。

【例 9-2】 为某表单创建一个快捷菜单 kjcd,其选项有日期、时间、变大、变小、剪切、复制和粘贴,变小与剪切之间用分组线分隔,如图 9-15 所示。选中"日期"或"时间"选项时,表单标题将变成当前日期或时间。选中"变大"或"变小"选项时,表单大小将缩放10％。"剪切"、"复制"和"粘贴"为系统菜单。

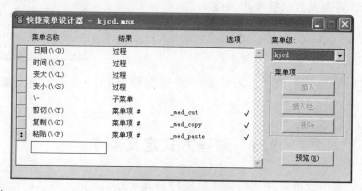

图 9-15　快捷菜单的创建

操作步骤如下：

① 创建快捷菜单。

打开"快捷菜单设计器"窗口,并定义快捷菜单各选项的内容,如图 9-15 所示。

快捷菜单前 4 个选项名称和结果如表 9-4 所示。

表 9-4　选项的名称和结果

菜单名称	结　　果
日期(\\<D)	过程：s＝dtoc(date(),1) ss＝left(s,4)＋"年"＋subs(s,5,2)＋"月"＋right(s,2)＋"日" mfref. caption＝ss
时间(\\<T)	过程：s＝time() ss＝left(s,2)＋"时"＋subs(s,4,2)＋"分"＋right(s,2)＋"秒" mfref. caption＝ss
变大(\\<L)	过程：w＝mfref. width h＝mfref. height mfref. width＝w＋w＊0.1 mfref. height＝h＋h＊0.1
变小(\\<S)	过程：w＝mfref. width h＝mfref. height mfref. width＝w－w＊0.1 mfref. height＝h－h＊0.1
\\—	加分组线分隔上下两项

在"常规选项"对话框中设置快捷菜单的"设置"和"清理"代码，在两个窗口中分别输入接收当前表单对象引用的参数语句 parameters mfref 和清除快捷菜单的命令 release popups kjcd extended。

在"菜单选项"对话框中，设置快捷菜单的内部名字为kjcd。

保存菜单，并生成 mykjcd. mpr 菜单文件。

② 将快捷菜单附加到表单中。

新建或打开需要设置快捷菜单的表单。

在表单的 RightClick 事件代码窗口中输入命令：

```
DO mykjcd.mpr with This.
```

保存并运行修改后的表单。右击表单将弹出图 9-16 所示的快捷菜单。

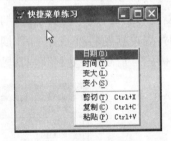

图 9-16　快捷菜单运行效果

9.5　编程方式定义菜单

前面学习了利用菜单设计器创建菜单的过程和方法，除此之外还可以通过命令方式设计条形菜单及弹出式菜单。

利用菜单设计器所设计的菜单保存在菜单文件(MNX)中，必须经过系统"生成"菜单程序文件(MPR)后才能调用。菜单程序文件是由若干条菜单语句组成的，用户通过"Modify Command<菜单程序文件主名>mpr"命令可以查看菜单程序文件内容。

9.5.1 设计条形菜单

1. 定义条形菜单

语句格式：

Define Menu<条形菜单名>[Bar][In[Window]<窗口名>In Screen]

语句说明：该语句用于定义条形菜单,各项参数说明如下：

- 条形菜单名：为条形菜单指定内部名,供程序中其他命令引用。
- Bar：选择此项,条形菜单与 VFP 系统菜单栏行为相类似。
- In[Window]<窗口名>|In Screen：指定条形菜单放置在窗口或屏幕上。若是 In[Window]<窗口名>,则将条形菜单放在指定的窗口中,该窗口（表单）的 ShowWindow 属性值必须为"2-作为顶层表单",并且在定义条形菜单前,该表单必须处于打开状态；若是 In Screen,将条形菜单放在屏幕中,也是系统默认选项。

【例 9-3】 定义条形菜单,可使用如下命令：

```
Do Form Form1.scx
Define Menu Xsgl Bar In Window Form1
```

2. 定义条形菜单的菜单项

语句格式：

Define Pad<菜单项名>Of<条形菜单名>Prompt<字符表达式>
[Before<条形菜单项名>|After<条形菜单项名>]
[Key<键标签>[,<键说明>]][Skip[For<逻辑表达式>]]
[Message<字符表达式>][Color Scheme<颜色号>]

语句说明：该语句用于指定条形菜单的菜单项标题及相关设置,其各项参数说明如下：

- <菜单项名>Of<条形菜单名>：指定要定义的菜单项及条形菜单的内部名。
- 字符表达式：指定条形菜单项显示的标题。
- Before<条形菜单项名>|After<条形菜单项名>：设置所定义的菜单项的位置。省略此项,按定义菜单项语句的次序在菜单中排列各菜单项。
- Key<键标签>[,<键说明>]：指定该菜单项的快捷键及其快捷键说明性信息。若省略此项,则无快捷键。
- Skip[For<逻辑表达式>]：<逻辑表达式>指明跳过条件,如果逻辑表达式值为真（.T.）,则该菜单项不可用；如果逻辑表达式值为假（.F.）,则该菜单项可用。无 Skip 项,则该菜单项始终可用；省略 For<逻辑表达式>项,则该菜单项始终不可用。
- Message<字符表达式>：指明该菜单项的提示信息。若省略此项,则无提示。
- Color Scheme<颜色号>：指定背景颜色。如颜色号为 3,则背景为灰色。如果无此项,则背景为白色。

【例 9-4】 用语句创建菜单栏的各菜单项。

```
Define Pad Dmwh   Of Xsgl Prompt"代码维护\<D"   Color Scheme 3 Key Alt+D
Define Pad Xsxx   Of Xsgl Prompt"学生信息\<X"   Color Scheme 3 Key Alt+X
Define Pad Gkcj   Of Xsgl Prompt"各科成绩\<G"   Color Scheme 3 Key Alt+G
Define Pad Cjtjbb Of Xsgl Prompt"成绩统计报表\<T" Color Scheme 3 Key Alt+T
Define Pad Tcyycx Of Xsgl Prompt"退出应用程序\<Q" Color Scheme 3 Key Alt+Q
```

3. 定义菜单项的动作

语句格式 1：

On Pad<条形菜单项名>Of<条形菜单名 1>

[Activate Popup<弹出式菜单名>|Activate Menu<条形菜单名 2>]

语句说明：菜单项的动作为激活另一个菜单。即当<条形菜单名 1>中指定菜单项被选中时，将激活另一个条形或弹出式菜单。其各项参数说明如下：

- <条形菜单项名>Of<条形菜单名 1>：指出需定义动作的菜单项及条形菜单内部名。
- 弹出式菜单名：被激活的弹出式菜单内部名。
- 条形菜单名 2：被激活的条形菜单内部名。

语句格式 2：

On Selection Pad<条形菜单项名>Of<条形菜单名>[<命令>]

语句说明：设置选中某条形菜单项后所执行的命令。命令：指定选中该条形菜单项后所执行的命令。

【例 9-5】 定义菜单栏中各菜单项的动作如下：

```
On Pad Dmwh   Of Xsgl Activate Popup Popdmwh
On Pad Xsxx   Of Xsgl Activate Popup Popxsxx
On Pad Gkcj   Of Xsgl Activate Popup Popgkcj
On Pad Tcyycx Of Xsgl Activate Popup Poptcyycx
```

4. 激活条形菜单

语句格式：

Activate Menu<条形菜单名>[Nowait][Pad<条形菜单项名>]

语句说明：激活所指定的菜单。其参数说明如下：

- Nowait：在激活菜单后不等待，继续向下执行。若没有 Nowait 项，则激活菜单时，程序会暂停执行，等待用户对菜单项进行操作，或按 Esc 键退出。
- Pad<条形菜单项名>：用来设置激活菜单时选中的菜单项。省略 Pad 项，系统默认选中第一个菜单项。

【例 9-6】 激活 Xsgl 菜单，可使用如下语句：

```
Activate Menu Xsgl Nowait
```

9.5.2　设计弹出式菜单

1. 定义弹出式菜单

语句格式：

```
Define Popup<弹出式菜单名>[Shortcut][From<行号 1>,<列号 1>]
[To<行号 2>,<列号 2>][In [Window]<窗口名>|In Screen][Relative]
[Margin][Message<字符表达式>][Scroll][Color Scheme<颜色号>]
```

语句说明：用于定义弹出式菜单。其各项参数说明如下：

- 弹出式菜单名：为弹出式菜单规定内部名，供程序中其他命令引用。
- Shortcut：用作快捷菜单。
- From<行号 1>,<列号 1>To<行号 2>,<列号 2>：可指定菜单的大小。其中<行号 1>,<列号 1>指出菜单左上角坐标，<行号 2>,<列号 2>指出菜单右下角坐标。系统默认菜单左上角坐标是(0,0)，即第 0 行第 0 列。省略 To 项，VFP 自动确定菜单大小。菜单的长度受到它所在的 VFP 主窗口或用户定义窗口(即表单)高度的限制。
- Margin：为菜单项两边放置一个空格。
- Message<字符表达式>：指定<字符表达式>值为提示信息。
- Scroll：设置滚动条，当前菜单容纳不了所有菜单项时会出现滚动条。无此项，则不出现滚动条。
- Color Scheme<颜色号>：指定背景颜色。
- Relative：按定义菜单项的语句次序在菜单中排列各菜单项，菜单中不会为未定义的菜单项预留空白行。没有 Relative 项，菜单项按其序号在菜单中排列，并为未定义的菜单项留出空白位置，如只定义了第 1 和第 3 菜单项，当菜单被激活时，在菜单中为第 2 菜单项预留一空白行。

【例 9-7】　在本例中分别设置了如下弹出式菜单：

```
Define Popup Popdmwh    Margin Color Scheme 3
Define Popup Popxsxx    Margin Relative Color Scheme 3
Define Popup Popgkcj    Margin Relative Color Scheme 3
Define Popup Poptcyycx Margin Relative Color Scheme 3
```

2. 定义弹出式菜单的菜单项

语句格式：

```
Define Bar<菜单项序号 1>Of<弹出式菜单名> Prompt<字符表达式>
[Before<菜单项序号 2>|After<菜单项序号 3>]
[Key<键标签>[,<键说明>]][Message<字符表达式>]
[Skip [For<逻辑表达式>]][Color Scheme<颜色号>]
```

语句说明：定义弹出式菜单的菜单项。各项参数说明如下：

- 菜单项序号 1：是数值表达式，用来指明需定义的弹出式菜单项。
- 弹出式菜单名：指定弹出式菜单内部名。
- Prompt<字符表达式>：用来指定菜单项的标题。
- Before<菜单项序号 2>|After<菜单项序号 3>：指定菜单项的相对位置。

【例 9-8】 在本例中需要分别定义各弹出式菜单的菜单项。下面仅列出了创建 Popdmwh 的各菜单项语句，其余菜单的创建方法与之类似。

```
Define Bar 1 Of Popdmwh Prompt"编辑院系名称"Key Alt+Y,"Alt+Y" ;
Message"输入、修改、删除院系名称"
Define Bar 2 Of Popdmwh Prompt"编辑专业名称"Key Alt+Z,"Alt+Z" ;
Message"输入、修改、删除专业名称"
Define Bar 3 Of Popdmwh Prompt"编辑班级信息"Key Alt+B,"Alt+B" ;
Message"输入、修改、删除班级信息"
Define Bar 4 Of Popdmwh Prompt"编辑民族信息"Key Alt+M,"Alt+M" ;
Message"输入、修改、删除民族名称"
Define Bar 5 Of Popdmwh Prompt"编辑来源省市"Key Alt+S,"Alt+S" ;
Message"输入、修改、删除省市名称"
```

3. 定义菜单项的动作

语句格式 1：

```
On Bar<菜单项序号>Of<弹出式菜单名 1>
[Activate Popup<弹出式菜单名 2>|Activate Menu<条形菜单名> ]
```

语句说明：把菜单项的动作规定为激活另一个菜单。即当选中某个弹出式菜单项时，将激活一个新菜单。其各项参数说明如下：

- <菜单项序号>Of<弹出式菜单名 1>：指出了需定义动作的弹出式菜单项及其所属的弹出式菜单内部名。
- 弹出式菜单名 2：被激活的弹出式菜单内部名。
- 条形菜单名：被激活的条形菜单内部名。

语句格式 2：

```
On Selection Bar<菜单项序号> Of<弹出式菜单名>[<命令>]
```

语句说明：设置选中某弹出式菜单项后，所执行的命令。

【例 9-9】 在本例中定义 Popdmwh 菜单的各菜单项动作如下：

```
On Selection Bar 1 Of Popdmwh Do Form Ymcform.scx
On Selection Bar 2 Of Popdmwh Do Form Zymcform.scx
On Selection Bar 3 Of Popdmwh Do Form Bjform.scx
On Selection Bar 4 Of Popdmwh Do Form Mzmcform.scx
On Selection Bar 5 Of Popdmwh Do Form Ssmcform.scx
```

4. 激活弹出式菜单

语句格式：

Activate Popup<弹出式菜单名>[Nowait][Bar<菜单项序号>]

语句说明：激活指定的菜单。

【例 9-10】　在本例中激活 Popdmwh 的语句如下：

Activate Popup Popdmwh

本 章 小 结

　　菜单为用户提供了一个结构化的、可访问的途径，便于用户使用数据库应用程序中的命令和工具。本章主要介绍菜单的操作，包括规划用户菜单系统、利用"菜单设计器"创建菜单、生成菜单程序、执行菜单程序等内容。

习　题　9

一、选择题

1. 为了从用户菜单返回到系统菜单，应该使用命令_____。
   A. SET DEFAULT SYSTEM　　　　　B. SET MENU TO DEFAULT
   C. SET SYSTEM TO DEFAULT　　　D. SET SYSMENU TO DEFAULT
2. 某菜单项名称为 HELP，要为该菜单项设置访问键 Alt＋H，则在菜单项名称中的设置应为_____。
   A. Alt＋HELP　　　B. \<HELP　　　C. HELP \<H　　　D. Alt \< H
3. 在"菜单设计器"窗口中，建立主菜单的菜单项时，若希望选择后产生一个子菜单，则该项的"结果"应为_____。
   A. 命令　　　　　　B. 过程　　　　　　C. 子菜单　　　　　D. 菜单项
4. 将一个预览成功的菜单存盘，再运行该菜单却不能执行。这是因为_____。
   A. 没有放到项目中　　B. 没有生成　　　C. 要用命令方式　　　D. 要编入程序
5. Visual FoxPro 支持两种类型的菜单，即_____。
   A. 条形菜单和下拉式菜单　　　　　　B. 下拉式菜单和弹出式菜单
   C. 条形菜单和弹出式菜单　　　　　　D. 下拉式菜单和系统菜单
6. 某条命令需要在菜单释放时执行，则该命令应该写在菜单的_____中。
   A. 菜单项的命令代码　　　　　　　　B. 清理代码
   C. 设置代码　　　　　　　　　　　　D. 菜单项的过程代码
7. 以下关于菜单叙述正确的是_____。
   A. 菜单设计完成后必须"生成"程序代码
   B. 菜单设计完成后不必"生成"程序代码，可以直接使用
   C. 菜单设计完成后如果要连编成 EXE 程序，则必须"生成"程序代码

　　D. 菜单设计完成后如果要连编成 APP 程序,则必须"生成"程序代码

8. 用户可以在"菜单设计器"窗口右侧的_____列表框中查看菜单所属的级别。

　　A. 菜单项　　　　　　　B. 菜单级　　　　　　　C. 预览　　　　　　　D. 插入

9. 在 Visual FoxPro 中,使用"菜单设计器"定义菜单,最后生成的可执行的菜单程序的扩展名是_____。

　　A. MNX　　　　　　　B. PRG　　　　　　　C. MPR　　　　　　　D. SPR

10. 假设建立一个菜单 menul. mnx,并生成了相应的菜单程序文件,为了执行该菜单程序应该使用命令_____。

　　A. DO MENU menul　　　　　　　　　B. RUN MENU menul

　　C. DO menul　　　　　　　　　　　　D. DO menul. mpr

11. 为表单建立快捷菜单时,调用快捷菜单的命令代码 DO mymenu. mpr WITII TIIIS 应该插入表单的_____事件。

　　A. Destory　　　　　　B. Init　　　　　　C. Load　　　　　　D. RightClick

12. 与程序菜单相比,快捷菜单_____。

　　A. 只有弹出式菜单　　　　　　　　　B. 可能有条形菜单

　　C. 既有弹出式菜单,也有条形菜单　　　D. 没有弹出式菜单,只有条形菜单

二、填空题

1. 用菜单设计器设计菜单文件 mymenu. mnx,并将其生成相应的菜单程序文件_____,运行该菜单程序的命令是_____。

2. 菜单设计器窗口中的_____组合框用于上、下级菜单之间的切换。

3. 弹出式菜单可以分组,插入分组线的方法是在"菜单名称"项中输入_____两个字符。

4. 某菜单在运行时,其中某菜单项显示为灰色,则此时该菜单项的"跳过"条件的逻辑值为_____。

5. 若要为表单设计下拉式菜单,要注意两点:其一是在菜单设计过程中,选择"常规选项"对话框中的"顶层表单"复选框;其二是将附加表单的 ShowWindows 属性值设置为"2-作为顶层表单",然后在表单的_____事件代码中添加命令_____。

三、思考题

1. 简述 Visual FoxPro 中菜单系统由哪几部分组成。

2. 在 Visual FoxPro 中,条形菜单的"结果"项中有几种选项?分别是什么?

3. 简述菜单文件和菜单程序的区别与联系。

4. 简述如何创建顶层表单。

5. 简述如何创建和使用快捷表单。

实 验　菜 单 设 计

【实验目的】

- 理解菜单在数据库应用系统中的作用。
- 掌握利用菜单设计器设计菜单的方法。

- 掌握快捷菜单的特点与设计方法。

【实验准备】

1. 菜单的组成以及有关菜单的一些基本概念,如菜单栏、子菜单和菜单选项等。
2. 菜单设计器的启动与界面。
3. 菜单设计器的操作过程。

【实验内容】

1. 利用菜单设计创建图 9-17 所示的菜单系统。

2. 利用快捷菜单设计器建立图 9-18 所示的弹出式菜单,同时生成菜单程序文件,取名为 kjcd.mpr,并利用如下程序段进行测试。

图 9-17　菜单界面　　　　　　　　　图 9-18　弹出式菜单界面

```
Clear all
Push key clear
On key label Rightmouse do kjcd.mpr
Use 职工
Browse
Push key clear
```

【思考题】

1. 完成一个如图 9-19 所示的表单,使用时可以在文本框中输入一个自然数,单击鼠标右键调出快捷菜单,选中相应菜单项可以完成对文本框中数的判断并给出结果。说明: 所谓完全数,是指一个整数等于它的全部因子之和(不包括该数本身),如 $6=1+2+3$,所以 6 是完全数。水仙数是指一个整数等于它各位数字的立方和,如 $153=1^3+5^3+3^3$,所以 153 是水仙数。

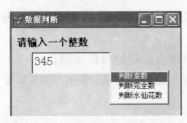

图 9-19　与文本框对应的快捷菜单

2. 利用"菜单设计器"为"职工管理系统"设计一个菜单,菜单中有两个菜单项"计算"和"退出"。程序运行时,单击"计算"菜单应完成下列操作: 新工资＝工资 * 1.1;单击"退出"菜单项,程序终止运行。

第 10 章　报表和标签设计

报表是处理数据库信息功能中的重要组成部分,是数据库管理系统中重要的应用项目。在应用系统中,往往需要大量的报表输出,因此报表设计是一项很重要的技术。标签是一种特殊的报表,是多列布局的报表,它的创建、修改方法与报表基本相同。

报表是最常用的打印输出文档,报表文件的扩展名为.FRX,报表备注文件的扩展名为.FRT。标签文件的扩展名为.LBX,标签备注文件的扩展名为.LBT。本章将介绍报表和标签的创建方法及修改方法。

10.1　报　表　向　导

10.1.1　报表的构成

报表主要由两部分组成:数据源和布局。数据源是报表的数据来源,可以是数据库表或自由表,也可以是视图、查询或临时表。报表的布局有 4 种常规格式:列报表、行报表、一对多报表和多栏报表。

- 列报表:列报表每行一条记录,字段在页面上按水平方向放置,即字段与数据在同一列,这是常用的报表布局。
- 行报表:行报表只有一行栏,一条记录占用多行位置,字段沿报表左侧垂直排列,即字段与数据在同一行。
- 一对多报表:一对多报表是基于一对多关系生成的报表。在报表打印输出时,父表中的一条记录输出后,必须将子表中与之相关的多条记录打印输出。
- 多栏报表:多栏报表拥有多栏记录,可以是多栏行报表,也可以是多栏列报表。

10.1.2　使用"报表向导"创建报表

报表向导用来分步引导用户创建报表,提示用户回答简单的问题,按照"报表向导"对话框的提示进行操作即可。

下面通过实例来说明使用报表向导的操作步骤。

【例 10-1】　利用报表向导创建简单报表"学生.FRX",要求输出学号、姓名、性别、是否团员、照片。

(1) 启动报表向导

选择"文件"→"新建"命令,在"新建"对话框中选择"报表"类型,然后单击"向导"按钮,弹出"新建报表"对话框,如图 10-1 所示。

在"新建报表"对话框中单击"报表向导"按钮,进入"向导选取"对话框,如图 10-2 所示。

图 10-1 "新建报表"对话框

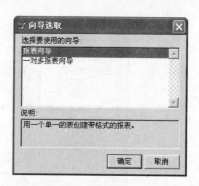

图 10-2 "向导选取"对话框

在"向导选取"对话框中,有两种形式的报表可以使用:一是"报表向导",针对单一表或视图进行操作;二是"一对多报表向导",针对多表或视图操作。

因为本例报表数据仅基于一张数据表"学生.dbf",所以在"向导选取"对话框中选择"报表向导"并单击"确定"按钮。向导的第一个对话框为"字段选取"对话框,如图 10-3 所示。

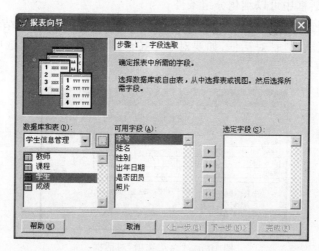

图 10-3 步骤 1—字段选取

(2)选取字段

在图 10-3 所示的"数据库和表"下拉列表框中选择数据表"学生",从"可用字段"下拉列表框中选择"学号",单击右边的单左箭头按钮,或者直接双击"学号"字段,该字段会自动出现在"选定字段"列表框中。按同样方法添加姓名、性别、是否团员和照片等字段。也可以单击双左箭头,将所有可用字段全部添加到"选定字段"列表框中。单击单右箭头从"选定字段"列表框中删除所选字段,单击双右箭头全部删除。然后单击"下一步"按钮,出现"分组记录"对话框,如图 10-4 所示。

(3)分组记录

在本例中对记录按学号进行分组,在分组层次 1 中选择"学号",这样报表中的数据就会按照"学号"分组显示。

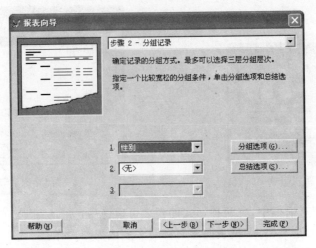

图 10-4　步骤 2—分组记录

另外,还可以对分组条件进行进一步的细化。单击"分组选项"按钮,出现"分组间隔"对话框,在这个对话框中可以细化分组条件。

除了将数据分组外,也可以对每个分组项进行数据统计。单击"总结选项"按钮,出现图 10-5 所示的"总结选项"对话框,如要对学生按性别进行统计,可以选中"性别"字段对应的"计数"复选框。

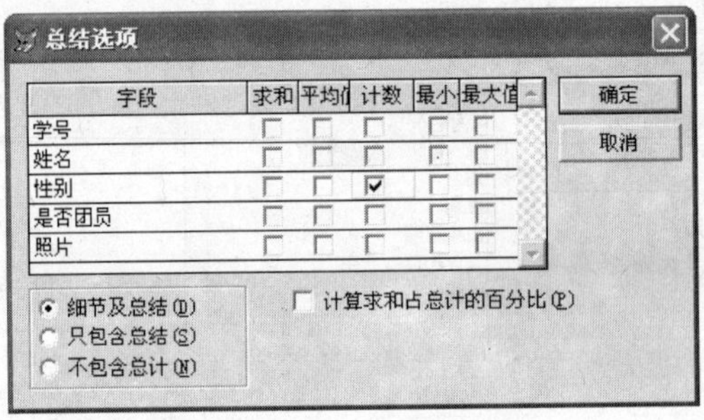

图 10-5　"总结选项"对话框

分组设置结束后,单击"下一步"按钮,出现"选择报表样式"对话框,如图 10-6 所示。

（4）选择报表样式

在图 10-6 所示的"选择报表样式"对话框中提供了 5 种样式:经营式、帐务式、简报式、带区式和随意式,选择某一种样式后,在对话框的左上角会出现该样式的预览效果。这里选择"经营式",单击"下一步"按钮,出现"定义报表布局"对话框,如图 10-7 所示。

（5）定义报表布局

在"定义报表布局"对话框中,确定列数（定义报表的分栏数）、字段布局（定义报表是列报表或者是行报表）和方向（定义报表在输出时打印纸的打印方向是横向还是纵向）。单击"下一步"按钮,出现"排序记录"对话框,如图 10-8 所示。

（6）排序记录

在"排序记录"对话框中,设置数据的排序方式,最多可以设置3个索引字段。这里按

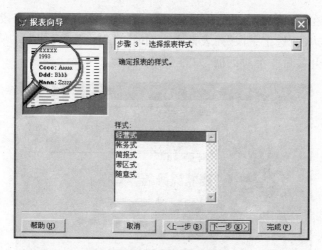

图 10-6　步骤 3—选择报表样式

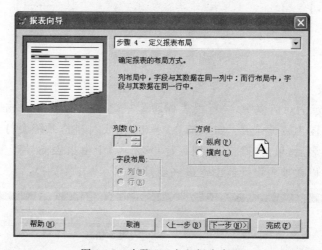

图 10-7　步骤 4—定义报表布局

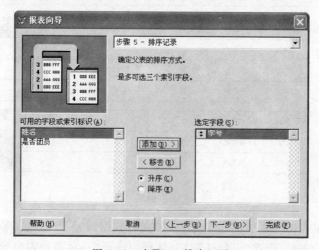

图 10-8　步骤 5—排序记录

"学号"排列数据,在"可用的字段或索引标识"列表框中选择"学号"字段,单击"添加"按钮,将它添加到右边的"选定字段"列表框中。同时,可以设置"升序"或"降序"排列。单击"下一步"按钮,打开最后一个对话框,如图 10-9 所示。

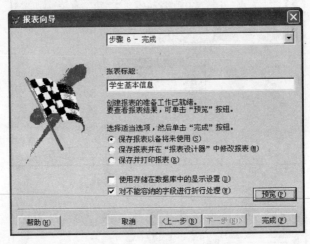

图 10-9　步骤 6—完成

（7）保存报表

在图 10-9 所示的对话框中,设置报表标题为"学生基本信息",单击"预览"按钮可以观察报表效果,如图 10-10 所示。如果满意,单击"完成"按钮,系统会打开"另存为"对话框,输入报表文件名后,单击"确定"按钮保存报表。对于由报表向导产生的报表,如果不满足用户要求,可以在报表设计器中作进一步修改。

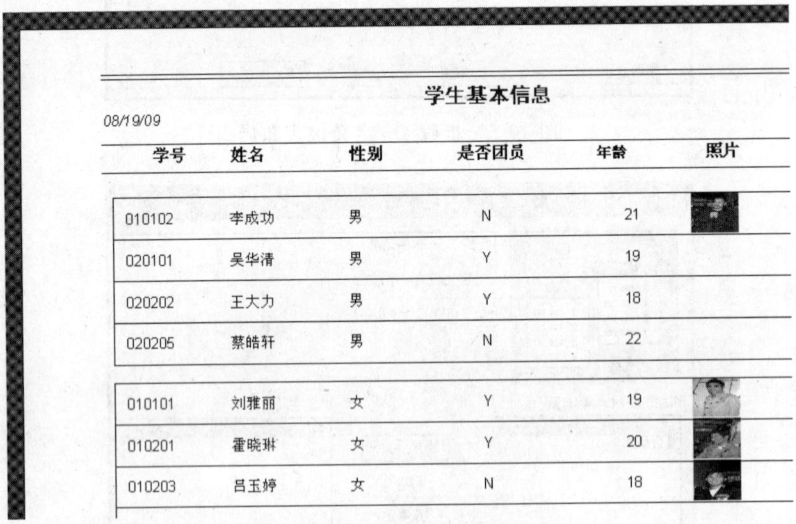

学生基本信息

08/19/09

学号	姓名	性别	是否团员	年龄	照片
010102	李成功	男	N	21	
020101	吴华清	男	Y	19	
020202	王大力	男	Y	18	
020205	蔡皓轩	男	N	22	
010101	刘雅丽	女	Y	19	
010201	霍晓琳	女	Y	20	
010203	吕玉婷	女	N	18	

图 10-10　预览结果

本例是利用报表向导创建的简单报表,报表的数据源是单一的数据表。如果报表的数据源来自不同的表时,则在"向导选取"对话框中选择"一对多报表向导",操作步骤中第一步从父表中选择字段,第二步从子表中选取字段,第三步为表建立关系,后面几步和上述步骤基本相似,这里不再赘述。

利用报表向导可以快速、方便地建立一个报表。但是,当数据字段较多、数据条件较复杂时,报表向导所设计的报表往往不能满足用户的要求,这时,要利用报表设计器进行报表设计。

10.2　报表设计器

10.2.1　打开"报表设计器"窗口

打开报表设计器有多种方法,具体如下:

(1) 菜单方式

新建报表,在系统菜单中选择"文件"→"新建"命令,在"文件类型"对话框中选择"报表",单击"新建"按钮;若是修改报表,则选择"文件"→"打开"命令,在"打开"对话框中选择要修改的报表文件名,单击"打开"按钮。

(2) 命令方式

在命令窗口中输入如下命令:

```
CREATE REPORT<文件名>            && 创建新的报表
```

或

```
MODIFY REPORT<文件名>            && 打开一个已有的报表
```

10.2.2　"报表设计器"窗口组成

报表设计器是由多条带状空白区域组成,每个空白区域被称为是一个报表的带区。打开的报表设计器如图 10-11 所示,默认包括 3 个基本带区:页标头(Page Header)、细节

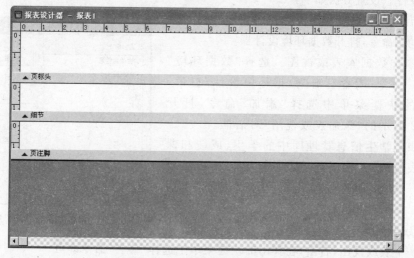

图 10-11　"报表设计器"窗口

(Detail)和页注脚(Page Footer),每个带区的底部显示分隔栏。

在系统菜单中,如果选择"报表"→"标题/总结"命令,报表设计器会增加两个带区:标题和总结;如果选择"报表"→"数据分组"命令,报表设计器还会增加两个带区:组标头和组注脚;如果是制作分栏报表,将会出现列标头和列注脚带区。Visual FoxPro 提供了9 种不同的带区,每个带区都有自己不同的打印属性。表 10-1 说明各个带区的设置方法和作用。

表 10-1   报表带区设置及作用

带 区	带 区 设 置	控件打印周期	控件打印位置	放置典型内容
标题	报表菜单的标题/总结	整套报表一次	最先、可占一页	封面、徽标等
页标头	默认存在	每页一次	标题后,每页初	页标题
列标头	文件菜单中的页面设置命令	每列一次	页标头后	列标题
组标头	报表菜单的数据分组命令	每组一次	页标头、组标头或组注脚后	组标题
细节	默认存在	每记录一次	页标头或组标头后	记录内容
组注脚	报表菜单的数据分组	每组一次	细节后	总结,组小计
列注脚	文件菜单中的页面设置命令	每列一次	页注脚前	总结,列小计
页注脚	默认存在	每页一次	页末	总结,页小计
总结	报表菜单的标题/总结	整套报表一次	页注脚后,可占一页	总结,总计

用户可以根据需要将信息保存在不同的带区中。在"报表设计器"窗口中可以根据需要调整带区的高度。只要将鼠标指针指向要调整高度的带区的分隔栏上,使其变成上下双箭头,按下鼠标左键并拖动报表带区分隔栏,即可调整带区到合适的高度。

10.2.3   设置报表的数据环境

在报表的数据环境中,可以定义报表的数据源,在打印时用数据源中的数据填充报表中的域控件。设置方法如下:

① 启动报表设计器。选择系统菜单"显示"→"数据环境"命令,打开数据环境设计器。

② 添加数据库表或视图。选择"数据环境"→"添加"命令;或者右击"数据环境设计"窗口,在弹出的快捷菜单中选择"添加"命令,打开图 10-12 所示的"添加表或视图"对话框。

例如把学生信息管理库中的学生、成绩和课程 3 个表添加到"数据环境设计器"窗口,最后单击"关闭"按钮,此时数据环境设计器如图 10-13 所示。

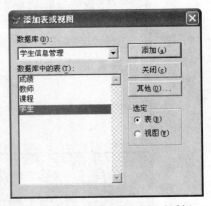

图 10-12   "添加表或视图"对话框

③ 数据环境中移去表或视图。在数据环境窗口选中一个表或视图,右击,在弹出的快捷菜单中选择"移去"命令即可。

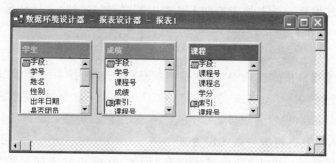

图 10-13　数据环境设计器

10.2.4　报表控件

在报表设计器里,通过往报表中添加一些控件,实现打印这些控件所表示的内容。报表控件是实现报表的关键之一,利用报表控件可以设计各种复杂格式的报表。

"报表控件"工具栏中控件的名称如表 10-2 所示。

表 10-2　报表控件工具说明

按　钮	说　　明	功　　能
�	选定对象	移动或更改控件的大小,在创建一个控件后,系统将自动选定该按钮
A	标签	在报表中添加字符文本,如标题、页标头等
abl	域控件	在报表上添加字段、函数、变量或表达式
十	线条	在报表上添加水平或垂直直线
□	矩形	在报表上添加矩形
○	圆角矩形	在报表上添加圆角矩形、椭圆或圆形
OLE	图片/ACtivex 绑定控件	在报表上显示图片或包含通用型字段的内容

1. 标签控件

报表标签控件没有数据源(不能显示字段内容),专门用来显示各类标题或附加说明文字等各种文本信息,如设计页标头、设计报表标题等。

【例 10-2】　利用报表设计器设计例 10-1 的报表,在报表的标题区设置"学生基本信息"标签控件,在报表的页标头区设置"学号"、"姓名"、"性别"、"是否团员"、"照片"标签控件。

① 打开报表设计器。

② 添加数据表。选择系统菜单的"显示"→"数据环境"命令,打开数据环境设计器,右击"数据环境设计"窗口,在弹出的快捷菜单中选择"添加"命令,打开图 10-12 所示的"添加表或视图"对话框,将学生表添加到数据环境窗口中,关闭窗口。

③ 添加标签控件。单击报表控件工具栏中的"标签"按钮,在标题区单击,输入"学生基本信息",用同样的方法再在报表页标头带区输入标签"学号"、"姓名"、"性别"、"是否团员"和"照片"。

④ 设置标签控件格式。选中"学生基本信息"标签,选择系统菜单"格式"→"文本对齐方式"命令,设置"居中"对齐方式;选择"格式"→"方式"命令,设置标签为"透明";选择"格式"→"字体"命令,设置为黑体、四号字(注:选中所有标签(按下 Shift 键的同时依次左击所有标签),对其进行统一格式设置)。

⑤ 设置标签属性。右击"学生基本信息"标签,在弹出的快捷菜单中选择"属性"命令,则出现"文本"对话框,如图 10-14 所示,依次对其他标签属性进行相同设置。完成后如图 10-15 所示。

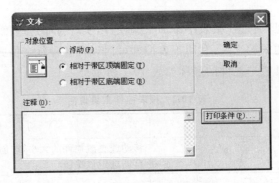

图 10-14　"文本"对话框

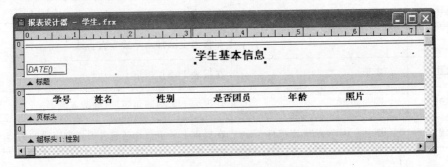

图 10-15　添加标签控件后的效果

2. 域控件

这是报表控件中最重要的控件,域控件就是通过"表达式生成器"设置字段变量、内存变量或表达式输出计算结果、日期、时间等的控件。用报表文件打印输出数据报表时,打印出域控件所代表的实际数据。

【例 10-3】 接例 10-2 制作报表,要求在细节区放置学号、姓名、性别、是否团员字段变量。设计结果如图 10-16 所示。

设计域控件的操作是:从"数据环境设计器"窗口中将相应的字段名拖入"报表设计

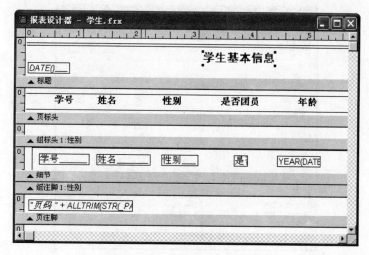

图 10-16　添加域控件后的效果

器"窗口中,或者在"报表控件"工具栏中单击"域控件"项,然后单击相应带区,就会出现
"报表表达式"对话框,如图 10-17 所示,然后设置相应变量或表达式。

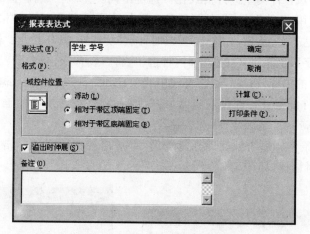

图 10-17　"报表表达式"对话框

在例 10-2 所建"学生.FRX"的"报表设计器"窗口做如下操作:

① 在"报表控件"工具栏中单击"域控件"项,在细节区适当位置单击,打开图 10-17
所示的"报表表达式"对话框。在"表达式"文本框中输入"学号"。如果不能准确地写出字
段名,可以单击该文本框右边的 ⋯ 按钮,将出现"表达式生成器"对话框,如图 10-18 所示,
双击"学生.学号"字段,单击"确定"按钮返回。用同样方法添加"姓名"、"性别"、"是否团
员"域控件。

也可以在"字符串"、"数学"、"日期"和"变量"等下拉框中分别选取运算符、函数,组成
各种表达式。例如,要把年龄作为域控件的数据源,则可以输入表达式"YEAR(DATE
())-YEAR(学生.出年日期)"。

② 设置输出格式。在"格式"文本框中设置。也可以单击该文本框右边的 ⋯ 按钮,打

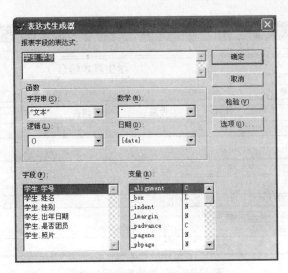

图 10-18　"表达式生成器"对话框

开"格式"对话框,如图 10-19 所示,系统提供了 3 种域控件类型:字符型、数值型和日期型,用户只能对这 3 种域控件类型进行格式化。选定不同类型时,"编辑选项"选项区域中的内容会相应变化。使用"格式"对话框的目的是为了各种编辑选项。定义"格式"后单击"确定"按钮返回"报表表达式"对话框,并选中"溢出时伸展"复选框,其作用是:若域控件设置的宽度是 8 个汉字,当字段值超过 8 个汉字时,若选中,将自动伸展该列;若没有选中,则将多余部分截掉。当字段的内容较长时,通常都选中此项,以便打印报表的全部内容。

③ 设置域控件的位置。即设置当带区高度变动时,该域控件的输出位置如何变动。在此选择"相对于带区顶端固定"单选按钮。

④ 设置打印条件。每个域控件在打印时,都可以控制输出。单击"打印条件"按钮,打开"打印条件"对话框,如图 10-20 所示。

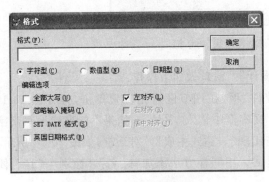

图 10-19　"格式"对话框

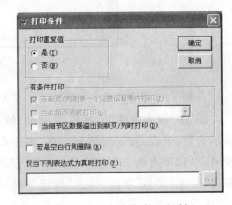

图 10-20　"打印条件"对话框

表中记录的某个字段可能会出现重复值,而用户又不想打印重复字段,则在"打印重复值"选项区域里选择"否"单选按钮,报表将只打印一次重复值的内容;相反,选择"是"单选按钮,则打印出所有重复字段的值。

　　在"有条件打印"选项区域中可以设置相应条件。当在"打印重复值"选项区域中选择"是"单选按钮时，则"在新页/列的第一个完整信息带内打印"复选框被自动选中；若不打印重复值，报表已按某字段进行了分组，此组发生变化时可能需要打印重复值，此时可以选中"当此组改变时打印"复选框；当细节带区的数据溢出到新页或新栏时希望打印重复值，可以选择"当细节带区数据溢出到新页/列时打印"复选框。有些记录可能是一个空白记录，默认情况下打印一个空行，若不希望打印空白行，可以选中"若是空白行则删除"复选框。

　　除设定上述打印选项外，还允许用户建立一个打印表达式，此表达式在打印之前被计算。若表达式的值为"真"，则打印本字段，否则不打印本字段。用户可以在文本框中直接输入表达式，也可以单击右侧的 … 按钮，利用"表达式生成器"生成表达式。

　　⑤ 保存报表。

3. 线条控件

线条控件用于在报表中绘制水平和垂直直线。

【例 10-4】　在例 10-3 的报表中画表格线。

　　① 打开报表文件"学生.FRX"。

　　② 在"报表控件"工具栏中单击"线条"控件，然后在页标头带区中从"学号"域控件的左上方拖动鼠标至页面的右上方，画出一条横线。

　　③ 选定该横线，然后选择"格式"→"绘图笔"命令，在此选择线条的粗细和形式，本例选择"1 磅"。

　　④ 选定该横线，选择"编辑"→"复制"命令，然后选择"编辑"→"粘贴"命令，复制该横线。

　　⑤ 移动被复制的横线到"学号"标签的下方，完成页标头的横线设置。

　　⑥ 保存报表，预览结果如图 10-21 所示。

图 10-21　添加线条控件后的预览结果

4. 矩形控件

矩形控件用于在报表带区中绘制长方形，并且可以在长方形内部填充颜色或图案。

　　① 绘制矩形。在控件工具栏中单击"矩形"控件，然后在报表指定带区中拖动出一个长方形。

② 设置矩形格式。选中绘制的矩形,与编辑直线一样,可以改变其位置、大小、边框线宽和颜色。也可以使用调色板工具箱或选择"格式"→"填充"命令,在矩形内部填充颜色或图案。还可以通过"格式"→"方式"命令把矩形设置为"不透明"或"透明"。当有多个控件重叠时,把处于前层的控件设置为"透明",可以显示盖住的控件。

5. 圆角矩形控件

圆角矩形控件的绘制及格式设置等都与矩形基本相似,这里不再重复。但圆角矩形有5 种不同的样式,如图 10-22 所示,圆角半径逐次加大,若绘制椭圆或圆,则需选椭圆形样式。

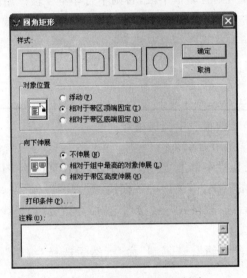

图 10-22 "圆角矩形"对话框

直线、矩形、圆角矩形主要用于分隔、界定报表的不同部分或者构成常见的表格,以达到清晰、美观的视觉效果。

6. 图片/ACtive X 绑定

此控件用于把图片作为数据源打印输出到报表中。

【例 10-5】 在例 10-3 的报表中输出照片。

① 打开报表文件"学生. FRX"。

② 单击报表控件工具栏中的"图片/ACtive X 绑定控件"按钮,在报表细节带区的相应位置进行拖动,则弹出图 10-23 所示的"报表图片"对话框。

③ 在"图片来源"选项区域中选择"字段"单选按钮,单击右侧的 ... 按钮,如图 10-24 所示,打开"选择字段/变量"对话框,在"字段"列表框中双击"学生. 照片",单击"确定"按钮返回。

④ 图片大小和图文框的大小不一致时,有 3 种选择:

- 裁剪图片。
- 缩放图片,保留形状。
- 缩放图片,填充图文框。

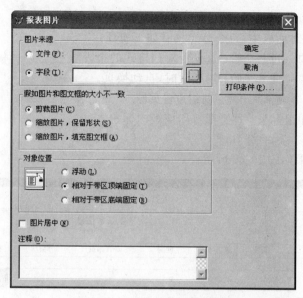

图 10-23　"报表图片"对话框

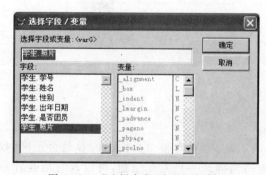

图 10-24　"选择字段/变量"对话框

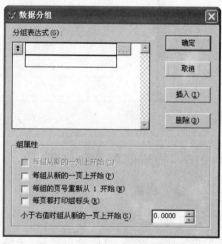

图 10-25　"数据分组"对话框

⑤ 选中图片控件,在"格式"→"方式"中选择"透明"。

⑥ 保存报表。

7. 分组设计

记录在表中是按录入顺序排列的,如果希望将记录以某种特定规律输出,就需要对其分组。

【例 10-6】　在例 10-2 的报表中,按学生性别分组统计基本信息。

① 打开报表文件"学生.FRX"。

② 选择"报表"→"数据分组"命令,打开图 10-25 所示的"数据分组"对话框。

③ 在"分组表达式"编辑区中,单击右边的 ⋯ 按钮,然后在弹出的"表达式生成器"中

选择“性别”字段名。

在“数据分组”对话框中，每个分组具有如下属性：

- 每组从新的一列上开始：这是针对列格式的报表。
- 每组从新的一页上开始：当越组时，自动换页。
- 每组的页号重新从 1 开始：新组重置页号。
- 每页都打印组标头：每页都打印该组的标题。

④ 保存报表。

预览报表，结果如图 10-26 所示。

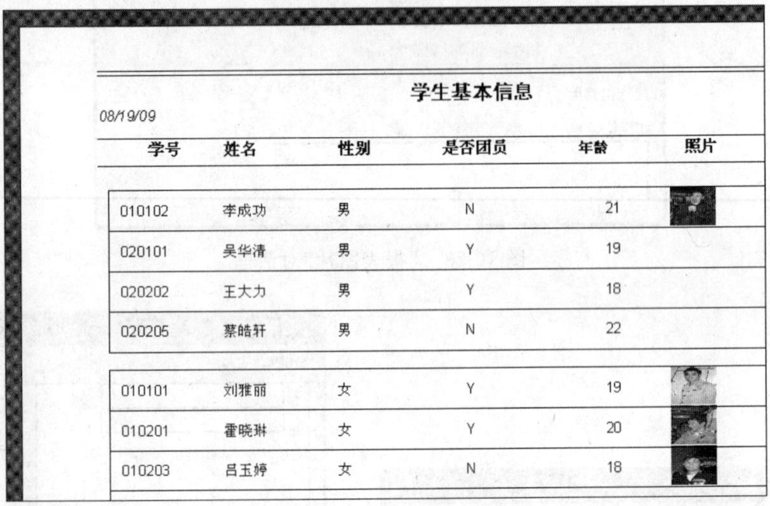
学生基本信息

08/19/09

学号	姓名	性别	是否团员	年龄	照片
010102	李成功	男	N	21	
020101	吴华清	男	Y	19	
020202	王大力	男	Y	18	
020205	蔡皓轩	男	N	22	
010101	刘雅丽	女	Y	19	
010201	霍晓琳	女	Y	20	
010203	吕玉婷	女	N	18	

图 10-26 学生信息报表

10.2.5 报表的预览和打印

1. 预览报表

在报表设计的过程中，可以随时预览报表的结果，查看整个页面的内容是否正确、数据是否是所需数据、布局是否合理、字体是否得当等。一旦发现问题，可以及时地有针对性地修改。

进入报表预览窗口的方法有：单击工具栏上的“预览”按钮或者右击“报表设计器”窗口，在弹出的快捷菜单中选择“预览”命令。在预览窗口中有自己的工具栏，如图 10-27 所示，用户可以使用该工具栏方便地控制预览窗口和预览操作。

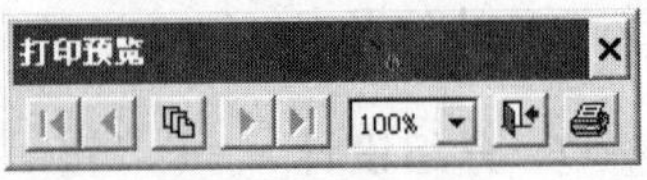

图 10-27 “打印预览”工具栏

2. 打印报表

(1) 报表页面设置

在打印报表之前，根据需要对报表的页面进行设置。

设置方法如下：在报表设计器中打开报表文件，选择系统菜单“文件”→“页面设置”命令，弹出图 10-28 所示的“页面设置”对话框，各选项的含义如下：

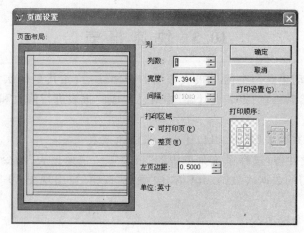

图 10-28　"页面设置"对话框

- "页面布局"预览框：根据页面的设置，显示出页面的实际情况。
- "列数"微调框：指定页面上要打印的列数。
- "宽度"微调框：指定一列的宽度。
- "间隔"微调框：指定列间距离。
- "打印区域"选项区域：指定页面要打印的范围。其中包括如下两个选项：
- "可打印页"单选按钮：采用当前使用的打印机驱动程序所指定的最小页边矩。
- "整页"单选按钮：采用由打印纸尺寸所指定的最小页边矩。
- "左页边矩"微调框：指定左边矩。
- 单位：指定宽度、间隔和左页边矩的单位。
- "打印设置"按钮：单击该按钮，弹出对话框，可以设置打印机及相应的属性。
- 打印顺序：当列数大于 1 时，指定打印记录的顺序。

（2）打印报表

① 菜单方式。

选择"文件"→"打印"命令，在弹出的"打印"对话框中单击"选项"按钮，然后在弹出的"打印选项"对话框的"类型"列表框中选择打印类型为"报表"，在"文件"文本框中输入报表文件名，单击"选项"按钮，设定打印记录的范围和条件，最后单击"确定"按钮即可将数据源中的记录送往打印机打印。

② 命令方式。

报表最直接的输出方式是通过 REPORT 命令输出，命令格式是：

```
REPORT FORM<报表文件名>|?[ENVIRONMENT]
[<范围>][FOR<expL1>][WHILE<expL2>]                        && 在指定范围输出
[HEADING<标题文本>][NOCONSOLE][NOOPTIMIZE][PLAIN]
[RANGE<起始页号>][,<结束页号>]]                            && 从第几页到第几页
[PREVIEW[[IN]WINDOW<窗口>|IN SCREEN][NOWAIT]]               && 在何处预览
[TO PRINTER[PROMPT]|TO FILE<文件名>[ASCII]]                 && 输出到打印机或文件
[NAME<对象名>][SUMMARY]
```

10.3 快 速 报 表

快速报表是自动建立一个简单报表布局的简便途径,尤其是初次设计报表,可使用"快速报表"方式,然后再在"报表设计器"中对已生成的报表进行修改和定制,这样往往可以节省时间。

【例 10-7】 为教师表(教师.dbf)建立一张快速报表。

① 打开报表设计器,选择系统菜单中的"报表"→"快速报表"命令,将出现"打开"对话框,选择报表所需的数据表教师.dbf,单击"确定"按钮后,出现图 10-29 所示的"快速报表"对话框。

该对话框有 4 个选项:

- 字段布局:用于选择字段排列方式,选择左侧按钮时,字段横向排列;选择右侧按钮时,字段纵向排列。
- 标题:选择此复选框,字段名将作为列标题出现。
- 添加别名:选择此复选框,将为所有字段添加别名。
- 将表添加到数据环境中:选择此复选框,则把报表的数据源添加到数据环境中,这样,打印报表时数据表自动打开,打印完报表时数据表自动关闭。

② 单击"字段"按钮,打开"字段选择器"对话框,如图 10-30 所示。用户可以选择报表中将出现哪些字段,在默认情况下,包括除"通用"字段外的全部字段。单击"全部"按钮,将所有字段移至"选定字段"列表框中,单击"确定"按钮,返回"快速报表"对话框。

图 10-29 "快速报表"对话框

图 10-30 "字段选择器"对话框

③ 单击"确定"按钮。这时报表已经生成,如图 10-31 所示。右击报表中空白区域,

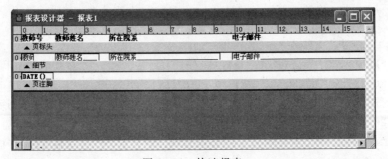

图 10-31 快速报表

在快捷菜单中选择"预览"命令,可预览报表效果,如图 10-32 所示。如果不满意,可以在"报表设计器"中进行修改。

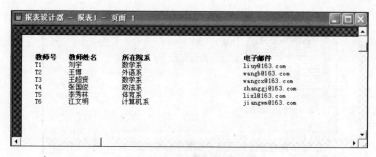

图 10-32　快速报表预览结果

10.4　标　签　设　计

在实际应用中并不总是要求数据以表格形式输出,例如个人名片、邮件标签和借书卡片等,往往需要以标签卡片的形式输出某些数据。这就需要通过建立标签文件来实现。在 Visual FoxPro 中,标签文件的扩展名为.LBX。实际上,标签是采用多列报表布局,为匹配特定标签纸而对列作特定设置的报表。标签的创建和报表的创建方法相类似,可以利用标签向导和标签设计器来完成。

10.4.1　标签向导

使用标签向导可以快速地创建标签。

【例 10-8】　为教师表中的每位教师制作借书卡。

(1) 启动标签向导

进入项目管理器,在"文档"选项卡中选中"标签",然后单击"新建"按钮,在出现的"新建标签"对话框中单击"标签向导"按钮,将出现图 10-33 所示的标签向导的第一个对话框"步骤 1—选择表"。

图 10-33　"步骤 1—选择表"对话框

该对话框用于为标签指定数据源,例如选择"教师"作为标签的数据源,再单击"下一步"按钮,则出现图 10-34 所示的"步骤 2—选择标签类型"对话框。

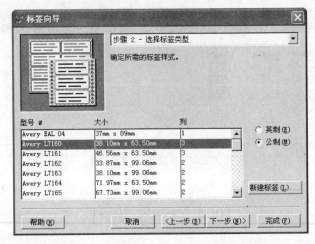

图 10-34   "步骤 2—选择标签类型"对话框

(2) 选择标签类型

图 10-34 所示的对话框用于选择标签类型。系统为用户提供了很多个标签类型,标签尺寸"高×宽"既可以用英制也可以用公制显示;而"列"是指沿纸张水平方向打印的标签个数。用户可以根据需要从中选择一种,也可以单击"新建标签"按钮,自己创建一种任意尺寸规格的标签类型。这里选择"公制"型号为 Avery L7160($38.1\text{mm}\times63.50\text{mm}\times3$)的标签。单击"下一步"按钮,打开图 10-35 所示的"步骤 3—定义布局"对话框。

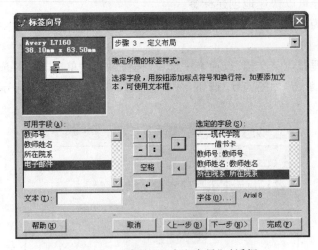

图 10-35   "步骤 3—定义布局"对话框

(3) 定义布局

图 10-35 所示对话框用于定义标签的布局。窗口分为 4 个部分:

- "可用字段"列表框:用户可以从中选择所需的字段。
- "文本"文本框:用于输入文本信息。

- "选定的字段"列表框：用于显示已经选定的字段。
- 中间各类按钮是系统提供的用于定义布局的符号。

　　在"文本"文本框中可输入任何字符串，例如输入"现代学院借书卡"，单击"添加"按钮可把文字串添加到"选定的字段"列表框中，成为每张标签上都出现的文字。单击中部的"回车"按钮另起一行，在"文本"文本框中输入"教师号"，单击"添加"按钮，再单击中部的"："按钮，最后在"可用字段"列表框中选择"教师号"，单击"添加"按钮，将其添加到"选定的字段"列表框中。按相同的方法将"教师姓名"和"所在院系"都添加到"选定的字段"列表框中。在同一行也可以放置多个字段或文本，字段之间可以用空格、句号、短线、逗号和冒号隔开。在定义布局的过程中，可以随时观察左上角的预览框，查看标签外观的变化。单击"字体"按钮，可以设置各个字段行的字体、字型、大小和颜色等。单击"下一步"按钮，将出现图 10-36 所示的"步骤 4—排序记录"对话框。

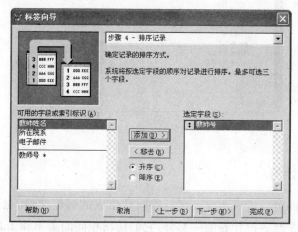

图 10-36　"步骤 4—排序记录"对话框

（4）排序记录

　　在"步骤 4—排序记录"对话框中指定记录的排序方式，如选择"教师号"。单击"下一步"按钮，将进入"步骤 5—完成"对话框，如图 10-37 所示。

图 10-37　"步骤 5—完成"对话框

（5）保存标签

"步骤 5—完成"是向导的最后一步，用户可以单击"预览"按钮，预览标签的布局情况，如图 10-38 所示。最后单击"完成"按钮，在打开的保存对话框中，用户输入标签文件的名字。

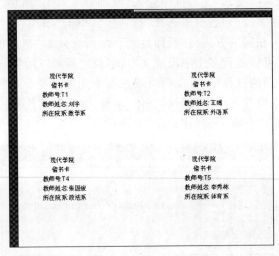

图 10-38　预览结果

10.4.2　标签设计器

利用标签设计器可以进一步修改用标签向导生成的标签文件，也可以创建新的标签文件。标签设计器是报表设计器的一部分，它们使用相同的菜单和工具栏。

标签设计器的启动步骤如下：

① 选择"文件"→"新建"命令，在"新建"对话框中选择"标签"类型，单击"新建"按钮，则出现图 10-39 所示的"新建标签"对话框。

② 选定所需布局后，单击"确定"按钮，进入图 10-40 所示的"标签设计器"窗口。

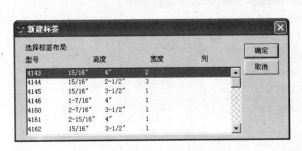

图 10-39　"新建标签"对话框

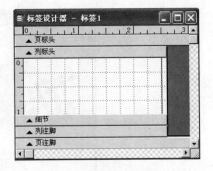

图 10-40　"标签设计器"窗口

③ 设置数据环境。在"标签设计器"窗口中右击，从弹出的快捷菜单中选择"数据环境"命令，将标签中要用到的数据表或视图添加到数据环境窗口中。

④ 定义布局。根据需要向"标签设计器"窗口的相应带区中添加相应的控件,具体方法和报表设计器相同。

标签设计器的常规操作和报表设计器完全相同,这里就不再赘述。

10.4.3 打印标签

打印标签可用下列命令:

LABEL FORM<标签文件名>[范围][FOR 条件][WHILE 条件][TO PRINTER]

预览标签可用下列命令:

LABEL FORM<标签文件名>[范围][FOR 条件][WHILE 条件][PREVIEW]

打印和预览标签也可通过选择"文件"→"打印"或"打印预览"命令实现。

本 章 小 结

报表和标签是数据库中最常用的打印文件,使用报表与标签可以将数据库中的数据输出到纸介质上。报表设计也是应用程序开发的一个重要组成部分。

本章内容要点包括"报表向导"和"报表设计器"的使用;报表中的控件设计;报表的打印输出以及标签的设计。

习 题 10

一、选择题

1. 表头的设计包括_____。
    A. 页标头
    B. 列标头
    C. 组标头
    D. 页标头、列标头和组标头

2. 报表的设计包括_____。
    A. 报表数据源
    B. 报表的布局
    C. 报表的视图
    D. 报表数据源和报表的布局

3. 报表的数据源不能是_____。
    A. 数据库或临时表
    B. 查询
    C. 视图
    D. EXCEL 表

4. 报表布局包括_____等设计工作。
    A. 报表的表头和报表的表尾数字
    B. 字段和变量的安排
    C. 报表的表头、字段及变量的安排和报表的表尾
    D. 以上都不是

5. 报表设计器中;可以使用的控件是_____。
    A. 标签、域控件和列表框
    B. 标签、文本框和列表框
    C. 标签、域控件和线条
    D. 布局和数据源

6. 报表设计器中,域控件用来表示_____。

    A. 数据源的字段   B. 变量   C. 计算结果   D. 以上都是

7. 数据分组的依据是_____。

    A. 排序   B. 查询   C. 分组表达式   D. 以上都不是

8. 报表的组标头的打印方式是_____。

    A. 每组打印一次   B. 每页打印一次

    C. 每个报表打印一次   D. 每列打印一次

9. 常用的报表布局有一对多报表、多列报表和_____。

    A. 标签报表   B. 行报表   C. 列报表   D. 以上都是

10. 报表的数据源可以是_____。

    A. 数据库表、表单、查询和临时表   B. 数据库表、临时表、表单核视图

    C. 数据库表、视图、查询和临时表   D. 数据库表、表单、视图和查询

11. 报表的标题打印方式为_____。

    A. 每页打印一次   B. 每列打印一次

    C. 每个报表打印一次   D. 每组打印一次

12. 报表设计器中不包含在基本带区的有_____。

    A. 标题页   B. 页标题   C. 页注脚   D. 细节

13. 在项目管理器的"_____"选项卡下管理报表。

    A. 报表   B. 程序   C. 文档   D. 其他

14. 为了在报表中加入一个表达式,应该插入一个_____。

    A. 表达式   B. 域控件   C. 标签控件   D. 文本控件

15. 报表是按照_____来处理数据的。

    A. 数据源中记录的先后顺序   B. 主索引

    C. 任意顺序   D. 逻辑顺序

二、填空题

1. 域控件的数据类型有_____、_____和_____。

2. 创建报表可以有_____种方法。

3. 设计报表时,可向报表中添加图片,图片的来源有_____和_____。

4. 添加图片时,在"报表图片"对话框中对图片的位置有_____种选择。

5. 报表主要包括两部分内容:数据源和_____。

6. 标签文件的扩展名为_____,其备注文件的扩展名为_____。

7. 报表的布局类型,一般有_____、_____、_____和_____ 4 种类型。

8. 报表文件的扩展名为_____,其备注文件的扩展名为_____。

9. 带区的主要作用是控制_____在页面上的打印位置。

10. 报表是最常用的打印文件,它为显示并_____提供了灵活的途径。

三、思考题

1. 报表的页头和页脚带区的作用是什么?

2. 在 Visual FoxPro 中,提供了几种创建报表的方法?

实验　报表与标签设计

【实验目的】

掌握报表和标签的创建方法。

熟练掌握报表设计器修改报表的方法。

掌握报表和标签的预览和打印方法。

【实验准备】

1. 报表向导的启动与操作。

2. 报表设计器环境。

3. 报表的打开、修改、保存和运行。

4. 常用报表控件。

【实验内容】

1. 创建基于表"成绩.dbf"的报表"成绩.frx",要求：

① 报表输出字段为学号、课程号、成绩。

② 报表文件的标题为"学生成绩表",标题文字格式为：水平居中、黑体、粗体、小四号,在标题右下角插入日期,左侧插入一图片,图片自选。

③ 以"学号"字段为分组依据对报表进行数据分组。

④ 按"课程号"字段升序排序。预览结果如图 10-41 所示。

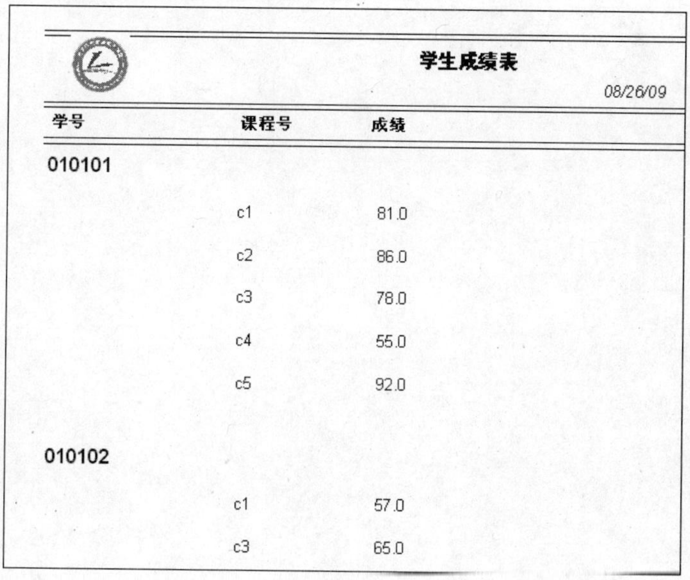

学号	课程号	成绩
010101		
	c1	81.0
	c2	86.0
	c3	78.0
	c4	55.0
	c5	92.0
010102		
	c1	57.0
	c3	65.0

学生成绩表　08/26/09

图 10-41　报表预览结果

2. 基于"学生.dbf"建立一个标签文件"学生.lbx",预览结果如图 10-42 所示。

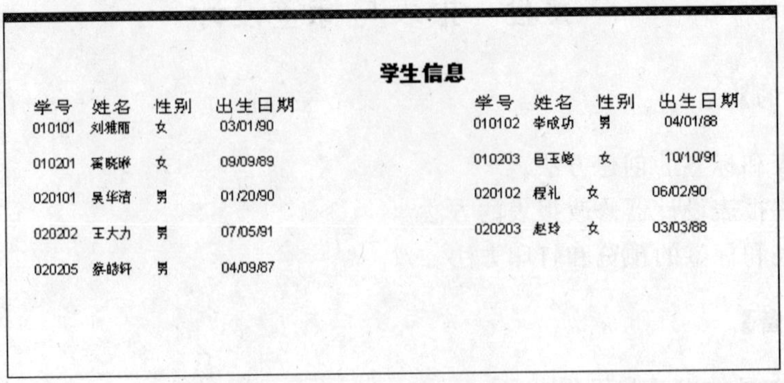

学生信息

学号	姓名	性别	出生日期		学号	姓名	性别	出生日期
010101	刘玉丽	女	03/01/90		010102	李成功	男	04/01/88
010201	蓝晓娜	女	09/09/89		010203	吕玉婷	女	10/10/91
020101	吴华清	男	01/20/90		020102	程礼	女	06/02/90
020202	王大力	男	07/05/91		020203	赵玲	女	03/03/88
020205	蔡峰轩	男	04/09/87					

图 10-42   标签文件预览结果

第11章 项目管理器的使用

在 Visual FoxPro 中,项目管理器是一个非常重要而有用的工具,它是 Visual FoxPro 的控制中心。项目是文件、数据、文档和带有.PJX 扩展名的 Visual FoxPro 对象的集合。使用项目管理器,可以用最简单的可视化方法创建和组织表、表单、数据库、菜单、类、建立应用程序,把它们编译成能独立运行的.APP 或.EXE 文件。

11.1 项目文件的建立和打开

11.1.1 建立项目文件

在使用 Visual FoxPro 进行程序开发的流程中,首先要建立项目文件。在 Visual FoxPro 中应用程序以项目为组织单位,项目(Project)是一种文件,它是数据、文档、类库以及其他一些对象的集合,项目文件的扩展名为.PJX。

创建项目文件可以通过菜单方式或者命令方式实现。

下面以创建"学生信息管理系统"为例,说明创建项目文件的方法。

1. 菜单方式

① 选择"文件"→"新建"命令或单击"常用"工具栏中的"新建"按钮,打开"新建"对话框。

② 在"文件类型"选项区域中选择"项目",然后单击"新建文件"按钮,弹出图 11-1 所示的"创建"对话框。

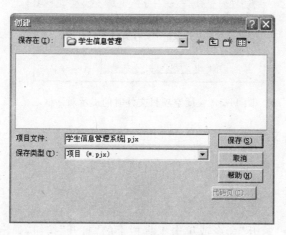

图 11-1 "创建"对话框

③ 在"项目文件"文本框中输入"学生信息管理系统"。单击"确定"按钮后,系统会创建名为"学生信息管理系统.PJX"的空的项目文件,并弹出图 11-2 所示的名为"学生信息

管理系统"的项目管理器。

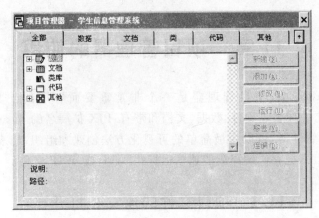

图 11-2 名为"学生信息管理系统"的项目管理器

2. 命令方式

格式为：

CREATE PROJECT[<项目文件名>]

<项目文件名>中可以指定存储目录，否则文件存储在默认目录下。若省略<项目文件名>，系统会弹出图 11-1 所示的"创建"对话框。

关闭项目管理器只需单击项目管理器中的"关闭"按钮即可。当关闭一个空项目文件时，会显示一个如图 11-3 所示的提示对话框，单击"删除"按钮，系统将从磁盘上删除该空项目文件；单击"保持"按钮，系统会保存该空项目文件。这里单击"保持"按钮。

图 11-3 关闭空项目文件时的提示对话框

11.1.2 打开项目文件

和创建项目文件一样，打开项目文件也有两种方式。

1. 菜单方式

① 选择"文件"→"打开"命令或单击工具栏上的"打开"按钮，弹出图 11-4 所示的"打开"对话框。

② 在"文件类型"下拉列表中选择"项目"选项，选择指定的项目文件，如选择"学生信息管理系统"项目。

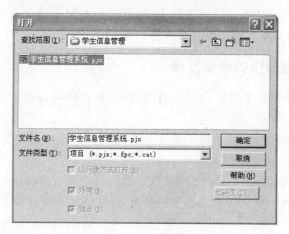

图 11-4 "打开"对话框

③ 双击选中的项目文件,或选中后单击"确定"按钮,打开该项目文件。

2. 命令方式

格式为:

`MODIFY PROJECT[<项目文件名>]`

11.2 项目管理器的界面

新建或者打开一个项目文件时,就会出现"项目管理器"窗口,如图 11-2 所示。

11.2.1 项目管理器中的选项卡

项目管理器使用选项卡来组织各数据项,包括"全部"、"数据"、"文档"、"类"、"代码"和"其他"6 个选项卡,其中"全部"选项卡用于集中显示项目中的所有文件,其余 5 个选项卡用于分类显示各类文件。若要处理项目中某一特定类型的文件或对象,可选择相应的选项卡。

- "全部"选项卡:显示和管理项目中所使用的所有类型文件。它包含了其余 5 个选项卡的全部内容。
- "数据"选项卡:管理项目中各种类型的数据文件。数据文件有数据库、自由表和查询文件等。
- "文档"选项卡:显示和管理项目中使用的文档类文件。文档类文件有表单文件、报表文件和标签文件等。
- "类"选项卡:显示和管理项目中使用的类库文件,包括 Visual FoxPro 系统提供的类库和用户自己设计的类库。
- "代码"选项卡:管理项目中使用的各种程序代码文件,如程序文件(. PRG)、API库和用项目管理器生成的应用程序(. APP)。

- "其他"选项卡：显示和管理项目中使用的，但在以上选项卡中没有管理的文件，如菜单文件、文本文件和图形文件等。

11.2.2　项目管理器中的命令按钮

创建和打开一个项目文件后，在"项目管理器"窗口中可以看到以下命令按钮，功能如下：

- 新建：在"项目管理器"窗口中选中某类文件后，单击"新建"按钮，新建的文件就被添加到该项目管理器中。
- 添加：可把 Visual FoxPro 的各类文件添加到项目管理器中，进行统一组织管理。
- 修改：可修改项目文件中已存在的各类文件，仍然是使用该类文件的设计器界面来修改。
- 运行：在"项目管理器"窗口中选中某个具体文件后，可运行该文件。
- 移去：把选中的文件从该项目中移去或从磁盘上删除。
- 连编：把项目中相关的文件连编成应用程序和可执行文件。

注意：Visual FoxPro 中，项目文件中所保存的仅是对文件的引用，并非文件本身。同一个文件可同时用于多个项目文件。

11.2.3　定制项目管理器

用户可以改变"项目管理器"窗口的外观。例如，可以移动项目管理器的位置，改变它的大小，也可以折叠或拆分"项目管理器"窗口以及使项目管理器中的选项卡永远浮在其他窗口之上。

1. 移动和缩放项目管理器

"项目管理器"窗口和其他 Windows 窗口一样，可以改变窗口的大小以及移动窗口的显示位置。将鼠标放置在窗口的标题栏上并拖动鼠标即可移动项目管理器。将鼠标指针指向"项目管理器"窗口的顶端、底端、两边或四角，拖动鼠标可以扩大或缩小它的尺寸。

2. 折叠和展开项目管理器

项目管理器右上角的向上箭头按钮用于折叠或展开"项目管理器"窗口。该按钮正常时显示为向上箭头，单击时，项目管理器缩小为仅显示选项卡，同时该按钮变为向下箭头，称为还原按钮。

在折叠状态，选择其中一个选项卡将显示一个较小窗口。小窗口不显示命令按钮，但是在选项卡中单击鼠标右键，弹出的快捷菜单增加了"项目"菜单中各命令按钮功能的选项，如图 11-5 所示。如果要恢复包括命令按钮的正常界面，单击"还原"按钮即可。

3. 拆分项目管理器

折叠"项目管理器"窗口后，可以进一步拆分项目管理器，使其中的选项卡成为独立、浮动的窗口，可以根据需要重新安排它们的位置。

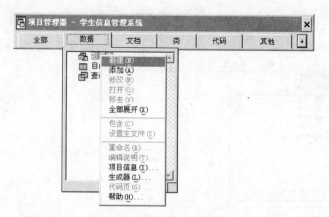

图 11-5　折叠和展开项目管理器

　　首先单击向上箭头按钮折叠项目管理器,然后选定一个选项卡,将它拖离项目管理器,如图 11-6 所示。当选项卡处于浮动状态时,在选项卡中右击,弹出的快捷菜单增加了"项目"菜单中的选项。

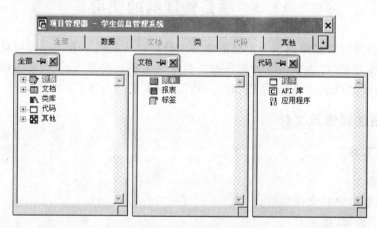

图 11-6　拆分选项卡

　　对于从"项目管理器"窗口中拆分出的选项卡,单击选项卡上的图钉图标,可以钉住该选项卡,将其设置为始终显示在屏幕的最顶层,不会被其他窗口遮挡。再次单击图钉图标便取消其"顶层显示"设置。

　　若要还原拆分的选项卡,可以单击选项卡上的"关闭"按钮,也可以用鼠标将拆分的选项卡拖回"项目管理器"窗口中。

4．停放项目管理器

　　将项目管理器拖到 Visual FoxPro 主窗口的顶部,停放项目管理器后,它就变成窗口工具栏区域的　部分。项目管理器处丁停放状态时,不能将其展开,但是可以单击每个选项卡来进行相应的操作,如图 11-7 所示。

　　对于停放的项目管理器,可以将其拖离 Visual FoxPro 主窗口的顶部,或者右击选项

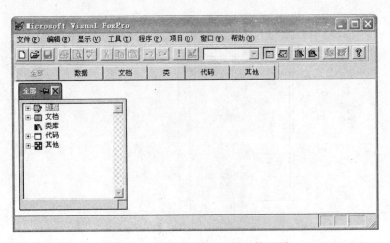

图 11-7　工具栏区域中的项目管理器

卡,从弹出的快捷菜单中选择"拖走"命令解除停放。

11.3　项目管理器的使用

项目管理器为数据提供了一个组织良好的分层结构视图。若要处理项目中某一特定类型的文件或对象,可选择相应的选项卡。在建立表和数据库,以及创建表单、查询、视图和报表时,所要处理的主要是"数据"和"文档"选项卡中的内容。

11.3.1　创建和修改文件

1. 创建文件

操作步骤为:
① 选定要创建的文件类型。
② 单击"新建"按钮。
图 11-8 为在项目"学生信息管理系统"中创建自由表的操作界面。

图 11-8　在项目管理器中创建文件

对于某些类型的文件,可以利用向导来创建。

2. 修改文件

操作步骤为:

① 选定一个已有的文件。

② 单击"修改"按钮。

图 11-9 为在项目"学生信息管理系统"中修改表"课程"的操作界面。

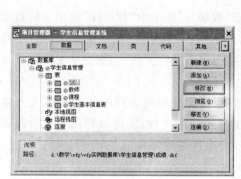
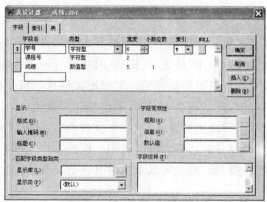

图 11-9　在项目管理器中修改文件

3. 为文件添加说明

创建或添加新的文件时,可为文件加上说明。文件在选定时,说明将显示在项目管理器的底部。为文件添加说明的操作步骤为:

① 在项目管理器中选定文件。

② 从"项目"菜单中选择"编辑说明"命令。

③ 在"说明"对话框中输入对文件的说明。

④ 单击"确定"按钮。

图 11-10 为在项目"学生信息管理系统"中为表"成绩"添加说明的"说明"对话框以及操作完成后表"成绩"在项目管理器中显示说明的情况。

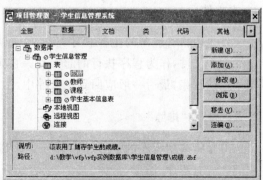

图 11-10　在项目管理器中为文件添加说明

11.3.2　添加或移去文件

1. 向项目中添加文件

要在项目中加入已经建立好的文件,首先选定要添加文件的文件类型,如单击"数据"选项卡中的"数据库"选项,再单击"添加"按钮,在"打开"对话框中选择要添加的文件名,然后单击"确定"按钮。

2. 从项目中移去文件

在项目管理器中,选择要移去的文件,如单击"数据"选项卡中"数据库"选项下的数据库文件。单击"移去"按钮,此时将打开一个提示对话框,询问是否"把数据库从项目中移去还是从磁盘上删除?"。如想把文件从项目中移去,单击"移去"按钮;如想把文件从项目中移去,并从磁盘上删除,单击"删除"按钮。

值得注意的是,当把一个文件添加到项目时,项目文件中所保存的并非是该文件本身,而仅是对这些文件的引用。因此,对于项目文件的任何文件,既可以利用项目管理器对其进行操作,也可以单独对其进行操作,并且一个文件可同时属于多个项目文件。

11.3.3　项目间共享文件

通过与其他项目共享文件,可以重用在其他项目开发中的工作成果。此文件并未复制,项目只储存了对该文件的引用。文件可同时和不同的项目连接。若要在项目之间共享文件,操作步骤为:

① 在 Visual FoxPro 中,打开要共享文件的两个项目。

② 在包含该文件的项目管理器中选择该文件。

③ 拖动该文件到另一个项目容器中。

11.3.4　项目文件的连编与运行

连编是将项目中所有的文件连接编译在一起,这是大多数系统开发都要做的工作。这里先介绍有关的两个重要概念。

1. 主文件

主文件是项目管理器的主控程序,是整个应用程序的起点。在 Visual FoxPro 中必须指定一个主文件,作为程序执行的起始点。它应当是一个可执行的程序,这样的程序可以调用相应的程序,最后一般应回到主文件中。

2. "包含"和"排除"

"包含"是指应用程序的运行过程中不需要更新的项目,也就是一般不会再变动的项目。它们主要有程序、图形、窗体、菜单、报表和查询等。

"排除"是指已添加在项目管理器中,但又在使用状态上被排除的项目。通常,允许在程序运行过程中随意地更新它们,如数据库表。对于在程序运行过程中可以更新和修改的文件,应将它们修改成"排除"状态。

指定项目的"包含"与"排除"状态的方法是:打开项目管理器,选择菜单栏的"项目"→"包含/排除"命令;或者通过单击鼠标右键,在弹出的快捷菜单中选择"包含/排除"命令。

在使用连编之前,要确定以下几个问题:

① 在项目管理器中加进所有参加连编的项目,如数据库、程序、表单、菜单、报表以及其他文本文件等。

② 指定主文件。

③ 对有关数据文件中设置"包含/排除"状态。

④ 确定程序(包括表单、菜单、程序和报表)之间明确的调用关系。

⑤ 确定程序在连编完成之后的执行路径和文件名。

在上述问题确定后,即可对该项目文件进行编译。通过设置"连编选项"对话框的"选项",可以重新连编项目中的所有文件,并对每个源文件创建其对象文件。同时在连编完成之后,可指定是否显示编译时的错误信息,也可指定连编应用程序之后,是否立即运行它。

本 章 小 结

在 Visual FoxPro 中,一个任务就是一个项目,项目中包含了完成该任务而创建的所有表、数据库和报表等,可用项目管理器来维护项目。一个有一定规模的数据库应用系统,不仅包含了各种类型的文件,而且每一类文件也不止一个。项目管理器是 Visual FoxPro 提供的一种设计工具。Visual FoxPro 的项目管理器把相同类型的文件的组成作为一类模块统一管理,是 Visual FoxPro 的"控制中心"。

习　题　11

一、选择题

1. 在 Visual FoxPro 中,项目文件的扩展名是_____。

    A. .PJX   B. .DBF   C. .OPR   D. .DBC

2. 在使用项目管理器时,如果需要创建文件,利用"文件"→"新建"命令创建的文件_____。

    A. 属于当前打开的项目   B. 不属于任何项目

    C. 属于任何项目   D. 以上都不正确

3. 把一个项目编译成一个应用程序时,下面的叙述正确的是_____。

    A. 所有的项目文件将组合为一个单一的应用程序文件

    B. 所有项目的包含文件将组合为一个单一的应用程序文件

    C. 所有项目排除的文件将组合为一个单一的应用程序文件

D. 由用户选定的项目文件将组合为一个单一的应用程序文件

4. "项目管理器"的"文档"选项卡用于显示和管理_____。

　　A. 表单、报表和和查询　　　　　　　B. 数据库、表单和报表

　　C. 查询、报表和视图　　　　　　　　D. 表单、报表和标签

5. 项目管理器对资源文件进行管理时,不能完成_____。

　　A. 修改　　　　　　B. 复制　　　　　　C. 移去　　　　　　D. 删除

二、填空题

1. 在项目管理器中,有_____、_____、_____、_____、_____和_____等
多个选项卡。

2. 项目管理器的"移去"按钮有两个功能:一是把文件_____,二是把文件_____。

3. 扩展名为. prg 的程序文件在"项目管理器"的_____选项卡中显示和管理。

4. 项目管理器的_____选项卡用于显示和管理数据库、自由表和查询等。

5. 用项目管理器组装应用系统,要将_____、_____、_____、_____和
_____等资源文件组装在项目中。

三、思考题

1. 简述项目管理器的主要功能。

2. 项目管理器有几个选项卡? 每个选项卡的作用是什么?

3. 项目管理器有哪些常用的命令按钮? 它们的作用是什么?

4. 建立一个项目文件,定制项目管理器。

5. 建立一个项目文件,向该项目添加已经建立的有关文件。

6. 建立一个项目文件,在项目管理器中新建、修改和浏览表。

实验　项目管理器的使用

【实验目的】

- 掌握建立项目文件的方法。
- 掌握项目管理器中各选项卡的基本用法。
- 掌握在项目管理器中新建、添加和删除文件的方法。
- 掌握文件连编方法。

【实验准备】

1. 理解 Visual FoxPro 中项目文件的意义和作用。

2. 熟悉项目文件的建立方法。

【实验内容】

1. 建立项目文件"订购管理系统"。

2. 将前面实验中建立的数据库文件"订购管理. dbc"和查询文件添加到项目中。

3. 在项目中新建一个视图。

4. 对项目中的文件进行连编。

【思考题】

在打开一个项目文件的情况下,新建立的文件是否自动加入到该项目中? 总结怎样在项目文件中新建文件、打开文件、修改文件、运行文件,并与通过菜单进行这些操作的方法进行比较,从而进一步认识项目文件的作用。

第 12 章　数据库应用系统开发

Visual FoxPro 应用程序通常由以下几个部分组成：数据库、应用程序的主程序、用于与用户信息交互的界面（包括表单、工具栏和菜单等）。除此以外，应用程序还可以包含用于检索数据和格式输出数据的查询与报表。Visual FoxPro 应用系统集成就是将这些组件组成一个有机的系统。

本章在了解应用程序的各个组件元素的设计与使用方法的基础上，讨论开发一个完整的应用程序的步骤。

12.1　开发数据库应用系统的一般步骤

数据库应用系统根据以数据为中心和以处理为中心可分为两类：前者以提供数据为目的，重点在数据采集、建库及数据库维护等工作；后者虽然也包含这些内容，但重点是使用数据，即进行查询、统计和打印报表等工作，其数据量比前者小得多。以处理为中心的数据库应用系统适用于一般企事业单位。本章主要介绍这类系统的开发方法，其开发过程如图 12-1 所示。

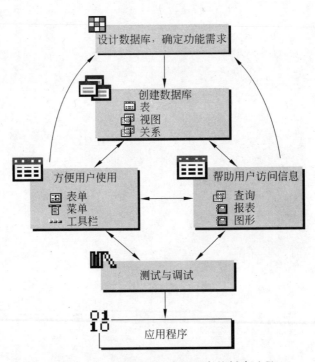

图 12-1　Visual FoxPro 应用程序的创建过程

12.1.1　需求分析

整个开发活动从对系统的需求分析开始,系统需求包括对数据的需求(数据分析)和对应用功能的需求(功能分析)两方面内容。数据分析的结果是归纳系统应该包括的数据,以便进行数据库设计;功能分析的目的是为应用程序设计提供依据。

进行需求分析时应该注意以下问题:

① 确定需求必须建立在调查研究的基础上,包括访问用户,了解人工系统模型,采集和分析有关资料等工作。

② 在开发之初所做的设计方案往往会对最终结果产生很大的影响。认真细致的规划能节省时间、精力和资金。

③ 需求分析阶段应该让最终用户更多地参与。即使作了仔细分析,在系统实施过程中也会需要不断修改设计,为此须随时接收最终用户的反馈。

需求分析的工作可以分成 4 个方面:对问题的识别、分析与综合、指定规格说明书和评审。

1.　问题识别

系统分析人员首先要研究计划阶段产生的可行性分析报告和软件项目实施计划,从系统的角度来理解软件并评审软件范围是否恰当,确定对该应用软件的综合需求,并提出这些需求实现条件以及需求达到的标准。这些需求主要包括:

- 功能需求。列举出所开发软件在职能上应做什么,这是最主要的需求。
- 性能分析。给出所开发软件的技术性指标,包括存储容量限制、安全保密性和运行时间限制等。
- 环境需求。即对软件系统运行时所处环境的要求。例如在硬件方面,采用什么机型、有什么外部设备、数据通信接口等;在软件方面,采用什么支持系统运行的系统软件(操作系统、网络软件和数据库管理系统等);在使用方面,需要使用部门在制度上、操作人员的技术水平上应具备什么条件等。
- 安全保密要求。工作在不同环境的软件对其安全、保密的要求显然是不同的。应当对这方面的需求做出恰当的规定,以便对所开发的软件进行特殊的设计,使其在运行中其安全保密的性能得到必要的保证。

此外,还有对应用软件的可靠性需求、用户界面需求、资源使用需求、软件成本消耗与开发进度需求等。

2.　分析与综合

需求分析的第二步工作是问题分析和方案的综合。分析员从数据流和数据结构出发,逐步细化所有的软件功能,找出系统各元素之间的联系接口特性和设计上的限制,分析它们是否满足功能要求,是否合理。根据功能需求、性能要求和运行环境需求等,剔除不合理的部分,增加其需要部分。最终综合成系统的解决方案,给出目标系统的详细逻辑模型。

3. 编制需求分析文档

对已经确定的需求进行清晰准确的描述。通常把描述需求的文档叫做软件需求规格说明书。同时,为了确切表达用户对软件的输入输出要求,还需要指定数据要求说明书及编写初步的用户手册。

4. 需求分析评审

在需求分析的最后一步,还应该对功能的正确性、完整性和清晰性,以及其他需求给予评价。

12.1.2　数据库设计

数据库设计包括外部设计和内部设计。其中外部设计是有需求模型向一组面向用户的设计的过渡,主要包括以下任务:审查需求定义的数据,定义子系统,定义子系统接口,定义系统的各种安全控制,定义各种设计约束,评价可供选择的各种设计方案以及确定初步设计模型。而内部设计则是建立内部系统实现和系统测试框架,主要包括设计系统结构,完成对象设计,确定数据结构,设计数据库,确定控制流程,确定实现和测试方案以及构造详细的设计模型等。

在 Visual FoxPro 中,数据是以数据表的形式存放的。数据表可以属于某个数据库,也可以是自由表。除了数据库表带有数据字典外,数据库表和自由表在关系操作上基本相同。在这里,所要讨论的数据库设计主要是指 Visual FoxPro 的应用程序中的数据库设计。一个结构合理的数据库可为日后整理数据节省时间,并迅速得到查询结果。为了快捷高效地创建一个完善的数据库,数据库的设计必须采取合理的设计步骤。

① 确定建立数据库的目的,确定需要 Visual FoxPro 保存哪些信息。

② 确定需要的表。在明确了建立数据库的目的后,就可以着手把信息分成各个独立的主题,例如在教学管理中涉及的对象有"学生"、"课程"和"教师",每个主题都可以是一个数据表。

③ 确定需要的字段,确定在每个表中要保存哪些信息。例如学生具有学号、姓名、性别、年龄和专业等属性;课程具有课程编号、课程名称、学时和课程性质等属性;教师具有教师编号、姓名、年龄和职称等属性。

④ 确定关系。分析每个表,确定一个表中的数据与其他表中的数据有何关系。例如学生通过学号、分数与课程发生联系。

⑤ 改进设计。对设计做进一步的分析,查找其中的错误。如在创建的表中加入几个示例数据或记录,看看能否得到所需的结果,然后根据需要调整设计。

12.1.3　应用程序设计

在以处理为中心的应用系统中,应用程序设计和数据库设计两方面的需求是相互制约的。具体地说,在应用程序设计时将受到数据库当前结构的约束;而在设计数据库的时候,也必须考虑应用程序实现数据处理功能的需要。

下面简要说明 Visual FoxPro 应用程序的设计步骤。

1．创建子类

使用 Visual FoxPro 的基类就可以创建出可靠的面向对象的程序,但是若要创建具有用户统一特色的界面(例如,凡是创建的表单,其标题栏中都能显示"××管理系统"),还需要由用户来定义表单或控件的子类,并将这些子类添加到表单控件工具栏中备用。

2．用户界面设计与编码

Visual FoxPro 的用户界面主要包括表单集、表单、菜单和工具栏,它们所包含的控件与菜单命令应能实现应用程序的功能。也就是说,用户界面应直接表现应用系统的功能。事实上,无论应用程序的代码如何简洁,算法如何巧妙,对用户都是不可见的,他们所能见到并进行操作仅是应用系统提供的用户界面。因此,用户对所开发应用系统是否满意,很大程度上取决于界面功能是否完善。

综上所述,面向对象程序设计是一种以用户界面为核心来展开应用程序设计的方法。Visual FoxPro 丰富的设计工具,能支持用户创建各式界面美观和功能完善的应用程序,其界面设计与编码可包括以下内容:

- 用户定义类。
- 创建对象,包括表单集、表单、MDI 界面、菜单、工具栏以及各种控件。
- 定义对象属性。
- 编写对象的事件过程代码。
- 为方法程序添加代码。

3．数据输出设计

数据输出可包括查询、报表、标签和通过 ActiveX 控件来共享其他应用程序的信息。

查询设计包括浏览查询、组合查询等形式。组合查询允许输入含有多个条件的逻辑表达式,使用户拥有更强的控制数据的能力。

报表可设计为允许用户选择预览或打印,还可选择全部打印、部分打印或概要打印。

4．数据库维护功能

数据库应用系统的功能中应该包括数据库维护,即能对数据库表及自由表的数据进行添加、删除和修改。此外,数据库的安全性也需要加以重视。

5．构造 Visual FoxPro 应用程序

Visual FoxPro 将具有 .app 扩展名的文件称为应用程序(Application)。通常所说的应用程序是一种统称,例如具有 .exe 文件扩展名的可执行程序(Executable Program)也是一种应用程序。

Visual FoxPro 应用程序的运行环境有两种:一种是 Visual FoxPro 开发环境(启动 Visual FoxPro 后的状态),各种程序都可在这种环境中用 DO 命令运行,例如:

```
DO ex              && 运行扩展名为 .prg 的程序文件
DO ex.qpr          && 运行扩展名为 .qpr 的查询文件
DO ex.mpr          && 运行扩展名为 .mpr 的菜单程序
DO FORM ex         && 运行扩展名为 .scx 的表单
DO ex.app          && 运行应用程序 (application)
DO ex.exe          && 运行可执行程序
```

另一种环境是 Windows 中除 Visual FoxPro 之外的环境。在上述各种程序中,仅.exe 程序能脱离 Visual FoxPro 独立运行。

12.1.4　软件测试

应用程序设计的过程中,常须对菜单、表单和报表等程序模块进行测试和调试。通过测试可以找出错误,再通过调试来纠正错误,以达到预定功能。测试一般可分成模块测试和综合测试两个阶段。Visual FoxPro 提供的调试工具能方便地进行应用程序的调试。

在完成数据库设计和应用程序设计这两项工作后,系统应投入试运行,即把数据库连同有关的应用程序一起装入计算机,从而考察它们在各种应用中能否达到预定的功能和性能需求。若不能满足要求,还需返回前面的步骤再次进行需求分析或修改设计。

试运行阶段一般只装入少量数据,待确认没有重大问题后再正式装入大批数据,以免导致较大的返工。

12.1.5　应用程序发布

应用程序最好能加密,并且能在 Windows 环境中独立运行,这就需要将应用程序连编为 .exe 程序,并进行应用程序发布。

12.1.6　系统运行与维护

试运行的结束标志着系统开发的基本完成,但是只要系统还在使用,就可能常需要调整和修改。即还须做好系统的"维护"工作,这包括纠正错误和系统改进等。

12.2　编译应用程序

使用 Visual FoxPro 创建面向对象的事件驱动应用程序时,可以每次只建立一部分模块。这种模块化构造应用程序的方法可以使开发人员在每完成一个组件后,就对其进行检验。在完成了所有的功能组件之后,就可以进行应用程序的编译了。

为了快速建立一个应用程序及其项目,即一个具有完整"应用程序框架"的项目,可以使用"应用程序向导"。

一般来讲,应用程序的建立需要以下步骤:

- 构造应用程序框架。
- 将文件添加到项目中。
- 编辑项目信息。

- 创建并运行应用程序。

12.2.1　构造应用程序框架

一个典型的数据库应用程序由数据结构、用户界面、查询选项和报表等组成。在设计应用程序时,应仔细考虑每个组件将提供的功能以及与其他组件之间的关系。

一个经过良好组织的 Visual FoxPro 应用程序一般需要为用户提供菜单;提供一个或多个表单,供数据输入并显示。同时还需要添加某些事件响应代码,提供特定的功能,保证数据的完整性和安全性。此外,还需要提供查询和报表,允许用户从数据库中选取信息。

在建立应用程序时,需要考虑如下任务:

- 设置应用程序的起始点。
- 初始化环境。
- 显示初始的用户界面。
- 控制事件循环。
- 退出应用程序时,恢复原始的开发环境。

1. 设置起始点

在 Visual FoxPro 中,使用主文件作为应用程序执行的起始点。主文件可以是一个程序、一个查询、一个表单、一个菜单,甚至是报表。当用户运行应用程序时,Visual FoxPro 将为应用程序启动主文件,然后主文件再依次调用所需要的应用程序的其他组件。所有应用程序必须包含一个主文件。一般来讲,最好的方法是为应用程序建立一个主程序。但是,也经常使用表单作为主文件,因为这样可以将主程序的功能和初始的用户界面集成在一起。

设置主文件的步骤是:

① 在"项目管理器"中,选择要设置为主文件的文件。

② 执行"项目"→"设置主文件"命令,或者在快捷菜单中选择"设置主文件"命令,如图 12-2 所示。

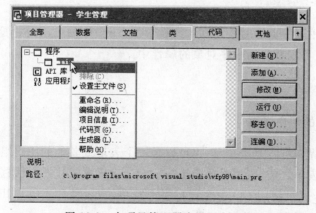

图 12-2　在项目管理器中设置主文件

注意：

① 应用程序的主文件自动设置为"包含"。这样，在编译完应用程序之后，该文件作为只读文件处理。

② 项目中仅有一个文件可以设置为主文件。该文件在项目管理器中以黑体形式表示。

2. 初始化环境

主文件的第一项任务就是对应用程序的环境进行初始化。在打开 Visual FoxPro 时，默认的 Visual FoxPro 开发环境将利用 SET 命令设置某些系统变量或值。但是，对应用程序来说，这些值并非是最合适的。

注意： 如果要查看 Visual FoxPro 开发环境默认的设置值，在命令窗口中执行 DISPLAY STATUS 命令即可。

对于应用程序来说，初始化环境的理想方法是先将初始的环境设置保存起来，然后在启动代码中为程序建立特定的环境设置。

在一个应用程序特定的环境下，可能需要使用代码以执行以下操作：

① 初始化变量。

② 建立一个默认的路径。

③ 打开任一需要的数据库、自由表及索引。如果应用程序需要访问远程数据，则初始的例行程序也可以提示用户提供所需的注册信息。

④ 添加外部库和过程文件。

例如，如果要测试 SET TALK 命令的默认值，同时保存该值，并将应用程序的 TALK 设为 OFF，可以在启动过程中包含如下代码：

```
IF SET('TALK')="ON"
    SET TALK OFF
    cTalkVal="ON"
ELSE
    cTalkVal="OFF"
ENDIF
```

如果要在应用程序退出时恢复默认的设置值，一个好的方法是把这些值保存在公有变量、用户自定义类或者应用程序对象的属性中。

```
SET  TALK  &cTalkVal
```

3. 显示初始的用户界面

初始的用户界面可以是个菜单，也可以是一个表单或其他的用户组件。通常，在显示已打开的菜单或表单之前，应用程序会出现一个启动屏幕或注册对话框。

在主程序中，可以使用 DO 命令运行一个菜单，或者使用 DO FORM 命令运行一个表单以初始化用户界面。

4. 控制事件循环

应用程序的环境建立之后,将显示出初始的用户界面,这时,需要建立一个事件循环来等待用户的交互动作。执行 READ EVENTS 命令,开始控制事件循环,该命令使 Visual FoxPro 开始处理例如鼠标单击、键击等用户事件。

从执行 READ EVENTS 命令开始,到相应的 CLEAR EVENTS 命令执行期间,由于主文件中所有的处理过程全部挂起,因此将 READ EVENTS 命令正确地放在主文件中十分重要。例如,在初始化过程中,可以将 READ EVENTS 作为最后一个命令,在初始化环境并显示了用户界面后执行。如果在初始化过程中没有 READ EVENTS 命令,应用程序运行后将返回到操作系统中。

在启动了事件循环之后,应用程序将处在所有最后显示的用户界面元素控制之下。例如,如果在主文件中执行下面的两个命令,应用程序将显示表单 Startup. scx:

```
DO FORM STARTUP.SCX
READ EVENTS
```

如果在主文件中没有包含 READ EVENTS 或等价的命令,虽然在"命令"窗口中可以正确地运行应用程序,但是,如果要在菜单或者主屏幕中运行应用程序,程序将显示片刻,然后退出。

应用程序必须提供一种方法来结束事件循环,在 Visual FoxPro 中,执行 CLEAR EVENTS 命令将结束事件循环。

一般情况下,可以使用一个"退出"菜单项或者在表单上添加"退出"按钮,当用户单击此命令按钮或菜单项时,执行 CLEAR EVENTS 命令。CLEAR EVENTS 命令将挂起 Visual FoxPro 的事件处理过程,同时将控制权返回给执行 READ EVENTS 命令并开始事件循环的程序。

5. 恢复初始的开发环境

如要恢复储存的变量的初始值,可以将它们的宏替换为原始的 SET 命令。例如,在公有变量 cTalkVal 中保存了 SET TALK 设置,可以执行下面的命令恢复初始设置。

```
SET  TALK  &cTalkval
```

如果初始化时使用的程序和恢复时使用的程序不同(例如,如果调用了一个过程进行初始化,而调用另外一个过程恢复环境),这时,为了确保可以对存储的值进行访问,可以在公有变量、用户自定义类或应用程序对象的属性中保存值,以便恢复环境时使用。

6. 将程序组织为一个主文件

如果在应用程序中使用一个程序文件(. prg)作为主文件,必须保证该程序中包含一些必要的命令,这些命令可控制与应用程序的主要任务相关的任务。在主文件中,没有必要直接包含执行所有任务的命令,常用的方法是调用过程或者函数来控制某些任务,例如环境初始化和清除等。

一个简单的主程序一般包含如下内容：

- 初始化运行环境，打开数据库、变量声明，等等。
- 调用菜单或表单建立初始的用户界面。
- 执行 READ EVENTS 命令建立事件循环。
- 在菜单或者表单按钮的代码中加入 CLEAR EVENTS 命令，结束事件循环。主程序不应执行此命令。
- 应用程序退出时，恢复运行环境设置。

例如，主程序可以如下所示：

```
DO SETUP.PRG            && 调用程序建立环境设置 (在公有变量中保存值)
DO FORM LOGO            && 将"登录"表单作为初始的用户界面
READ EVENTS             && 建立事件循环
DO CLEANUP.PRG          && 在退出之前,恢复环境设置
```

注意：通常在另外一个程序，如菜单文件的"退出"项中执行 CLEAR EVENTS 命令。

12.2.2 将文件加入到项目中

一个 Visual FoxPro 项目包含若干独立的组件，这些组件作为单独的文件保存。例如，一个简单的项目可以包括表单、报表和程序。除此之外，一个项目经常包含一个或者多个数据库、表及索引等。一个文件若要被包含在一个应用程序中，必须被添加到项目中。这样，在编译应用程序时，Visual FoxPro 会在最终的产品中将该文件作为组件包含进来。

1. 将文件加入到项目中

向一个项目添加文件的方法有以下几种：

① 使用"应用程序向导"。如果要利用已有文件创建项目，可以使用"应用程序向导"。执行"工具"→"向导"→"应用程序向导"命令，可以打开"应用程序向导"窗口，按照"向导"的提示完成项目的建立和文件的添加。

② 使用"项目管理器"新建文件。打开项目，直接在"项目管理器"中新建文件，新建文件将自动添加到该项目中。

③ 使用"项目管理器"添加文件。打开项目，在"项目管理器"中单击"添加"按钮，在弹出的"添加"对话框中选择要添加的文件，把已有的文件添加到项目中。

④ 利用程序语句添加文件。如果在一个程序中或者表单中引用了某些文件，那么 Visual FoxPro 会在连编时将它们添加到项目中。例如，在一个项目中，如果某程序包含了如下命令，那么 Visual FoxPro 会将 sale.scx 文件添加到项目中。

```
DO  FORM  sale.scx
```

2. 文件的包含与排除

当将一个项目编译成一个应用程序时,所有项目包含的文件将组合为一个单一的应用程序文件。在项目连编之后,那些在项目中标记为"包含"的文件变为只读,如表单文件、菜单文件等。但是有一部分的文件(如表)可能经常会被用户修改,在这种情况下,应该将这些文件标为"排除"。"排除"文件仍然是应用程序的一部分,因此 Visual FoxPro 仍可跟踪,将它们看成项目的一部分,但是这些文件没有在应用程序的文件中编译,所以用户可以更新它们。

注意:具体操作可参考第 11 章。

3. 给文件编辑说明信息

在项目管理器中可以给其中的文件编辑说明信息。当选中该文件时,将在项目管理器中出现说明信息,这样有助于对文件功能的进一步说明。

编辑说明信息的方法是:首先选中文件,选择"项目"→"编辑说明"命令,或者在快捷菜单中选择"编辑说明"命令,打开"说明"编辑窗口,输入内容。

12.2.3　编辑项目信息

在项目的开发过程中,如果需要向项目中添加开发者或者项目的信息,可以选择"项目"→"项目信息"命令,打开"项目信息"对话框,在其中输入相关的信息。

"项目信息"对话框共有 3 个选项卡。如图 12-3 所示,"项目"选项卡用于输入开发者信息,同时选中"附加图标"复选项可以指定在程序中使用的图标;如图 12-4 所示,"文件"选项卡主要用于选择或者删除应用程序所包含的文件;"服务程序"选项卡用于指定应用程序的服务程序。

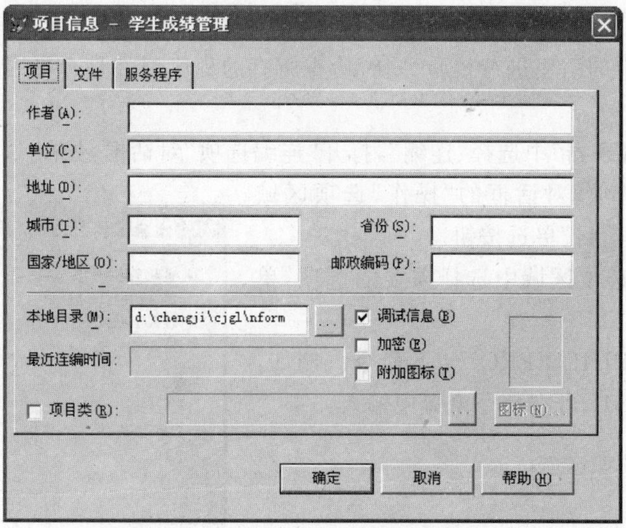

图 12-3　"项目"选项卡

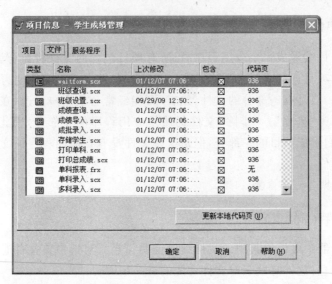

图 12-4　"文件"选项卡

12.2.4　创建并运行应用程序

编译项目的最后一步是连编它。此过程的最终结果是将所有在项目中引用的文件（除了那些标记为排除的文件）合成为一个应用程序文件。可以将应用程序文件和数据文件（以及其他排除的项目文件）一起发布给用户，用户可运行该应用程序。

从项目建立应用程序的具体步骤如下：

① 测试项目。

② 将项目连编为一个应用程序文件。

1. 测试项目

为了对程序中的引用进行校验，同时检查所有的程序组件是否可用，可以对项目进行测试。方法是：

① 在"项目管理器"中选择"连编"，打开"连编选项"对话框，如图 12-5 所示。

② 在"连编选项"对话框的"操作"选项区域中选择"重新连编项目"单选按钮。

③ 在"选项"选项区域中选择需要的选项，单击"确定"按钮。

也可以使用 BUILD PROJECT 命令。例如，为了连编项目 CJGL，可在命令窗口中输入：

```
BUILD  PROJECT  CJGL
```

说明：

① 如果没有选中"重新编译全部文件"复选

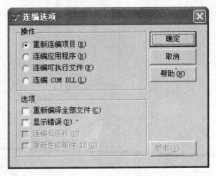

图 12-5　"连编选项"对话框

框,当向项目中添加组件时,只重新编译上次连编后修改过的文件。

②　如果在连编过程中发生错误,这些错误会集中收集在当前目录的一个文件中,名字为项目的名称,扩展名为 .err,编译错误的数量显示在状态栏中。若要立刻显示错误文件,可以选择"显示错误"复选框。

通过编译后,可以运行项目,运行项目的方法有两种:

①　在"项目管理器"中,选中主文件,然后单击"运行"按钮。

②　在"命令"窗口中,执行 DO 命令,如 DO CJGL。

如果程序运行正确,就可以将项目继续连编,生成一个应用程序文件,该文件会包括项目中所有"包含"文件。

2. 从项目中连编应用程序

若要从应用程序建立一个最终的文件,需要将它连编为一个应用程序文件。连编结果有两种:

①　应用程序文件(.app): 必须在 Visual FoxPro 系统环境中运行。

②　可执行文件(.exe): 可以直接在 Windows 环境中运行。

连编应用程序的步骤如下:

①　在"项目管理器"中,单击"连编"按钮,打开"连编选项"对话框。

②　在"连编选项"对话框中选择"连编应用程序"单选按钮,生成.app 文件;或者单击"连编可执行文件"单选按钮,建立一个.exe 文件。

③　选择其他所需选项,并单击"确定"按钮。

也可以使用 BUILD APP 或 BUILD EXE 命令。例如,若要从项目 cjgl.pjx 连编得到一个应用程序 CJGL.app,可输入:

```
BUILD APP CJGL FROM CJGL
```

如果要建立一个可执行的应用程序 CJGL.exe,可输入:

```
BUILD EXE CJGL FROM CJGL
```

3. 运行应用程序

当为项目建立一个最终的应用程序文件之后,用户就可运行它了。运行.app 应用程序的方法如下:

①　选择"程序"→"运行"命令,然后在"运行"对话框中选择要执行的.app 文件。

②　在"命令"窗口中输入命令,例如 DO CJGL.app。

③　在资源管理器中双击.app 文件的图标。

运行.exe 文件的方法与运行 app 文件相似,用户可以在"运行"对话框中选择要运行的.exe 文件;也可以使用 DO 命令,如 DO Chengj.exe;还可以在 Windows 中双击该.exe 文件的图标。

注意: 运行.app 文件的前提是系统中安装了 Visual FoxPro 开发环境,而.exe 文件可以在没有 Visual FoxPro 开发环境的 Windows 操作系统中运行。

12.3　发行应用程序

发行应用程序就是将编译连接后的可执行文件.exe打包,使得在最终用户计算机上很容易地安装和运行应用程序。

12.3.1　安装可执行程序的方法

在最终用户计算机上,安装编译连接后的可执行程序文件的方法有3种方法。

① 在最终用户计算机上安装 VFP 系统,建立相关目录并复制可执行程序及相关文件。

② 建立相关目录并复制可执行程序及相关文件,并将 VFP6R.DLL 和 VFP6RCHS.DLL 两个 VFP 系统文件复制到可执行文件搜索目录或应用程序目录中。

这两种方式都需要将应用程序的可执行程序文件(如 XSXXGL.EXE)复制到用户机的应用程序目录中,将程序中使用的、没"包含"在可执行文件(如 XSXXGL.EXE)中的文件(如数据库、表、索引、图片和系统配置文件 config.fpw 等)都复制到用户计算机的对应目录中。

③ 制作应用程序安装向导程序。前两种方式需要最终用户计算机较大的磁盘空间,安装时比较麻烦。使用安装向导程序发布应用程序更方便,可以达到一劳永逸的效果。

在制作应用程序安装向导程序之前,最好建立一个临时文件夹(如 D:\TEST_VF),将可执行程序文件(如 XSXXGL.EXE)和程序中使用的,但没"包含"在可执行程序文件中的数据库文件(如 MAINDATA.*)、表文件(DBF)、索引文件(CDX 和 IDX)、资源文件(如 BMP、JPG 和 ICO)、系统配置文件(config.fpw)都复制到这个临时文件夹(如 D:\TEST_VF)中。随后用 VFP"向导"对这些文件进行"打包",制作安装向导程序。

12.3.2　制作应用程序的安装向导程序

方法:选择"工具"→"向导"→"安装"命令,进入安装向导界面,操作步骤及常用项如下:

① 创建目录。初次使用向导时,要求创建一个发布目录,用于存放向导需要的一些中间文件,系统默认目录为 VFP 下的 DISTRIB,直接单击"创建目录"按钮即可。

② 发布树目录。指定被"打包"文件所在目录。单击"发布树目录"的选择按钮,选择文件目录(如 D:\TEST_VF)。

③ 应用程序组件。指定应用程序运行时所需要的系统组件,对可执行文件(EXE)而言,选定"Visual FoxPro 运行时刻组件"。

④ 磁盘映像。指定"打包"后的文件存放位置。例如,在"磁盘映像目录"文本框中输入 D:\INSTAPP,在"磁盘映像"选择框中选择"1.44MB 3.5 英寸",则"打包"后的文件分别存放在 D:\INSTAPP\DISK144 目录下的 DISK1,DISK2,…文件子目录中,每个子目录中内容都不超过一张软盘容量。

⑤ 安装选项。设置安装信息。例如,在"安装对话框标题"框中输入"学生信息管理系统";在"版权信息"框中输入"吉林大学计算机教研中心研制";在"执行程序"框中输入 XSXXGL.EXE。则 XSXXGL.EXE 是安装应用程序后立刻运行的程序。

⑥ 默认目标目录。规定安装应用程序时,在最终用户计算机上存放应用程序及其文件的目录,以及在程序管理器中的组名。例如,在"默认目录"框中输入 D:\XSXXGL;在"程序组"框中输入"Visual FoxPro 应用程序"。

⑦ 改变文件位置。以表格形式列出被"打包"的全部文件(如图 12-6 所示),可以重新调整各个文件安装到最终用户计算机上的位置。目标目录列有 3 种选值:

- AppDir:对应文件安装在第(6)步中设置的应用程序"默认目录"。例如 D:\XSXXGL。
- WinDir:对应文件安装在 Windows 操作系统的安装目录。例如 Windows 2000,默认安装是 C:\WINNT。
- WinSysDir:对应文件安装在 Windows 操作系统的系统目录。例如 Windows 2000,默认安装是 C:\WINNT\SYSTEM。

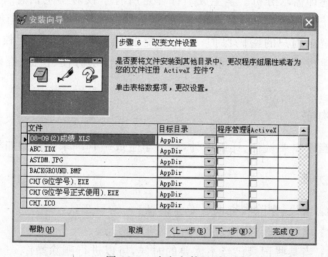

图 12-6　改变文件目录

⑧ 程序管理器。图 12-6 中程序管理器用于说明对应文件是否作为程序组菜单项加到程序管理器中。选择此项系统将显示"程序组菜单项"对话框,从中输入对应文件的文字"说明"、命令行和图标。在输入命令时,可以使用%s 表示应用程序目录,其中的 s 必须小写。要使可执行程序文件安装到应用程序子目录中,应该使用%s,例如%s\XSXXGL.EXE。

最后单击"完成"按钮,系统开始创建应用程序安装向导程序,在"磁盘映像目录"(如 D:\INSTAPP)下的子目录中生成了应用程序的打包文件。

将"磁盘映像目录"中的各个子目录复制到最终用户计算机上,执行 DISK1 中的 SETUP.EXE 程序,即可实现应用程序的安装。

12.4 学生成绩管理系统

高校学生成绩管理系统是一个常见的系统,经常可以在实际应用中或者在资料中看到,而且也使读者易于理解,这也是我们使用学生成绩管理系统作为例子项目的原因之一。

在具体的开发过程中坚持三个原则:一要和实际应用靠近,即实用性原则。即选择接近实际的课题,每个模拟题课题经过不多的修改,就能够进入直接应用。有的题目本身就是实际应用项目的简化。二要尽可能全面地使用 VFP 知识,即学习性原则。即在开发过程中,不但要介绍实际项目的开发情况和开发过程,还要尽量在使用中展示不同控件/方法的应用。三要简洁有力。考虑过于复杂不利于学习和理解,因此系统的一些设计包括数据的设计,如数据库字段个数等,在保持能够实用的基础上简化了一些,即保持简洁性原则。

12.4.1 系统概述

本节系统概述即需求分析。学生成绩管理是所有学校对学生信息管理必有的职能。学生成绩管理系统通常包括学生成绩的更新、录入、删除、查询、备份、统计和打印等,具体管理中还涉及到登录用户的密码保护,以及系统根据用户不同的使用权限提供查询等。本章所设计的学生成绩管理系统,可以实现上述功能,能够方便、快捷、准确地获得所需的信息。

12.4.2 系统构成

系统构成相当于概要设计、详细设计,整个学生成绩管理系统包括如下基本功能。

1. 系统管理方面

- 专业设置:增设、删除和查询各专业信息。
- 班级设置:增设班级、删除班级和浏览班级信息。
- 记录删除:当某些记录已经不需要的时候,可以进行删除操作。
- 数据导入:导入学生名单和成绩。
- 数据导出:花名册导出和成绩导出。
- 修改密码:实现管理员密码的修改。

2. 数据录入

- 成绩录入:单科成绩录入、多科成绩录入、成批单科录入和补考成绩录入。
- 花名册录入:录入新生名单。
- 课程录入:根据专业计划和学期,录入课程信息。

3. 报表输出

提供单科成绩、个人学期成绩、个人总成绩、打印学生补考科目数等各种报表输出。

4. 查询功能

提供班级、课程、学生、成绩及补考情况及各种查询操作。

5. 其他功能

提供全校公选课程的学生名单和成绩的管理；提供系统帮助功能等。

12.4.3　系统中的各类文件

1. 数据表

成绩管理系统中设计了如下表。

- 课程表(课程代号 C,课程名称 C,课程性质 C,起学年 C,止学年 C,第几学期 N)
- 学生表(学号 C,姓名 C)
- 成绩表(学号 C,课程代号 C,考试成绩 N,补考成绩 N,考查成绩 C)
- 公选课程表(起学年 C,止学年 C,学期 N,课程名称 C)
- 班级表(班级名称 C,专业名称 C,入学时间 N)
- 专业表(专业名称 C,院系 C)

2. 菜单

本系统的主菜单设计如下：

3. 常用表单

- 专业设置模块(调用表单　专业设置.scx)
- 班级设置模块(调用表单　班级设置.scx)
- 数据导入模块(调用表单　成绩导入.scx 和花名册导入.scx)
- 数据导出模块(调用表单　成绩导出.scx 和花名册导出.scx)
- 成绩录入模块(调用表单　单科录入.scx、多科录入.scx、成批录入.scx 和补考成批录入.scx)
- 课程录入模块(调用表单　课程设置.scx)

4. 常用报表

- 单科成绩：输出某个班级某门课程的所有成绩数据。
- 个人学期成绩：输出某个学生某个学期所有课程的成绩数据。
- 个人总成绩：输出某个学生大学四年的成绩表。
- 学生补考科目数：输出某个班级学生补考科目情况，为授予学位证书提供支持。

5. 常用查询

- 班级查询：提供现有在校学生班级查询。
- 课程查询：提供某学期某个班级所开课程的查询。
- 成绩查询：提供某个班级某门课的成绩查询。
- 学生查询：提供班级学生名单查询。
- 补考情况查询：提供某个班级所有学生目前的补考情况查询。

12.4.4 部分代码及运行界面

1. 软件启动界面

运行程序，启动界面如图 12-7 所示，要求用户输入管理员密码。

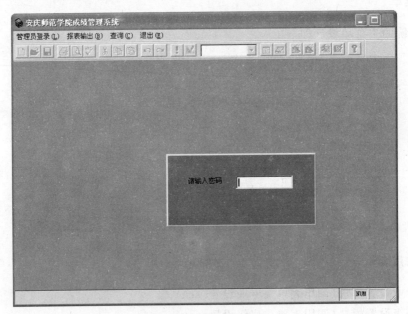

图 12-7 成绩管理系统

2. 系统管理

系统管理菜单主要负责班级和专业设置、数据导入和导出、管理员密码的修改等功能。下面介绍班级设置功能。

班级设置表单的界面设计如图 12-8 所示。

增设班级按钮的事件代码如下：

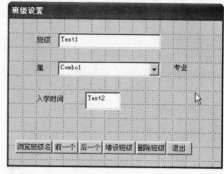

图 12-8　班级设置表单

```
m=allt(thisform.text1.value)
n=allt(thisform.combo1.value)
p=thisform.text2.value
if len (m)>0 and len(n)>0
        locate for m==allt(班级名称)
        if eof ()=.t.
                append blank
                replace 班级名称 with m
                replace 专业名称 with n
                replace 入学时间 with val(p)
                c=c+1
                ndir=addbs(m)
                md &ndir
                select 4
                use ntable\成绩
                l=allt(allt(ndir)+allt(m)+"成绩")
                copy structure to &l.
                use &l.
                index on 学号 to &ndir\成绩
                use
                use ntable\学生
                x=allt(allt(ndir)+allt(m)+"花名册")
                copy structure to &x.
                use
                use ntable\课程设置
                q=allt(allt(ndir)+allt(m)+"课程表")
                copy structure to &q.
                use
        else
                messagebox("此班级已经存在!",0,"提示")
        endif
else
        messagebox("没有输入",0,"提示")
endif
select 3
if c=1
     thisform.command6.enabled=.f.
     thisform.command7.enabled=.f.
     thisform.command4.enabled=.t.
endif
if c>1
```

```
        thisform.command6.enabled=.t.
        thisform.command7.enabled=.f.
        thisform.command4.enabled=.t.
    endif
    thisform.text1.value=""
    thisform.combo1.value=""
    thisform.text2.value=""
    thisform.text1.setfocus
```

其他命令按钮类似，不再介绍。

本 章 小 结

本章简要介绍了应用程序的开发过程及编译和发布应用程序的过程。开发一个数据库应用系统，一般包括需求分析、数据库设计、应用程序设计、软件测试、应用程序发布和系统运行与维护等步骤。而在 Visual FoxPro 中编译、建立应用程序时，需要以下步骤：构造应用程序框架，将文件添加到项目中，编辑项目信息，创建并运行应用程序。

习　题　12

一、选择题

1. 表 Config. dbf 中的内容在连编后的应用程序中应该不能被修改，为此应在连编以前将其设置为＿＿＿＿。

　　A. 包含　　　　　　B. 排除　　　　　　C. 更改　　　　　　D. 主文件

2. 在一个项目中可以设置主程序的个数是＿＿＿＿。

　　A. 1个　　　　　　B. 2个　　　　　　C. 3个　　　　　　D. 任意个

3. 在应用系统中常用＿＿＿＿来提供用户的交互界面。

　　A. 项目、数据库和表　　　　　　　　B. 表单、菜单和工具栏

　　C. 表、查询和视图　　　　　　　　　D. 表单、报表和标签

4. 下列＿＿＿＿中的所有类型均可被设置为项目的主程序。

　　A. 项目、数据库和.prg 程序　　　　B. 表单、菜单和.prg 程序

　　C. 项目、菜单和类　　　　　　　　　D. 任意文件类型

5. 作为整个应用程序入口点的主程序文件至少应具有以下功能＿＿＿＿。

　　A. 初始化环境

　　B. 初始化环境，显示初始的用户界面

　　C. 初始化环境，显示初始的用户界面，控制事件循环

　　D. 初始化环境，显示初始的用户界面，控制事件循环，退出时恢复环境

6. 关于"包含"和"排除"，下列说法中错误的是＿＿＿＿。

　　A. 在项目连编后，在项目中设置为"包含"的文件不能被修改

　　B. 不能将数据文件设为"包含"

C. 新添加的数据库文件名左侧有符号 φ

D. 被指定为主文件的文件不能设置为"排除"

二、填空题

1. 在主程序的设计过程中,需要建立一个事件循环,用于启动事件循环的命令是_____。

2. 要把项目文件 myproject 连编可执行文件 mycommand 的命令是_____。

3. 通过项目连编,可能生成的文件包括_____、_____、_____。

4. 项目连编生成的文件中,_____既可以在 Visual FoxPro 环境中运行,又可以在 Windows 环境中直接运行,_____必须在 Visual FoxPro 环境中运行。

三、思考题

1. 简述应用程序开发过程的几个阶段。

2. 简要说明连编 Visual FoxPro 应用程序的过程。

附录 1   Visual FoxPro 常用文件类型一览表

文 件 类 型	扩展名	说　　明
生成的应用程序	.app	可在 VFP 环境支持下,用 DO 命令运行该文件
复合索引	.cdx	结构复合索引文件
数据库	.dbc	存储有关数据库的所有信息(包括和它关联的文件和对象)
表	.dbf	存储表结构及记录
数据库备注	.dct	存储相应.Dbc 文件的相关信息
Windows 动态链接库	.dll	包含能被 VFP 和其他应用程序使用的函数
可执行程序	.exe	可脱离 VFP 环境而独立运行
VFP 动态链接库	.fll	与.Dll 类似,包含专为 VFP 内部设计建立的函数
报表备注	.frt	存储相应.Frx 文件的有关信息
报表	.frx	存储报表的定义数据
编译后的程序文件	.fxp	对.Prg 文件进行编译后产生的文件
压缩索引	.idx	单个索引的标准索引及压缩索引文件
标签备注	.lbt	存储相应.Lbx 文件的有关信息
标签	.lbx	存储标签的定义数据
内存变量	.mem	存储已定义的内存变量,以便需要时可从中恢复它们
菜单备注	.mnt	存储相应.Mnx 文件的有关信息
菜单	.mnx	存储菜单的格式
生成的菜单程序	.mpr	根据菜单格式文件而自动生成的菜单程序文件
编译后的菜单程序	.mpx	编译后的菜单程序
Active 控件	.ocx	将.Ocx 并到 VFP 后,可像基类一样使用其中的对象
项目备注	.pjt	存储相应.Pjx 文件的有关信息
项目	.pjx	实现对项目中各类型文件的组织
程序	.prg	也称命令文件,存储使用 VFP 语言编写的程序
生成的查询程序	.qpr	存储通过查询设计器设置的查询条件和查询输出要求等
编译后的查询程序	.qpx	对.Qpr 文件进行编译后产生的文件
表单	.scx	存储表单格式文件
表单备注	.sct	存储相应.Scx 文件的有关信息
文本	.txt	用于供 VFP 与其他应用程序进行数据交换
可视类库	.vcx	存储一个或多个类的定义

附录 2 Visual FoxPro 常用函数一览表

本附录中使用的函数参数具有其英文单词表示的意义,如 nExpression 表示参数为数值表达,cExpression 为字符串表达式,lExpression 为逻辑表达式等。

函　　　数	功　　能
&	宏替换函数
ABS(nExpression)	计算并返回指定数值表达式的绝对值
ACLASS(ArrayName, oExpression)	用于将一个对象的父类名放置于一个内存数组中
ACOPY(SourceArrayName, Destination-ArrayName)	把一个数组的元素复制到另一个数组中
ACOS(nExpression)	计算并返回一个指定数值表达式的余弦值
ADATABASES(ArrayName)	将打开的数据库名和它的路径存入一数组中
ADBOBJECTS(ArrayName, cSetting)	将当前数据库中的连接、表或视图名存入数组中
ADEL (ArrayName, nElementNumber [, 2])	删除一维数组元素,或从数组中删除一行或一列
ADIR(ArrayName)	将文件的有关信息存入指定的数组中,然后返回文件数
AELEMENT(ArrayName, nRowSubscript [, nColumnSubscript])	通过元素的下标,返回元素号
AERROR(ArrayName)	用于创建包含 VFP 或 ODBC 错误信息的内存变量
AFIELDS (ArrayName [, nWorkArea | cTableAlias])	将当前的结构信息存入数组中,然后返回表中的字段数
AFONT(ArrayName [, cFontName [, nFontSize]])	将可用字体的信息存入数组中
AINS(ArrayName, n)	一维数组插入元素或在二维数组中插入一行或一列
AINSTANCE(ArrayName, cclassName)	用于将类的所有实例存入内存变量数组中,然后返回数组中存放的实例数
ALEN(ArrayName [, nArrayAttribute])	返回数组中元素、行或者列数
ALIAS([nWorkArea|cTableAlias])	返回当前工作区或指定工作区内表的别名
ALLTRIM(cExpression)	从指定字符表达式的首尾两端删除前导和尾随的空格字符,然后返回截去空格后的字符串
AMEMBERS(ArrayName, ObjectName | cClassName [, 1|2])	将对象的属性、过程和成员对象存入数组中
AMOUSEOBJ(ArrayName [, 1])	创建包含鼠标指针位置信息的数组

续表

函　　数	功　　能
ANETRESOURCES(ArrayName, cNetworkName, nResourceType)	将网络共享或打印机名代入数组,返回资源数
APRINTERS(ArrayName)	将 Print Manager 中安装的当前打印机名存入数组中
ASC(cExpression)	用于返回指定字符表达式中最左字符的 ASCII 码值
ASCAN (ArrayName, eExpression [, nStartElment [, nElements-searched]])	数组中寻找指定表达式
ASELOBJ(ArrayName [,1|2])	将表单设计器当前控件的对象引用存储到数组中
ASIN(nExpression)	计算并返回指定数值表达式反正弦值
ASORT(ArrayName [, nStartElement [, nNumberSorted [, nSortOrder]]])	按升序或降序排列数组中的元素
ASUBSCRIPT(ArrayName, nElement-Number, nSubscript)	计算并返回指定元素号的行或者列坐标
AT(cSearchExpression, cExpression-Searched [, nOccurrence])	找字串或备注字段在另一字符串或备注字段起始位置
AT_C(cSearchExpression, cExpression-Searched [, nOccurrence])	可用于双字节字符表达式,单字节同 AT
ATAN(nExpression)	计算并返回指定数值表达式的反正切值
ATC(cSearchExpression, cExpression-Searched [, nOccurrence])	寻找字符串或备注字段中的第一次出现,并返回位置,将不考虑表达式中字母的大小写
ATCLINE(cSearchExpression, cExpressionSearched)	寻找并返回一个字符串表达式或备注字段在另一字符表达式或备注字段中第一次出现的行号。不区分大小写
ATLINE(cSearchExpression, cExpressionSearche)	寻找并返回一个字符表达式或备注字段在另一字符表达式或备注字段中第一次出现的行号
ATN2(nYCoordinate, nXCoordinate)	根据指定的值返回所有 4 个象限内的反正切值
AUSED(ArrayName [, nData-SessionNumber])	将一次会话期间的所有表别名和工作区存入数组之中
BAR()	返回最近所选择的菜单项的编号,或返回一个从 VFP 菜单所选择的菜单命令
BARCOUNT(cMenuName)	返回 DEFINE POPUP 命令所定义的菜单中的菜单项数,或返回 VFP 系统菜单上的菜单项数
BARPROMPT(cMenuBarName)	返回一个菜单项的有关正文
BETWEEN (eTestvalue, eLowValue, eHightValue)	确定指定的表达式是否介于两个相同类型的表达式之间
BITAND(nExpression1, nExpression2)	返回两个数值表达式之间执行逐位与 AND 运算的结果
BITCLEAR(nExpression1, nExpression2)	清除数值表达式中的指定位,然后再返回结果值
BITLSHIFT(nExpression1, nExpression2)	返回将数值表达式左移若干位后的结果值
BITNOT(nExpression)	返回数值表达式逐位进行非(NOT)运算后的结果值

续表

函　　　数	功　　　能
BITOR()nExpression1，nExpression2	返回两个数值进行逐位或(OR)运算的结果
BITRSHIFT(nExpression1，nExpression2)	返回将一个数值表达式右移若干位后的结果值
BITSET(nExpression1，nExpression2)	将一个数值的某位设置为 1,然后返回结果值
BITTEST(nExpression1，nExpression2)	用于测试数值中指定的位,如果该位的值是 1,则返回真,否则返回假
BITXOR(nExpression1，nExpression2)	返回两个数值表达式进行逐位异或 XOR 运算后的结果
BOF([nWorkArea|cTableAlias])	用于确定记录指针是否位于表的开始处
CANDIDATE([nIndexNumber][，nWorkArea|cTableAlias])	如果索引标记是候选索引标记则返回真,否则返回假
CAPSLOCK(lExpression)	设置并返回 CapsLock 键的当前状态
CDOW(dExpression|tExpression)	返回该日期所对应的英文星期数
CDX (nIndexNumber [，nWorkArea|cTableAlias])	返回打开的、具有指定索引号的复合索引文件名.CDX
CEILING(nExpression)	计算并返回大于或等于指定数值表达式的下一个整数
CHR(nANSICode)	返回指定 ASCII 码值所对应的字符
CHRSAW([nSeconds])	用于确定键盘缓冲区中是否有字符存在
CHRTRAN(cSearchedExpression, cSearchExpression, cReplacementExpression)	对字符表达式中的指定字符串进行转换
CMONTH(dExpression|tExpression)	从指定的 Date 或 Datetime 表达式返回该日期的月名称
CNTBAR(MenuItemName, nmMenuPosition)	返回用户自定义菜单或 VFP 系统菜单中的菜单项目数
CNTPAD(cMenuBarName)	返回用户自定义菜单条或系统菜单条上的菜单标题数
COL()	用于返回光标的当前位置
COMPOBJD(oExpression1, oExpression2)	比较两个对象的属性,然后返回表示这两个对象的属性及其值是否等价
COS(nExpression)	计算指定表达式的余弦值
CPCONVERT(nVurrentCodePage, nNewCodePage, cExpression)	将备注字段或字符表达式转换到另一代码页中
CPCURRENT([1|2])	返回 VFP 配置文件或操作系统中的代码页设置
CPDBF([nWorkArea|cTableAlias])	返回已经标记的打开表的代码页
CREATEOBJECT(ClassName[，eParameter1，eParameter2,…])	从类定义或 OLE 对象中建立一个对象
CTOBIN(cExpression)	二进制字符转换成整型
CTOD(cExpression)	将字符表达式转换成日期表达式
CTOT(cCharacterExpression)	从字符表达式中返回 DateTime 值

函　　数	功　　能
CURDIR()	用于返回当前的目录或文件夹名
CURSORGETPROP(cProperty)	返回 VFP 表或 Cursor 的前属性设置
CURSORSETPROP(cProperty [, eExpression][, nWorkArea|cTableAlias])	给 VFP 的属性赋予一个设置值
CURVAL(cExpression [, nWorkArea|cTableAlias])	直接从磁盘或远程数据源程序中返回一个字段的值
DATE([nYear, nMonth, nDay])	返回当前的系统日期,是由操作系统控制的
DATETME()	以 DateTime 类型值的形式返回当前的日期和时间
DAY(dExpression|tExpression)	返回指定日期所对应的日子
DBC()	返回当前数据库的名和路径
DBF([nWorkArea|cTableAlias])	返回指定工作区打开表的名称或返回别名指定的表名称
DBGETPROP()	返回当前 DB,字段、有名连接、表或视图的属性
DBSETPROP(cName, ctype, cProperty, eProperty Value)	设置当前数据库字段、有名连接、表或视图设置属性
DBUSED(cDatabaseName)	测试数据库是否打开。如果指定数据库打开则返回真
DDEAbortTrans(nTransacyionNumber)	结束异步的动态数据交换 DDE 事务处理
DDEAdvise(nChannelNumber, cItemName, cUDFName, nLinkType)	建立用于动态数据交换的通报连接或自动连接
DDEEnabled([lExpression1|nChannel-Number [, lExpression2]])	使动态数据交换处理可用或不可用,或返回 DDE 处理的状态
DDEExecute(nChannelNumber, cCommand [, cUDFName])	使用动态数据交换发送命令给另一应用程序
DDEInitiate(cServiceName, cTopic-Name)	在 VFP 与其他 WIN 应用程序间建立动态数据交换通道
DDELastError()	返回最后一个动态数据交换函数的错误号
DDEPoke(nChannelNumber, cItemName, cDataSent [, cDataFormat [, cUDF-Name]])	用动态数据交换方式在客户端/服务器之间进行数据传送
DDERequest(nChannelNumber, cItem-Name [, cDataFormat [, cUDF-Name]])	用动态数据交换方式向服务器应用程序请求数据
DDESetOption(cOption [, nTimeout-Value|lExpression])	改变或返回动态数据交换的设置值
DDESetService(cServiceName, cOption [, cDataFormat|lExpression])	建立、释放或修改 DDE 服务器名和设置值

续表

函　　数	功　　能
DDESetopic()	用动态数据交换方式从一个服务器中建立或释放主题名
DDETerminate(nChannelNumber|cService-Name)	关闭用 DDETerminate 函数建立的数据交换通道
DELETED([, nWorkArea|cTable-Alias])	测试并返回当前记录是否加删除标志的逻辑值
DESCENDING()	用于对索引标记中的 DESCENDING 关键字进行测试
DIFFERENCE(cExpression1, cExpression2)	返回 0~4 之间的值,表示两个字串之间的语音差异
DIRECTORY(cDirectoryName)	目录在磁盘上找到返回真
DISKSPACE([cVolumeName])	返回默认磁盘驱动器上的可用字节数
DMY(dExpression|tExpression)	返回日/月/年形式的字符串类型的日期
DOW(dExpression|tExpression[, nFirst-DayOfWeek])	从 Date 或 DateTime 类型表达式中返回表示星期几的数值
DTOC(dExpression|tExpression [, 1])	从 Date 或 DateTime 类型表达式中返回字符的日期
DTOR(nExpression)	把以度表示的数据表达式转换为弧度值
DTOS(dExpression|tExpression)	返回字符串形式的日期,格式是 yyyymmdd(年月日)
DTOT(dDateExpression)	从日期表达式中返回 DateTime 类型的值
EMPTY(eExpression)	用于确定指定表达式是否为空
EOF([nWorkArea|cTableAlias])	确定记录指针是否已经指向最后一个记录
ERROR()	返回 ON ERROR 例程捕获错误的编号
EVALUATE(cExpression)	计算字符表达式,然后返回其结果值
EXP(nExpression)	返回以自然对数为底的函数值,其中 x 表示指数
FCHSIZE(nFileHandle, nNewFileSize)	改变用低级文件函数打开的文件的大小
FCLOSE(nFileHandle)	刷新并关闭由低级文件函数打开的文件或通信端口
FCOUNT([nWorkArea|cTableAlias])	返回表中的字段数
FCREATE(cFileName [, nFile-Attribute])	建立并打开低级文件
FDATE(cfileName [, nType])	返回文件的最后修改日期
FEOF(nFileHandle)	用于确定低级文件的指针是否位于该文件的末尾
FERROR()	测试并返回最近的低级文件函数操作的错误号
FFLUSH(nFileHandle)	将一个用低级文件函数打开的文件刷新到磁盘中
FGETS(nFileHandle [, nBytes])	从指定的文件或用低级文件函数打开的通信端口中读取若干字节,直至读到回车字符才停止

续表

函　　　数	功　　　能
FIELD(nFieldNumber [, nWorkArea|cTableAlias])	返回表中某个字段的名称
FILE(cFileName)	测试磁盘中是否存在指定的文件
FILETOSTR(cFileName)	以字符串返回文件内容
FILTER([nWorkArea|cTableAlias])	返回由 SET FILTER 命令设置的表过滤器表达式
FKLABEL(nFunctionKeyNumber)	从对应的功能键号中返回功能键的名称(如 F1、F2 等)
FKMAX()	返回键盘中可编程的功能键和组合键数
FLDLIST()	返回 SET FIELDS 命令中指定字段或可计算字段表达式
FLOCK([nWorkArea|cTableAlias])	试图锁定当前或指定的表
FLOOR(nExpression)	计算并返回小于或等于指定数值的最大整数
FONTMETRIC(nAttribute [, cFontName, cfontsize [, cFontstyle]])	返回当前安装的操作系统字体的字体属性
FOPEN(cFileName [, nAttribute])	打开用于低级文件函数中的文件或通信端口
FOR (nIndexNumber [, nWorkArea | cTableAlias])	返回指定工作区中打开的 IDX 索引文件或索引标记的索引过滤表达式
FOUND([nWorkArea|cTableAlias])	测试搜索命令的执行情况
FPUTS(nFileHandle, cExpression [, nCharactersWritten])	将字符串、回车、换行符写入文件或用低级文件函数打开的通信端口中
FREAD(nFileHandle, nBytes)	从文件中读入指定字节的数据
FSEEK(nFileHandle, nBytesMoved [, nrelativePosition])	在用低级文件函数打开的文件中移动文件指针
FSIZE(cFielsName|cFileName)	返回指定字段的字节数(长度)
FTIME(cFileName)	返回文件的最后修改时间
FULLPATH(cFileName1 [, nMSDOS-Path|cFileName2])	返回指定文件的路径,或相对另一个文件的路径
FV(nPayment, nInterestRate, nPeriods)	计算并返回一系列等额复利投资的未来值
FWRITE(nFileHandle, cExpression [, ncharactersWritten])	将字符串写入文件或用低级文件函数打开的通信端口中
GETBAR(MenuItemName, nMenuPosition)	返回菜单中某一选项的序号
GETCOLOR([nDefaultColorNumber])	显示 Windows 的 Color 对话框,然后返回所选的颜色号
GETCP([nCodePage][, cText] [, cDialogTitle])	显示 Code Page 对话框,然后返回所选择的代码页号
GETDIR([cDirectory [, cText]])	显示"选择目录"对话框,从中选择目录或文件夹
GETENV(cVariableName)	返回指定 MS-DOS 环境变量的内容

续表

函　　数	功　　能
GETFILE(cFileExtensions [，cText] [，cOpenButtonCaption][，nButton-Type][，cTitleBarCaption])	显示"打开"对话框,然后返回所选择的文件名
GETFLDSTATE(cFileName|nField-Number [，nWorkArea|cTableAlias])	返回指示表或游标中字段是否被修改、增加或当前记录的删除状态被改变等情况的数值
GETFONT(cfontName [，nFintsize [，cFontStyle]])	显示"字体"对话框,返回所选择的字体名
GETNEXTMODIFIELD()	返回缓冲游标中的一个编辑记录的记录号
GRTHOST()	返回对象引用
GETOBJECT(FileName [，Class-Name])	激活 OLE 自动对象,然后建立该对象的引用
GETPAD(cMenuBarName，nMenu-BarPosition)	返回菜单条中指定位置的菜单标题
GETPRINTER()	显示"打印设置"对话框,然后返回所选择的打印机的名称
GOMONTH(dExpression|tExpression，nNumberOfMonths)	返回某个指定日期之前或之后若干月的那个日期
HEADER([nWorkArea|cTableAlias])	返回当前或指定表文件头的字节数
HOME([nLocation])	返回 Visual FoxPro 和 Visual Stdio 目录名
HOUR(tExpression)	从 DateTime 类型表达式中返回它的小时数
IIF(lExpression，eExpression1，eExpression2)	根据逻辑表达式的值,返回两个指定值之一
INDBC(cDatabaseObjectName，cType)	用于测试指定的数据库对象是否在指定的数据库中
INKEY([nSeconds][，cHideCursor])	返回与单击鼠标按钮或键盘缓冲区中按键相对应的数值
INLIST(eExpression1，eExpression2 [，eExpression3…])	测试指定表达式是否在表达式清单中
INSMODE(lExpression)	返回当前插入状态,或设置插入状态为 On 或 Off
INT(nExpression)	计算表达式的值,然后返回整数部分
ISALPHA(cExpression)	用于测试字符表达式中的最左字符是否是一个字母字符
ISBLANK(eExpression)	用于确定表达式是否是空表达式
ISCOLOR()	用于测试当前的计算机是否显示彩色
ISDIGIT(cExpression)	用于测试字符表达式的最左字符是否是数字字符
ISEXCLUSIVE([nWorkArea|cTable-Alias|cDatabaseName [，nType]])	用于测试表达式是否按独占方式打开
ISLOWER(cExpression)	确定指定字符表达式的最左字符是否是小写字母
ISMOUSE()	测试并返回系统中是否安装有鼠标

续表

函　　数	功　　能
ISNULL(eExpression)	用于测试表达式的值是否为空值
ISREADONLY([nWorkArea|cTable-Alias])	用于测试表达式是否按只读方式打开
ISUPPER(cExpression)	确定指定字符表达式的最左字符是否是大写字母
JUSTDRIVE(cPath)	从全路径返回驱动器
JUSTTEXT(cPath)	从全路径返回 3 个字符的扩展名
JUSTNAME(cPath)	从全路径返回文件名
JUSTPATH(cPath)	从全路径返回路径
JUSTSTEM(cPath)	从全路径返回主文件名
KEY([CDXFileName,]nIndexNumber[, nWorkArea|cTableAlias])	用于返回索引标记或索引文件的索引关键字表达式
KEYMATCH(eIndexKey [, nIndex-Number [, nWorkArea|cTableAlias]])	寻找在索引标记或索引文件中指定的索引键值
LASTKEY()	返回最后一次击键的键值
LEFT(cExpression, nExpression)	从指定字符串的最左字符开始,返回规定数量的字符
LEN(cExpression)	返回指定字符表达式中的字符个数(字符串长度)
LIKE(cExpression1, cExpression2)	用于确定字符表达式是否与另一字符表达式匹配
LINENO([1])	返回当前正在执行的程序命令行的行号
LOADPICTURE(cFileName)	创建图形对象引用
LOCFILE(cFileName [, cFile-Extensions][, cFileNameCaption])	查找文件函数
LOCK([nWorkArea|cTableAlias]|[cRecordNumberList, nWorkArea|cTableAlias])	用于锁定表中的一个或多个记录
LOG(nExpression)	返回指定数值表达式的常用对数值(基底为 e)
LOG10(nExpression)	返回指定数值表达式的常用对数值(基底为 10)
LOOKUP(ReturnField, eSearch-Expression, SearchedField [, cTag-Name])	搜索表,寻找字段与指定表达式相匹配的第一个记录
LOWER(cExpression)	把指定字串中的字母转变为小写字母,返回该字串
LTRIM(cExpression)	删除指定字符表达式中的前导空白,然后返回该字符串
LUPDATE([nWorkArea|cTable-Alias])	返回表的最后一次更改日期
MAX(eExpression1, eExpression2, [, eExpression3, …])	计算一组表达式,然后返回其中值最大的表达式

续表

函　　数	功　　能
MCOL([cWindowName [, nscale-Mode]])	返回鼠标指针在主窗口或用户自定义窗口中的列位置
MDOWN()	用于确定是否有鼠标按钮按下
MDX(nIndexNumber [, nWorkArea | cTableAlias])	返回已经打开的、指定序号的.CDX 复合索引文件名
MDY(dExpression | tExpression)	返回 Month-Day-Year 格式日期或日期时间
MEMLINES(MemoFieldName)	用于返回备注字段的行数
MEMORY()	返回为了运行一个外部程序而可以使用的内存总量
MENU()	以大写字符串的形式返回活动菜单的名称
MESSAGE([1])	返回当前的错误提示信息,或返回产生的程序内容
MESSAGEBOX(cMessageText [, nDialogBoxType [, cTitleBarText]])	显示用户自定义的对话框
MIN(eExpression1, eExpression2, [, eExpression3,…])	计算一组表达式的值,然后返回其中的最小值
MINUTE(tExpression)	返回 DATETIME 类型表达式的分钟部分的值
MLINE(MemoFieldName, nLine-Number [, nNumberOfCharacters])	以字符串型从备注字段中返回指定的行
MOD(nDividened, nDivisor)	将两个数值表达式进行相除,然后返回它们的余数
MONTH(dExpression | tExpression)	返回指定日期中的月份数
MRKBAR(cMenuName, nMenuItem-Number | cSystemMenuItemName)	用于确定用户自定义菜单上或 VFP 系统菜单上的菜单选项是否加有选择标志
MRKPAD(cMenuBarName, cMenu-TitleName)	用于确定菜单标题上是否加有选择标志
MROW([cWindowsName [, nScale-Mode]])	返回 VFP 主窗口或用户自定义窗口中鼠标指针的行位置
MTON(mExpression)	从 Currency(货币)表达式中返回 Numeric 类型的值
MWINDOW([cWindowsName])	返回鼠标指针所指窗口的名称
NDX(nIndexNumber [, nWorkArea | cTableAlias])	返回当前表或指定表中打开.IDX 索引文件的名称
NEWOBJECT(cClassName [, cModule [, cInApplication [, eParameter1,…]]])	从.VCX 类库或程序创建新类或对象
NTOM(nExpression)	从数值表达式中构成具有 4 位小数的货币类型的货币值
NUMLOCK(lExpression)	返回当前 NumLock 键的状态,或者设置其状态
NVL(eExpression1, eExpression2)	从两个表达式中返回一个非空的值
OBJNUM(ObjectName)	返回控件的对象号,可用控件的 TabIndex 属性代替它

函　　数	功　　能
OBJVAR()	返回与 @…GET 控件相关的变量、数组元素或字段名
OCCURS(cSearchExpression, cExpression-Searched)	返回字符表达式在另一字符表达式中出现的次数
OEMTOANSI()	将指定字符转换成 ANSI 字符集中的相应字符
OLDVAL(cExpression [, nWorkArea|cTableAlias])	返回被编辑的但没有更改的字段的原始值
ON(cOnCommand [, keyLabelName])	返回发生指定情况时执行的命令
ORDER([nWorkArea|cTableAlias [, nPath]])	返回控件索引文件或控件索引标记的名称
OS([1|2])	返回 VFP 正在运行的操作系统的名称和版本号
PAD(cMenuTitle [, cMenuBarName])	以大写字母的形式返回选择菜单标题的名称
PADL(eExpression, nResultSize [, cPad-Character])PADR(eExpression, nResult-Size [, cPadCharacter])PADC (eExpression,nResultSize [, cPad-Character])	在表达式左、右或两边用空格或指定字符进行填充,达到规定长度,返回填充后字符串。PAD() 从左边插入;PADR() 从右边插入;PADC() 从两边插入填充值
PARAMETERS()	返回调用程序时的参数个数
PAYMENT（nPrincipal, nInterestRate, nPayments)	返回在固定利率条件下,每期支付的等额本息额
PCOL()	返回打印机头的当前列位置
PCOUNT()	返回经过当前程序的参数个数
PI()	计算并返回圆周率的值
POPUP([cMenuName])	以字符串的形式返回活动菜单的名称
PRIMARY([nIndexNumber[nWorkArea|cTableAlias]])	用于测试并返回索引标记是否是主索引标记
PRINTSTATUS()	返回打印机或打印设备是否处于联机就绪状态
PRMBAR(cMenuName, nMenuItem-Number)	返回菜单选项的正文
PRMPAD(cMenuBarName, cMenu-TitleName)	返回菜单标题的正文
PROGRAM([nLevel])	返回当前执行的或错误发生时的程序名
PROMPT()	返回选择的菜单标题的文本
PROPER(cExpression)	首字母大写,其余字母小写
PROW()	返回打印机打印头的当前位置
PRTINFO(nPrinterSetting [, cPrinter-Name])	返回当前指定的打印机设置

续表

函　　数	功　　能
PUTFILE(cCustomText)[, cFile-Name][, cFileExtensions])	引入 Save As 对话框,然后返回指定的文件名
PV()	返回一笔投资的现值
RAND()	返回介于 0~1 之间的随机数
RAT(cSearchExpression, cExpression-Searched [, nOccuredced])	返回字符串在另一字符串中从后向前进行匹配时,首次出现时的开始位置
RATLINE(cSearchExpression, cExpressionSearched)	字串在另一字串或备注字段中最后一次出现的行号
RDLEVEL()	返回当前 READ 的层次,用表单设计器可以代替 READ
REDADKEY()	返回退出编辑窗口或结束 READ 时所按键的值
RECCOUNT([nWorkArea|cTable-Alias])	返回当前或指定表中的记录数
RECNO([nWorkArea|cTableAlias])	返回当前表或指定表中当前记录的记录号
RECSIZE([nWorkArea|cTableAlias])	返回表中记录的长度(记录宽度)
REFRESH([nRecords [, nRecord-Offset]][, nWorkArea|cTableAlias])	刷新当前表或指定表中的记录
RELATION(nRelationNumber [, nWork-Area|cTableAlias])	返回在指定工作区中打开表的指定关联表达式
REPLICATE(cExpression, nTimes)	返回将指定的字符重复出现所形成的字符串
REQUERY([nWorkArea|cTable-Alias])	重新检索 SQL 视图的数据
GRB(nRedValue, nGreenValue, nBlue-Value)	根据给定的红色、绿色和蓝色,计算并返回单一的颜色值
RGBSCHEME (nColorSchemeNumber [, nColorPairPosition])	从指定调色板中返回 RGB 颜色对或返回 RGB 颜色对列表
RIGHT(cExpression, nCharacters)	从字符串中返回最右边的指定字符
RLOCK([nWorkArea|cTableAlias]|[cRecordNumberList, nWorkArea|cTableAlias])	试图锁定表中的记录
ROUND(nExpression, nDecimalPlaces)	返回对数值表达式中的小数部分进行舍入处理后的数值
ROW()	返回光标的当前行位置
RTOD(nExpression)	将弧度值转换成度
RTRIM(cExpression)	删除字符表达式中尾随的空格,然后返回此字符串
SAVEPICYURE(ObjectReference, cFileName)	创建位图文件
SCHEME(nSchemeNumber [, nColor-PairNumber])	从指定的调色板中返回颜色对列表或颜色对

续表

函　数	功　能
SCOLS()	返回 VFP 主窗口中可用的列数
SEC(tExpression)	返回 DateTime 类型表达式中的秒部分值
SECONDS()	返回自从午夜开始以来所经历的秒数
SEEK(eExpression [, nWorkArea| cTableAlias [, nIndexNumber| cIDXIndexFileName|cTagName]])	寻找索引关键字值与指定的表达式相匹配的第一个记录，然后再返回一个值表示是否成功找到匹配记录
SELECT([0|[1|cTableAlias]])	返回当前工作区号，或返回最大未用工作区的号
SET(cSETCommand [, 1|cExpression| 2|3])	返回各个 SET 命令的状态
SIGN(nExpression)	根据指定表达式的值，返回它的正负号
SIN(nExpression)	返回角的正弦值
SKPBAR(cMenuName, MenuItem-Number)	用于确定一个菜单选项是否可用
SKPPAD(cMenuBarName, cMenuTitle-Name)	用于确定一个菜单标题是否可用
SOUNDEX(cExpression)	返回指定字符表达式的语音表达式
SPACE(nSpaces)	返回由指定个数的空格字符组成的字符串
SQLCANCEL(nConnectionHandle)	请示中断一个已经存在的 SQL 语句
SQLCOLUMNS()	将数据源表中一系列的列名称和每列的信息存到游标中
SQLCOMMIT()	提交一个事务处理
SQLCONNECT()	建立到一个数据源的连接
SQLDISCONNECT()	中断到一个数据源的连接
SQLEXEC()	发送 SQL 语句给一个数据源，然后让其处理这个语句
SQLGETPROP	返回活动连接、数据源程序或附属表的当前和默认设置
SQLMORERESULTS()	如果有多组结果，则将另一组结果复制到 VFP 游标中
SQLROLIBACK()	放弃当前事务处理，回滚当前的事务处理
SQLSETPROP()	指定活动连接、数据源或附属表的设置值
SQLSTRINGCONNECT()	通过连接串建立到一个数据源的连接
SQLTABLES()	将数据源中的表名存储到 VFP 游标中
SQRT(nExpression)	计算并返回数值表达式的平方根
SROWS()	返回主 VFP 窗口中可用的行数
STR(nExpression [, nLength [, nDecimalPlaces]])	将指定数值表达式转换相应数字字符串

续表

函　　数	功　　能
STRTRAN(cSearched，cSearchFor [，creplacement][，nStartOccurrence] [，nNumberOfOccurrences])	在字符表达式或备注字段中搜索另一字符表达式或备注字段，找到后再用指定字符表达式或备注字段替代
STUFF(cExpression，nStartReplacement， nCharactersReplaced，cReplacement)	用字符表达式置换另一字符表达式中指定数量的字符，然后返回新的字符串
SUBSTR(cExpression，nStartPoistion [，nCharactersReturned])	从字符表达式或备注字段中截取一个子串，然后返回此字符串
SYSMETRIC()	返回操作系统屏幕元素的大小
SYS(0)—网络服务器信息	返回网络服务器的有关信息
SYS(1)—阳历的系统日期	以阳历的天数形式返回的当前系统日期
SYS(2)—午夜开始的秒数	返回午夜到当前时间所经历的秒数
SYS(3)—唯一文件名	返回可用于创建临时文件的、特殊的、合法的文件名
SYS(5)—默认驱动器	返回当前 VFP 的默认驱动器
SYS(6)—当前打印设备	返回当前的打印设备
SYS(7)—当前格式文件	返回当前格式文件的文件名
SYS(9)—VFP 序列号	返回 VFP 的序列号
SYS(10)—阳历日期串	将阳历日期的天数转换成日期格式的字符串
SYS(11)—阳历日期的天数	将指定的日期转换成阳历的日期天数
SYS(12)—可用内存的字节数	返回 640KB 以下的、可用于执行外部程序的内存字节数
SYS(13)—打印机状态	返回打印机状态
SYS(14)—索引表达式	返回索引文件或索引标记的索引表达式
SYS(15)—字符转换	根据字符串 ASCII 码值转换成新的字符串
SYS(16)—正在执行的程序文件名	返回正在执行的程序文件名
SYS(17)—处理器	返回 CPU 的类型
SYS(18)—当前控件	以大写字母形式返回内存变量、数组元素或字段名
SYS(20)—转换德文字符	将包含有德文字符的表达式转换为字符串
SYS(21)—控制索引序号	返回.CDX 复合索引文件的标记或.IDX 文件的索引序号
SYS(22)—控制标记或控制索引文件名	返回复合索引文件的控制标识或.CDX 控制索引文件名
SYS(23)—EMS 内存使用	返回所用 EMS 内存数(每段 16KB)
SYS(24)—EMS 内存限制	返回配置文件中设置的 EMS 限制
SYS(100)—控制台设置	返回当前 SET CONSOLE 命令设置
SYS(101)—设备设置	返回当前 SET DEVICE 命令设置

续表

函　　数	功　　能
SYS(102)—打印机设置	返回当前 SET PRINTER 命令设置
SYS(103)—会话设置	返回当前 SET TALK 命令设置
SYS(1001)—VFP 的内存容量	返回在 VFP 的内存管理器中可用的内存总数
SYS(1016)—用户对象的内存容量	返回由用户定义的对象所占用的内存数
SYS(1037)—打印设置计划	显示设置打印的对话框
SYS(2000)—文件名匹配	返回与一个文件名骨架相匹配的第一个文件的文件名
SYS(2001)—SET 命令的状态	返回所指定 SET…ON|OFF 或者 SET…TO 命令的状态
SYS(2002)—切换插入点状态	进入和退出插入状态
SYS(2003)—当前驱动器或者文件夹	返回在默认驱动器或卷中的当前目录或文件夹名称
SYS(2004)—VFP 启动目录或者文件夹	返回 VFP 启动时所在的目录或文件夹名称
SYS(2005)—当前资源文件	返回当前 VFP 的资源文件名
SYS(2006)—当前图形卡	用于返回用户所使用的图形卡和监视器的类型
SYS(2007)—校验和	返回字符表达式的校验和的值
SYS(2008)—插入点形状	指定在插入及改写方式下的插入点形状
SYS(2009)—交换插入点形状	交换在插入及改写方式下的插入点形状
SYS(2010)—CONFIG.SYS 的文件设置	返回 CONFIG.SYS 中的文件(FILES)设置
SYS(2011)—当前锁定状态	返回当前工作区中记录或表的锁定状态
SYS(2012)—备注字段块大小	返回表的备注型字段块的大小
SYS(2013)—系统菜单名称	返回以空格字符作为分界符的字符串
SYS(2014)—最短路径	返回指定文件与当前或指定目录之间的最短路径
SYS(2015)—唯一过程名	返回长度不超过 10 个字符的唯一过程名
SYS(2016)—SHOW GETSWINDOW Name	返回最后的 SHOW GETSWINDOW 命令所包含的窗口名
SYS(2017)—显示初始屏幕	清除起始屏幕,它提供了向下的兼容性
SYS(2018)—错误提示信息参数	返回最近错误的错误信息参数
SYS(2019)—配置文件名及位置	返回 VFP 配置文件的名称及位置
SYS(2020)—默认盘的大小	返回默认盘的字节数
SYS(2021)—过滤索引表达式	返回索引文件或复合索引文件中标记的过滤表达式
SYS(2022)—盘簇的大小	返回指定盘的簇中字节数
SYS(2023)—临时文件驱动器	返回 VFP 用来存储临时文件的驱动器或目录名
SYS(2027)—平台间路径转换	利用 Macintosh 路径表示法返回 MS-DOS 中的路径

续表

函　　数	功　　能
SYS(2029)—表类型	返回与表类型相对应的一个值
TABLEREVERT()	放弃对缓冲行、缓冲表或游标的修改,恢复远程游标的 OLDVAL()数据,恢复当前本地表和游标的值
TABLEUPFATE()	提交对缓冲行、缓冲表或游标的修改
TAG([CDXFileName，]nTagNumber [，nWorkArea|cTableAlias])	返回打开的、多入口复合索引文件的标记名或返回打开的、单入口的文件名
TAGCOUNT([CDXFileName [，nExpression|cExpression]])	返回复合索引文件中的标记以及所打开的单入口索引文件的总数
TAGNO([IndexName [，CDXFileName [，nExpression|cExpression]]])	用于返回复合索引文件中的标记以及打开的单入口.IDX 索引文件的索引位置
TAN(nExpression)	返回一个角的正切值
TARGET(nRelationshipNumber [，nWorkArea|cTableAlias])	返回表的别名,该表是 SET RELATION 命令中 INTO 子名所指定的关联目标表
TIME([nExpression])	返回 24 小时,8 个字符(hh:mm:ss)的系统时间
TRANSFORM(eExpression [，cFormat-Codes])	返回字串,格式由 @…SAY 命令中所使用的 PICTURE 样本符或 FUNCTION 功能符所决定
TRIM(cExpression)	返回删除指定字符表达式中的尾空格后的字符串
TTOC(tExpression [，1|2])	从 DateTime 表达式中返回 Character 类型值
TTOD(tExpression)	从 DateTime 表达式中返回日期的数值
TXLEVEL()	返回批示当前事务处理层次的数值
TXTWIDTH(cExpression)	根据字体的平均字符宽度返回字符表达式的长度
TYPE(cExpression)	计算字符表达式并返回其内容的数据类型
UNIQUE()	测试指定索引标记或索引文件在建立时的 UNIQUE 状态
UPDATE()	测试 READ 期间数据是否发生变化
UPPER(cExpression)	以大写字母形式返回指定的字符表达式
USED()	确定表是否在指定工作区中打开
VAL(cExpression)	从包含字符串的字符表达式中返回一数值
VARREAD()	以大写形式返回变量名、数组元素或字段名
VARTYPE(eExpression)	返回表达式类数据型
VERSION(nExpression)	返回字符串,其中包含正在使用的 VFP 版本号
WBORDER([WindowName])	用于确定活动的窗口或指定的窗口是否有边界
WCHILD([WindowName])	根据在父窗口栈中的顺序,返回子窗口数或名称
WCOLS([WindowName])	返回活动窗口或指定窗口的列数
WEEK(dExpression|tExpression)	从 Date 或 DateTime 表达式返回一年的星期数

函　　数	功　　能
WEXIST(WindowName)	用于确定指定的用户自定义窗口是否存在
WFONT(nFontAttribute [，Window-Name])	返回窗口中当前字体的名称、大小和字型
WLAST([WindowName])	返回当前窗口之前的活动窗口名称或确定指定的窗口是否是在当前窗口之前被激活的
WLCOL([WindowName])	返回活动窗口或指定窗口的左上角列坐标
WLROW([WindowName])	返回活动窗口或指定窗口的左上角行坐标
WMAXIMUM([WindowName])	用于确定活动窗口或指定窗口是否处于最大化状态
WMINIMUM([WindowName])	用于确定活动窗口或指定窗口是否处于最小化状态
WONTOP([WindowName])	确定活动窗口或指定窗口是否处于其他窗口的前面
WOUTPUT([WindowName])	用于确定显示内容是否输出到活动窗口或指定窗口
WPARENT([WindowName])	返回活动窗口或指定窗口的父窗口名
WREAD([WindowName])	确定活动窗口或指定窗口是否对应于当前 READ 命令
WROWS([WindowName])	返回活动窗口或指定窗口中的行数
WTITLE([WindowName])	返回活动窗口或指定窗口的标题
WVISIBLE(WindowName)	用于确定指定窗口是否已激活，并处于非隐藏状态
YEAR(dExpression|tExpression)	从指定的 Date 或 DateTime 表达式中返回年号

附录3 全国计算机等级考试公共基础知识考试大纲

1. 基本要求

(1) 掌握算法的基本概念。

(2) 掌握基本数据结构及其操作。

(3) 掌握基本排序和查找算法。

(4) 掌握逐步求精的结构化程序设计方法。

(5) 掌握软件工程的基本方法，具有初步应用相关技术进行软件开发的能力。

(6) 掌握数据库的基本知识，了解关系数据库的设计。

2. 考试内容

1) 基本数据结构与算法

- 算法的基本概念；算法复杂度的概念和意义（时间复杂度与空间复杂度）。

- 数据结构的定义；数据的逻辑结构与存储结构；数据结构的图形表示；线性结构与非线性结构的概念。

- 线性表的定义；线性表的顺序存储结构及其插入与删除运算。

- 栈和队列的定义；栈和队列的顺序存储结构及其基本运算。

- 线性单链表、双向链表与循环链表的结构及其基本运算。

- 树的基本概念；二叉树的定义及其存储结构；二叉树的前序、中序和后序遍历。

- 顺序查找与二分法查找算法；基本排序算法（交换类排序、选择类排序和插入类排序）。

2) 程序设计基础

- 程序设计方法与风格。

- 结构化程序设计。

- 面向对象的程序设计方法，对象，方法，属性及继承与多态性。

3) 软件工程基础

- 软件工程基本概念，软件生命周期概念，软件工具与软件开发环境。

- 结构化分析方法，数据流图，数据字典，软件需求规格说明书。

- 结构化设计方法，总体设计与详细设计。

- 软件测试的方法，白盒测试与黑盒测试，测试用例设计，软件测试的实施，单元测试、集成测试和系统测试。

- 程序的调试，静态调试与动态调试。

4) 数据库设计基础

- 数据库的基本概念，数据库，数据库管理系统，数据库系统。

- 数据模型，实体联系模型及 E-R 图，从 E-R 图导出关系数据模型。

- 关系代数运算,包括集合运算及选择、投影、连接运算,数据库规范化理论。
- 数据库设计方法和步骤,需求分析、概念设计、逻辑设计和物理设计相关策略。

3. 考试方式

公共基础知识考试内容包含在笔试中,有 10 道选择题和 5 道填空题,共占 30 分。

4. 样题

一、选择题:

(1) 程序流程图中指有箭头的线段表示的是___C___。

    A) 图元关系   B) 数据流   C) 控制流   D) 调用关系

(2) 结构化程序设计的基本原则不包括___A___。

    A) 多态性   B) 自顶向下   C) 模块化   D) 逐步求精

(3) 软件设计中模块划分应遵循的准则是___B___。

    A) 低内聚低耦合   B) 高内聚低耦合

    C) 低内聚高耦合   D) 高内聚高耦合

(4) 在软件开发中,需求分析阶段产生的主要文档是___B___。

    A) 可行性分析报告   B) 软件需求规格说明书

    C) 概要设计说明书   D) 集成测试计划

(5) 算法的有穷性是指___A___。

    A) 算法程序的运行时间是有限的   B) 算法程序所处理的数据量是有限的

    C) 算法程序的长度是有限的   D) 算法只能被有限的用户使用

(6) 长度为 n 的线性表排序,在最坏情况下,比较次数不是 $n(n-1)/2$ 的排序方法是___D___。

    A) 快速排序   B) 冒泡排序

    C) 直接插入排序   D) 堆排序

(7) 下列关于栈的叙述正确的是___B___。

    A) 栈按"先进先出"组织数据   B) 栈按"先进后出"组织数据

    C) 只能在栈底插入数据   D) 不能删除数据

(8) 在数据库设计中,将 E-R 图转换成关系数据模型的过程属于___C___。

    A) 需求分析阶段   B) 概念设计阶段

    C) 逻辑设计阶段   D) 物理设计阶段

(9) 有三个关系 R,S 和 T 如下:

R

B	C	D
a	o	k1
b	1	n1

S

B	C	D
f	3	h2
a	o	k1
a	2	x1

T

B	C	D
a	o	k1

由关系 R 和 S 通过运算得到关系 T,则应使用的运算为___D___。

    A) 并   B) 自然连接   C) 笛卡儿积   D) 交

（10）设有表示学生选课的 3 张表，学生 S(学号，姓名，性别，年龄，身份证号)，课程 C(课程号，课名)，选课 SC(学号，课号，成绩)，列表 SC 的关键字（键或码）为　C　。

  A) 课号，成绩　　　　　　　　　　B) 学号，成绩

  C) 学号，课号　　　　　　　　　　D) 学号，姓名，成绩

二、填空题

（1）测试用例包括输入值集和　【1】　值集。　　　　输出

（2）深度为 5 的满二叉树有　【2】　个叶子结点。　　　16

（3）设某循环队列的容量为 50，头指针 front＝5(指向队头元素的前一位置)，尾指针 rear＝29(指向队尾元素)，则该循环队列中共有　【3】　个元素。　　　24

（4）在关系数据库中，用来表示实体之间联系的是　【4】　。　　　关系

（5）在数据库管理系统提供的数据定义语言、数据操纵语言和数据控制语言中，　【5】　负责数据的模式定义与数据的物理存取构建。　　　数据定义语言

附录4　全国计算机等级考试二级——《Visual FoxPro 程序设计》考试大纲

◆ 基 本 要 求

1. 具有数据库系统的基础知识。
2. 基本了解面向对象的概念。
3. 掌握关系数据库的基本原理。
4. 掌握数据库程序设计方法。
5. 能够使用 Visual FoxPro 建立一个小型数据库应用系统。

◆ 考 试 内 容

一、Visual FoxPro 基础知识

1. 基本概念

数据库、数据模型、数据库管理系统、类和对象、事件、方法。

2. 关系数据库

（1）关系数据库：关系模型、关系模式、关系、元组、属性、域、主关键字和外部关键字。

（2）关系运算：选择、投影、连接。

（3）数据的一致性和完整性：实体完整性、域完整性、参照完整性。

3. Visual FoxPro 系统特点与工作方式

（1）Windows 版本数据库的特点。

（2）数据类型和主要文件类型。

（3）各种设计器和向导。

（4）工作方式：交互方式（命令方式、可视化操作）和程序运行方式。

4. Visual FoxPro 的基本数据元素

（1）常量、变量、表达式。

（2）常用函数：字符处理函数、数值计算函数、日期时间函数、数据类型转换函数、测试函数。

二、Visual FoxPro 数据库的基本操作

1. 数据库和表的建立、修改与有效性检验

（1）表结构的建立与修改。

（2）表记录的浏览、增加、删除与修改。

（3）创建数据库，向数据库添加或移出表。

（4）设定字段级规则和记录规则。

（5）表的索引：主索引、候选索引、普通索引、唯一索引。

2. 多表操作

（1）选择工作区。

（2）建立表之间的关联：一对一的关联；一对多的关联。

（3）设置参照完整性。

（4）建立表间临时关联。

3. 建立视图与数据查询

（1）查询文件的建立、执行与修改。

（2）视图文件的建立、查看与修改。

（3）建立多表查询。

（4）建立多表视图。

三、关系数据库标准语言 SQL

1. SQL 的数据定义功能

（1）CREATE TABLE-SQL

（2）ALTER TABLE-SQL

2. SQL 的数据修改功能

（1）DELETE-SQL

（2）INSERT-SQL

（3）UPDATE-SQL

3. SQL 的数据查询功能

（1）简单查询。

（2）嵌套查询。

（3）联结查询。内联结，外联结，左联结，右联结，完全联结。

（4）分组与计算查询。

（5）集合的并运算。

四、项目管理器、设计器和向导的使用

1. 使用项目管理器

（1）使用"数据"选项卡。

（2）使用"文档"选项卡。

2. 使用表单设计器

（1）在表单中加入和修改控件对象。

（2）设定数据环境。

3. 使用菜单设计器

（1）建立主选项。

（2）设计子菜单。

（3）设定菜单选项程序代码。

4．使用报表设计器

（1）生成快速报表。

（2）修改报表布局。

（3）设计分组报表。

（4）设计多栏报表。

5．使用应用程序向导

6．应用程序生成器与连编应用程序

五、Visual FoxPro 程序设计

1．命令文件的建立与运行

（1）程序文件的建立。

（2）简单的交互式输入、输出命令。

（3）应用程序的调试与执行。

2．结构化程序设计

（1）顺序结构程序设计。

（2）选择结构程序设计。

（3）循环结构程序设计。

3．过程与过程调用

（1）子程序设计与调用。

（2）过程与过程文件。

（3）局部变量和全局变量、过程调用中的参数传递。

4．用户定义对话框（MessageBox）的使用

附录5 2009年3月全国计算机等级考试二级笔试试卷

一、选择题（每小题2分,共70分）

(1) 下列叙述中正确的是( )。

    A. 栈是"先进先出"的线性表

    B. 队列是"先进后出"的线性表

    C. 循环队列是非线性结构

    D. 有序线性表既可以采用顺序存储结构,也可以采用链式存储结构

(2) 支持子程序调用的数据结构是( )。

    A. 栈   B. 树   C. 队列   D. 二叉树

(3) 某二叉树有5个度为2的结点,则该二叉树中的叶子结点数是( )。

    A. 10   B. 8   C. 6   D. 4

(4) 下列排序方法中,最坏情况下比较次数最少的是( )。

    A. 冒泡排序   B. 简单选择排序   C. 直接插入排序   D. 堆排序

(5) 软件按功能可以分为应用软件、系统软件和支撑软件(或工具软件)。下面属于应用软件的是( )。

    A. 编译程序   B. 操作系统   C. 教务管理系统   D. 汇编程序

(6) 下面叙述中错误的是( )。

    A. 软件测试的目的是发现错误并改正错误

    B. 对被调试的程序进行"错误定位"是程序调试的必要步骤

    C. 程序调试通常也称为Debug

    D. 软件测试应严格执行测试计划,排除测试的随意性

(7) 耦合性和内聚性是对模块独立性度量的两个标准。下列叙述中正确的是( )。

    A. 提高耦合性降低内聚性有利于提高模块的独立性

    B. 降低耦合性提高内聚性有利于提高模块的独立性

    C. 耦合性是指一个模块内部各个元素间彼此结合的紧密程度

    D. 内聚性是指模块间互相连接的紧密程度

(8) 数据库应用系统中的核心问题是( )。

    A. 数据库设计   B. 数据库系统设计

    C. 数据库维护   D. 数据库管理员培训

(9) 有两个关系R,S如下:

R

A	B	C
a	3	2
b	0	1
c	2	1

S

A	B
a	3
b	0
c	2

由关系 R 通过运算得到关系 S,则所使用的运算为( )。

　　A. 选择　　　　　　B. 投影　　　　　　C. 插入　　　　　　D. 连接

(10) 将 E-R 图转换为关系模式时,实体和联系都可以表示为( )。

　　A. 属性　　　　　　B. 键　　　　　　C. 关系　　　　　　D. 域

(11) 数据库(DB)、数据库系统(DBS)和数据库管理系统(DBMS)三者之间的关系是( )。

　　A. DBS 包括 DB 和 DBMS　　　　　B. DBMS 包括 DB 和 DBS

　　C. DB 包括 DBS 和 DBMS　　　　　D. DBS 就是 DB,也就是 DBMS

(12) SQL 语言的查询语句是( )。

　　A. INSERT　　　B. UPDATE　　　C. DELETE　　　D. SELECT

(13) 下列与修改表结构相关的命令是( )。

　　A. INSERT　　　B. ALTER　　　C. UPDATE　　　D. CREATE

(14) 对表 SC(学号 C(8),课程号 C(2),成绩 N(3),备注 C(20)),可以插入的记录是( )。

　　A. ('20080101','c1','90',NULL)

　　B. ('20080101','cl','90','成绩优秀')

　　C. ('20080101','cl','90','成绩优秀')

　　D. ('20080101','cl','79','成绩优秀')

(15) 在表单中为表格控件指定数据源的属性是( )。

　　A. DataSource　　B. DataFrom　　C. RecordSource　　D. RecordFrom

(16) 在 Visual FoxPro 中,下列关于 SQL 表定义语句(CREATE TABLE)说法中错误的是( )

　　A. 可以定义一个新的基本表结构

　　B. 可以定义表中的主关键字

　　C. 可以定义表的域完整性、字段有效性规则等

　　D. 对自由表,同样可以实现其完整性、有效性规则等信息的设置

(17) 在 Visual FoxPro 中,若所建立索引的字段值不允许重复,并且一个表中只能创建一个,这种索引应该是( )。

　　A. 主索引　　　　B. 唯一索引　　　　C. 候选索引　　　　D. 普通索引

(18) 在 Visual FoxPro 中,用于建立或修改程序文件的命令是( )。

　　A. MODIFY<文件名>

    B.　MODIFY COMMAND＜文件名＞

    C.　MODIFY PROCEDURE＜文件名＞

    D.　上面 B 和 C 都对

(19) 在 Visual FoxPro 中,程序中不需要用 PUBLIC 等命令明确声明和建立,可直接使用的内存变量是(　　)。

    A.　局部变量　　　　B.　私有变量　　　　C.　公共变量　　　　D.　全局变量

(20) 以下关于空值(NULL 值)叙述正确的是(　　)。

    A.　空值等于空字符串

    B.　空值等同于数值 0

    C.　空值表示字段或变量还没有确定的值

    D.　Visual FoxPro 不支持空值

(21) 执行 USE sc IN 0 命令的结果是(　　)。

    A.　选择 0 号工作区打开 sc 表　　　　B.　选择空闲的最小号工作区打开 sc 表

    C.　选择第 1 号工作区打开 sc 表　　　　D.　显示出错信息

(22) 在 Visual FoxPro 中,关系数据库管理系统所管理的关系是(　　)。

    A.　一个 DBF 文件　　　　　　　　B.　若干个二维表

    C.　一个 DEC 文件　　　　　　　　D.　若干个 DBC 文件

(23) 在 Visual FoxPro 中,下面描述正确的是(　　)。

    A.　数据库表允许对字段设置默认值

    B.　自由表允许对字段设置默认值

    C.　自由表或数据库表都允许对字段设置默认值

    D.　自由表或数据库表都不允许对字段设置默认值

(24) SQL 的 SELECT 语句中,"HAVING＜条件表达式＞"用来筛选满足条件的(　　)。

    A.　列　　　　　　B.　行　　　　　　C.　关系　　　　　　D.　分组

(25) 在 Visual FoxPro 中,假设表单上有一选项组:○男⊙女,初始时该选项组的 Value 属性值为 1。若选项按钮"女"被选中,该选项组的 Value 属性值是(　　)。

    A.　1　　　　　　B.　2　　　　　　C.　"女"　　　　　　D.　"男"

(26) 在 Visual FoxPro 中,假设教师表 T(教师号,姓名,性别,职称,研究生导师)中,性别是 C 型字段,研究生导师是 L 型字段。若要查询"是研究生导师的女老师"信息,那么 SQL 语句"SELECT * FROM T WHERE＜逻辑表达式＞"中的＜逻辑表达式＞应是(　　)。

    A.　研究生导师 AND 性别＝"女"　　　　B.　研究生导师 OR 性别＝"女"

    C.　性别＝"女"AND 研究生导师＝.F.　　D.　研究生导师＝T. OR 性别＝女

(27) 在 Visual FoxPro 中,有如下程序,函数 IIF()返回值是(　　)。

```
PRIVATE X, Y
STORE"男" TO X
Y=LEN(X)+2
```

```
?IIF(Y< 4,"男","女")
RETURN
```

    A. "女"   B. "男"   C. . T.   D. . F.

(28) 在 Visual FoxPro 中,每一个工作区中最多能打开数据库表的数量是(   )。

    A. 1 个   B. 2 个

    C. 任意个,根据内存资源而确定   D. 35 535 个

(29) 在 Visual FoxPro 中,有关参照完整性的删除规则正确的描述是(   )。

    A. 如果删除规则选择的是"限制",则当用户删除父表中的记录时,系统将自动
        删除子表中的所有相关记录

    B. 如果删除规则选择的是"级联",则当用户删除父表中的记录时,系统将禁止
        删除与子表相关的父表中的记录

    C. 如果删除规则选择的是"忽略",则当用户删除父表中的记录时,系统将不负
        责检查子表中是否有相关记录

    D. 上面三种说法都不对

(30) 在 Visual FoxPro 中,报表的数据源不包括(   )。

    A. 视图   B. 自由表   C. 查询   D. 文本文件

第(31)题到第(35)题基于学生表 S 和学生选课表 SC 两个数据库表,它们的结构如下:
S(学号,姓名,性别,年龄),其中学号、姓名和性别为 C 型字段,年龄为 N 型字段。
SC(学号,课程号,成绩),其中学号和课程号为 C 型,成绩为 N 型字段(初始为空值)。

(31) 查询学生选修课程成绩小于 60 分的,正确的 SQL 语句是(   )。

    A. SELECT DISTINCT 学号 FROM SC WHERE"成绩"<60

    B. SELECT DISTINCT 学号 FROM SC WHERE 成绩<"60"

    C. SELECT DISTINCT 学号 FROM SC WHERE 成绩<60

    D. SELECT DISTINCT"学号" FROM SC WHERE"成绩"<60

(32) 查询学生表 S 的全部记录并存储于临时表文件 one 中的 SQL 命令是(   )。

    A. SELECT * FROM 学生表 INTO CURSOR one

    B. SELECT * FROM 学生表 TO CURSOR one

    C. SELECT * FROM 学生表 INTO CURSOR DBF one

    D. SELECT * FROM 学生表 TO CURSOR DBF one

(33) 查询成绩在 70 分至 85 分之间学生的学号、课程号和成绩,正确的 SQL 语句是
(   )。

    A. SELECT 学号,课程号,成绩 FROM sc WHERE 成绩 BETWEEN 70 AND
        85

    B. SELECT 学号,课程号,成绩 FROM sc WHERE 成绩>= 70 OR 成绩<=
        85

    C. SELECT 学号,课程号,成绩 FROM sc WHERE 成绩>=70 OR<=85

    D. SELECT 学号,课程号,成绩 FROM sc WHERE 成绩>=70 AND<=85

(34) 查询有选课记录,但没有考试成绩的学生学号和课程号,正确的 SQL 语句是
(　　)。

  A. SELECT 学号,课程号 FROM sc WHERE 成绩 =""

  B. SELECT 学号,课程号 FROM sc WHERE 成绩 =NULL

  C. SELECT 学号,课程号 FROM sc WHERE 成绩 IS NULL

  D. SELECT 学号,课程号 FROM sc WHERE 成绩

(35) 查询选修 C2 课程号的学生姓名,下列 SQL 语句中错误的是(　　)。

  A. SELECT 姓名 FROM S WHERE EXISTS

   (SELECT * FROM SC WHERE 学号=S. 学号 AND 课程号 ='C2')

  B. SELECT 姓名 FROM S WHERE 学号 IN

   (SELECT 学号 FROM SC WHERE 课程号 ='C2')

  C. SELECT 姓名 FROM S JOIN SC ON S. 学号=SC. 学号 WHERE 课程号
   ='C2'

  D. SELECT 姓名 FROM S WHERE 学号 =

   (SELECT 学号 FROM SC WHERE 课程号 ='C2')

二、填空题(每空 2 分,共 30 分)

(1) 假设用一个长度为 50 的数组(数组元素的下标从 0 到 49)作为栈的存储空间,栈底指针 bottom 指向栈底元素,栈顶指针 top 指向栈顶元素,如果 bottom=49,top=30(数组下标),则栈中具有　【1】　个元素。

(2) 软件测试可分为白盒测试和黑盒测试。基本路径测试属于　【2】　测试。

(3) 符合结构化原则的两种基本控制结构是:选择结构、循环结构和　【3】　。

(4) 数据库系统的核心是　【4】　。

(5) 在 E-R 图中,图形有矩形框、菱形框、椭圆框。其中表示实体联系是　【5】　框。

(6) 所谓自由表就是那些不属于任何　【6】　的表。

(7) 常量{^2009-10-01,15:30:00}的数据类型是　【7】　。

(8) 利用 SQL 语句的定义功能建立一个课程表,并且为课程号建立主索引,语句格式为:CREATE TABLE 课程表(课程号 C(5)　【8】　,课程名 C(30))。

(9) 在 Visual FoxPro 中,程序文件的扩展名是　【9】　。

(10) 在 Visual FoxPro 中,SELECT 语句能够实现投影、选择和　【10】　三种专门的关系运算。

(11) 在 Visual FoxPro 中,LOCATE ALL 命令按条件对某个表中的记录进行查找,若查不到满足条件的记录,函数 EOF()的返回值应是　【11】　。

(12) 在 Visual FoxPro 中,设有一个学生表 STUDENT,其中有学号、姓名、年龄、性别等字段,用户可以用命令"　【12】　年龄 WITH 年龄+1"将表中所有学生的年龄增加一岁。

(13) 在 Visual FoxPro 中,有如下程序:

```
*程序名:TEST.PRG
SET TALK OFF
```

```
PRIVATE X,Y
X="数据库"
Y="管理系统"
DO subl
?X+Y
RETURN
*子程序:subl
PROCEDU subl
LOCAL X
X="应用"
Y="系统"
X=X+Y
RETURN
```

执行命令 DO TEST 后,屏幕显示的结果应是 ___【13】___ 。

(14) 使用 SQL 语言的 SELECT 语句进行分组查询时,如果希望去掉不满足条件的分组,应当在 GROUP BY 中使用 ___【14】___ 子句。

(15) 设有 SC(学号,课程号,成绩)表,下面 SQL 的 SELECT 语句检索成绩高于或等于平均成绩的学生的学号。

```
SETECT 学号 FROM SC WHERE 成绩 >=(SELECT __【15】__ FROM SC)
```

附录6 全国计算机等级考试二级——
《Visual FoxPro 程序设计》机试样题

一、基本操作题（共 4 小题，第 1 题和第 2 题 7 分，第 3 题和第 4 题 8 分）

在考生文件夹下的数据库 rate 中完成下列操作：

1. 将自由表 rate_exchange 和 currency_s1 添加到 rate 数据库中。

2. 为表 rate_exchange 建立一个主索引，为表 currency_s1 建立一个普通索引（升序），两个索引的索引名和索引表达式均为"外币代码"。

3. 为表 currency_s1 设定有效性规则："持有数量<>0"，错误提示信息是"持有数量不能为 0"。

4. 打开表单文件 test_form，该表单的界面如下图所示，请修改"登录"命令按钮的有关属性，使其在运行时可以使用。

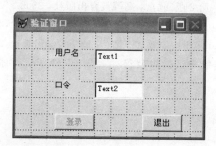

二、简单应用题（2 小题，每题 20 分，计 40 分）

在考生文件夹下完成如下简单应用：

1. 用 SQL 语句完成下列操作：列出"林诗因"持有的所有外币名称（取自 rate_exchange 表）和持有数量（取自 currency_s1 表），并将检索结果按持有数量升序排序存储于表 rate_temp 中，同时将你所用的 SQL 语句存储于新建的文本文件 rate.txt 中。

2. 使用一对多报表向导建立报表。要求：父表为 rate_exchange，子表为 currency_s1，从父表中选择字段"外币名称"；从子表中选择全部字段，两个表通过"外币代码"建立联系；按"外币代码"降序排序；报表样式为"经营式"，方向为"横向"，报表标题为"外币持有情况"；生成的报表文件名为 currency_report。

三、综合应用题（1 小题，计 30 分）

设计一个表单名和文件名均为 fcurrency_form 的表单，所有控件的属性必须在表单设计器的属性窗口中设置。表单的标题为"外币市值情况"，表单中有两个文件框（text1 和 text2）和两个命令按钮"查询"（command1）和"退出"（command2）。

运行表单时，在文本框 text1 中输入某人的姓名，然后单击"查询"按钮，则 text2 中会显示出他所持有的全部外币相当于人民币的价值数量。注意：某种外币相当于人民币数量的计算公式：人民币价值数量＝该种外币的"现钞买入价" * 该种外币"持有数量"。

单击"退出"按钮时关闭表单。

参 考 文 献

1. 宋长龙等. 大学计算机基础. 北京：高等教育出版社，2007.
2. 翁正科. Visual FoxPro 数据库开发教程. 北京：清华大学出版社，2003.
3. 王能斌. 数据库系统教程. 北京：电子工业出版社，2002.
4. 郑阿奇等. Visual FoxPro 实用教程. 北京：电子工业出版社，2001.
5. 教育部考试中心组编. 全国计算机等级考试二级教程——Visual FoxPro 数据库程序设计（2008 年版）. 北京：高等教育出版社，2007.
6. 史济民等. Visual FoxPro 及其应用系统开发. 北京：清华大学出版社，2000.
7. 宋长龙等. 数据库概论及 VFP 程序设计基础. 长春：吉林大学出版社，2004.
8. 王珊，陈红. 数据库系统原理教程. 北京：清华大学出版社，1998.
9. 刘卫国. Visual FoxPro 程序设计教程. 北京：北京邮电大学出版社，2005.
10. 徐维祥，刘旭敏. 数据库应用基础教程——Visual FoxPro 6.0/7.0. 北京：高等教育出版社，2003.
11. 崔巍. 数据库系统及应用. 第 2 版. 北京：高等教育出版社，2003.
12. 卢湘鸿. Visual FoxPro 6.0 程序设计基础. 北京：清华大学出版社，2002.
13. 王定等. Visual FoxPro 7.0 实用培训教材. 北京：清华大学出版社，2002.
14. 王利主编. 全国计算机等级考试二级教程——Visual FoxPro 程序设计. 北京：高等教育出版社，2001.

读者意见反馈

亲爱的读者：

感谢您一直以来对清华版计算机教材的支持和爱护。为了今后为您提供更优秀的教材，请您抽出宝贵的时间来填写下面的意见反馈表，以便我们更好地对本教材做进一步改进。同时如果您在使用本教材的过程中遇到了什么问题，或者有什么好的建议，也请您来信告诉我们。

地址：北京市海淀区双清路学研大厦 A 座 602 室 计算机与信息分社营销室 收
邮编：100084　　　　　　　　　　电子邮件：jsjjc@tup.tsinghua.edu.cn
电话：010-62770175-4608/4409　　邮购电话：010-62786544

教材名称：Visual FoxPro 程序设计教程
　ISBN：978-7-302-21594-3

个人资料

姓名：_____ 年龄：_____ 所在院校/专业：_____

文化程度：_____ 通信地址：_____

联系电话：_____ 电子信箱：_____

您使用本书是作为：□指定教材 □选用教材 □辅导教材 □自学教材

您对本书封面设计的满意度：

□很满意 □满意 □一般 □不满意　改进建议_____

您对本书印刷质量的满意度：

□很满意 □满意 □一般 □不满意　改进建议_____

您对本书的总体满意度：

从语言质量角度看 □很满意 □满意 □一般 □不满意

从科技含量角度看 □很满意 □满意 □一般 □不满意

本书最令您满意的是：

□指导明确 □内容充实 □讲解详尽 □实例丰富

您认为本书在哪些地方应进行修改？（可附页）

_____

_____

您希望本书在哪些方面进行改进？（可附页）

_____

_____

电子教案支持

敬爱的教师：

为了配合本课程的教学需要，本教材配有配套的电子教案（素材），有需求的教师可以与我们联系，我们将向使用本教材进行教学的教师免费赠送电子教案（素材），希望有助于教学活动的开展。相关信息请拨打电话 010-62776969 或发送电子邮件至 jsjjc@tup.tsinghua.edu.cn 咨询，也可以到清华大学出版社主页（http://www.tup.com.cn 或 http://www.tup.tsinghua.edu.cn）上查询。